DUMONT

In Porthmellow, einem kleinen Küstenort in Cornwall, ist die Welt noch in Ordnung. Die Menschen hier mögen zwar etwas eigen sein, haben ihr Herz aber am rechten Fleck. Auch Sam Lovell, stolze Besitzerin einer kleinen Catering-Firma, lebt hier. Gemeinsam mit ihren Freunden veranstaltet sie Jahr für Jahr ein großes Streetfood-Festival, für viele der Ortsansässigen absoluter Höhepunkt der Sommersaison: Frische Meeresfrüchte, köstliche Pies, leckere Scones – kulinarisch hat Porthmellow einiges zu bieten.

Den Trubel rund um diese Veranstaltung kann Sam gut gebrauchen, lenkt er sie doch hervorragend ab von den Dramen in ihrer krisengeschüttelten Familie und von dem Loch, das ihr Exfreund Gabe in ihr Leben gerissen hat. Doch ausgerechnet dieses Jahr fällt der Starkoch des Festivals aus. Und ausgerechnet dieses Jahr springt jemand ein, von dem Sam gehofft hatte, sie würde ihn nie mehr wiedersehen. Denn ja, es ist Gabe. Und nein, Sam ist alles andere als über die Gefühle von damals hinweg. Während die Planungen voranschreiten und der Tag der Tage immer näher rückt, hat Sam alle Hände voll zu tun, um zu beschützen, was ihr wichtig ist. Und herauszufinden, was sie eigentlich will …

Phillipa Ashley studierte Anglistik und arbeitete als Werbetexterin und Journalistin. Seit 2005 veröffentlicht sie Romane und wurde dafür mit dem ›Romantic Novelists Association New Writers Award‹ ausgezeichnet. Sie lebt mit ihrer Familie in Staffordshire. Bei DuMont erschienen die Romane ›Hinter dem Café das Meer‹, ›Weihnachten im Café am Meer‹ (beide 2017) und ›Hochzeit im Café am Meer‹ (2018).

Phillipa Ashley

Ein Sommer in Porthmellow

Roman

Aus dem Englischen
von Sibylle Schmidt

DUMONT

Von Phillipa Ashley sind bei DuMont außerdem erschienen:
Hinter dem Café das Meer
Weihnachten im Café am Meer
Hochzeit im Café am Meer

FSC
www.fsc.org
MIX
Papier aus verantwortungsvollen Quellen
FSC® C083411

Originalausgabe

Mai 2020
DuMont Buchverlag, Köln

Umschlaggestaltung: Lübbeke Naumann Thoben, Köln
Umschlagabbildung: Strand: © Robert Harding / Masterfile
Tisch:© plainpicture / Mike Hofstetter
Satz: Angelika Kudella, Köln
Gesetzt aus der Meridien
Druck und Verarbeitung: CPI books GmbH, Leck
Gedruckt auf säurefreiem und chlorfrei gebleichtem Papier
Printed in Germany
ISBN 978-3-8321-6521-5

www.dumont-buchverlag.de

In Erinnerung an Mike Fosbrook,
meinen inspirierenden Englischlehrer

Prolog

September 2008
Porthmellow.co.uk Blog Forum

Mecker-Minnie: *Schon wieder ein Laden zu? Der dritte in einem halben Jahr! Dieser Ort geht vor die Hunde! Warum unternimmt denn keiner vom Stadtrat oder der Handelskammer was dagegen? Porthmellow wird ja bald zur Geisterstadt!*

»Bestimmt säuft da bald einer ab«, verkündete der alte Troy Carman mit seinem breiten kornischen Akzent. »Und rate mal, wer den dann aus dem Hafenbecken fischen darf.«

Sam Lovell musste sich das Grinsen verkneifen, als sie die Miene ihres Nachbarn sah, der die Jugendlichen gegenüber vom Smuggler's Inn beobachtete. Sie trugen Taucheranzüge und stachelten sich johlend und kreischend gegenseitig dazu an, von der Kaimauer ins tintenblaue Wasser zu springen. Von Frühling bis Herbst spielte sich jeden Sonntagabend das Gleiche ab in Porthmellow: Teenager hüpften ins Hafenbecken, während vor dem Pub die Brassband musizierte. Krönender Abschluss des Wochenendes, bevor alle am nächsten Morgen zur Arbeit oder in die Schule gehen mussten.

Sam stellte ihr Bierglas auf den splittrigen alten Holztisch. Wie vieles in Porthmellow hätte der Pub eine Aufhübschung gut gebrauchen können. »Bist du als junger Kerl nicht auch in den Hafen gesprungen?«

»Na ja, schon.« Troy schüttelte den Kopf, als die nächsten Wagemutigen mit schrillen Schreien auf die Mauer kletterten. »Aber wir hatten nicht so schicke Taucheranzüge. Bin in meiner Baumwollunterhose reingehopst. Meine Mum hat sich jedes Mal furchtbar aufgeregt, weil ich nur drei hatte. Eine war immer in der Wäsche, eine trug ich, und die dritte war für sonntags. Und Löcher hatten sie auch jede Menge, wenn Mum sie in der Mangel gehabt hat.«

»Ich hab dich echt lieb, Troy, aber das hätte ich jetzt nicht wissen müssen«, erwiderte Sam. Keinesfalls wollte sie sich vorstellen, wie ihr Nachbar in Unterhosen, schlammbraun wie das Hafenwasser, von der Kaimauer sprang.

Sam hielt das Gesicht der Septemberabendsonne entgegen, die ausnahmsweise auf die Terrasse des Pubs schien. Wegen des trüben Sommers waren in diesem entlegenen Teil von Cornwall in diesem Jahr die Touristen ausgeblieben. Viele Familien konnten sich wegen der miesen Wirtschaftslage sowieso gar keinen Urlaub leisten. Was nicht nur dem kleinen Fischerdorf übel zusetzte, sondern auch Sam selbst, die im Vorjahr ihren Job aufgegeben und eine kleine Catering-Firma namens Stargazey Pie gegründet hatte. Wer hätte denn auch den Börsencrash vorhersehen können? Sam ganz gewiss nicht. Sie hatte genug damit zu tun gehabt, ihre Familie zusammenzuhalten, nachdem sie binnen weniger Jahre drei geliebte Menschen verloren hatte.

Doch an Abenden wie diesem gelang es ihr beinahe, daran nicht zu denken.

Troy trank sein Proper Job aus und wischte sich den Schaum von der Lippe. Obwohl er schon siebzig war, arbeitete der alte Carman noch immer in Teilzeit als stellvertretender Hafenmeister, und niemand kannte die Gewässer rund um Porthmellow besser als er. Außer, dachte Sam mit verstohlenem Lächeln, der Mann, der jetzt gerade auf sie zusteuerte. Drew Yelland war ein paar Jahre älter als sie selbst und hatte sonnengebräunte Haut und strohblondes Haar. An seinem Ohr glitzerte ein Goldring.

»Hallo. Tut mir leid, dass ich erst jetzt komme.« Drew begrüßte Sam mit einem Kuss auf die Wange und Troy mit freundlichem Nicken. »Wir sind erst spät zurückgesegelt. Hatte 'ne Gruppe Banker, die ihren Hintern nicht von ihrem Ellbogen unterscheiden konnten. Die Rezession schien denen keine Sorgen zu machen, die saufen bestimmt weiter ihr Craft Beer. Apropos … eure Gläser sehen leer aus. Ich brauch dringend einen Drink. Noch jemand?«

Troy grinste und rieb sich erfreut die Hände. »Hätte nix dagegen einzuwenden.«

»Ich helf dir tragen«, sagte Sam zu Drew und stellte die leeren Gläser auf ein Tablett. Sie wollte den Wirt entlasten, der wegen des Gästemangels gezwungen gewesen war, Personal zu entlassen. Und so konnte sie ungestört mit Drew reden.

»Wie läuft's auf der *Marisco*?«, fragte sie, während Frank das Bier zapfte. Drew hatte ein altes Segelboot, mit dem er Törns für Touristen, aber auch für Jugendliche aus sozial schwierigen Verhältnissen unternahm.

»Könnte besser sein.« Drew reichte Frank einen Zwanzig-Pfund-Schein. »Seit dem Börsencrash sind die Buchungen drastisch zurückgegangen, und im Winter sieht's ja ohnehin mau aus. Wir sind jetzt von Sponsoren und Spenden abhängig, um die Segeltrips für die Kinder zu finanzieren. Die Geschäftskunden streichen die Teambuilding-Ausflüge, und für Otto Normalverbraucher ist so ein Luxus wie Segeln lernen gar nicht mehr drin. Heißt im Klartext, dass wir uns die Törns mit den Kids nicht mehr leisten können. Dabei sind die Segeltouren echt Balsam für ihr Selbstvertrauen und ihre Geschicklichkeit.«

»Das tut mir total leid, Drew«, sagte Sam betroffen. »Ich weiß, wie wichtig dir das ist.«

»Tja. Was soll man machen. Und bei dir so?«

»Könnte auch besser sein. Essen müssen die Leute zwar zum Glück immer, aber Einbußen hab ich trotzdem. Hätte ich in die Zukunft schauen können, wär ich dieses Wagnis gar nicht eingegangen. Mein Job in der Landbäckerei war ja gut.«

»Aber würden wir überhaupt irgendetwas wagen, wenn wir in die Zukunft schauen könnten?«, wandte Drew ein und nahm das Tablett mit den Gläsern in Empfang.

Sam schüttelte den Kopf. »Ich bin froh, dass ich nicht ahnen konnte, was mit Mum und Ryan passieren würde.« Und mit Gabe, hätte sie fast noch hinzugefügt, wollte aber seinen Namen nicht aussprechen. Das tat noch immer viel zu sehr weh. Wenn du erleben musst, wie dein eigener Bruder von deiner großen Liebe an die Polizei verpfiffen wird und in den Knast wandert, während der Geliebte das Weite sucht … so was hinterlässt Spuren.

»Du hattest echt stressige Jahre, aber lass den Kopf nicht hängen. Stargazey wird bestimmt Erfolg haben. Wir müssen nur irgendwie den Sturm überstehen. Dass er kommt, können wir eben nicht verhindern.« Drew grinste. »Und das wird dir jeder sagen, der in Porthmellow geboren und aufgewachsen ist.«

Sam nickte und hielt ihm die Tür auf. Die Brassband schmetterte, was das Zeug hielt, und die Sonne glitzerte so grell auf dem Wasser, dass Sam nach dem Schummerlicht des Pubs geblendet blinzelte.

Sie blickte zu dem Fish-and-Chips-Laden hinüber, an dem ein »Zu vermieten«-Schild hing. In diesem Imbiss hatten Gabe und seine Eltern gearbeitet und im Obergeschoss gelebt, bis Sam und er sich getrennt hatten. Gabes Eltern waren in den Ruhestand gegangen und aufs Land gezogen, und seither stand der Imbiss leer.

Die Eisdiele neben dem Imbiss blieb geschlossen bis zum kommenden Frühjahr. Daneben befand sich Bryony Cronks Hundesalon, doch die beiden anderen Geschäfte in der Häuserzeile standen ebenfalls leer. Obwohl Porthmellow ein wenig verlassen wirkte, fühlte Sam sich in ihrem Fischerdörfchen pudelwohl. Sie liebte den Hafen und den malerischen Glockenturm, die strahlenden Sonnentage ebenso wie die wilden Winterstürme. Drew hatte recht: Niemand konnte das Klima vorhersagen, ökonomisch oder anderweitig. Und die Touristen konnte man nun mal nicht davon abhalten, sich andere Reiseziele zu suchen.

Inzwischen war Troys Frau Evie aufgetaucht. Da sie seit einiger Zeit an Arthrose litt, bewegte sie sich schwerfällig. Es war ein steiler Abstieg von der Stippy Stappy Lane, wo die Carmans in einem Reihenhaus wohnten, nicht weit entfernt vom Wavecrest Cottage, in dem Sam jetzt nur noch mit ihrer Schwester Zennor lebte, seit Ryan vor einem Jahr verschwunden war.

Drew bestellte Evie einen Gin Tonic, dann schauten wieder alle den Teenagern beim Hafensprung zu.

»Ist das da Zennor?«, fragte Evie und deutete auf ein großes schlankes Mädchen mit langen schwarzen Haaren, das auf der drei Meter hohen Kaimauer stand. »Hab meine Fernbrille nicht auf.«

»Ja, das ist sie«, antwortete Sam und zuckte unwillkürlich zusammen, als ihre Schwester mit lautem Platschen im Wasser landete. Dann tauchte sie mit Triumphgeheul wieder auf, und Sam seufzte erleichtert.

Zennor war genauso tollkühn wie ihr Bruder Ryan früher. Und auch Gabe war oft von der Hafenmauer gesprungen. Sie sah ihn noch vor sich, als schlanken Jungen in Shorts, wie er damals aus dem Wasser stieg und auf die Mauer kletterte, die olivfarbene Haut in der Sonne glänzend. Die anderen jubelten oder spornten ihn an, aber Gabe ließ sich nie beeinflussen. Die Meinung anderer war ihm damals schon einerlei – nur die von Sam nicht.

Sie hatte immer daneben gestanden und versucht, ruhig zu wirken, während ihr das Herz bis zum Hals schlug. Wenn er nun mit dem Kopf auf einen Stein oder irgendwelchen Schrott im Hafenbecken prallte? Einmal blieb er viel länger als üblich unter Wasser, und Sam schrie vor Angst, worauf alle sie anstarrten. Dann kam Gabe plötzlich weit entfernt bei einem Boot in Sicht. Sie war damals bereit gewesen, selbst in den Hafen zu springen, alles zu riskieren, um ihn zu retten.

Diese Zeiten waren vorbei.

Sam war erst einundzwanzig, trug aber viel zu viel Verantwortung, um sich solchen Leichtsinn zu erlauben.

Ein schriller Schrei riss sie aus ihren Gedanken, gefolgt von lautem Gelächter.

Troy schnalzte mit der Zunge. »Verdammt gefährlich, dieser Quatsch. Der Hafenmeister würd's gern verbieten, aber das wär ohnehin sinnlos. Die Kinder würden's ja trotzdem machen.«

»Zennor ist kein Kind mehr«, sagte Sam. »Aber ich kann sie auch nicht davon abhalten. Man könnte allerdings meinen, dass sie inzwischen aus solchem Unfug rausgewachsen wäre.«

»Sie will doch nur ein bisschen Spaß haben«, warf Evie ein. »Wenn mir die Knie nicht so wehtäten, würd ich selbst noch mitmachen. Wie alt ist Zennor jetzt? Fünfzehn?«

»Gerade geworden«, antwortete Sam.

»Sobald Jungs auftauchen, hört sie schon von selbst auf«, warf Drew ein.

»Ist schon so weit. Da drüben steht Ben Blazey«, sagte Sam, als sie den schlaksigen Jungen entdeckte.

Evie lachte. »Den verspeist Zennor doch zum Frühstück. Der Bursche traut sich gar nix.«

»Macht aber mit seinem Motorroller jede Menge Krach«, brummte Troy. »Keine Ahnung, wie der es schafft, überhaupt lebendig von Mousehole bis hierher zu kommen.«

Drew schmunzelte, und Sam musste sich das Lachen verkneifen.

Evie erhob den Zeigefinger. »Danke, dass du meinem Gedächtnis auf die Sprünge geholfen hast, Troy.« Sie kramte etwas aus ihrer großen Einkaufstasche hervor. »Habt ihr das hier schon gesehen?«

»Was ist das?«

»Hab ich in der Stadt mitgenommen, als ich beim Computerkurs war«, antwortete Evie und legte einen zerknitterten Flyer auf den Tisch. »Hat jemand Lust, da hinzugehen?«

Sam studierte den Flyer. »Herbstfest in Mousehole am Kai. Folkbands. Spanferkel. Streetfood-Festival. Kochshows. Cider-Zelt. Klingt gut, ja.«

»Stimmt, hab ich auch schon von gehört«, sagte Drew zu Sam. »Möchtest du mit mir und Katya hinfahren? Connor können wir auch mitnehmen.« Katya war Drews Frau, Connor der kleine Sohn der beiden.

Sam wäre gerne zu dem Fest gegangen, vermutete aber, dass Drew sie nur aus Höflichkeit fragte. Er gehörte zu den Menschen, die sich nach dem Tod von Sams Mutter um ihre Familie gekümmert hatten. Drew war ein Freund für Sam, aber auch ein bisschen Brudererersatz.

»Weiß nicht. Am Samstag ist das? Da müsste ich eigentlich arbeiten …« Sam buk ihre typisch kornischen Pies, halbmondförmige Teigtaschen mit unterschiedlichen Füllungen, in einem kleinen Raum in einer Seitengasse und verkaufte sie direkt von dort aus oder bei Veranstaltungen an einem Stand. Sie hätte gar zu gerne einen Verkaufswagen gehabt, konnte sich das aber noch nicht leisten. Sechs Tage die Woche buk sie jeden Morgen, verkaufte auf Märkten in der Umgebung und freitagabends am Hafen von Porthmellow. Das Geld für einen gebrauchten Stand und einen kleinen Ofen zum Wärmen der Pies hatte sie mit Mühe und Not zusammengekratzt, und jetzt träumte sie von einem kleinen Streetfood-Truck. Aber vorerst musste sie zusehen, dass sie überhaupt genug einnahm, um die Miete für die Küche zu bezahlen. Für Extras blieb kaum etwas übrig.

»Wir könnten doch nachmittags fahren«, erwiderte Drew. »Machst du samstags nicht um zwölf zu?«

»Du musst dir auch mal was gönnen«, stimmte Evie ein.

Bevor Sam sich weitere Ausreden einfallen lassen konnte, kam Zennor angesprintet, barfuß, tropfnass und rot im Gesicht vor Aufregung. »Hallo, Leute! Macht einer von euch mit? Troy? Du sollst ja früher beim Hafenspringen der Hammer gewesen sein, hab ich gehört.«

Troy legte die Hand auf sein Glas. »Tropf nicht in mein Bier, Mädel. Ist schon wässrig genug.«

»Wir haben gerade darüber geredet, ob wir zum Herbstfest in Mousehole gehen«, sagte Sam, noch immer unsicher, ob sie Drews Angebot annehmen sollte. Sie vermutete, dass Katya keinen gesteigerten Wert darauf legte, kostbare Familienzeit mit einer anderen Frau zu teilen.

»Hab den Flyer gesehen. Bands klingen scheiße«, verkündete Zennor und schüttelte so heftig den Kopf, dass der Flyer nass wurde und die Druckerfarbe verwischte.

»Hey!«, knurrte Troy.

Sam sah ihre Schwester scharf an. »Zen.«

»Was denn? Das Wasser oder dass ich Schei…«

»Beides. Du solltest dich jetzt auch anziehen, es wird kühl.«

Zennor zuckte die Achseln. »Ich frier aber nicht.«

Sam verkniff sich nur mit Mühe weitere Anweisungen. Sie musste sich immer wieder vor Augen halten, dass sie nicht Zennors Mum, sondern ihre Schwester war, auch wenn sie die Mutterrolle mit neunzehn hatte übernehmen müssen.

»Also, wer hat denn nun Lust mitzukommen?«, fragte Drew erneut. »Die Einladung steht.«

Evie klatschte in die Hände. »Lasst uns doch alle zusammen fahren! Wir könnten uns ein Taxi teilen, dann kann jeder nach Lust und Laune feiern. Die Cyder Farm sponsort das Fest nämlich.«

Sam wäre Evie am liebsten um den Hals gefallen. Sie hatte vermutlich gespürt, dass Sam sich in einer Gruppe wohler fühlen würde, selbst wenn zwei Rentner mit von der Partie waren.

»Klingt schon besser«, bemerkte Zennor. »Wenn's Cider gibt, bin ich dabei.«

»Du bist doch noch keine achtzehn, Mädchen«, gab Troy zu bedenken.

»Ein kleines Glas wird ihr nicht schaden«, widersprach Evie. »Außerdem können wir alle auf sie aufpassen.«

Zennor kicherte. »Kann Ben auch mitkommen? Er hat gerade eine scheiß… 'tschuldigung, eine echt blöde Zeit.« Sie warf ihrer Schwester einen hastigen Blick zu.

»Aber sicher«, sagte Drew. »Soll ich schon mal das Großraumtaxi buchen?«

Während die anderen aufgeregt durcheinanderredeten, griff

Sam zu dem Flyer und hielt ihn gegen das Licht. Die Abendsonne schien durch das feuchte Papier, auf dem die Worte verschwammen: Bands, Streetfood-Festival, Kochshows …

Ihre Mutter hatte Feste, Musik und Tanz geliebt. Den Shantychor hatte Roz Lovell ebenso gern gehört wie die Brassband, und am schönsten fand sie immer, wenn am Ende alle einstimmten und mit Inbrunst die kornische Hymne »Trelawny« schmetterten. Sie genoss es in vollen Zügen, an einem heißen Sommerabend inmitten von Menschenmengen auf der Straße unterwegs zu sein, mit Ryan und den Mädchen beim Flora Dance in Helston oder beim Obby-Oss-Umzug in Padstow. Roz hatte die Kinder alleine großgezogen, der Vater hatte die Familie verlassen, als Sam noch klein gewesen war. Sam sah plötzlich ihre Mutter vor sich, wie sie bei Sonnenuntergang am Kai tanzte, einen Blütenkranz im Haar, die Töchter an den Händen haltend … Bei der Erinnerung an solche unbeschwerten Zeiten tat Sam regelrecht das Herz weh, und sie spürte eine schmerzhafte Sehnsucht danach, Porthmellow wieder so zu erleben, die Straßen voller Menschen, Musik, Lachen und Freude …

»Sam?« Evie legte ihr die Hand auf den Arm. »Alles in Ordnung? Du kommst doch mit?«

Sam zwang sich zu einem Lächeln. »Ja … ja. Na klar. Lasst uns zusammen dahinfahren. Aber … ich hab da noch eine Idee.«

»Was denn, Liebes?«, fragte Evie sanft.

Alle blickten Sam erwartungsvoll an, und bevor sie kneifen konnte, sprach sie die Gedanken aus, die sich in ihrem Kopf überschlugen.

»Das mag sich völlig verrückt anhören … aber wir könnten doch eigentlich zwei Fliegen mit einer Klappe schlagen. Zu dem Fest gehen und dabei gleichzeitig darauf achten, wie das alles gestaltet ist. Ich meine, schaut euch doch mal um. Es geht rapide bergab mit Porthmellow, und das zu einer Zeit, wo die Leute hier dringend Unterstützung bräuchten. Wir müssen mehr Touristen herlocken und dafür sorgen, dass dieser Ort wieder wahrgenommen wird. Ihn mit irgendetwas berühmt machen.«

»Haha«, tönte Zennor. »Womit willst du denn unser Dorf berühmt machen? Porthmellow ist nur ein kornisches Küstenkaff wie jedes andere, mit nervigen Möwen, schrulligen Einheimischen und Mistwetter.«

Sam musste grinsen. »Das stimmt doch gar nicht. Wir sind einzigartig. Porthmellow hat Charakter, kauzige Originale und dramatisches Wetter, das Schlagzeilen macht. Wir könnten genauso berühmt werden wie Padstow, Mousehole oder St Ives. Warum denn nicht?«

Drew stellte sein Bier ab. »Guter Gedanke, aber wie sollen wir das anstellen?«

»Indem wir auch ein besonderes Fest veranstalten.«

Drew und Evie machten große Augen, Zennor schnaubte, und Troy prustete. »Und wer soll das organisieren? Hört sich nach jeder Menge Arbeit und Unruhe an, Mädchen.«

Er hatte natürlich recht, aber es war zu spät. Die Idee hatte in Sams Kopf Wurzeln geschlagen und legte so schnell an Kraft und Tempo zu wie eine mächtige Welle. Sam konnte nicht von dem Gedanken ablassen, dass ihre Mutter sich mit Begeisterung in die Organisation gestürzt hätte. Als die Band jetzt »Trelawny« anstimmte, sah Sam vor ihrem inneren Auge, wie ihre Mutter strahlend am Kai tanzte.

Aber Evie hatte auch recht, und Roz hätte ihr auf jeden Fall beigepflichtet. Sam arbeitete wahrhaftig zu viel. Obwohl sie noch so jung war, trug sie förmlich die Welt auf ihren Schultern. Eine eigene Firma, eine jüngere Schwester, der sie bald ein Studium finanzieren musste, ein Bruder, der inzwischen zwar aus der Haft entlassen war, aber verschwunden blieb. Ein Festival zu organisieren würde viel Arbeit sein, aber auch Spaß machen. Und es konnte sowohl ein würdiges Andenken für ihre Mutter werden, als auch die Stadt attraktiver und Sams Leben spannender machen.

»Wir werden das auf die Beine stellen«, verkündete sie wild entschlossen. »Wir alle zusammen. Und es wird ein Riesenerfolg werden.« Sam warf Drew einen Blick zu. »Stürme hin oder her, wir müssen etwas für Porthmellow tun.«

1

Elf Jahre später, Anfang Mai

ZEHNTES PORTHMELLOW
STREETFOOD-FESTIVAL

29.–30. Juni, am Hafen von Porthmellow
Kult! So groß und lecker wie nie!
Über 100 Stände und Foodtrucks
Nonstop Live-Musik
Kochshows, u. a. mit
Starkoch Kris Zachary
von der BBC *Weekend Kitchen Show*
»Coolstes Foodevent von Cornwall« The Sunday Times

Sam wischte Regenwasser von dem laminierten Plakat, das sie in Händen hielt. Zehn Jahre. Das war ein Drittel ihres gesamten Lebens, und wie schnell war das vergangen.

Sie musste sich noch immer kneifen, wenn sie daran dachte, wie rasend schnell sich das Festival nach der ersten verrückten Idee vor dem Smuggler's Inn entwickelt hatte. Jetzt blinzelte sie, weil ihr Tropfen in die Augen rannen, und versuchte, nicht nach unten zu schauen. Die Trittleiter, auf der sie stand, war keine zwei Meter hoch, aber für jemanden mit Höhenangst war das dennoch kein Pappenstiel. Und dazu bei diesem Wetter. Sturm und Regen tobten wüst, seit sie um sechs Uhr morgens aus dem Haus gegangen war, um die Plakate nach Möglichkeit alle aufzuhängen, bevor sie mit dem Backen für Stargazey Pie anfing. Dass es Anfang Mai sein sollte, konnte man kaum glauben.

Sam biss die Zähne zusammen und schlang die Schnur um ein Halteverbotsschild am Hafenbecken. Eine falsche Bewegung, und sie würde auf dem Kopfsteinpflaster landen oder durch die Abdeckplane der *Marisco* fallen. Ein Sam-förmiges Loch in seinem kostbaren Boot würde Drew sicher nicht zu schätzen wissen. Ihre Finger waren glitschig vom Regen und starr vor Kälte, aber sie wollte, dass die Plakate endlich hingen, weil der Frühling – angeblich jedenfalls – begonnen hatte und bald Scharen von Menschen in Porthmellow auftauchen würden. Und die sollten bitteschön allesamt Ende Juni zum Festival wiederkommen.

Als plötzlich ohrenbetäubendes Gebell zu vernehmen war, rutschte Sam vor Schreck mit einem Fuß ab und musste das Plakat loslassen, um sich mit beiden Händen festzuhalten. Es fiel in eine ölige Pfütze. Während Sam sich an die Leiter klammerte, wandte sie den Kopf und sah hinter sich einen sabbernden Rottweiler, der auf und ab sprang, um an ihren Füßen zu schnüffeln oder vielleicht auch einen Happen abzubeißen.

Wuff! Wuff! Wuffwuffwuff!

Eine Frau mit langem Ledermantel und Megadeth-T-Shirt versuchte das Tier zu bändigen und starrte mit finsterem Blick zu Sam hinauf.

»Morgen, Bryony«, sagte Sam. »Ziemliches Pieselwetter heute, wie?«

Bryony stupste das Poster mit der Spitze ihrer Doc-Martens-Stiefel an. »Ich hatte ja gehofft, ihr macht mal ein Jahr Pause mit dem Festival.« Der Hund bellte erbost weiter, worauf auch Bryony die Lautstärke steigerte. »Mein Sascha kann die Gerüche und den Krach auf den Tod nicht ausstehen.«

Sie tätschelte den Kopf des Rottweilers, und Sam versuchte unterdessen die Bemerkung zu verdauen. Cornwalls selbsternannter Hundeexpertin und sonderbarstem Heavy-Metal-Fan unter der Sonne zu widersprechen, empfahl sich nicht. Wehe jenen, die es wagten, Bryonys Meinung über Hunde oder Musik zu kritisieren … das Gleiche galt für ihre Ansichten über das Festival, Touristen, das Wetter und so weiter und so fort. Wäre Professor Stephen Hawking jemals nach Porthmellow gekommen, dann hätte Bryony wohl auch seine Theorien angezweifelt. Sie wohnte in einem kleinen Haus kaum fünfzig Meter vom Wavecrest Cottage entfernt, und Sam hörte Sascha oft wie verrückt bellen.

Jetzt witterte sie eine Pause in Bryonys Tirade und nutzte sie. »Das Festival führt viele Leute her, die sonst niemals nach Porthmellow kommen würden. Menschen aus der Region genauso wie Touristen, und wir haben uns damit einen Namen in der Food- und Kulturszene gemacht.«

Bryony schnaubte verächtlich. »Kulturszene? Die Touris sind doch das Grauen, und die Musik ist der reinste Alptraum. Ich überleg mir sogar, ob ich nicht in der Zeit zumachen und verreisen soll.«

»Soll das eine Drohung oder eine frohe Botschaft sein?«,

murmelte Sam vor sich hin, bereute aber auf der Stelle, in die Falle getappt zu sein. Sie konnte es sich in ihrer Position als Festivalleiterin nicht erlauben, Leute gegen sich aufzubringen. Deshalb zwang sie sich zu einem entschiedenen, aber höflichen Tonfall. »Du weißt aber doch, dass die Leute während des Festivals viel Geld in den Geschäften der Stadt lassen.« Inklusive deinem Hundesalon, hätte sie gerne hinzugefügt, weil sie wusste, dass dort während des Festivals der Irrsinn tobte. Und tatsächlich drohte Bryony alljährlich in diesen Tagen zu schließen, hatte es aber noch nie getan.

»Im letzten Jahr ist Sascha fast an einer hölzernen Pommes-Gabel erstickt«, sagte sie jetzt anklagend. »Hat wahrscheinlich einer der Idioten weggeschmissen, die sich diese jämmerliche Folkband angeschaut haben.«

»Tut mir leid, dass Sascha krank war, aber die Gabel kann von sonst woher gestammt haben, und wir bemühen uns wirklich nach Kräften, alles so schnell wie möglich aufzuräumen. Du weißt ja, dass das Team aus ehrenamtlichen Helfern besteht …« Bryony verzog höhnisch das Gesicht, und Sam gab auf. »Könntest du mir vielleicht das Plakat hochreichen?«

»Sorry. Muss den Laden aufmachen. Gibt ja Leute, die einen echten Beruf haben.« Bryony streichelte den Rottweiler. »Komm, Schätzlein. Wir müssen heute einen Pudel und zwei Cockerspaniels zurechtmachen.«

Und damit stapfte sie mit Sascha davon. Sam kannte Bryony seit ihrer Schulzeit und war mit ihrer Griesgrämigkeit vertraut. Es gab zwar diverse Leute, die etwas gegen das Festival hatten, aber Bryony tönte grundsätzlich am lautesten von allen. Im Großen und Ganzen waren die Einwohner von

Porthmellow unterstützend, aber es war so, wie Roz ihr immer gesagt hatte: Man konnte es nicht allen recht machen. Im Laufe der Jahre hatte es auf der Facebook-Seite des Festivals und in letzter Zeit auch auf Instagram und Twitter etliche abfällige Kommentare gegeben. Beim ersten Mal war Sam gekränkt und aufgebracht gewesen, aber inzwischen hatte sie sich eine dickere Haut zugelegt. Es war ihr einerlei, was die Leute redeten. Das Festival auf die Beine zu stellen war damals die Rettung für Sam gewesen, weil sie eine Aufgabe brauchte. Und es hatte wieder Leben in den Ort gebracht, was genauso wichtig war.

Der Regen prasselte auf ihre Jacke und drohte das Plakat in den Hafen zu schwemmen. Hastig stieg Sam von der Leiter, um es noch rechtzeitig zu erwischen, aber eine Gestalt in scharlachroter Öljacke, weißer Jeans und geblümten Gummistiefeln stürzte sich bereits darauf. Chloe. Sam lächelte. Ein freundliches Gesicht war genau das, was sie nach ihrer Begegnung mit dieser Schreckschraube brauchte.

»Hier. Hab gesehen, wie Bryony dich angeknurrt hat. War sie wieder unausstehlich?«

Sam nahm das Plakat in Empfang. Chloe Farrow wohnte erst seit dem vergangenen Herbst in Porthmellow, sie war nach ihrer Scheidung aus Surrey hierher gezogen. Sie war Eventmanagerin und arbeitete noch immer gelegentlich als Freelancerin für ihre frühere Firma. Klein und zierlich, war Chloe dennoch ein Energiebündel, das ständig vor Ideen sprühte. Insgeheim war Sam überzeugt, dass Chloe von einer Art innerem Atomreaktor angetrieben wurde.

»Hat mich wieder angemotzt wegen des Festivals«, antwortete Sam, »und wollte nicht mal das Plakat aufheben. Die hat doch den falschen Beruf. Sie sollte Alcatraz leiten.«

Chloes dunkelbraune Augen funkelten amüsiert. Die glänzenden schwarzen Haare waren kunstvoll hochgesteckt, was ihre zarten Gesichtszüge betonte. Ihre Mutter stammte aus Hongkong, der Vater war Waliser, und Chloe hatte von den chinesischen und den keltischen Genen in puncto Aussehen das Beste mitbekommen. Obwohl ihr trotz des Schirms immer wieder der Regen ins Gesicht peitschte, war ihr dezentes Make-up nicht verwischt, und sie sah elegant und makellos aus. Sams krause rostrote Locken waren von der Kapuze platt gedrückt, und sie trug die Klamotten, auf die ihr Blick am Morgen zuerst gefallen war: Jeans vom Stuhl im Schlafzimmer, ein langärmliges T-Shirt direkt aus dem Trockner und die alte Regenjacke vom Haken auf der Veranda.

Chloe dagegen sah aus wie eine wandelnde Werbung für die Designer-Boutiquen am schickeren Ende des Kais. Seit es das Streetfood-Festival gab, hatten bereits drei Boutiquen neu eröffnet, außerdem eine renommierte Kunstgalerie, ein stilvoller Einrichtungsladen und ein Biocafé. Inzwischen gab es kaum noch Leerstand in Porthmellow, und sogar der Imbiss bot neben Fish and Chips oder Brühwurst auch Salate und Wraps an.

Sam hielt das nicht für Zufall – sie war der Überzeugung, dass die neuen Geschäfte durch die Besucherscharen angelockt worden waren, die im Sommer zum Festival kamen. Auch Stargazey Pie profitierte davon. Vor ein paar Jahren hatte Sam sich statt der winzigen Küche in der Seitengasse eine modern ausgestattete Backstube am Ortsrand mieten können und einen Verkaufswagen angeschafft, in dem sie jetzt in ganz Cornwall auf Märkten und bei Festen ihre Pies anbot. Es war harte Arbeit, und reich würde sie damit nicht werden, aber sie fand es wunderbar, unabhängig zu sein und von etwas leben zu können, das sie gerne machte.

»Ich hab gestern die meisten Plakate und Flyer in den Geschäften verteilt«, sagte Chloe. »Du hast wohl den Kürzeren gezogen, weil du sie draußen aufhängen musst. Wollte gerade Nachschub holen. Ich schätze mal, bis heute Nachmittag hab ich alle Läden bestückt. Soll ich dir erst mal hier helfen? Ich hab ein schlechtes Gewissen, weil ich durch die Geschäfte spaziere, während du hier dem tosenden Atlantik trotzen musst.«

»So schlimm ist es noch nicht.« Sam lächelte. »Wenn die Wellen über den Uhrturm hereinbrechen … dann kannst du anfangen, dir Sorgen zu machen.«

»Großer Gott. Ich hab Fotos von dem gewaltigen Sturm von vor ein paar Jahren gesehen.« Chloe schauderte und beäugte argwöhnisch die gischtenden Wogen hinter den Wellenbrechern, die den Hafen vor dem Meer schützten. »So was droht uns doch wohl hoffentlich nicht während des Festivals, oder?«

Tatsächlich hatte Sam schon dreißig Meter hohe Wellen erlebt, die Gischt war höher gewesen als der Glockenturm. Bei extremen Stürmen wurde sogar im Fernsehen darüber berichtet, aber die Dorfbewohner waren stets gut vorbereitet. Nur hirnlose Touristen gerieten in Schwierigkeiten, wenn sie sich trotz des Schilds, das auf Lebensgefahr hinwies, bei solchen Unwettern am Hafen herumtrieben. Was leider immer wieder vorkam.

»Na ja, in Porthmellow weiß man nie so genau, was vom Ozean zu erwarten ist«, sagte Sam, die Chloes entsetzte Miene ziemlich amüsant fand. »Aber keine Sorge, im Juni ist das eher unüblich. Und zumindest die Leute aus der Region kommen auch bei Regen. Wir sind ein zähes Völkchen.«

Chloe seufzte erleichtert, doch bevor sie etwas erwidern konnte, summte ihr Handy. Als sie die Nachricht las, trat ein strahlendes Lächeln auf ihr Gesicht.

»Kris Zacharys Assistentin schreibt, ich soll sie anrufen. Will wahrscheinlich die Ausstattung checken. Kris zu buchen war eine echt geniale Idee, obwohl er eine Menge Geld kostet. Wir haben schon viel Presse deshalb, vor allem wegen ... ähm, seines Privatlebens in letzter Zeit. Diese funkelnden blauen Augen ... und wie er durch die Küche wirbelt! Das ist ein echter Hingucker.«

»Hmm. Ja, medienwirksam ist der im Moment auf jeden Fall, wenn auch aus den falschen Gründen«, erwiderte Sam und dachte an die Berichte über die Trennung des Starkochs von seiner Frau und die neue Freundin, die er sich auch gleich zugelegt hatte.

»Dass er überhaupt zugesagt hat, heißt doch, dass Porthmellow inzwischen in der Food-Szene auf nationaler Ebene Rang und Namen hat«, erwiderte Chloe.

»Ich hoffe nur, dass Porthmellow ihm vom Niveau her ausreicht«, sagte Sam. Regenwasser tropfte ihr von der Nase. Die Zeit raste, und sie musste die Plakate noch anbringen und gleich mit dem Backen für Stargazey Pie loslegen.

Chloe spähte unter dem Schirm hervor. »Muss schon sagen, das Festival ist doch erheblich aufwändiger, als ich erwartet hatte. Hab ja schon einige Events organisiert, aber das ist bislang das größte.«

»Ich glaube, ich hab mich noch gar nicht richtig bei dir bedankt dafür, dass du ins Planungskomitee eingestiegen bist«, sagte Sam. »Ohne dich würden wir ja gar nicht mehr klarkommen.«

Chloe freute sich sichtlich über Sams Bemerkung. »Ach, ich wollte das unbedingt. Ich kann nicht rumsitzen und nichts tun, und auf die Art und Weise lerne ich auch viele Leute kennen.«

Sie hatte erzählt, dass sie nach Porthmellow gezogen war, weil sie mit ihrem Ex-Mann und ihrer Tochter Hannah hier so glückliche Urlaube verlebt hatte. Und weil Porthmellow nicht nur Ferienort war, hier lebten und arbeiteten Menschen das ganze Jahr über. Sam stellte es sich aber nicht leicht vor, so weit entfernt von Zuhause zu sein, vor allem da Hannah gerade ihr Studium in Bristol begonnen hatte. Sam hatte sie noch nicht kennengelernt, spürte aber, dass Chloe sehr an ihrer Tochter hing. Da Chloe enorm jugendlich wirkte, musste sie früh Mutter geworden sein.

»Danke dir. Kommt Hannah denn zum Festival?«, fragte Sam.

Chloe zögerte. »Ich glaube eher nicht. Sie hat wahrscheinlich in der Zeit Prüfungen und wollte wohl gleich danach verreisen. Und ich hätte ja ohnehin in der Phase keine Zeit für sie.«

»Tja, das stimmt natürlich«, sagte Sam und bereute, gefragt zu haben, denn Chloe klang etwas enttäuscht. In den acht Monaten, seit sie in Porthmellow wohnte, hatte Hannah sich noch nicht blicken lassen. Vielleicht gab es Konflikte in der Familie. Damit kannte Sam sich zur Genüge aus.

»Ich sollte jetzt die Assistentin von Kris anrufen«, sagte Chloe. »Wir sehen uns beim Planungstreffen, ja?«

Als sie gegangen war, hängte Sam weiter Plakate auf und verlor sich dabei unwillkürlich in Erinnerungen. Seit zehn Jahren wurde das Festival von Jahr zu Jahr größer. Aber nicht alles hatte sich in diesen letzten zehn Jahren so gut entwickelt wie das Festival. Sams Liebesleben war quasi nicht existent. Sie war jetzt zweiunddreißig, und es mangelte durchaus nicht an Interesse und Angeboten. Aber ihre ganze Energie floss in die Arbeit für Stargazey Pie, das Festival und Zennor. Und letztlich musste Sam sich auch eingestehen, dass sie noch nicht bereit war, Energie in eine dauerhafte Beziehung zu stecken. So wenig es ihr gefiel – sie hatte die Sache mit Gabe nach wie vor nicht verkraftet.

Als Sam auf die Leiter stieg, um das letzte Plakat zu befestigen, musste sie wieder an diesen Abend vor elf Jahren denken, als Ryan verhaftet worden war. Sie war alleine zu Hause gewesen und hatte sich auf einen kuscheligen Abend mit Gabe gefreut. Als er vor der Tür stand, öffnete sie ihm strahlend und fiel ihm um den Hals.

»Du bist ja spät dran. Ich hab dich schon vermisst«, raunte sie ihm ins Ohr.

Doch er schob sie behutsam von sich weg und sagte: »Sam, ich muss dir was erzählen. Leider nichts Gutes.«

Ihr blieb fast das Herz stehen. Wollte er sich von ihr trennen? Hatte er eine andere Frau?

»Es geht um Ryan«, sagte Gabe.

Sam stockte der Atem. »Oh Gott, was ist denn mit ihm?«

»Er ist wohlauf. Bislang«, antwortete Gabe.

Damit fing alles an.

Doch eigentlich hatten die Probleme schon bald nach dem Tod ihrer Mutter begonnen.

Damals, als Ryan mit Anfang zwanzig die Leitung des Spielsalons übernommen hatte. Wobei »Leitung« eindeutig der falsche Ausdruck war, denn er brachte genauso viel Zeit an den Spielautomaten zu wie die Kunden. Was dazu führte, dass er Schulden machte und sich Geld borgte. Sam war extrem beunruhigt über die schlechte Gesellschaft, in die Ryan geraten war, einen Haufen Tagediebe und Taugenichtse. Aber ihr Bruder tat, als sei alles in bester Ordnung.

Erst als Gabe es ihr sagte, erfuhr Sam, dass Ryan mit Komplizen plante, den eigenen Spielsalon auszurauben. Sie flehte Gabe damals an, nicht zur Polizei zu gehen, aber er hatte es dennoch getan, und die ganze Bande wurde auf frischer Tat ertappt. Sam war schockiert, als ihr Bruder zu einer Haftstrafe von achtzehn Monaten verurteilt wurde, hoffte aber, dass er daraus lernen und das Ganze mit ihrer Unterstützung einigermaßen gut überstehen würde. Doch nach ihrem ersten Besuch im Gefängnis wollte Ryan sie nicht mehr sehen. Er sagte, seine Schwester solle sich nicht an einem solchen Ort aufhalten. Und als er wieder auf freiem Fuß war, wollte er weg von Porthmellow, weil er sich schrecklich schämte, seinen Schwestern so etwas Schlimmes angetan zu haben. Und weil er sich vor der Reaktion der Einheimischen fürchtete.

»Ich bin Gift für die Familie«, sagte er damals. »Bitte versteh, dass ich nicht hierbleiben kann. Ich muss anderswo einen Neuanfang machen.«

Danach verschwand er zunächst spurlos. Es war grauenhaft für Sam, nicht zu wissen, ob er überhaupt noch lebte. Sie suchte im Internet nach ihm, rief ihn zweimal am Tag an, bis er seine Nummer änderte. Einmal behauptete jemand, er habe Ryan in einem bestimmten Viertel in Plymouth gesehen, worauf Sam sofort dorthin fuhr und in den Pubs nach ihm fragte. Was natürlich ergebnislos war und sie nur noch mehr bedrückte.

In dieser Zeit ging auch ihre Beziehung mit Gabe in die Brüche. Er hatte versucht, seine Beweggründe begreiflich zu machen, hatte gesagt, dass es auch zu Ryans Bestem gewesen sei. Man hätte nicht nur die Dorfbewohner vor Ryan, sondern auch ihn vor sich selbst schützen müssen.

Sam wusste sehr wohl, dass Gabe recht hatte, doch das änderte nichts an ihren Gefühlen. Ryan war ihr Bruder, und sie konnte Gabe nicht vergeben, dass er ihn verraten hatte. So war Sam letztlich gezwungen, Stellung zu beziehen, und entschied sich für Ryan. Sie hatte ihn mit großgezogen, und obwohl er älter war als sie, hatte sie ihm die Mutter ersetzt. Gabe jedoch hatte gegen ihren Willen gehandelt, und deshalb trennte sie sich von ihm. Er versuchte sie umzustimmen, doch sie blieb bei ihrer Entscheidung, und Gabe nahm eine Stelle als Souschef in London an. Seither hatte Sam nichts mehr von ihm gehört. Innerhalb kurzer Zeit hatte sie ihre Mutter, ihren Bruder und ihre große Liebe verloren.

Irgendwann meldete sich Ryan, jedoch nur, um zu sagen, dass es ihm so weit gut ging, er aber nicht mehr nach Porthmellow zurückkehren werde. Danach schickte er den Schwestern nur noch Karten zu den Geburtstagen und zu Weihnachten. Sam hatte ihn seit diesem einzigen Besuch im Gefängnis nicht mehr zu Gesicht bekommen und wusste nichts über sein Leben.

Der Skandal schadete auch Zennor und Porthmellow. Einige Leute verdammten Ryan, andere verteufelten Gabe, weil er jemanden aus der Familie verraten hatte. Nach wie vor warf das Ereignis Schatten auf Sams Leben. Ihre wenigen Beziehungsversuche waren von kurzer Dauer gewesen. Seit der Trennung von Gabe konnte sie sich auf niemanden mehr richtig einlassen. Ihr Engagement für das Festival hatte ihr zunächst eine passende Ausrede geliefert, aber allmählich musste sie sich eingestehen, dass sie sich einsam fühlte. Sie wünschte sich Liebe und eine eigene Familie, konnte sich aber gar nicht mehr vorstellen, wie das noch gelingen sollte.

Und dafür konnte sie letztlich nicht Gabe die Schuld geben, sondern musste ihr eigenes Verhalten ändern. Vielleicht konnte sie das zehnte Festival zum Anlass dafür nehmen. Sie sollte sich mal verabreden, etwas riskieren …

Als sie fröstelte, merkte Sam, dass sie bis auf die Haut durchnässt war. Die Regenjacke war inzwischen auch aufgeweicht, und ihre Jeans troff schon vor Wasser.

Nachdem das letzte Plakat aufgehängt war, machte Sam sich schleunigst auf den Weg zu Stargazey. Plötzlich hörte sie hinter sich jemanden rennen und drehte sich um. Chloe kam angehastet und sah so besorgt aus, dass Sam sofort einen Anflug von Panik verspürte.

»Was ist los?«

»Dieser Anruf von Kris Zacharys Assistentin. Keine guten Nachrichten. Er hat abgesagt.«

2

Sam stöhnte. Das hatte ihr gerade noch gefehlt. »Was?«

»Ich überbringe wirklich ungern schlechte Nachrichten«, sagte Chloe betreten. »Er hat gerade die Insolvenz erklärt, sein gesamtes Unternehmen ist bankrott. Vermutlich wird er sogar wegen Steuerhinterziehung angeklagt.«

»Ach, du meine Güte. Wer hätte das gedacht.«

»Niemand vermutlich, aber es ist so. Seine Assistentin sagte, er musste für die nächsten Monate alle Auftritte absagen. Sogar noch bis nächstes Jahr, falls er vor Gericht kommt.«

»Mist.« Sam rieb sich entnervt die Stirn. »Und woher kriegen wir jetzt auf die Schnelle einen neuen Starkoch?«

»Tut mir leid … ist echt ein Schock …« Chloes Miene erhellte sich. »Aber zum Glück haben wir bislang nur einen Teil seines Honorars bezahlt.«

Sam stöhnte noch lauter. »Das sind immer noch ein paar Tausend! Wir machen zwar inzwischen einen kleinen Profit, aber wir können es uns auf keinen Fall leisten, so viel Geld zu verlieren! Das bräuchten wir außerdem für den neuen Koch.«

»Hmm …« Chloe überlegte. »Das ist natürlich gar nicht gut.« Sie sah ziemlich niedergeschlagen aus, und wenn Chloe nichts mehr einfiel, dann war die Lage wirklich miserabel.

»Gibt es keinerlei Chance, dass wir die bereits bezahlte Summe zurückkriegen?«, fragte Sam.

Chloe zog die Nase kraus. »Das hab ich natürlich sofort gefragt. Seine Assistentin meint, sie will sehen, was sie tun kann, klang aber nicht zuversichtlich. Und ich vermute, dass wir auf einer langen Liste von Gläubigern ganz unten landen. Ich glaube kaum, dass eine Klage Aussicht auf Erfolg hat.«

»Wir müssen das morgen mit dem Komitee besprechen«, sagte Sam und hielt sich innerlich dazu an, nicht den Kopf hängen zu lassen. Unter keinen Umständen durfte sie zulassen, dass dieser Tiefschlag das Festival ruinierte, wenn sie auch noch keinerlei Geistesblitz hatte, was man unternehmen konnte.

»Inzwischen versuch ich, mir irgendwas einfallen zu lassen. Vielleicht können wir einen Chefkoch aus der Region engagieren, obwohl Kris natürlich viel mehr Publicity bekommen hätte. Aber jedenfalls danke für deinen Einsatz …« Sam schlug sich an die Stirn. »Ach, herrje. Dann müssen wir ja auch alle Plakate ändern, da steht Kris' Name drauf.«

»Ja, das müssen wir wohl.« Chloe verzog das Gesicht. »Obwohl das, glaube ich, gerade unsere geringste Sorge ist. Ich werd mal bei meinen Event-Kontakten herumtelefonieren, ob da jemand eine Idee hat.«

»Das wäre toll, Chloe. Ohne dich wären wir aufgeschmissen.«

Chloe strahlte. »Der Dank ist ganz auf meiner Seite. Durch das Festival habe ich endlich eine sinnvolle Aufgabe hier. Aber du musst mir sagen, wenn du das Gefühl hast, dass ich zu viel an mich reiße, ja?«

»Tust du nicht. Keine Sorge, ich mach mich dann bemerkbar.« Tatsächlich hatte Sam schon den Eindruck gehabt, dass Chloe etwas zu leidenschaftlich zu Werke ging, war nun aber immens dankbar für ihre Unterstützung.

»Ich meld mich wieder«, sagte Chloe.

»Und ich schreib allen vom Komitee über die WhatsApp-Gruppe und überlege beim Backen. Bin furchtbar spät dran, Stefan ist sicher schon fuchsteufelswild.«

Sam eilte zu den Räumen von Stargazey Pie in dem kleinen Gewerbegebiet. Das Streetfood-Festival war wichtig, aber sie hatte schließlich auch noch eine Firma zu betreiben.

Stargazey Pie war ihr Brotberuf, mit dem sie Zennor unterstützt hatte, bis die ihr Studium abgeschlossen und mit Ben eine Grafikdesignfirma gegründet hatte. Die beiden betrieben ZenBen Graphics in einer ehemaligen Autowerkstatt hinter dem Hafen, entwarfen Websites, Werbematerial und Schilder und waren damit in kleinem Maßstab recht erfolgreich.

Sam betrat das Gebäude, nahm im Vorraum ihre Schürze vom Haken und wusch sich die Hände.

»Was glaubst du wohl, wie viel Uhr es ist?« Stefan erschien in der Tür zur Küche und hielt empört die Hände hoch, die in mehlbestäubten Latex-Handschuhen steckten. Stargazey stellte seinen eigenen buttrigen Pastetenteig her, den Sam über die Jahre perfektioniert hatte.

»Hatte ein paar Probleme. Tut mir leid, dass ich so spät dran bin.«

»Du bist ja völlig durchnässt«, bemerkte Stefan missbilligend. Er war ein Freund ihrer Mutter und Sams rechte Hand im Unternehmen, aber auch ein Stückweit Vaterersatz. Meist führte Stefan sich wie der Boss auf und konnte auch ordentlich scharfzüngig sein, hatte aber ein Herz aus Gold, und Sam mochte sich ihr Leben ohne ihn gar nicht vorstellen.

»Weiß ich.«

»Waren das zufällig Probleme mit dem Festival?«

»Ja, waren es. Ich hab gerade die Plakate aufgehängt, als …«

»Bei diesem Wetter? Hab ich dir schon mal gesagt, dass du nicht alle Tassen im Schrank hast?«

»Ziemlich oft, ja.« Sam grinste, als ihr wieder einfiel, wie sie wegen Saschas Gebell fast von der Leiter gefallen war. »Aber der Regen ist leider mein geringstes Problem. Unser Starkoch ist gerade ausgestiegen.« Sam drapierte ein blaues Haarnetz über ihren Schopf störrischer Locken und nahm einen frischen weißen Overall aus dem Regal.

»Kris Zachary?« Stefan verzog abfällig das Gesicht. »Kann nicht behaupten, dass ich das furchtbar bedaure. Ich finde den Burschen enorm eingebildet. Der hält sich doch für das größte Focaccia-Genie unter der Sonne. Aber Kieran findet ihn ganz toll, wegen der ›funkelnden Augen‹. Er hat schon gehofft, dass du ihn und Kris bekanntmachen würdest. Aber ich hab immer Angst, dass Haare aus seinem albernen Ziegenbärtchen in den Gerichten landen.«

Sam lachte lauthals und vergaß für einen Moment ihre Sorgen. Kieran und Stefan waren seit acht Jahren verheiratet. Kieran machte die Buchhaltung für Stargazey und hatte auch ehrenamtlich die Regelung der Festival-Finanzen übernommen.

»Ich fürchte, Kieran wird nicht so schnell ein Selfie mit Kris Zachary kriegen. Dem droht offenbar Anklage wegen Steuerhinterziehung. Als hätten wir nicht schon genug an der Backe.«

Stefan schnalzte mit der Zunge. »Na, du weißt ja, dass ich dich für völlig plemplem halte, weil du dir die Firma und das Festival zugleich ans Bein gebunden hast. Dieser Ort kann sich glücklich schätzen, dich zu haben.«

Sam gestattete sich ein kleines Lächeln. Eine Zeitlang hatte sie eher das Gefühl gehabt, schädlich für Porthmellow zu sein. Ihr Bruder hatte für so viel Aufregung und Ärger im Ort gesorgt, und Sam fühlte sich damals wie heute anteilig dafür verantwortlich. Sie hatte sich schon öfter gefragt, ob sie auch aus diesem Grund das Festival ins Leben gerufen hatte.

»Lass uns lieber loslegen. Wir sind echt spät dran.«

»Und an wem liegt das?«, entgegnete Stefan kopfschüttelnd.

»Schon gut, schon gut, hab's kapiert.«

Sam band sich die Plastikschürze über den Overall, wusch sich nochmals die Hände und zog frische Latexhandschuhe an. Stefan war in der Küche für den Teig zuständig, Sam für die Füllungen der Pies. Zurzeit gab es die Frühlingsvarianten, zwei vegetarische und zwei mit Fleisch. Es wurden keinerlei künstliche Zusätze benutzt und nur erstklassige Zutaten wie Biomehl, Fleisch und Fisch aus der Region und frisches Gemüse, das im milden Klima von Cornwall bestens gedieh. Sogar die Backformen hatten exquisite Qualität. Sams Pies waren teurer als Fertigware, doch dafür bekamen die Kunden auch etwas Gesundes und Hochwertiges und wussten das bislang zu schätzen.

Die Konkurrenz in der Slowfood- und Streetfood-Szene

hatte enorm zugenommen, seit Sam ihr Unternehmen gegründet hatte, aber sie war stolz auf ihre Produkte und erfand ständig neue Rezepte, um ihren Kunden etwas zu bieten. Der enorme Arbeitseinsatz lohnte sich dafür, fand sie.

Sie dachte zurück an die Wochen, in denen sie mit Hilfe ihrer Freunde einen Pferdetransporter in einen schönen Verkaufswagen umgebaut hatte, der inzwischen das ganze Jahr über auf Bauernmärkten und bei Veranstaltungen zu finden war. Das Angebot gestaltete sie saisonal. Im Sommer gab es kalte Quiches, Pies, pikantes Gebäck und selbstgemachte Salate. Gelegentlich wurde sie auch für Hochzeiten und Partys gebucht, bei denen man Wert auf Individualität legte, und es gehörte zu ihren absoluten Lieblingstätigkeiten, sich für das Hochzeitspaar oder das Geburtstagskind etwas Originelles einfallen zu lassen.

An diesem Abend gab es keine Termine, und Sam und Stefan brachten den Tag damit zu, Pies zu füllen und mit Ei zu bepinseln, damit für den nächsten Tag alles vorbereitet war. Die Zeit verging wie im Fluge, und als Stefan Mittagspause machte, rief Sam Zennor an, um sie auf den neuesten Stand zu bringen und die Umgestaltung der Plakate zu besprechen. Der Vorteil des schlechten Wetters war immerhin, dass noch nicht mal die Hälfte aller Plakate aufgehängt war. Ben und Zennor versprachen, in ihrer Mittagspause so viele wie möglich wieder zu entfernen, und wollten auch Drew bitten, nach Feierabend mitzuhelfen.

Während der Arbeit überlegte Sam angestrengt, wie sie das Problem mit dem Starkoch lösen sollte. Gegen Abend beschloss sie dann recht resigniert, dass man sich wohl mit einem Chefkoch aus der Region zufriedengeben musste. Was natürlich kostengünstiger sein würde, aber es war eben auch nicht der besondere Akzent, den sie sich für das zehnjährige Jubiläum des Festivals gewünscht hatte. Sie säuberte gerade mit Stefan die Küche, als es an der Hintertür klopfte. Durch die Glasscheibe sah Sam Chloe, die grinste wie ein Honigkuchenpferd und aufgeregt mit den Händen fuchtelte. Sam warf das Küchenpapier in den Abfall, das sie gerade in der Hand hielt, und öffnete die Tür.

Ihre Freundin kam hereingeschossen wie eine Kanonenkugel. »Du wirst nicht glauben, was ich dir zu erzählen habe! Es ist absolut fantastisch!«

»Na, was denn?«

Chloe hielt den Zeigefinger hoch. »Rate.«

Obwohl Sam hundemüde war, weil sie auf Leitern herumgestanden und nonstop Pies gebacken hatte sowie eine niederschmetternde Enttäuschung verarbeiten musste, wurde sie doch von Chloes Begeisterung angesteckt.

»Das Festival hat eine gigantische Spende aus Lotteriegeldern bekommen, mit der die nächsten tausend Jahre finanziert sind?«

»Nein, das nicht … aber beinahe so gut.« Chloe grinste. »Los, rate weiter.«

»Jude Law hat zugesagt, nur mit einem Nixenschwanz bekleidet am Hafen dem Meer zu entsteigen?«

»Schön wär's. Aber leider nein. Nächster Versuch.«

»Mir fällt nichts mehr ein, ich bin zu fertig. Also bitte sei so gut und erlöse mich.«

»Ich hab einen neuen Starkoch fürs Festival an der Hand!

Der ist total berühmt – und kostet nicht mal viel Geld!« Chloe wedelte triumphal mit den Händen. »Ta-da!«

»Wow, super! Wie toll ist das denn! Ein Wunder! Du bist genial!« Sam war augenblicklich im siebten Himmel. »Wie hast du das nur hingekriegt?«

»Ich hab in meiner Event-Firma angerufen, und eine Kollegin hat mal mit ihm bei einer großen TV-Kochshow gearbeitet und sagte, er würde vielleicht einspringen. Ich kann kaum fassen, dass er zur Verfügung steht, und dann kam auch noch raus, dass er aus der Gegend hier kommt …«

»Wer ist es?«, fragte Sam, und im nächsten Moment lief es ihr kalt den Rücken hinunter. Nein. Das konnte einfach nicht sein. Doch nicht …

Chloe strahlte und hampelte entzückt herum.

»Gabriel Mathias!«, flötete sie dann. »Ist das nicht unglaublich? Der ist doch noch viel passender als Kris Zachary. Viel berühmter und kommt auch noch aus Cornwall!«

Sam wurde flau im Magen, und sie bekam am ganzen Körper Gänsehaut. Es kostete sie enorme Mühe, sich ein Lächeln abzuringen. »Gabriel Mathias? Wow. Wow … wow …«, sagte sie so mechanisch wie ein kaputter Roboter.

Sie war völlig verstört. Jeden anderen hätte sie mit Kusshand empfangen. Aber wie um alles in der Welt war Chloe ausgerechnet an den Mann geraten, der Sam fast das Herz gebrochen hatte?

3

@PorthmellowGirl: Die Poster fürs Streetfood-Festival hängen. Kris Zachary kommt! Ich liebe seine Shows! #Sommerfestival

Während Chloe die steile Straße zu ihrer Wohnung hinaufstapfte, zerbrach sie sich den Kopf darüber, ob sie einen Fehler begangen hatte. Was war falsch daran, Gabriel Mathias zu engagieren?

Weil sie Sam entlasten wollte, war Chloe hellauf begeistert gewesen, als es durch ihre Kontakte gelungen war, so kurzfristig den berühmten Spitzenkoch für das Festival zu gewinnen. Sie hatte ihr Glück kaum fassen können. Er war prominent, renommiert und durchaus eine Augenweide. Seine mediterranen Rezepte, griechischen Gene und kornischen Wurzeln erschienen ihr wie eine absolute Traumkombination für das Streetfood-Festival. War der Mann nicht sogar in Porthmellow *geboren*?

Es war Chloe ein Rätsel, weshalb man ihn bislang noch nie gebucht hatte. Vielleicht hatte er zu viel Geld verlangt. Aber zu Chloe hatte er gesagt, man könne sich bestimmt einigen, er würde weniger kosten als Kris Zachary. Das war alles gar nicht zu fassen … und so hatte Sam auch ausgesehen. Völlig verblüfft und aus irgendwelchen Gründen ziemlich panisch. Warum bloß, überlegte Chloe. Der Ersatz war doch eigentlich ideal.

Chloe legte ihre Schlüssel in eine Keramikschale auf der Küchentheke aus hellem Holz. Die Theke war makellos aufgeräumt, und so ordentlich sah auch der Rest der Wohnung aus. An den weißen Wänden hingen einige wenige Gemälde aus örtlichen Kunstgalerien. »The Crow's Nest«, so der Name des Apartments, war die oberste Wohnung von dreien in einem einstigen Kapitänshaus, das hoch oben über Porthmellow thronte.

Der Aufstieg vom Hafen hatte es in sich, hielt Chloe aber fit, und die verwinkelte Wohnung war das absolute Gegenteil der historischen Stadtvilla in dem grünen Vorort von Surrey, wo sie mit Fraser gelebt hatte.

Chloe hatte The Crow's Nest nach der Trennung gekauft und komplett renovieren lassen. Der Kunstrasen auf der Terrasse wurde durch Holzboden ersetzt, die Steinmauer wich einer Glaswand, durch die man über die Dächer auf Hafen und Meer schauen konnte. Chloe fühlte sich immer wie auf der Kommandobrücke eines Schiffs, wenn sie von dort oben dem Treiben am Hafen und dem Spiel der Wellen zusah.

Den etwas kitschigen Namen der Wohnung änderte Chloe nicht, weil sie ihn ganz lustig fand, und Heiteres konnte sie gut gebrauchen. Außerdem nahm sie an, dass Hannah den Namen süß finden würde … Sie hoffte es zumindest. Aber wie die Stimmung zwischen ihnen beiden zurzeit war, schien es ohnehin eher unwahrscheinlich, dass Hannah die Wohnung überhaupt jemals zu Gesicht bekommen würde.

Chloe legte größten Wert darauf, dass ihre Küche und ihre gesamte Wohnung tadellos sauber und aufgeräumt waren. Das war nicht immer so gewesen. Bevor Hannah mit dem Studium begann, mochte Chloe das Tohuwabohu des Familienlebens. Herumliegende Schuhe im Flur, Schulbücher und Zeitschriften überall im Wohnzimmer verstreut, ein Hamsterkäfig auf dem Esstisch und Hannahs Zimmer im Zustand eines Trödelladens.

Seit sie im Crow's Nest lebte, fand Chloe es dagegen störend, wenn auch nur eine Kleinigkeit irgendwo herumlag oder eine Haarsträhne auf ihrem Kopf nicht richtig saß. Sie wusste, dass Psychologen sagen würden, so wolle sie Ordnung in das Chaos ihrer Gefühle bringen. Und tatsächlich versuchte Chloe auf diese Weise, über die Verluste hinwegzukommen. Sie vermisste ihren Ex-Mann noch immer sehr, und obwohl Fraser eine Affäre mit der Barista des Coffeeshops in seinem Unternehmen angefangen hatte, konnte Chloe nicht von der Hoffnung ablassen, dass er eines Tages reumütig zu ihr zurückkehren würde. Ihr war wohl bewusst, dass das äußerst unwahrscheinlich war und dass sie ihn lieber vergessen sollte. Aber es gelang ihr nun mal nicht, und das war nur menschlich. Fraser hatte zwar seine Schwächen, war jedoch ein guter, wenn auch etwas überbehütender Vater und die meiste Zeit ihrer Ehe auch ein liebevoller Gatte gewesen.

Vor allem Hannah fehlte Chloe wie ein lebenswichtiges Organ.

Plötzlich wurde sie von einem heftigen Schuldgefühl erfasst und sank auf einen der Barhocker. Sam hatte heute wieder nach Hannah gefragt, und Chloe war erneut ausgewichen.

Sie hatte nicht direkt gelogen, aber bislang noch niemandem in Porthmellow die Wahrheit über ihre Familienverhältnisse offenbart.

Denn die war zu schmerzhaft. Hannah hatte nicht gerade erst mit dem Studium begonnen, wie Chloe in Porthmellow erzählt hatte, sondern es bereits im Vorjahr abgeschlossen, und lebte mit ihrem Partner Jordan und dem gemeinsamen Töchterchen Ruby in Bristol. Niemand hier im Ort wusste, dass Chloe bereits Großmutter war, weil es ihr nicht gelingen wollte, darüber zu sprechen. Es würde zu sehr wehtun, und außerdem schämte sich Chloe, weil alle hier so enge Beziehungen hatten, vor allem Zennor und Sam. Die hätte zwar wahrscheinlich Verständnis gehabt, weil ihr großer Bruder offenbar verschwunden war. Dennoch fürchtete Chloe so sehr, die Beherrschung zu verlieren, wenn sie über ihre familiären Probleme sprach, dass sie sich lieber darüber ausschwieg.

Sie holte sich ein Glas kaltes Wasser und ging damit auf die Terrasse. Der Regen hatte etwas nachgelassen, und am Horizont durchdrang ein Sonnenstrahl das bleigraue Gewölk und glitzerte auf den Wogen.

Unwillkürlich dachte Chloe, wie sehr Hannah diese Aussicht gefallen würde. Ihre Tochter liebte Cornwall, und die Familie hatte in Porthmellow wunderschöne Urlaube verbracht.

Und der kleinen Ruby würde es bestimmt großen Spaß machen, im Sand zu spielen. Chloe gestattete sich eine kurze Träumerei. Ihre zehn Monate alte Enkeltochter planschte im Wasser und ließ Sand durch ihre Fäustchen rieseln, während Chloe neben ihr auf der Strandmatte saß, die sie eigens für den Besuch der beiden angeschafft hatte. Ruby gluckste begeistert, und Hannah wischte der Kleinen Eiskleckse vom Mund. Und später, wenn Ruby in dem Kinderbett schlief, das Chloe im Gästezimmer aufgestellt hatte, bereiteten Hannah und sie zusammen Jiaozi zu und tranken auf dem Balkon ein Glas Wein, während über der Landzunge die Sonne unterging.

Aber diese Fantasie war zurzeit abwegiger denn je. Dass ihre Mutter nach Cornwall gezogen war, wusste Hannah zwar, doch das änderte überhaupt nichts. Sie hatte ausdrücklich gesagt, dass sie mit beiden Eltern keinerlei Kontakt haben wollte. Auch auf Chloes letzte E-Mail hatte Hannah nur geantwortet: *Lass mich bitte in Ruhe, Mum.*

In dieser Lage hatte Chloe sich nicht nur in die Organisation des Festivals gestürzt, um etwas für Porthmellow zu tun oder hier Freunde zu finden, sondern vor allem, um die Entfremdung von ihrer Familie auszublenden. Ihre kleine Enkelin hatte sie überhaupt noch nie gesehen. Die Leute glaubten meist, Chloe sei privilegiert und habe ein tolles Leben. Würden sie die Wahrheit kennen, würden sie vielleicht eher behaupten, dass sie ihren Schmerz und ihr wirkliches Selbst hinter Designer-Klamotten und perfektem Make-up verbarg.

Doch das wäre zu simpel gewesen. Was sich zwischen Chloe, Fraser und Hannah zugetragen hatte, war weitaus komplizierter, etwa wie eine feingliedrige Kette, die so verknotet und verschlungen war, dass sie sich nicht mehr entwirren ließ.

Die Organisation des Festivals dagegen war etwas, das Chloe in den Griff bekommen konnte, und sie war fest entschlossen, sich daran von dem Durcheinander in ihrem Privatleben nicht behindern zu lassen.

4

Gabriel Mathias' Assistentin Suzy kam in das Büro über seinem Restaurant in London marschiert und schwenkte dabei ein Tablet.

»Hey, Gabe. Was steht hier denn plötzlich in deinem Terminplan?«

Gabe wappnete sich innerlich. Suzy war eindeutig auf dem Kriegspfad, und er wusste auch genau, warum.

»Wieso hast du mit dem Vermerk ›Porthmellow Streetfood-Festival‹ einen ganzen Monat geblockt?«, verlangte sie zu wissen.

»Ich werde nicht den ganzen Monat weg sein, nur an dem Wochenende des Festivals. Wollte nur darauf hinweisen, dass du vielleicht ein bisschen umplanen musst.«

»Gabe. So was musst du doch mit mir besprechen, bevor du es zusagst. An dem Wochenende hast du ein Treffen mit einem Verleger in Schottland.«

»Das Festival ist mir wichtiger.«

»Im Ernst jetzt? Ein winziges Provinzfest?«

Gabe lächelte. »Erstens ist es nicht winzig, zweitens findet es in meinem Heimatort statt. Und drittens hatten die sich Kris Zachary als Starkoch gebucht.«

Suzy öffnete den Mund, schloss ihn wieder und sagte dann

schließlich: »Aha, verstehe. Du willst also auf deinem weißen Rappen als Retter angaloppieren?«

Er grinste. »So ähnlich. Der Anruf kam von der Freundin einer Freundin. Das konnte ich nicht ablehnen.«

»Mit Absagen hast du doch sonst keine Probleme. Ich dachte, du hättest keine Bindung mehr an deinen Heimatort. Und ich hatte auch den Eindruck, dass du dich dem nicht verpflichtet fühlst. Du fährst doch nicht mal mehr dorthin, wenn du deine Eltern besuchst.«

Das stimmte. Seit seine Eltern den Imbiss verkauft hatten, wohnten sie zwar nur fünfzehn Kilometer entfernt von Porthmellow, aber Gabe war nicht mehr im Ort gewesen, obwohl er die Eltern regelmäßig besuchte. Es schmerzte ihn zwar, und er hätte Sam gerne wiedergesehen, doch sie hatte seine Gefühle für sie sehr wirkungsvoll zerstört, indem sie ihn am Abend von Ryans Verhaftung aus dem Haus geworfen hatte. In den Wochen danach war Gabe von einigen Dorfbewohnern geschnitten und als »Petze« beschimpft worden. Die Leute wussten eben nichts von der absurden Entscheidung, die er hatte treffen müssen, und er konnte es ihnen auch nicht erzählen.

Nach über elf Jahren hatte Gabe geglaubt, dass ihn das alles nicht mehr berühre. Doch der Anruf von dieser Chloe hatte ihn aus der Bahn geworfen. Sie hatte zwar nicht erwähnt, dass Sam ihn als Ersatz für Kris Zachary vorgeschlagen hatte, aber Gabe wusste, dass sie das Festival leitete, und fragte sich, ob sie ihm auf diese Weise vielleicht ein Friedensangebot machte.

»Was ist denn so Besonderes an diesem Festival?« Suzy riss ihn aus seinen Gedanken.

»Wie gesagt: Ich wollte diese Freundin nicht enttäuschen«,

antwortete Gabe, ohne Namen zu nennen. »Außerdem ist mir alles willkommen, womit ich dem blöden Zachary eins auswischen kann. Man hört, dass zwei seiner Lieferanten pleite sind, weil er die Bücher frisiert hat, und ich hatte schon Anfragen von Angestellten von ihm, die jetzt arbeitslos sind. Die meisten in der Branche wussten doch, dass der krumme Dinger dreht, es war nur eine Frage der Zeit, bis man ihn erwischt. Ich möchte nicht, dass die Leute, die dieses Festival veranstalten, auch noch unter dem Typen leiden müssen. Das ist meine kleine Geste, denen zu helfen.«

Suzy zog eine ihrer gepflegten Augenbrauen hoch. »Aha, du hast also doch ein Herz und bist nicht so ein skrupelloser Koch-Superstar, wie alle glauben.«

»Ich bin ein ganz gewöhnlicher Typ aus Cornwall, der Essen mag. Liest du meine PR-Texte nicht?«

Suzy lachte. »Die hab ich doch selbst geschrieben, Gabe.« Dann stieß sie einen tiefen Seufzer aus. »Also schön. Ich rufe diesen Verleger in Edinburgh an und versuche, den Termin zu verschieben.«

Nachdem Suzy gegangen war, tigerte Gabe ruhelos im Büro umher. Als er das Anliegen dieser Chloe Farrow gehört hatte, war er im ersten Moment entschlossen gewesen, die Anfrage abzulehnen. Porthmellow Festival. Seit Jahren hatte Gabe beobachtet, wie das Event immer größer und renommierter wurde, und hatte sich auch schon gefragt, warum er nie dorthin eingeladen wurde. Doch dann hatte er sich die Frage selbst beantwortet. Er galt wohl kaum als einer der geschätzten Söhne des Ortes, und vor allem würde er ganz gewiss nicht zu einem Event gebeten werden, das Samphire Lovell organisierte.

Diese Chloe, die sich als stellvertretende Festival-Leiterin vorgestellt hatte, schien nicht von dort zu stammen, vermutlich wusste sie also nichts von der Geschichte zwischen ihm und Sam. Die Frau hatte so überzeugend und mitreißend gewirkt, dass Gabe sich kurz entschlossen auf das Angebot eingelassen hatte. Jetzt schüttelte er den Kopf, als ihm klar wurde, dass Sam ihn garantiert niemals um etwas gebeten hätte. Da war eindeutig sein Wunsch Vater des Gedankens.

Und mit dieser Feststellung wurde Gabe auch von einer Welle heftiger Emotionen erfasst: von Zorn, Bitterkeit und dem überwältigenden Wunsch, zu beweisen, dass er sich entwickelt hatte, dass er ein ganz anderer Mensch geworden war. Das Festival bot ihm die perfekte Gelegenheit, das unter Beweis zu stellen.

Er setzte sich an seinen Computer und rief eine Seite auf, die er nach Chloes Anruf markiert hatte. Dann griff er zum Telefon.

»Suzy, ähm … kannst du mir bitte einen Gefallen tun?«

»Dafür bezahlst du mich eigentlich«, erwiderte sie.

Er grinste. »Wie sieht mein Terminplan in den nächsten vier, fünf Wochen konkret aus?«

Kurz darauf sagte Suzy: »Du hast ein paar Treffen hier in London und einen Vortrag in Birmingham.«

»Und sonst? Ist da noch irgendwas *extrem* Wichtiges?«

»Extrem wichtig nicht, abgesehen natürlich von der Leitung deiner Restaurants. Worauf läuft diese Frage denn hinaus?«

Gabe ging nicht auf ihren sarkastischen Tonfall ein. »Was ist mit diesem neuen Ableger, den ich im Südwesten eröffnen wollte?«

»Du meinst in Brixham oder Salcombe? Die Makler haben

gerade nachgefragt wegen des Restaurants in Brixham. Sie haben noch ein weiteres Angebot auf dem Tisch.«

»Sag denen, sie können das annehmen. Ich hab eine andere Idee.«

»Wow. Schon die zweite an einem Tag.«

Gabe lachte. »Bin gerade in Stimmung. Wenn du denen abgesagt hast, suchst du mir bitte eine Unterkunft in Porthmellow für mehrere Monate? Kein Hotel, was Eigenes. Ferienhaus oder so, was ab sofort frei ist. Muss aber mit exzellenter Küche ausgestattet sein.«

Suzy stieß einen Entsetzensschrei aus. »Ein paar Monate? Du willst für *Monate* nach Cornwall abhauen?«

Gabe grinste in sich hinein. Suzy war eine hervorragende Assistentin, gehörte aber zu den Menschen, die glaubten, an den Stadtgrenzen von London ende die Zivilisation.

»Das meiste kann ich doch per Mail und Telefon erledigen, und wenn was Wichtiges ist, komme ich eben her. Porthmellow ist nicht hinter dem Mond, weißt du.«

»Nee, weiß ich nicht. Ich war da noch nie.« Suzy seufzte tief. »Dürfte nicht leicht werden, mitten in der Saison für so lange was Passendes zu finden. Ich häng mich rein, aber es könnte passieren, dass du im Wohnwagen endest …«

»Hauptsache, ich kann dort kochen und es ist nah am Ort. Preis spielt keine Rolle.«

Gabe legte auf. Er empfand eine Mischung aus Furcht und freudiger Aufregung. Und musste sich die Wahrheit eingestehen. Trotz der dramatischen und unschönen Erinnerungen brachte er es nämlich nicht übers Herz, Porthmellow in einer Notlage im Stich zu lassen. Und ganz gewiss nicht Sam Lovell.

5

> **@PieKing:** Is doch Scheiße, dises Festiwal. Haufenwaise blöde Turis. #Sommer-Foodfestival #vergisses

Sam verdrehte die Augen, als sie ihren Twitter-Feed durchsah. Irgendwer aus dem Dorf war immer schlecht auf das Festival zu sprechen. Es nahm tagelang den Ort in Beschlag, man fand weit und breit keinen Parkplatz mehr, und die Straßen waren vollgestopft mit Touristen aus dem ganzen Land. Aber wenn man schon Troll-Kommentare abgab, sollte man doch zumindest die Rechtschreibung beherrschen, fand Sam.

Sie stopfte ihr Handy in die Tasche, fest entschlossen, für den Rest des Tages keine weiteren Social Media-Posts zu lesen, und betrat mit einem Seufzer der Erleichterung ihr Cottage. Es war ein langer, anstrengender Tag gewesen.

Im Wohnzimmer war Zennor gerade damit beschäftigt, den Käfig der beiden Meerschweinchen zu säubern, die unterdessen vergnügt quietschend durch das Zimmer wuselten. Sam lächelte, weil Zennors Outfit so gar nicht zu ihrer Tätigkeit passte: Doc-Martens-Stiefel, Leder-Leggings, Tütü und der alte weiche Filzhut ihrer Mutter.

Zennor, gertenschlank und zierlich, kleidete sich in einem Stil, der immer ein bisschen nach Altkleidersammlung aussah. Aber ihre kleine Schwester hätte sogar in einem Müllsack cool ausgesehen, dachte Sam, und ließ sich aufs Sofa plumpsen.

»Wie geht's denn Harry und Gareth heute so?«, fragte sie, legte ein Kissen auf ihren Bauch und schnappte sich Gareth, um das weiche schwarzweiße Fell des Meerschweinchens zu streicheln. Gareth war eher schüchtern und zartbesaitet, schien die Zuwendung aber zu genießen, und quiekte entzückt.

Zennor lächelte. »Ganz okay. Harry ist lebhaft, aber Gareth scheint ein bisschen down zu sein.«

Sam strich mit dem Zeigefinger über Gareths Kopf. »Was ist denn los, Kerlchen?«

»Harry fand plötzlich, dass er jetzt doch auf Blumenkohlblätter steht und Gareths Portion auch noch haben muss. Hat ihm das Blatt vor der Nase weggeschnappt. Gareth hat geguckt, als sei er überfallen worden. Stimmte ja auch. Und dann hat Harry das Blatt nicht mal gefressen. Das war echt nicht nett von dir«, sagte Zennor anklagend zu dem Nagetier. »Super unhöflich. Keine Ahnung, wie Gareth das verkraften soll.«

»Der Arme. Du bist einfach zu lieb, um dich zur Wehr zu setzen, oder, Schätzchen?« Sam hob Gareth vor ihr Gesicht und pustete ihm sachte ein Küsschen auf die Nase. Zennor beobachtete ihre Schwester mit zufriedenem Lächeln. Sam schimpfte nämlich oft, dass die Tiere zu viel Schmutz und schlechte Gerüche verbreiteten, hing aber in Wirklichkeit sehr an ihnen. Nach ihren langen Arbeitstagen fand Sam es immer wieder erstaunlich entspannend, ihnen zuzuschauen, wenn sie durchs Zimmer flitzten oder Möhren nagten. Wäre ihr eigenes Leben doch auch nur so einfach … Sam war immer noch völlig verstört, weil Gabe beim Streetfood-Festival auftreten würde, und hatte nicht die geringste Ahnung, wie sie das Zennor mitteilen sollte.

»Ich bring schnell den Müll raus, dann mach ich uns Mojitos«, verkündete Zennor, als sie frische Streu im Käfig verteilt hatte. »Nach diesem Tag brauch ich dringend einen.«

Aber bestimmt nicht so nötig wie ich, dachte Sam, während Gareth zufrieden auf ihrem Bauch fläzte und sein Bruder Harry, ein schmucker goldblonder Bursche, durch den Spieltunnel sauste. Meist verstanden die beiden sich prächtig. Dazu hatten sie auch guten Grund, denn im Vergleich zum Rest des Hauses war ihr Gehege das reinste Paradies. Die Brüder waren bereits die sechste Meerschweinfamilie, die hier seit Roz' Tod lebte.

Zuerst hatte es Brad und Angelina gegeben, zwei wunderhübsche langhaarige Wesen, die man aber getrennt halten musste, weil sie sich entweder dauernd besprangen oder erbittert bekämpften. Darauf folgten Dr Jekyll und Mr Hyde, die in schönster Harmonie miteinander lebten. Beide verstarben im Abstand von zwei Tagen, was für die Schwestern zwar sehr traurig, für Jekyll und Hyde aber vermutlich ein Segen gewesen war.

Nach jedem Todesfall trauerte Zennor heftig, und Sam hob im Garten hinter dem Haus ein weiteres Grab auf dem Meerschwein-Friedhof aus. Jede Ruhestätte wurde von Zennor entsprechend der Persönlichkeit des entschlafenen Tiers mit einem Muschelschmuck versehen. Sie hatte bereits angedroht, sämtliche Skelette zu exhumieren, sollte jemals ein Umzug anstehen. Doch Sam hatte keinerlei Absichten, Wavecrest Cottage jemals zu verlassen. Zu viele Erinnerungen, schmerzhafte und glückliche, waren mit diesem Haus verbunden. Wavecrest war für die Schwestern wie ein Teil ihres eigenen Körpers.

Als Zennor zurückkam, in jeder Hand ein Glas, und sich zwischen Harry und dem Meerschwein-Spielplatz hindurchschlängelte, strahlte Sam.

»Danke, Schwesterherz.«

»Mit frischer Minze aus Mums Kräuterbeet«, sagte Zennor. »Und zum Essen gibt's Fajitas. Gemüse und Salat hab ich schon vorbereitet. Dachte mir, nach deinem langen Tag bei Stargazey willst du bestimmt nicht kochen.« Sie warf einen Blick auf Sam. »Alles okay mit dir?«

»Ja, schon, und bei dir?«

Zennor machte es sich neben ihr auf dem Sofa bequem, trank einen Schluck und seufzte tief. »Tag war furchtbar. Unser wichtigster Kunde hat x-mal seine Wünsche fürs neue Firmenlogo geändert. Wir haben das verdammte Ding fünfzehnmal umgestaltet, bis der Oberboss es sich endlich angeguckt und dann beschlossen hat, dass er die erste Version doch am besten fand.«

Sam merkte, dass sie sich konzentrieren musste, um Zennor wirklich zuzuhören und nicht gedanklich abzuschweifen.

»Dann hatten wir drei Stunden lang kein Internet«, fuhr

Zennor fort. »Drei geschlagene Stunden, und dabei hätten wir dringend die Gartencenter-Website testen müssen, an der wir endlos gebastelt haben. Und als ich bei der Bank angerufen hab, um was wegen unserem Konto zu klären, hat mich der Vollpfosten vom Callcenter viermal meinen Namen buchstabieren lassen und dann gefragt, ob ich nach einem Abführmittel benannt sei. Keine Ahnung, was der für ein Problem hatte, aber ich fand das ungefähr so witzig, wie in Hundekacke zu treten.«

»Krass«, kommentierte Sam im Jargon ihrer Schwester. Gareth wurde unruhig, er wollte sich offenbar auch auf dem Teppich tummeln. Sam setzte ihn behutsam ab, worauf die beiden Meerschweinbrüder sofort anfingen, einen Ball herumzuschubsen.

Zennor lehnte sich zurück und saugte an ihrem Strohhalm. »Warum kann ich nicht einen stinknormalen Namen wie Emma oder Kelly haben? Wieso musste es so was krass Ausgefallenes sein?«

»Du bist immerhin nach einer wunderschönen Meerjungfrau benannt worden«, wandte Sam ein. »Besser, als nach einer Pflanze. Bist du jemals einer anderen Samphire begegnet?«

»Nee. Aber du passt prima zu einem leckeren Fischgericht.«

Sam lachte. »Wir sollten lieber dankbar sein, dass unsere Mum so viel Fantasie hatte. Sie war nie konventionell. Dad auch nicht, weshalb er wohl auch mit dieser exotischen Tänzerin abgehauen ist.«

Sam hatte kaum Erinnerungen an ihren Vater. Auf den Fotos aus den Achtzigern sah er mit seinen langen Haaren und dem Schnurrbart ziemlich attraktiv aus. Aber niemand aus der Familie hatte Kontakt zu ihm, und Sam hatte nicht die Absicht, an diesem Zustand etwas zu ändern.

Ihre Mutter dagegen war ihr so präsent, als stünde sie jetzt vor ihnen. Roz Lovell war auch Ende vierzig noch schlank und sehr hübsch gewesen, immer im Hippie-Stil gekleidet; die Kleider hatte sie in Second-Hand-Läden oder auf Festivals erstanden. Sie war Kunstlehrerin an der örtlichen Oberschule gewesen, und es hatte nicht viel Geld in Wavecrest gegeben, aber nie an Fröhlichkeit und Kreativität gemangelt.

Zennor ähnelte ihrer Mutter sehr. Sam hatte von ihr bloß den rostroten Lockenschopf geerbt, vom Vater jedoch die Gesichtszüge, wie Roz immer betont hatte. Da Barry Lovell die Familie verlassen hatte, als Sam erst acht gewesen war, fiel es ihr schwer, das anhand der wenigen Fotos, die es von ihm gab, zu beurteilen. Und ihr Bruder Ryan glich wiederum der Mutter. Vielleicht kam das Sam aber auch nur so vor, weil sie nicht wollte, dass er Ähnlichkeit mit dem unzuverlässigen Vater hatte.

Zennor sah Ryan sehr ähnlich, von ihren neuerdings mojitogrünen Haaren abgesehen. Jetzt hielt sie eine Strähne hoch.

»Gefällt's dir?« Zennor schüttelte ihre Locken. »Sieht doch voll nach Meerjungfrau aus, oder? Ben meint, es sei cool. Ich musste ihn nicht mal auffordern, sich dazu zu äußern.«

»Wow, das ist ja echt mal was.«

Der schlaksige, fast zwei Meter große Ben verlieh dem Wort Schweigsamkeit in der Tat neue Bedeutung. Ben war so schüchtern, dass man ihm nur mit Mühe und Not überhaupt irgendwelche Äußerungen entlocken konnte. Es hatte Sam sehr erstaunt, als er sich freiwillig fürs Festival-Komitee gemeldet hatte. Vermutlich wegen Zennor.

»Sag mal, ist Ben eigentlich in dich verliebt?«, fragte Sam.

Zennor seufzte. »Keine Ahnung. Kann nicht behaupten, dass er sich irgendwas anmerken lässt. Wir kennen uns schon so ewig, ich geb die Hoffnung allmählich auf. Aber ich mag ihn echt. Er ist ein genialer Webdesigner, als Geschäftspartner hab ich hundert Prozent Vertrauen zu ihm, und auf seine nerdige Art sieht er super aus, ohne die geringste Ahnung davon zu haben.«

»Ist das nicht immer am besten?« Sam erinnerte sich daran, wie sie Gabes Uneitelkeit früher enorm attraktiv gefunden hatte. Äußerlichkeiten waren ihm einerlei gewesen, als er noch im Imbiss gearbeitet hatte, obwohl er sich immer wieder abfällige und diskriminierende Bemerkungen anhören musste.

»Sam?«

»Huch!« Sam quiekte wie die Meerschweinchen, weil Zennor ihr das eiskalte Glas an den Arm gedrückt hatte.

»Wo warst du denn gerade in Gedanken?«, erkundigte sie sich.

»Äh …« Sam blickte auf ihre Hände. »Zennor, ich … Gabe kommt nach Porthmellow.«

Zennor ließ fast ihr Glas fallen. »Was? Wieso das denn? Wann?«

»Kris Zachary musste seinen Festival-Auftritt absagen, weil er bankrott ist. Gabe springt für ihn ein.«

»Was? Wieso um alles in der Welt ausgerechnet *Gabe*?«

»Weil Chloe ihn angefragt hat.«

»Was? Weiß sie denn nichts über dich und ihn? Und die ganze Geschichte mit Ryan?«

»Nein, woher denn auch? Als sie gehört hat, dass Kris nicht teilnehmen kann, hat sie bei ihren Kontakten in London rumtelefoniert. Jemand kannte Gabe, und den Rest kannst du dir denken.«

»Wie absurd ist das denn. Du bist doch bestimmt fast in Ohnmacht gefallen, oder?«

»Allerdings. Ich war natürlich völlig verdattert, aber was soll ich machen? Chloe kennt unsere Geschichte ja nicht. Ich hab erst mal so getan, als fände ich es toll. Aber ich muss sie auf jeden Fall einweihen, bevor sie es über den Dorftratsch erfährt.«

»Hammer. Bin fassungslos. Ich meine … Gabe weiß doch garantiert, dass du das Festival leitest. Wie kann er so dreist sein, sich hier blicken zu lassen?«

»Vielleicht hat er sich verpflichtet gefühlt, als er so direkt gefragt wurde.«

Zennor pfiff laut, und die Meerschweinbrüder kamen angeflitzt. »Stellt euch mal vor, Jungs, Gabe Mathias taucht demnächst wieder hier auf! Er war die große Liebe eurer Tante Sam. Die hat früher immer gesagt: Ach, er ist ja so schüchtern, tut nur so selbstsicher. Und er hat keine Ahnung, wie toll er aussieht …«

»Das ist ewig her!«, protestierte Sam.

Zennor streichelte Harry und sah Sam von der Seite an. »Ich wünschte, er käme nicht her. Weiß noch genau, wie schlecht es dir ging, als er Ryan verraten hat. Ich hab Gabe damals auch total gehasst. Aber was *du* erst durchgemacht hast! Ich war ja noch so jung und wusste überhaupt nicht, wie ich dir hätte helfen können.«

Sam wurde die Kehle eng. »Mir hätte ohnehin niemand helfen können. Wie soll man mit so einer Situation auch umgehen? Ich schätze, Gabe hat eben getan, was er für richtig hielt. Es stand mir nicht zu, ihn zu bitten, Ryan nicht zu verraten. Heute wünschte ich sogar, ich hätte es nicht getan.« Sie schluckte, als sie unwillkürlich wieder die Szene an jenem verhängnisvollen Abend vor sich sah. Gabe war kreideweiß im Gesicht, als er stammelte, es täte ihm leid, und er hätte die schwierigste Entscheidung seines Lebens treffen müssen.

Noch immer lief es Sam kalt den Rücken hinunter, wenn sie an diesen Abend dachte. Sie hatte geschrien und geweint und Gabe angefleht, Ryan nicht zu verraten. Dann packte sie ihn und versuchte, ihn zu erpressen: »Wenn du mich wirklich liebst, tust du das meiner Familie nicht an ...« Und sie klammerte sich an ihn, um ihn am Weggehen zu hindern, aber er riss sich los und verschwand.

Danach versuchte Sam Ryan anzurufen, erreichte ihn aber nicht. Ryan wurde mit zwei Komplizen auf frischer Tat ertappt.

»Sam?« Zennor legte ihr den Arm um die Schultern. »Ich bin zwar wütend auf Gabe, aber um dich mache ich mir richtig Sorgen. Jetzt kommt die ganze Geschichte wieder hoch, oder?«

Sams spürte, wie angespannt sie war. Sie hatte nämlich an jenem Abend damals nicht nur Gabe und Ryan zugleich verloren, sondern auch ihren Stolz und ihr Selbstwertgefühl. Was sie allerdings noch niemandem je eingestanden hatte, auch ihrer Schwester nicht.

»Ein bisschen«, sagte sie, »obwohl es doch schon so lange zurückliegt. Aber ich konzentriere mich auf das Festival. Wenn Gabe dazu beiträgt, dass es ein Erfolg wird, dann kann ich mich damit arrangieren.« Sam zwang sich zu einem Lächeln. »Lass uns keine Zeit und Kraft mehr auf Vergangenes verschwenden. Mach doch jetzt das Essen fertig, dann verstaue ich die Jungs.«

Die Meerschweinchen hockten wieder behaglich in ihrem Gehege, als Zennor die Fajitas auftrug. Die Schwestern aßen an dem kleinen Küchentisch und nahmen sich Paprika, Zwiebeln, Bohnen und die anderen Beilagen aus den Schälchen. Trotz des anstrengenden Tages hatte Sam keinen rechten Appetit, bemühte sich aber Zennor zuliebe, ordentlich zuzugreifen.

Es war nun einmal nicht zu ändern: Selbst wenn Chloe den größten Teil der Kommunikation mit Gabe übernahm, würde Sam ihm unweigerlich begegnen. Und sie hatte nicht die geringste Ahnung, wie sie reagieren würde. Als er weit entfernt gewesen war, hatte sie sich einreden können, dass sie ihn vergessen hatte. Wie mochte er sich in diesen elf Jahren verändert haben? Aus seinen Kochshows wusste sie zwar, dass er fantastisch aussah, und mit seiner Gelassenheit und seinem trockenen Humor wirkte er sehr sympathisch. Doch das mochte nur seine Rolle fürs Fernsehen sein. Wie um alles in der Welt sollte sie damit umgehen, wenn er dann leibhaftig vor ihr stand?

6

@PorthmellowGirl: Wow. Gabe Mathias als Hauptact beim #Sommerfestival. Kann's kaum erwarten! @CornwallMädel

@PieKing: LOL. Voll der Lappen, der Typ #Sommerfestival #Petze

»Gibt Sprühregen.« Troy wischte Wasser von seiner Mütze, als er zum Komiteetreffen im Obergeschoss des alten Fischerhauses kam. Ohne diese Kopfbedeckung hatte Sam Troy so gut wie nie zu Gesicht bekommen. Es war eine klassische Fischermütze, weich und mit Schirm, in früheren Zeiten gewiss schwarz gewesen, inzwischen jedoch ausgebleicht von Sonne und Salzwasser. Darunter befand sich noch recht volles Haupthaar, wie Sam erstmals bemerkt hatte, als Troy bei der Bestattung eines einheimischen Fischers die Mütze kurz abnahm.

»So sieht's aus«, erwiderte Sam, die gerade Notizbuch und Tablet auf den Tisch im Versammlungsraum legte. »Wie geht's Evie?«

»Schlägt sich wacker. Knie macht ihr zu schaffen. Immer, wenn das Wetter umschlägt.«

»Das tut mir leid.« Sam mochte Evie sehr gern, wie eigentlich jeder, und Troy liebte seine Frau abgöttisch. Bereits seit einigen Jahren litt Evie unter einer schmerzhaften Arthrose und wartete schon lange auf eine Knieoperation.

»Klagt nie, meine Evie. Gibt's schon Tee?«, erkundigte sich Troy hoffnungsvoll.

»Nee, bin selbst gerade erst gekommen.«

Troy grunzte. »Dann setz ich mal Wasser auf. Ohne einen kräftigen Tee kommen wir nicht in die Hufe.«

»Da hast du wohl recht.« Sam lächelte in sich hinein. Reizbar, grantig und mit höchst eigentümlichem Humor ausgestattet, brachte Troy viele Leute im Nu auf die Palme. Aber er kannte nicht nur Porthmellow wie seine Westentasche, sondern auch alle Einwohner. Er war klein, schlank und agil und stand mit seinen einundachtzig Jahren immer noch als Teilzeitkraft in Diensten der Hafenleitung. Beim Festival trug er offiziell den Titel »Koordinator«, war aber vor allem diplomatisch tätig, denn er konnte mit den Hafenleuten und den üblichen Quertreibern gut umgehen.

Sam hörte, wie Troy jetzt in der kleinen Küche »Trelawny« vor sich hin pfiff. Das Granithaus wurde schon seit Jahren nicht mehr von Fischern genutzt, sondern war ein Treffpunkt für die ganze Gemeinde. In dem größeren Raum im Erdgeschoss fanden Partys statt, bei denen gesoffen wurde bis zum Abwinken; Trauerfeiern, bei denen man auch nicht zu knapp becherte, und allerlei Veranstaltungen von Dorfgruppen wie dem Strick- und Häkelverein. Das Komitee traf sich hier in der Vorbereitungsphase mindestens einmal pro Woche. Während des Festivals wandelte sich das Haus zum Hauptquartier. Hier versammelten sich dann die zahlreichen freiwilligen Helfer, um Probleme und Notfälle zu erörtern und sich zu erholen.

Das Komitee bestand aus sieben Mitgliedern. Sam war verblüfft gewesen, als sie festgestellt hatte, wie viele Dinge es bei der Organisation eines solchen Events zu bedenken gab. Ohne all die Menschen, die sie unterstützten, hätte sie ihren Plan niemals in die Tat umsetzen können. Mit den zahllosen Ständen und Tausenden von Besuchern war das Streetfood-Festival mittlerweile eine richtig große Veranstaltung.

Dass Gabe für Kris Zachary einspringen würde, hatte sich schnell herumgesprochen. Chloe, Sam und das Team hatten am Vortag die alten Plakate wieder abgenommen. Zum Glück war Kris' Name ansonsten nur auf hundert Flyern aufgetaucht und nicht auf den Bannern. Zennor hatte alle Ankündigungen im Internet korrigiert, Chloe eine Pressemitteilung über die Umbesetzung versandt. Die regionalen Medien veröffentlichten Meldungen, und der Skandal um Kris Zachary brachte dem Festival so noch zusätzliche Publicity.

Vor Gabes Rückkehr allerdings graute Sam immer noch. Die meisten Einheimischen würden sich bestimmt nicht nur an ihre Trennung von Gabe, sondern auch an die Gründe erinnern. Vor dem Treffen jetzt versuchte sie sich innerlich gegen Kommentare aus dem Team zu wappnen. Sie hatte Zennor schon inständig gebeten, auf zynische Bemerkungen über Gabe zu verzichten, damit die ganze Situation nicht noch peinlicher wurde.

Kurz darauf erschien ihre Schwester, pausenlos auf Ben und Drew einredend. Ben antwortete einsilbig und wirkte wie üblich so schüchtern, als wolle er am liebsten im Erdboden versinken. Was Sam insofern rasend komisch fand, als der junge Mann ungeheuer auffällig aufgemacht war. Mit seinen schwarzen Biker-Klamotten und dem Kajal an den Augen sah er aus wie eine Figur aus den Steampunk-Romanen, die Zennor so liebte. Ben, der in einem Blockhaus in der Nähe von Mousehole wohnte, war zu einem imposanten jungen Mann herangewachsen, was allerdings an seiner extremen Schüchternheit nichts geändert hatte.

Jetzt sagte er aber ein paar Worte über sein neues Motorrad zu Drew, was Zennor für einen Moment zum Schweigen brachte. Drew war ein so umgänglicher Mensch, dass wohl jeder ihm die dunkelsten Geheimnisse anvertraut hätte. Außerdem kannte Ben ihn seit seiner Kindheit.

Zennor flitzte zu Troy, der mit einem Tablett aus der Küche trat. »Kann ich dir was helfen?«

Troy gluckste. »Danke, Kleines. Setz noch mal Wasser auf, scheint ja, als sei die ganze Bande allmählich versammelt.«

Zennor förderte aus ihrer Kuriertasche einen Teebeutel zutage. »Mach ich. Hab meinen eigenen Tee dabei.«

Troy verzog entsetzt das Gesicht. »Doch wohl nicht so 'n süß stinkenden Mist?«

»Falls du damit Earl Grey meinst – nein. Marokkanische Minze. Aus dem Bioladen in Newlyn.«

»Wieso wirfst du dafür Geld zum Fenster raus? Das hätt ich dir auch aus unsrem Garten geben können. Da wuchert das verdammte Zeug alles zu. Ist nicht so schick, wie du glaubst.«

»Ich mag es«, erwiderte Zennor fest. »Und es ist sehr gut für den Magen-Darm-Trakt.«

Troy grinste. »Dann probier ich's vielleicht doch mal. Hab ja da so meine Probleme, wie du weißt.«

Zennor erbleichte förmlich und sagte hastig: »Ich setz dann mal Wasser auf!«

Sam musste sich das Lachen verkneifen. Troy erörterte liebend gern ungeniert bekannten oder wildfremden Menschen seine Verdauungsprobleme, die nicht weiter bedenklich waren, sondern lediglich darauf zurückzuführen, dass er sich manchmal im Pub zu viele Soleier genehmigte.

Kurz darauf hatten alle einen dampfenden Becher vor sich stehen, und Sam machte sich auf einen Tee gefasst, der stark genug war, um damit den Anstrich eines Fischerboots wegzuätzen.

»Soso, unser Lokalheld kehrt also nach Porthmellow zurück, wie?« Troy trank einen Schluck und leckte sich die Lippen. »Scheint, als würden wir ihn demnächst öfter zu sehen kriegen.«

»Was meinst du damit?«, fragte Sam alarmiert.

Troys buschige Augenbrauen krümmten sich wie dicke Raupen. »Hast du's nicht gehört? Ich dachte, du weißt über alles Bescheid, was Gabe so treibt. Er hat Clifftop House angemietet und will sich wohl auch geschäftlich hier niederlassen. Net Loft steht doch leer, da wo früher das thailändische Restaurant drin war – oder war's malaysisch? Oder spanisch? Weiß nicht, ich ess ja nicht gern fremdländisch.« Troy rümpfte angewidert die Nase.

»Na klar, du bist ja auch nur zufällig im Komitee eines der

erfolgreichsten Food Festivals des Südwestens«, sagte Drew, was Troy sehr erheiterte.

Sam dagegen fand diese Information alles andere als amüsant, und ihr wurde flau im Magen. Gabe hatte Clifftop House gemietet? Das war nur wenige Schritte von ihrem eigenen Haus entfernt … *und* er wollte in Porthmellow ein Restaurant eröffnen? Was ging hier vor sich?

»Ich bin nur zuständig für alles, was den Hafen angeht«, versetzte Troy. »Da kannst du mich alles fragen, aber 'n Gourmet bin ich nicht. Nur für alles, was aus dem Meer kommt. Ich kann jede Scharbe von 'nem Weißfisch unterscheiden.«

»Ich will ja die kulinarische Diskussion nicht unterbrechen«, warf Sam ein, »aber woher weißt du das alles?«

»Er zieht in dieses riesige Haus? Das ist doch fast direkt neben uns!« Zennor warf ihrer Schwester einen verstörten Blick zu.

»Und woher weißt du, dass Gabe Interesse am Net Loft hat, Troy?«, erkundigte sich Drew. Er war etwas älter als Gabe, aber die beiden hatten sich immer gut verstanden.

»Hat mir die Tante von Maddie Taylor erzählt«, antwortete Troy. »Sollte natürlich vertraulich sein, aber Maddie hat bestimmt nix dagegen, dass ihr's wisst. Wird sich eh im Nu im ganzen Dorf rumsprechen. Maddie sagt, jemand aus London hat sie angerufen und nach Häusern gefragt, die zu mieten sind. Deshalb kann er wahrscheinlich auch so kurzfristig einspringen, weil er hierherzieht … Und, was sagst du dazu, Mädchen?«, fügte Troy an Sam gewandt hinzu. »Du hattest doch 'n Herz für ihn, bis die Sache mit Ryan passiert ist, oder?«

Sam hätte Troy zwar allzu gerne für den Kommentar erwürgt, antwortete aber leichthin: »Wir waren mal kurz zusammen, vor Ewigkeiten. Da waren wir jung und ahnungslos.«

»Du warst zwanzig, Gabe einundzwanzig«, bemerkte Drew. »Ihr wart ziemlich unzertrennlich. Soweit ich mich erinnern kann.«

Drews kornblumenblaue Augen funkelten vergnügt, als er Sam jetzt ansah. Er war inzwischen Ende dreißig und mit seinen schulterlangen honigfarbenen Haaren attraktiv wie eh und je. An diesem Abend sah er besonders toll aus mit seinen verwaschenen Jeans und einem Hemd in der Farbe seiner Augen. Mal was anderes als T-Shirt und Arbeitshosen, die er sonst immer trug, stellte Sam fest, und fragte sich, ob er vielleicht mit einer Frau verabredet war. Seine Ehe mit Katya hatte leider nur ein paar Jahre gehalten. Connor, Drews Sohn, war jetzt elf und lebte bei seiner Mutter. Soweit Sam im Bilde war, hatte es bei Drew seit der Trennung nichts »Ernsthaftes« gegeben, genau wie bei ihr. Plötzlich schoss ihr ein unangenehmer Gedanke durch den Kopf. Gabe ... wenn er nun mit einer Partnerin hier aufkreuzte? Guter Gott ... In ihrem Kopf ging es drunter und drüber.

»Sam?« Troy starrte sie an. »Wo bist du denn in Gedanken, Mädchen?«

»Entschuldigung.« Sie zwang sich zur Konzentration. »Na, wenn Gabe hierherziehen will, erleichtert uns das ja die Arbeit«, verkündete sie entschieden. »Dann ist er einfacher zu erreichen. Wobei ich annehme, dass er in der Vorbereitungsphase gar nicht direkt mit uns reden wird, sondern seine Leute schickt. Chloe wird die Koordination übernehmen, da sie ohnehin schon mit seinem Team zu tun hatte.«

Sam merkte, dass sie ziemlich steif klang, aber es war ihr einerlei. Irgendwann würde sie natürlich mit Gabe sprechen müssen, aber sie wollte so wenig wie möglich mit ihm zu tun haben. Und nach dem, was bei ihrer letzten Begegnung vorgefallen war, sah Gabe das wahrscheinlich kaum anders.

Nach einem kurzen Blick auf ihre Uhr stellte Sam fest, dass sie schon eine Viertelstunde Verspätung hatten, aber noch immer jemand fehlte. »Wo steckt eigentlich Chloe? Sieht ihr gar nicht ähnlich, zu spät zu kommen. Hoffentlich ist alles okay mit ihr …«

7

Chloe saß auf einem Barhocker an der Küchentheke und wählte Hannahs Nummer. Was garantiert eine ganz schlechte Idee war. Bestimmt würde Hannah nicht rangehen, wenn sie sah, dass ihre Mutter anrief. Chloe rechnete mit der Mailbox.

»Mum?«

»Hannah?« Chloe umklammerte das Handy.

»Wer denn sonst?«

»Äh, ja, aber ich … schön, dich zu hören.«

Stille. Würde Hannah das Gespräch abbrechen?

»Ist alles okay bei dir, Mum?«

»Ja, alles in Ordnung. Ich wollte nur mal hören, wie es dir und Ruby geht.«

Wieder Schweigen. »Okay. Alles okay«, sagte Hannah dann.

Chloe fand die spürbare Anspannung unerträglich. Sie hörte Geräusche im Hintergrund. Hatte da gerade eine Tür geknallt?

»Ich muss aufhören«, sagte Hannah.

»Warte noch, bitte. Ich … Ist …« Chloe wollte eigentlich fragen *Ist er da?*, doch das war zu direkt. »Bist du alleine?«

»War ich. Jetzt nicht mehr.«

»Ah, ja.«

»Warum fragst du das, Mum?« Hannah war nicht auf den Kopf gefallen.

»Ach, nur so. Wollte bloß hören, wie es euch geht. Und ob … ob wir uns vielleicht mal treffen könnten? Ich finde es so schlimm … also traurig, meine ich … wie sich alles zwischen uns entwickelt hat.«

Jetzt eine Männerstimme im Hintergrund. »*Hannah*? Wer ist da dran?«

Das musste Jordan sein. Kontrollierte er Hannah etwa? Drohte ihr womöglich? Chloe wurde flau im Magen.

»Ich muss aufhören, Mum. Ruby weint.«

»Geht es ihr gut?«

»Na klar, warum nicht? Ich kann für sie sorgen.«

Plötzlich nahm das Gespräch wieder diese unerfreuliche Wendung. »Hannah, warte bitte, ich wolle damit nicht sagen, dass …«

»Ich muss *aufhören*.« Hannah hatte einen verzweifelten Unterton, und Chloe hörte Jordan zwar nicht mehr, spürte aber seine Präsenz.

»Hannah, vergiss bitte nicht, dass du mir jederzeit schreiben oder mich anrufen kannst. Und deinen Vater genauso, wir sind immer für dich da, wenn du uns brauchst.«

»Es geht mir gut, Mum. Jetzt glaub mir doch bitte endlich …« Ein Kind weinte, dann wieder die Männerstimme. Chloe verstand nicht, was gesagt wurde, aber Hannah murmelte: »Ja, ich *komme* schon!« Dann: »Entschuldige.«

Die Verbindung brach ab. Chloe starrte auf ihr Handy, warf es dann aufs Sofa. Sie schlang die Arme um sich und wanderte ruhelos durch die Wohnung. *Es geht mir gut*. Das war doch bestimmt eine Lüge. Die sie beide schon benutzt hatten.

Immerhin war Hannah ans Handy gegangen, was bedeuten

konnte, dass sie doch eine Versöhnung in Erwägung zog. Aber nach diesem Anruf wusste Chloe kaum mehr als vorher. Hatte Jordan womöglich versucht, das Gespräch mitzuhören? Sie wusste einfach überhaupt nicht mehr, wie sie sich verhalten sollte, und wäre am liebsten sofort nach Bristol gefahren. Aber ihr Verstand befahl ihr, nichts zu unternehmen und darauf zu warten, bis Hannah sich selbst wieder meldete.

Im Vorbeigehen sah Chloe sich im Spiegel. Unter ihren Augen spinnwebartige schwarze Muster, der Mascara war verlaufen. Auf dem Weg ins Bad griff sie nach ihrem Handy, in der Hoffnung, dass Hannah vielleicht noch etwas geschrieben hatte. Natürlich nicht, aber etwas anderes fiel Chloe auf.

Die Uhrzeit.

»Oh, Mist!«

Sie kam zu spät zur Komiteesitzung. Wahrscheinlich hatte sie sogar schon angefangen.

8

Sam schaute wieder auf ihre Uhr. Fast eine halbe Stunde über der Zeit. Das passte überhaupt nicht zu Chloe, die immer pünktlich und exzellent organisiert war. Vorerst war es allerdings nicht weiter dramatisch, weil alle die Zeit überbrückten, indem sie das neue Werbematerial durchsahen, das Zennor und Ben kreiert hatten. Sam juckte es in allen Fingern, zu googeln, ob Gabe eine Partnerin hatte, aber sie wollte sich keine Blöße geben.

Ben erklärte, was er an dem Plakat noch verbessert hatte. Hundert Plakate hatte man entsorgen müssen, aber Zennor und er schienen das gelassen zu nehmen.

Doch irgendwann war Chloes Beteiligung vonnöten, und Sam griff zu ihrem Handy, um sie anzurufen. Im selben Moment flog die Tür auf, und Chloe stürmte herein, umhüllt von einer Wolke aus Zitrusduft.

»'N Abend allerseits. Tut mir total leid, dass ich so spät dran bin. Ich hab einen Anruf von einem Kunden bekommen und konnte den nicht abwürgen, so sehr ich's auch versucht habe. Er wollte einfach nicht kapieren, dass es Wichtigeres gibt als seine internationale Konferenz. Bin quasi die Treppe vom Crow's Nest runtergeflogen, entschuldigt bitte, wenn ich ein bisschen zerfleddert wirke.«

»Hi, Chloe. Kein Problem«, sagte Sam, erleichtert, dass sie unversehrt war.

»Ich hab nichts an dir auszusetzen«, erklärte Troy.

Chloe lachte. »Jetzt bin ich jedenfalls hier. Was hab ich versäumt?«

»Nicht viel«, sagte Troy, was Sam äußerst ruppig fand.

»Die neuen Plakatentwürfe von Ben und Zennor«, ergänzte Drew. »Sind super geworden.«

»Toll.« Chloe lächelte die beiden an.

»Sind echt nicht übel«, bekräftigte Troy. »Obwohl ich kein Experte bin. Tee?«

»Oh bitte, dringend«, sagte Chloe.

Troy stand auf. »Schön kräftig wie immer?«

Chloes Lächeln verrutschte leicht, aber sie antwortete: »Mm, ja, klar. Danke, Troy.«

Sam wechselte einen Blick mit ihr. Sie wusste, dass Chloe Kräutertee bevorzugte, aber vermutlich wollte sie Troy nicht kränken. Während er davontappte, legte sie eine Aktenmappe auf den Tisch und entnahm ihr ein zitronengelbes MacBook.

Trotz Chloes Bemerkung über ihr Äußeres fand Sam, dass die zierliche Frau so makellos wie immer aussah mit ihrer weiten buntgemusterten Hose, dem Träger-Top und der weichen Lederjacke, die wie angegossen saß. Sie wirkte hier ein bisschen wie ein reinrassiges Schoßhündchen zwischen Straßenkötern. Sam verbarg unwillkürlich ihre Hände mit den kurzen unlackierten Nägeln unterm Tisch.

»Ich hab gehört, du hast uns mit einem Starkoch den Hals gerettet«, sagte Drew zu Chloe.

»Ach, einfach Glück gehabt, mehr nicht. Ich kann selbst

noch nicht fassen, dass wir wahrhaftig Gabriel Mathias kriegen.«

»Bitte sehr«, sagte Troy und stellte einen dampfenden Becher vor Chloe auf den Tisch. »Damit du groß und stark wirst.«

Chloe lachte. »Danke, stark sein kann man immer brauchen.«

»Wie viel verlangt Gabe denn?«, fragte Troy. »Für so 'n Noteinsatz in letzter Sekunde müssen wir sicher einiges springen lassen.«

Chloe strahlte. »Ah, genau, deshalb bin ich nämlich auch so spät dran. Vor dem penetranten Kunden rief nämlich seine Assistentin an, und die hatte tolle Neuigkeiten für uns. Gabriel Mathias weiß, dass wir wegen Kris Zacharys Konkurs Geld verloren haben, und deshalb …«, Chloe wedelte triumphal mit den Händen, »tritt er bei uns umsonst auf!«

Zennors Kopf fuhr hoch, und sie starrte Sam mit aufgerissenen Augen an.

»Wow«, sagte Sam. Mehr schien ihr im Zusammenhang mit Gabe derzeit nicht einzufallen. Diese eine Silbe umfasste alle ihre Gefühle auf einmal: Schock, Erstaunen und Grauen.

»Das ist ja enorm großzügig von ihm«, sagte Drew und warf Sam einen fragenden Blick zu, der ihr nicht entging. Zennor presste die Lippen zusammen, als sei sie nicht besonders begeistert von dieser Nachricht.

»Da bleibt einem echt die Spucke weg«, äußerte Troy. »Ich hätt gedacht, der würd unser armes Dörfchen ordentlich ausnehmen wollen.«

»Im Gegenteil, er hat gesagt, er freue sich, seiner einstigen Heimat etwas zurückgeben zu können«, sagte Chloe.

»Und … ich kann es mir eingebildet haben, aber er schien sich zu wundern, dass ihr ihn nicht schon früher mal gefragt habt.«

»Wir konnten uns Gabe Mathias nicht leisten«, sagte Sam. »Seine Honorare liegen weit über unserem Budget. Wie ich von einem Organisator des Devon Grub Festivals gehört hab«, fügte sie hastig hinzu.

»Tja, er fühlt sich Porthmellow offenbar verbunden, auch wenn er nicht oft hier war«, erwiderte Chloe.

»Also, ich hab den seit damals nicht mehr hier gesichtet«, warf Troy ein.

»Damals?«, fragte Chloe.

»Ich glaube, er besucht ab und an seine Eltern«, bemerkte Drew. »Vor ein paar Jahren hab ich ihn in Truro gesehen, als ich einen Ausflug mit meiner Mutter gemacht habe. Sie hat ihn sofort erkannt. Er kaufte gerade auf dem Markt bei so einem Edelbäcker Brot. Aber bevor wir bei ihm waren, um ihn zu grüßen, war er schon wieder weg. Meine Mum mochte Gabe immer sehr.«

»Im Gegensatz zu einigen anderen«, murmelte Troy. »Er ist hier nicht im Guten geschieden.«

Sam musste sich regelrecht zum Sprechen zwingen. »Lass gut sein, Troy. Du weißt, dass das lange zurückliegt. Das Wichtigste ist jetzt doch, dass er uns aus der Patsche hilft, und noch dazu auf so großzügige Weise. Wie geht es weiter, Chloe? Kommen seine Leute aus London, damit wir alles besprechen können?«

Chloe schien jetzt zu dämmern, dass es hier komplizierte Hintergründe gab.

»Ähm …«, sagte sie verlegen, was ihr gar nicht ähnlich sah. »Ähm, nein, er hat gesagt, er will selbst herkommen für das Planungsgespräch.«

»Was? Wann?«, kreischte Sam, bevor sie sich bremsen konnte.

»Nächste Woche. Ich … ich habe ihm gesagt, dass du selbst mit ihm sprechen würdest. Du hast die Leitung, ich will mich da nicht einmischen.«

Sam sah, wie Drew sich ein Grinsen verkneifen musste.

»Ja, gut. In Ordnung. Also, wir haben auch noch allerhand anderes zu bereden«, erklärte sie rasch. »Zennor und Ben arbeiten an Marketing und PR. Drew will uns über die Versicherungen und die Security- und Rettungsteams auf den neuesten Stand bringen. Troy wird uns informieren, was die Hafenbehörde zu unseren Plänen für die provisorische Zusatzbrücke über dem Hafeneingang zu sagen hat. Wir könnten eine kleine Gebühr dafür nehmen, und es wäre etwas ganz Neues.«

Troy sog die Luft ein. »Kann schwierig werden.«

Sam richtete sich auf. »Okay, wir hören jetzt erst mal Drew, dann kann Troy uns die Probleme schildern, und wir suchen nach einer Lösung.«

Seit sie Festivalleiterin geworden war, hatte Sam sich eine dicke Haut zulegen müssen. Nicht alle Entscheidungen, die von ihr und vom Komitee getroffen wurden, waren im Ort beliebt. Man musste mehrere Tage lang hohes Verkehrsaufkommen, Straßensperrungen und Menschenmassen akzeptieren, aber es floss eben auch viel Geld in die Gemeinde.

Als die Tagesordnungspunkte abgehakt waren und alle ihre

Sachen einpackten, räusperte sich Chloe. »Ich möchte noch etwas ansagen.«

Alle schauten sie an, und Sam lächelte in sich hinein. Einige starrköpfige Einheimische fürchteten, die übereifrige Zugezogene werde das Festival »an sich reißen«, doch da die selbst keine Initiative ergriffen, hatten sie auch nichts zu melden.

»Es hat nichts mit dem Komitee zu tun«, fuhr Chloe fort, »gilt aber für euch alle.«

»Scheint ja was Ernsthaftes zu sein«, sagte Sam.

»Nur für mich.« Chloe lächelte. »Aber es wird uns hoffentlich allen Spaß machen. Ich habe nächsten Monat einen besonderen Geburtstag.«

»Wirst du einundzwanzig?«, witzelte Troy, und alle kicherten höflich.

Chloe verdrehte die Augen. »Schön wär's.«

»Aber du bist doch noch blutjung.«

Sie lachte. »Danke, Troy, aber die Zeiten sind wirklich vorbei. Ich gebe auch kein großes Fest, aber ich möchte unbedingt an diesem Tag mit den Menschen feiern, die mich in Porthmellow so herzlich aufgenommen haben. Falls ihr Zeit habt: am Samstag, den fünfzehnten, abends bei mir zu Hause. Wird uns allen guttun, noch ein bisschen Freizeit zu haben, bevor die Vorbereitungen fürs Festival auf Hochtouren laufen. Für die Getränke sorge ich, und ich werde auch was kochen, aber wenn jemand Lust hat, ein Lieblingsgericht mitzubringen, wäre das fantastisch. Evie ist natürlich auch eingeladen«, sagte Chloe zu Troy.

»Wird sich freuen. Ist 'ne großartige Köchin, meine Evie, eine der besten.«

»Das hört sich wunderbar an«, sagte Sam, dankbar für alles, was von der Gabe-Thematik ablenkte.

»Schön«, sagte Chloe. »Du musst natürlich nichts mitbringen, Sam, du kochst ja schon den ganzen Tag.«

»Na, und ob ich was mitbringe.«

»Ist vegan auch okay?«, erkundigte sich Ben schüchtern.

Chloe lächelte ihn an. »Auf jeden Fall!«

»So lang's kein Hasenfutter ist«, murmelte Troy.

»Wir können beide richtig toll vegan kochen«, warf Zennor so leidenschaftlich ein, als müsse sie ein Geschwisterkind verteidigen.

»Na ja … manches schmeckt schon ganz gut …«, murmelte Ben.

»Hör mal, dein Gemüse-Chili ist doch absolut köstlich!«, betonte Zennor.

Troy sah aus, als habe er eine Wespe verschluckt, hielt aber zu Sams Erleichterung den Mund.

»Klingt super, Ben«, sagte Drew. »Finde ich toll, wenn wir ein schön buntes Buffet haben. Ich werde mich auch ins Zeug legen. Ist aber kein Gourmet-Niveau und wahrscheinlich was mit Fisch.«

»Ich liebe Fisch«, erklärte Chloe. »Und … ähm … ich wollte noch sagen, dass Partner und Partnerinnen natürlich auch eingeladen sind. Ihr könnt gerne jemanden mitbringen. Hoffe nur, sie langweilen sich dann nicht, wenn wir alle so viel übers Festival reden.«

Chloe hatte die Ansage für alle gemacht, aber Sam vermutete stark, dass das hauptsächlich an sie und Drew gerichtet war. Dass Troy mit Evie kommen würde, war klar, und das galt ebenso für Ben und Zennor, auch wenn die beiden nicht offiziell ein Paar waren.

»Ich glaube, wir würden sämtliche Außenstehenden zum Irrsinn treiben«, sagte Sam leichthin. »Ich komm auf jeden Fall alleine.«

Troy schnalzte mit der Zunge. »In deiner Wohnung brichst du doch nach unten zu den Nachbarn durch, wenn du noch mehr Leute einlädst, Chloe. Und auf deiner historischen Terrasse sollten sich bestimmt nicht mehr als sechs Personen aufhalten.«

»Er hat recht mit seinen Sicherheitsbedenken«, bemerkte Drew außergewöhnlich ernst, bevor ein Lächeln auf sein Gesicht trat. »Nein, Scherz beiseite, Chloe, aber Sam hat recht. Ich wüsste auch nicht, wer uns alle ertragen soll, werde also alleine kommen.«

»Okay, aber ich wollte euch wissen lassen, dass Freunde jederzeit willkommen sind«, sagte Chloe, die sichtlich erleichtert wirkte. »Danke, ihr Lieben. Ich hoffe, ihr findet es nicht dreist, dass ich euch bitte, etwas mitzubringen. Und ich verspreche, dass es reichlich was zu süffeln gibt. Ich denke sogar, der Champagner wird strömen.«

»Champagner!« Drew pfiff durch die Zähne. »Tja, man wird wohl nur einmal vierzig.«

Chloe wollte etwas erwidern, aber Troy schnaubte lautstark. »Pah, vierzig, das ist doch gar nix. Hab das schon zweimal hinter mir, aber wir sind mit von der Partie. Meine Evie liebt so 'n französisches Schlückchen. Kann ich nicht verstehen. Krieg Blähungen davon. Am besten gleich die Fenster auflassen.«

Zennor keuchte entsetzt. »Troy!«

Alle brachen in Gelächter aus, und Chloe lächelte höflich. »Dann halte ich schon mal das Raumspray bereit, Troy«, erwiderte sie, was weitere Lachanfälle auslöste.

Sam war nicht ganz sicher, ob Chloe das Geplänkel so lustig fand, wie sie tat. Immerhin kannte sie die anderen noch nicht so gut, und vielleicht gefiel es ihr auch eher nicht, dass Drew ihr Alter erwähnt hatte. Vierzig war wirklich ein großer Meilenstein im Leben … aber darüber musste Sam sich noch nicht den Kopf zerbrechen. Andererseits vergingen die Jahre im Fluge, und sie hatte früher einmal geglaubt – und gehofft –, in ihrem Alter schon eine eigene Familie zu haben. Das Problem war eben nur, dass sie dabei seit jeher immer nur Gabe an ihrer Seite gesehen hatte. Erneut wurde ihr ganz anders bei der Vorstellung, dass er womöglich eine Frau nach Porthmellow mitbringen würde.

Als alle aufbrachen, senkte sich das Zwielicht über den Hafen. Normalerweise belohnte sich das Komitee für die harte Arbeit mit einem Ausflug in einen der Pubs.

Chloe schob ihr Tablet und ihre anderen Sachen in eine Ledertasche. »Ich komme später ins Pub, wenn das okay ist. Muss noch einen Anruf erledigen. Noch mehr Arbeit.« Sie verzog entschuldigend das Gesicht.

»Kein Problem, wir wärmen schon mal deinen Platz vor«, erwiderte Sam.

»Danke.«

Nachdem Chloe gegangen war, flitzten Zennor und Ben voraus ins Pub, und Troy verkündete, er wolle lieber nach Hause zu Evie. Sam blieb mit Drew zurück.

»Kann ich dir was abnehmen?«, bot er an, als Sam ihr iPad in ihre Tasche schob und einen Berg Akten in einem Karton verstaute.

»Danke, das ist lieb. Ich muss alles ins Pub mitschleppen, da ist Hilfe willkommen.«

»Im Tinners' sollte es heute Abend ruhig sein. Im Smuggler's spielt eine Folkband, da ist es garantiert laut und voll.«

»Ah, ich hab mich schon gewundert, warum Zennor und Ben so versessen aufs Tinners' waren. Aber ich hätte gegen ein bisschen Musik nichts einzuwenden gehabt. Und vor allem gegen ein großes Glas Wein.«

»Ich komme nur kurz mit«, sagte Drew. »Kann heute nicht lange bleiben.«

Drew trug die Kiste, während Sam die Tür des Versammlungsraums abschloss. Den Schlüssel hängte sie dann im Erdgeschoss an seinen angestammten Haken.

»Hast du noch was vor?«, fragte sie.

»Kann schon sein …«

»Das klingt ja spannend.«

Drew lächelte ausweichend, und sie wandten sich zum Hafen. Es war sinnlos, die Akten erst nach Hause zu bringen, da das Tinners' auf halbem Weg lag, auf einer Seite des U-förmigen Hafens.

Sie kamen am Café vorbei, das inzwischen geschlossen hatte. Von der anderen Seite hörte man Musik aus dem Smuggler's Inn. Jetzt, nach dem Ende der Sitzung, musste Sam sofort wieder an Gabe denken und konnte es kaum erwarten, ihn zu googeln.

»Du kannst mir natürlich sagen, dass es mich nichts angeht – aber ist alles okay mit dir?«, unterbrach Drew ihre Gedanken.

Sam wurde etwas flau im Magen. »Ja, wieso nicht?«

»Weil ich dich gut kenne und wir schon ewig befreundet sind. Ich weiß, was ihr damals füreinander empfunden habt, Gabe und du. Wir waren ja alle Freunde, schon vergessen? Wie ist das für dich, dass er jetzt zum Festival kommt?«

»Begeistert bin ich nicht, aber das hast du ja schon gemerkt.« Sie warf ihrem Freund ein Lächeln zu. Er hatte Aufrichtigkeit verdient. »Aber wir brauchen einen Starkoch, und dass er umsonst auftritt – ich wäre ja wahnsinnig, das nicht anzunehmen. Ich kann doch sein Angebot nicht ablehnen wegen eines Familiendisputs, an den sich das halbe Dorf inzwischen wahrscheinlich nicht mal mehr erinnert.«

»Ja, ganz schwierige Lage für dich. Ich wollte dir nur sagen, dass ich das nachfühlen kann.«

Sam legte ihm die Hand auf den Arm. »Du bist so ein klasse Typ. Hat man dir das schon mal gesagt?«

»Nicht so oft, wie du vielleicht glaubst.« Er zwinkerte ihr zu.

»Wird sich das vielleicht in Kürze ändern?«

»Das kann ich noch nicht sagen.«

Sam verengte die Augen. Drew wirkte so fröhlich heute Abend, und seine mysteriösen Bemerkungen führten dazu, dass sie zwei und zwei zusammenzählte.

»Wusste ich's doch, dass da jemand Neues ist.« Sie blieb stehen. »Leugne es nicht!«

Er zögerte einen Moment, grinste aber dann. »Ja, stimmt schon. Sie heißt Caitlin.«

Sam stieß einen kleinen Triumphruf aus, weil sie recht behalten hatte. »Caitlin! Kenne ich sie?«

»Ich glaube nicht. Wir sehen uns heute erst zum dritten Mal.«

»Oh mein Gott, das dritte Mal!«, seufzte Sam gespielt dramatisch. »Wird bald geheiratet?«

»So schnell noch nicht, aber ich muss zugeben, dass ich sehr vernarrt in sie bin.«

»Wow.« Sam küsste ihn auf die Wange, erfreut, dass er ihr die Neuigkeit anvertraut hatte. »Aber du willst sie trotzdem nicht zu Chloes Party mitbringen?«

»Ach, da würde sie eher nicht reinpassen.« Drew lachte. »Würdest du denn einen neuen Freund zu unseren trinkseligen Komiteerunden einladen?«

»Wenn ich's mir recht überlege, eher nicht. Außer, ich will mich von ihm trennen. Abgesehen davon, ist da zurzeit auch gar niemand.«

»Echt nicht? Ich hab gehört, du hast was mit Superheld Carl Trenow.«

»Was?« Sam war schockiert, dass Drew über ihre jüngste »Beziehung« mit dem gutaussehenden Steuermann des Seenotrettungsboots aus Marazion Bescheid wusste. »Wir waren nur dreimal zusammen aus und wollten das eigentlich geheim halten.«

»Hat wohl nicht so gut geklappt. Ganz Porthmellow weiß davon.«

»Dann solltest du eigentlich auch wissen, dass da nichts mehr läuft«, erwiderte Sam etwas schroff, noch immer erschüttert darüber, wie schnell der Klatsch sich verbreitete.

»Es heißt, du hast verlangt, dass er im Bett seine gelben Gummistiefel auszieht. Die meisten Frauen wollen offenbar, dass er die anbehält.«

»Was? Das ist doch der Gipfel!« Sam schnaubte erbost. »Ich hoffe, Carl hat diesen Mist nicht selbst erzählt, sonst knöpfe ich mir den Kerl vor. So weit sind wir gar nicht gekommen …« Sam hielt inne, weil ihr das Ganze zu intim geriet. »Wer hat den Quatsch mit den Gummistiefeln verzapft?«

»Ach, hat man am Bahnhof und am Hafen gehört. Wir wussten ja alle, dass das Blödsinn ist. Die meisten vermuten eher, dass Carl dich mörderisch gelangweilt hat.«

Sam machte eine Würgegeste. »Hier kann man doch wirklich Zustände kriegen. Diese elende Tratscherei. Carl und ich haben beschlossen, uns nicht mehr zu sehen, weil es einfach nicht gefunkt hat. Das war alles. Er daddelte dauernd an seiner Xbox und fand, er sei ein Feinschmecker, wenn er statt HP-Soße Ketchup auf seine Pommes schüttet. Um ehrlich zu sein, war ich furchtbar erleichtert, als er vor unserer letzten Verabredung zu einem Einsatz gerufen wurde. Und als er mich zu einem Grillabend auf dem Rettungsboot einlud, hab ich gesagt, ich könnte nicht, weil ich eine Besprechung fürs Festival hätte. Er hat mich nie wieder angerufen, und das war mir nur recht.« Sam lief rot an bei der Vorstellung, dass man sich den Mund zerriss über ihr Sexleben – oder eher dessen Abwesenheit – mit Superheld Carl, der nun wirklich der allerlangweiligste Kerl unter der Sonne war.

Drew lachte. »Du wirst schon noch jemanden finden, der zu dir passt.«

»Na, hoffentlich. Sei froh, dass du die geheimnisvolle Caitlin getroffen hast … Woher kommt sie eigentlich? Und lerne ich sie bald mal kennen?«

Drew grinste. »Sie kommt aus der Gegend von Falmouth. Aus Penryn, genauer gesagt.« Er schob die Tür des Pubs auf. »Ich stell sie dir bald mal vor. Aber erst müssen wir uns selbst noch ein bisschen besser kennenlernen.«

»Kann ich verstehen. Freut mich jedenfalls sehr für dich«, sagte Sam, die zwar vor Neugier fast platzte, aber auch Drews Privatsphäre respektieren wollte.

»Danke.« Drew stellte die Kiste auf dem Tisch ab, an dem schon Zennor und Ben saßen. Dann verkündete er, nicht bleiben zu können, und dampfte wieder ab, munter ein Shanty pfeifend.

Sam lächelte in sich hinein. Drew gab sich gerne als ruppiger Seemann, war aber in Wahrheit eine sehr empfindsame Seele. Er sang im Chor der Fischer, spielte Gitarre, schrieb eigene Songs und trat gelegentlich mit Freunden in den hiesigen Pubs auf. Beim Festival würde Drew mit seiner Band auch spielen, am Samstagabend und Sonntagnachmittag.

Seit dem Scheitern seiner Ehe hatte er ein paar Beziehungen gehabt. Mit einer Frau hatte er auch eine Weile zusammengelebt, aber dass er wegen seines Jobs extrem selten zu Hause war, ließ sich mit einem Familienleben schwer vereinbaren. Die Segeltörns beschränkten sich nicht auf die Region, sondern führten ihn manchmal auch zu den Kanalinseln oder nach Schottland. Drews Äußerungen über diese Caitlin hörten sich so ernsthaft an, wie sie ihn noch nie erlebt hatte. Sam wünschte ihm alles erdenklich Gute, aber unter ihrer Freude regte sich noch ein anderes Gefühl. War das Eifersucht? Oder Neid? Weil offenbar überall Paare entstanden und sie alleine war? Das war doch albern.

Sam stand gerade am Tresen, um die nächste Runde zu bestellen, als Chloe neben ihr auftauchte.

»Hi«, sagte sie.

»Huch! Ich hab dich gar nicht kommen sehen.«

»Ja, hat nicht so lange gedauert mit dem Telefonat. Sag mal … Ich hab gerade von Zennor gehört, dass Drew heute Abend mit einer Frau verabredet ist. Das ist so ein toller Typ. Und ich dachte irgendwie, dass ihr beide vielleicht …« Sie sah plötzlich erschrocken aus. »Ach, tut mir leid, ich wollte nicht aufdringlich sein.«

»Bist du nicht. Wenn irgendwas zwischen uns passieren sollte, dann wäre es längst passiert. Wir kennen uns ja schon ewig. Nein, wir sind einfach nur gute Freunde. Und wie du schon sagst: Es gibt ja jetzt auch diese Caitlin.«

»Ach. Jammerschade. Ähm, natürlich nicht für ihn und die glückliche Caitlin, aber ich dachte … na ja, der Mann ist jedenfalls eine Augenweide.« Chloe lächelte. »Nicht so umwerfend wie Gabriel Mathias natürlich, aber … tut mir übrigens leid, ich wusste nicht, dass du ihn näher gekannt hast, als er noch hier gelebt hat.«

Sam wurde bewusst, dass sie Chloe die Wahrheit sagen musste, bevor sie die Geschichte mit Gabe von anderen erzählt bekam.

»Ich muss dir was erklären«, begann sie zögerlich. »Ich kannte Gabe nicht nur, wir waren mal zusammen. Das war Jahre, bevor er so berühmt wurde. Seine Eltern hatten damals noch den Imbiss neben dem Postamt.«

Chloe blieb der Mund offen stehen.

»Wir waren auf der gleichen Schule«, fuhr Sam fort, »und fühlten uns immer schon zueinander hingezogen. Nachdem wir die Schule beendet hatten, wurden wir dann ein Paar. Ich war damals neunzehn, Gabe zwanzig.«

»Wow, im Ernst? Du warst mit Gabriel Mathias zusammen?«

»Ja. Kaum zu glauben, was?«

»Ja, echt. Ich meine, nein, du bist ja so bezaubernd, Sam, und ich kann gut verstehen … aber das ist irgendwie so … irreal.«

Sam lächelte über das Wort »bezaubernd«. Das sahen nicht alle in Porthmellow so, aber es war ein liebes Kompliment.

»Damals sah Gabe noch nicht so fantastisch aus wie heute. Ich meine, für mich schon, ich fand keinen anderen Jungen so sexy wie ihn. Aber er war klapperdürr und muffelig, und weil er im Imbiss arbeitete, trug er immer einen Overall und ein Haarnetz und wurde von den anderen Jungs fies gehänselt.«

»Das muss ja schlimm für ihn gewesen sein.«

»Ich mochte ihn jedenfalls«, fuhr Sam fort. »Hab ständig im Imbiss rumgelungert, damit ich mit Gabe reden konnte, und mir als Vorwand irgendwelches Zeug bestellt, das ich gar nicht mochte. Ich kann dir nicht mehr sagen, wie viele Soleier und Würstchen ich an die Möwen verfüttert habe.«

Chloe lachte schallend.

»Ich habe einfach gespürt, dass er ein total netter Kerl ist«, fuhr Sam fort. »Einfühlsam, fleißig und lieb zu seinen Eltern. Schon damals kochten wir beide sehr gern. Ich hatte es von meiner Mutter gelernt, und Gabe träumte davon, Chefkoch zu werden. Aber er fühlte sich seinen Eltern gegenüber verpflichtet, er wollte sie nicht im Stich lassen. Seine Großeltern waren während des Kriegs mit der Türkei aus Zypern geflüchtet und hatten den Imbiss gegründet. Das war der Neuanfang für die Familie gewesen, und Gabe wusste nicht, wie er seinen Eltern sagen sollte, dass er das Lokal nicht weiterführen wollte. Als wir zusammenkamen, machte er bereits eine Ausbildung zum Koch, arbeitete aber nebenbei noch im Imbiss mit.«

Sam hielt inne, weil sie Luft holen musste, und merkte, wie viel sie geredet hatte. Sie wusste gar nicht, woher das plötzliche Bedürfnis kam, Chloe das alles zu erzählen. Als Nächstes spürte sie, dass sie sich tatsächlich etwas entspannter fühlte. Es war irgendwie erleichternd, Chloe von ihrer Beziehung – *ehemaligen* Beziehung – mit Gabe zu erzählen. Und da Chloe neu im Dorf war und keine Vorbehalte gegen ihn hatte, war es einfacher, offen und ehrlich zu sein.

»Ich wusste das alles nicht«, sagte Chloe. »Nur, dass Gabriel früher hier gelebt hat, aber seine Assistentin hat mit keinem Wort erwähnt, dass ihr euch kennt … tut mir leid.«

»Nein, kein Problem. Woher soll sein Team denn auch von mir wissen?«

»Er hätte es ja mal erwähnt haben können …«

Sam zuckte die Achseln. »Es macht mir nichts aus, dass Gabe niemandem von mir erzählt hat. Ich bin, offengestanden, eher froh darüber, denn die Gründe für unsere Trennung sind … ziemlich speziell, und es gibt Leute hier, die dazu eine ziemlich klare Meinung haben. Es war sehr kompliziert, und …«

»Du musst wirklich nicht darüber sprechen, wenn du nicht möchtest, Sam. Das ist ganz allein deine Sache.«

»Danke, ja, na ja, ich will es mal so sagen: Gabe und ich haben uns voneinander entfremdet. Wir haben uns zu der Zeit getrennt, als mein Bruder Ryan sehr große Probleme hatte. Du hast vielleicht davon gehört.«

»Ein bisschen was habe ich aufgeschnappt. Ich weiß, dass er eine Zeitlang im Gefängnis war. Tut mir echt leid, das war bestimmt eine schlimme Zeit für dich.«

»Ja, war es. Und auch noch kurz nach dem Tod meiner Mutter.« Sam seufzte.

Und dann erzählte sie Chloe von den Ereignissen gerade so viel, dass sie verstehen konnte, warum ein Wiedersehen mit Gabe schwierig für sie sein würde. Was damals wirklich vorgefallen war, das wussten nur Gabe und sie, und Sam hatte nicht die Absicht, das jemals irgendjemandem zu offenbaren.

9

@**PorthmellowGirl:** @CornwallMädel Hab grade #GabeMathias auf dem Parkplatz am Hafen gesehen!!! Ist der süß!!!! Konnte kein Foto machen, musste zur Arbeit. Halte Ausschau. #Sommerfestival

Am Montagmorgen parkte Gabe seinen Range Rover hinter dem Postamt und steuerte auf den Parkscheinautomaten zu. Am Vorabend war er spät in Clifftop House angekommen.

Er hatte nur das Nötigste in sein Auto gepackt. Das Haus war teilmöbliert, einige Möbelstücke und Küchenutensilien ließ er sich von einer Umzugsfirma liefern. Gabe hoffte, dass sie noch heute eintreffen würden, denn nach der ersten Nacht in der fremden Umgebung fühlte er sich desorientiert. Jede Menge Unsicherheiten und Ängste aus seiner Kindheit hatten ihn heimgesucht, als er den steilen Abhang zum Hafen hinunter und durch die schmalen Straßen wieder nach oben zur Stippy Stappy Lane gefahren war, die in einem Pfad am Tor von Clifftop House endete.

Wavecrest Cottage war eines von drei Reihenhäusern am Weg nach unten ins Dorf. Gabe wusste, dass Sam und Zennor dort noch immer wohnten, wie seit eh und je … während er nun Mieter des größten Hauses von ganz Porthmellow war.

Als er seiner Assistentin aufgetragen hatte, ihm ein Haus mit einer richtig guten Küche zu mieten, Kosten unerheblich, hatte er damit nicht gemeint, dass er eine gigantische viktorianische Villa mit Aussicht über das gesamte Dorf haben wollte. Doch genau das war Clifftop House. Wie oft hatte er früher davon geträumt, in der prachtvollen »Herrenresidenz« hoch oben am Hang zu wohnen? Sie hatte sogar ein Türmchen, das ihn immer an das Schloss von Graf Dracula erinnert hatte, als er in seiner Jugend düstere Horrorfilme schaute und Mangas verschlang.

Gabe stöhnte. Er war kein Jugendlicher mehr, und schon nach einer Nacht in dem riesigen Haus bereute er die Entscheidung, dort zu wohnen.

Suzy hatte erklärt, dass so kurzfristig für drei Monate nichts anderes frei gewesen wäre, weshalb Gabe widerstrebend eingewilligt hatte. Aber er hätte auf etwas Diskreterem bestehen sollen. Das sah doch jetzt aus, als wolle er über das Dorf regieren, und erzeugte ein völlig falsches Bild von ihm.

Andererseits: Warum sollte er denn nicht sichtbar sein? Er musste sich seines Erfolgs nicht schämen. Endlose Schichten in stickigen Küchen, Demütigungen von Chefköchen, schlechte Bezahlung, Brandwunden, Schnitte, Zukunftssorgen … das alles hatte er durchgestanden, um seinen Traum zu verwirklichen. Er schuldete niemandem in Porthmellow etwas. Und was Sam anging …

Gabe fluchte leise und merkte, dass er eigentlich sich selbst verfluchte. Er konnte Sam keine Schuld geben für die

Geschehnisse damals, und nicht einmal Ryan war ausschließlich dafür verantwortlich.

Der Anruf wegen des Festivals hatte den Ausschlag gegeben, aber Gabe hatte schon länger darüber nachgedacht, nach Porthmellow zurückzukehren. Dass jetzt auch noch das Restaurant im Net Loft frei war, schien ihm wie eine Fügung. Seit Chloes Anruf hatte er allerlei Ideen gehabt.

Als Gabe seine Laufbahn als Koch begann, hatte er nicht angestrebt, berühmt zu werden. Doch nach ein paar Auftritten auf Festivals und bei Regionalsendern bot man ihm die Teilnahme an einer landesweiten Kochshow an. Gabe stellte bald fest, wie sehr seine Popularität seine eigenen Restaurants begünstigte, und hatte mehr Auftritte angenommen, bis man ihm schließlich eine eigene Fernsehshow anvertraute. Die Dreharbeiten für die zweite Staffel waren gerade abgeschlossen, aber Gabe war nicht sicher, ob er weitermachen wollte. Die Show schluckte viel Zeit, die ihm dann wiederum für die Entwicklung von neuen Rezepten fehlte.

Wenn er sich dazu entschloss, das Restaurant im Net Loft zu übernehmen und mehr Zeit in Cornwall zu verbringen, fern vom hektischen London, musste er etliche Fernsehauftritte ablehnen, die sich gerade häuften. Aber er wollte auch vermeiden, dass die Leute sich irgendwann langweilten, weil sie ihn ständig überall zu sehen bekamen. Das Wort »Promi« konnte er auf den Tod nicht leiden und wollte es auch nicht hören. Dennoch gehörte es natürlich zu seiner Vermarktungskampagne.

Seine Agentin würde überhaupt nicht begeistert sein von solchen Tendenzen, sondern garantiert ihren mit Ringen gespickten Zeigefinger erheben und warnend verkünden: »Carpe diem, Gabe. Du musst jede Gelegenheit nutzen, sonst gerätst du ganz schnell in Vergessenheit. Und ehe du dich 's versiehst, gehörst du zum alten Eisen.«

Das Problem war, dass Gabe sich bereits jetzt so fühlte. Mit vierzehn hatte er angefangen zu schuften, hatte sich von der Arbeit im Imbiss zum berühmten Spitzenkoch hochgearbeitet … und jetzt war er müde und erschöpft, wenn auch eher seelisch als körperlich.

Und was sollte nun ausgerechnet Porthmellow mit all den belastenden Erinnerungen dagegen ausrichten? Ein paar Schritte von Samphire Lovell entfernt zu wohnen würde seine Seele ganz gewiss nicht heilen, sondern ihr eher endgültig den Rest geben.

Als er vor dem Automaten stand, starrte Gabe erschüttert auf die angegebenen Parkgebühren. Vier Pfund für zwei Stunden? Das war ja wohl dreist. Kein Vergleich mit London natürlich, aber für Porthmellow doch sehr erstaunlich. Er war seit zehn Jahren nicht mehr hier gewesen, und damals konnte man hier noch umsonst parken. Natürlich gönnte Gabe der Gemeinde die Einnahmen, wunderte sich aber doch, dass Besucher offenbar bereit waren, für einen Bummel durch das Dorf so viel Geld zu berappen.

Seine Eltern hatten den Fish-and-Chips-Imbiss aufgegeben, nachdem Gabe weggezogen war, und er hatte ihnen vor ein paar Jahren ein Haus auf dem Land gekauft. Sie waren nur noch selten in Porthmellow, hatten aber berichtet, dass es mit dem Ort bergauf ging, vor allem seit der Gründung des Streetfood-Festivals. Jetzt sah Gabe die Veränderungen mit eigenen Augen. Die alte Bücherei, wo er sich immer Kochbücher ausgeliehen hatte, beherbergte jetzt ein Wettbüro und einen Laden für E-Zigaretten. Auf der Fahrt zum Hafen hatte er bereits neue Cafés und Galerien, einen Fahrradverleih, eine Bäckerei und einen Schönheitssalon entdeckt.

Ja, es schien, als sei Porthmellow auf dem aufsteigenden Ast ... nur Bücher konnte man sich offenbar nirgendwo mehr ausleihen.

Gabe kramte in seinen Taschen nach Kleingeld, weil man nicht mit Scheinen bezahlen konnte und mit dem Handy schon gar nicht. Ihm fehlten fünfzig Pence, was bedeutete, dass er erst mal in den Kiosk nebenan gehen und sich Wechselgeld besorgen musste. Und das flott, denn einem teuren Wagen wie seinem würden die Dorfpolizisten schneller einen Strafzettel verpassen, als Gabe eine Seezunge filetieren konnte.

»Mist«, murmelte er vor sich hin, als er hinter sich eine Stimme hörte.

»Gabe? Gabe Mathias? Diesen Haarschopf erkenn ich doch auf den ersten Blick.«

Hinter ihm stand ein verwitterter alter Knabe und strahlte ihn so breit an, dass sämtliche gelben Zähne mitsamt Goldkronen zum Vorschein kamen. Gabe erkannte sofort Troy Carman, der früher für die Hafenleitung gearbeitet hatte. Er musste inzwischen über achtzig sein, sah aber immer noch fit aus. Seine Arme waren sehnig, das Gesicht braun wie eine Haselnuss und runzlig wie eine Dörrpflaume. Gabe wappnete sich innerlich.

»Hallo, Troy, wie geht's, wie steht's?«, fragte er.

»Mir geht's prima. Dich braucht man das ja nicht fragen. Netter Schlitten«, antwortete Troy grinsend und wies mit dem Kopf auf den Range Rover.

»Danke. Entschuldige, ich muss mir rasch beim Kiosk Kleingeld holen. Wusste nicht, dass man inzwischen einen Kredit aufnehmen muss, um hier zu parken.«

Troy lachte gackernd. »Du könntest dir doch mit links den ganzen Parkplatz kaufen, Junge. Ja, die Zeiten ändern sich. Als Hafenangestellter hab ich natürlich einen Parkausweis.«

»Du bist noch immer nicht im Ruhestand?«

»Ruhestand? Ohne mich. Nee, ich arbeite noch Teilzeit. Mich werden die so schnell nicht los.« Er schmunzelte. »Wie viel Geld fehlt dir denn?«

»Fünfzig Pence. Und ich hab keine Lust auf einen Strafzettel.«

»Ach, heute hast du nichts zu befürchten. Foxy Seddon ist im Mutterschaftsurlaub, und der Gemeinderat hat noch keinen Ersatz für sie gefunden. Dann und wann schicken sie mal jemanden rum, aber der war erst am Samstag hier, heute kommt er bestimmt nicht.«

»Danke, aber ich möchte trotzdem lieber bezahlen«, erwiderte Gabe. Er wollte auf jeden Fall vermeiden, dass man im Dorf behaupten könnte, er sei zu knickerig, um Parkgebühren zu bezahlen.

Foxy Seddon war also Verkehrspolizistin geworden, das passte – die war schon damals in der Schule ein ziemlicher Dragoner gewesen. Und nun bekam sie eigene kleine Dragoner … er war wirklich eine Ewigkeit weg gewesen.

Troy gluckste amüsiert. »Stimmt, als Promi muss man wohl

immer vorbildlich sein.« Er kramte in der Tasche seines blauen Overalls. »Hier, ich glaub, ich hab was Passendes.«

»Nein, lass mal, du musst mir doch nicht aushelfen.«

»Dann musst du nicht in den Kiosk laufen.« Troy hielt ihm mehrere Münzen hin.

»Also gut, danke. Ich zahl es dir zurück, sobald ich an Kleingeld komme.«

»Ach, nicht nötig. Ist schon Belohnung genug, wenn ich im Pub erzählen kann, dass ich dem Millionär Gabe Mathias Geld geliehen hab.«

Gabe fluchte innerlich, zwang sich aber zu einem Lächeln. »Echt nett von dir.«

Troy schmunzelte. »Du darfst mir dann die Tage mal 'n Bier ausgeben. Und 'ne Portion Brasse, wie du sie neulich im Frühstücksfernsehen zubereitet hast. Ich guck ja nicht viel, aber meine Evie hat dich gesehen und es mir erzählt.«

»Ach ja? Wie geht es ihr denn?«

»Hat schlimme Arthrose, die Ärmste, aber hält sich wacker. Kochshows liebt sie. Meinte aber, in dem Teig für die Pfannkuchen mit Meeresfrüchten, die du vor 'ner Woche gemacht hast, sei zu viel Mehl drin gewesen. Hätten bestimmt geklumpt, glaubt sie.«

»Oh, wirklich?«, erwiderte Gabe in dem professionell freundlichen Tonfall, den er immer anwendete, wenn Leute seine Gerichte kommentierten. Damit hatte er inzwischen jede Menge Erfahrung.

Aber Evie Carman hatte er immer gemocht. Sie war nett zu ihm gewesen und hatte ihn einmal auch beschützt, als er von einigen Typen bedrängt wurde, die ihn wegen seiner griechischen Herkunft anpöbelten und sich über seine fettigen Haare und olivfarbene Haut lustig machten. Damals war er etwa zwölf und wollte sich gerade selbst verteidigen, als Evie einschritt und rief, die verblödeten Schwachköpfe sollten sich verpissen. Sie war fünfzig Jahre älter als Gabe, hatte aber selbst üble Erfahrung mit Diskriminierung machen müssen.

Ihre kornische Mutter hatte einen schwarzamerikanischen GI geheiratet, der während des Kriegs in der Nähe von Porthmellow stationiert gewesen war. Solche Ehen kamen damals nicht vor, und Evie als Mischlingskind war in der ländlichen Umgebung als absoluter Sonderling behandelt worden. Gabe war froh, dass sich inzwischen vieles geändert hatte. Noch immer nicht genug, aber immerhin lebte Evie nun seit vielen Jahren hier und gehörte längst zur Gemeinschaft.

Sie war Lehrerin gewesen, aber schon in den Ruhestand gegangen, als Gabe noch im Imbiss gearbeitet hatte. Durch ihre Herzenswärme und bodenständige Freundlichkeit war sie bei allen beliebt, und von Troy wurde sie förmlich angebetet.

Gabe musste heimlich amüsiert zugeben, dass sie mit ihrem Kommentar zu dem Teig gar nicht so falsch lag; er hatte tatsächlich ein paar Klümpchen gehabt.

»Ich schau mal vorbei und lass mir ein paar Tipps von ihr geben«, sagte er. »Tut mir leid wegen ihrer Arthrose.«

»Sie würde sich bestimmt riesig freuen, wenn du vorbeikommst. Hat dich immer gern gehabt. Aber erkennt dich wahrscheinlich kaum wieder. Du warst ja so 'n schlaksiger Tunichtgut, als sie dich zuletzt gesehen hat. Und jetzt – der reinste George Clooney«, sagte Troy und lachte gackernd über seinen eigenen Scherz.

Troys ulkiges Lachen und das schräge Kompliment brachten Gabe zum Grinsen. Clooney war ein guter Schauspieler und sah blendend aus, hätte aber vom Alter her Gabes Vater sein können.

Jetzt haute Troy ihm mit so viel Wucht, wie man sie einem Mann seines Alters nicht zugetraut hätte, auf die Schulter, und Gabe zuckte zusammen, was Troy noch mehr amüsierte.

»Kann jetzt nicht weiter mit dir quasseln«, verkündete er. »Hab ein Treffen mit dem Hafenmeister wegen dem Festival. Bin im Komitee, weißt du«, fügte er stolz hinzu.

Gabe hätte sich am liebsten die Schulter gerieben, verkniff es sich aber. »Nein, das wusste ich nicht. Du scheinst ja rundum begehrt zu sein.«

Troy grinste breit. »Bin ich. Ach so, und du läufst ja garantiert Samphire Lovell über 'n Weg, während du hier bist. Sie führt das Regiment beim Festival, aber das weißt du wahrscheinlich schon. Kannst ihr nicht ausweichen, ob's dir nun gefällt oder nicht.«

Troy gab wieder sein schräges Lachen von sich und schlenderte dann zum Gebäude des Hafenmeisters, während Gabe ihm verdattert nachsah.

So direkte Worte erlebte Gabe nur noch selten und empfand sie als erfrischend. Er wurde in den Medien und im Internet kritisiert oder war von heuchlerischen Speichelleckern umgeben, die alle auf ihren eigenen Vorteil aus waren. Jetzt holte er sich endlich den Parkschein, legte ihn ins Auto und eilte dann zu seinem Treffen mit der Immobilienmaklerin. Dabei gingen Gabe immer wieder Troy Carmans Worte durch den Kopf. Der Bursche hatte durchblicken lassen, dass er nicht nur wusste, wie verliebt Gabe in Sam gewesen war. Er schien auch zu ahnen, dass Gabe die Begegnung mit ihr kaum erwarten konnte, sich aber zugleich davor fürchtete.

Er schüttelte verwundert den Kopf, musste sich aber eingestehen, dass der alte Schlawiner ihn komplett durchschaut hatte.

10

@CornwallMädel: Weiß jemand, welche Bands beim Festival auftreten? @PorthmellowGirl #Sommerfestival

@MetallicaFan: Scheißegal. Die Bands sind eh alle Mist. Da hört sich mein Hund besser an. #Scheißmucke #MetalRules

Sam verließ den Friseursalon und machte sich auf den Weg nach Hause. Nach der Arbeit bei Stargazey war sie zu ihrer Friseurin gegangen und hatte sich dort während der Wartezeit endlich erlaubt, im Internet zu recherchieren, ob Gabe gegenwärtig eine Partnerin hatte.

Ob das Ergebnis ihr gefiel oder nicht, war ihr selbst nicht ganz klar. Aus Blogs und Zeitungsberichten ging hervor, dass er seit der Eröffnung seines ersten Restaurants mit unterschiedlichen Frauen »gesehen« worden war. Mit einer glamourösen Kochbuchautorin hatte er ein paar Jahre zusammengelebt, aber laut Wikipedia war die Beziehung im vergangenen Jahr in die Brüche gegangen. Gegenwärtig tauchte nirgends eine Partnerin auf. Und Troy hätte bestimmt auch eine Bemerkung darüber gemacht, wenn Gabe liiert gewesen wäre.

Als Sam mit Haareschneiden dran war, plauderte sie wie immer angeregt mit ihrer Friseurin und vergaß vollkommen, zu Anfang »Nur nachschneiden bitte« zu sagen. Als es ihr wieder einfiel, sah der Boden ringsum schon aus wie in Bryonys Hundesalon, und beim Anblick des coolen, aber ungewohnt kurzen Bob entfuhr ihr ein erschrockenes Quietschen.

Die Stunde beim Friseur war einziger Ruhepunkt in einem extrem anstrengenden Tag gewesen. Sam hatte nonstop gebacken für eine Konferenz über Außerirdische, die am nächsten Abend in Tehiddy stattfand. Jetzt genoss sie auf dem Heimweg die warme Frühlingssonne, während sie die steile Treppe hinaufstieg, die zur Stippy Stappy Lane führte. Obwohl Sam den Aufstieg gewohnt war, keuchte sie ziemlich, als sie auf der schmalen Straße mit den pastellfarbenen Reihenhäusern ankam, zu denen auch Wavecrest gehörte. Ihr Häuschen war allerdings nicht mal annähernd zu sehen, weil ein Umzugslaster, der sich offenbar komplett verkeilt hatte, den Weg blockierte. Hinter dem Wagen stand ein Mann in braunem Overall, die Hände in die Hüften gestützt, und betrachtete ratlos sein Fahrzeug.

»Was ist passiert?«, fragte Sam, als sie näher kam, obwohl sie die Antwort bereits kannte. An dieser Stelle strandeten öfter mal größere Fahrzeuge.

Der Fahrer kratzte sich am Kopf. »Das verdammte Navi hat mich hierhergeschickt, und jetzt steck ich fest.«

»Jemand hätte Ihnen sagen müssen, dass Sie hier mit so einem großen Laster nicht durchkommen. Vorwärts geht gar nicht, das Haus da vorne hat ein weit vorstehendes Erkerfenster, damit kollidieren Sie dann.«

»Hab ich gesehen. Ich wollte rückwärts wieder raus, aber mit der scharfen Kurve da ist das ein Alptraum. Ich hab Angst, dass ich die Terrasse von dem weißen Haus frisiere. Mein Boss macht mich 'nen Kopf kürzer, das können Sie glauben.« Er beäugte Sam hoffnungsvoll. »Ich brauche jemanden, der mich lotsen kann. Aber nicht mal mit Hilfe bin ich mir sicher, ob ich rückwärts durch diese Kurve komme.«

Sam blickte zwischen dem Laster und dem verzweifelten Fahrer hin und her. Plötzlich kam ihr ein Gedanke. »Wo wollen Sie überhaupt hin?«

»Großes Haus am Ende der Straße, ich hoffe, da kann man vernünftig anfahren. Clifftop House, kennen Sie das?«

Sam starrte den Fahrer fassungslos an. In diesem Laster befanden sich die Sachen von Gabe.

»Das ist doch hoffentlich hier, oder?«, fragte der Fahrer unsicher, weil er ihre Miene nicht deuten konnte.

»Ja, klar. Man kann das Haus nicht sehen, weil es nur über einen Fußweg zugänglich ist. Sie hätten mit einem kleineren Wagen kommen müssen. Geben Sie mir die Schlüssel.«

Er schnaubte. »Das soll wohl ein Witz sein.«

»Warum? Weil ich eine Frau bin?«

»Nein, weil Sie nicht qualifiziert und nicht versichert sind.«

»Erstens: Ich fahre einen Pick-up mit einem zum Imbisswagen umgebauten Pferdetransporter quasi täglich auf Straßen, die noch wesentlich schmaler und kurviger sind als diese hier. Zweitens: Ich wohne in dieser Straße, und meine Schwester kommt bald nach Hause – zumindest, wenn sie hier nicht stecken bleibt. Sie halten uns davon ab, gleich gemütlich bei einem schönen Gin Tonic zusammenzusitzen.« Sam streckte die Hand aus. »Schlüssel, bitte.«

Der Mann verschränkte die Arme vor der Brust. »Das kann ich nicht machen.«

Sam stieg auf der Fahrerseite ein.

»Sie ... ich ... das darf ich wirklich nicht, Sie sind doch nicht versichert«, wiederholte der Mann aufgeregt.

»Und was wird Ihr Chef sagen, wenn er einen Kollegen schicken muss, damit der Ihr Fahrzeug befreit? Und währenddessen kommt von den Bewohnern niemand ins Dorf. Hier wohnen Senioren und eine Frau, die in einer Woche ein Kind erwartet. Nicht mal ein Krankenwagen kommt jetzt hier durch. Los, geben Sie mir die Schlüssel.«

Der Mann reichte sie ihr. »Ich muss wahnsinnig sein.«

»Halten Sie hinten den Verkehr auf, falls jemand kommt.«

Der Mann verschwand hinter dem Laster, immer noch vor sich hinmurmelnd. Sam sah ihn im Außenspiegel und begann zurückzustoßen. Es war wirklich verdammt eng, aber sie kannte die Straße wie ihre Hosentasche und wusste genau, wann sie einschlagen musste, um nicht mit Garners Terrasse zu kollidieren. Als sie daran vorbei war, fuhr sie noch ein Stück rückwärts, bremste und öffnete die Fahrertür.

»Steigen Sie ein!«, rief sie dem Mann zu. »Ich fahr Sie auf anderem Wege hin.«

Er starrte sie argwöhnisch an. »Sie haben doch gesagt, das sei die einzige Straße.«

»Die einzige *Straße* zu Clifftop House, ja, aber nicht der einzige *Weg*.«

Kopfschüttelnd stieg der Fahrer ein.

»Anschnallen«, befahl Sam, bevor sie noch ein paar Meter rückwärts fuhr und auf einen Schotterweg zwischen zwei Häusern einbog. Der war auch ziemlich eng und führte zu einem asphaltierten Weg an den Garagen hinter den Häusern.

Der Mann stützte sich am Fenster ab, während der Laster vorwärtsholperte. »Großer Gott, ist das überhaupt eine *Straße*?«

»Nicht so ganz. Hat keinen Namen, ist aber der einzige Weg, Clifftop House mit dem Wagen zu erreichen.«

»Ich habe strikte Anweisung, die Straßen nicht zu verlassen ...«

Sam lachte. »Waren Sie noch nie in Cornwall?«

Sie behielt die Gartenausgänge scharf im Auge und bog am Ende der Strecke auf einen von Bäumen gesäumten unbefestigten Weg ab.

»Heiliges Kanonenrohr«, wetterte der Fahrer. »Das ist doch ein Fußpfad!«

»Naturnahe Route eben«, bemerkte Sam trocken, während Äste am Dach schabten. »Aber schauen Sie, da ist schon Clifftop House in Sicht.«

Sie kamen aus dem Schatten der Bäume hinaus auf ein Stück Heidelandschaft, und plötzlich war auch das Meer zu sehen. Sam fuhr noch ein Stück weiter und hielt dann am Küstenweg. Zu nah ans Haus heranfahren wollte sie nicht, um nicht womöglich Gabe zu begegnen.

»Sie müssen am Tor klingeln«, sagte sie zu dem Fahrer. »Und wenn Sie ein Stück auf dem Küstenweg fahren, achten Sie auf Fußgänger und Hunde. Ist übrigens auch nicht erlaubt.«

»Großer Gott, wie soll ich denn hier wieder wegkommen?«, fragte der Mann entsetzt.

»Da kann ich Ihnen jetzt nicht mehr helfen. Fragen Sie Ihren Auftraggeber, vielleicht chauffiert der Sie raus. Wenn er's noch kann.«

Im selben Moment, als sie aus dem Laster sprang, hörte Sam eine Stimme.

»Hey, wie haben Sie's geschafft, mit diesem Riesenwagen hier raufzukommen?«

Als Sam am Boden landete, stand Gabe vor ihr.

Er starrte sie stirnrunzelnd an, als erkenne er sie nicht, fand jedoch dann seine Stimme wieder. »Sam? Was machst du denn hier?«

Der Fahrer rief aus der Kabine: »Ich hab ihr gesagt, dass sie nicht fahren darf! Ich wusste, dass es verboten ist, aber sie wollte einfach nicht auf mich hören!«

Gabes Augen funkelten amüsiert. »Das kann ich mir denken.«

»Nun reicht's aber«, protestierte Sam. »Der gute Mann ist selbst schuld, dass er sich an der Stippy Stappy Lane verkeilt hat. War kurz davor, das Cottage von Old Man Garner zu demolieren *und* hat die gesamte Straße blockiert. Es war meine Bürgerpflicht, das Ding da wegzuschaffen. Ich meine, wer braucht denn auch schon einen so riesigen Umzugswagen? Doch nur jemand, der zu viel Zeug hat!«

Gabe starrte sie mit offenem Mund an, während der Fahrer in bedröppeltes Schweigen verfiel. Sams Herz pochte wie wild. Sie hatte sich Gabes Kochshows angeschaut und wusste, wie er inzwischen aussah. Aber als er jetzt so vor ihr stand, fand sie ihn regelrecht umwerfend – und ärgerte sich furchtbar darüber.

»Ich wollte nur helfen«, fügte sie hinzu. »Muss jetzt auch nach Hause, hab alle Hände voll zu tun.«

»Ich dachte, Sie wollten Gin Tonic trinken?«, murmelte der Fahrer.

»Das auch. Tschüss.« Sie marschierte los.

Gabe lief ihr nach. »Sam, warte doch. Können wir kurz reden?«

Sam ging unbeirrt weiter. »Ich habe dir nichts zu sagen.«

»Also …«

»Ich bin Leiterin des Festivals und werde absolut professionell mit dir umgehen, wenn es so weit ist«, sagte Sam schroff. »Auch wenn die Idee, dich zu fragen, nicht von mir kam. Meine Stellvertreterin wusste nichts von unserer … einstigen Verbindung, sonst hätte sie das niemals vorgeschlagen.«

»Verstehe. Ich muss gestehen, dass ich mich auch gewundert habe über die Anfrage. Vor allem nach so langer Zeit.«

»Für mich ist das alles, als sei es gestern gewesen.«

Gabe schüttelte den Kopf und hielt hilflos die Hände hoch. »Sam. Ich freue mich, dich zu sehen. Willst du nicht reinkommen, und wir trinken einen Tee?«

Sam schluckte schwer. Sie wusste, dass sie bis zehn, zwanzig oder sogar bis hundert zählen sollte, hatte aber das Gefühl, dass nichts sie beruhigen konnte. Dass dieser Moment kommen würde, hatte sie geahnt und versucht, sich allerlei höfliche Plattitüden dafür zurechtzulegen. Doch die nützten ihr jetzt nicht das Geringste. Gabe gegenüberzustehen brachte sie völlig durcheinander.

»Nein, danke«, sagte sie und ging weiter.

»Schade. Vielleicht ein andermal?«

»Mal sehen.«

»Hey! Ich bin vorhin Troy Carman begegnet«, sagte Gabe und trottete neben ihr her den Weg entlang.

»Schön für dich. Er ist übrigens im Komitee. Evie auch.«

»Ja, das hat er mir gesagt.«

»Ich muss jetzt weiter.«

Gabe berührte sie am Arm, nur ganz leicht. Sie blieb stehen und verschränkte die Arme.

Oh Gott, das wird alles grauenvoll, dachte Sam.

Gabe sah sie so ernsthaft an, dass sie unwillkürlich Gänsehaut bekam.

»Möchtest du, dass ich den Auftritt wieder absage?«, fragte er. »Ich weiß nicht, ich – ich kann doch nicht alle im Stich lassen.«

»Wäre ja nichts Neues«, murmelte Sam.

Damit wandte sie sich abrupt ab und eilte davon, ohne sich noch einmal umzudrehen. Gabes Abschiedsgruß wurde übertönt vom Kreischen der Möwen und dem Dröhnen der Wellen, die weit unten auf den Strand brandeten.

11

Als Sam ins Wohnzimmer kam, legte Zennor gerade frisches Stroh im Meerschweinchengehege aus, und Gareth und Harry flitzten im Zimmer herum.

»Hey! Alles okay mit dir?«

Sam sank aufs Sofa. »Warum nicht?«

Weil sie so gereizt klang, zwang sie sich zu einem Lächeln. Sie hatte sich bemüht, ihre chaotischen Gefühle nicht mit nach Hause zu bringen, um Zennor zu schonen.

Doch es fiel ihr schwerer, als sie angenommen hätte. Es kam ihr vor, als sei ein Geist zurückgekehrt – ein sehr lebendiger Geist allerdings –, der jede Menge Erinnerungen wachrief und ihr ganzes Leben erneut auf den Kopf stellte.

»Du bist knallrot im Gesicht und siehst aus, als wolltest du jemanden umbringen. Und deine Frisur ist auch eine ziemliche Ansage.«

»Was?« Sam betastete unwillkürlich ihre Haare. »Ach so, ja, das …«

»Sieht nach Business aus. Richtig tough.«

»Danke«, sagte Sam und grinste. Zennor gelang es immer, sie aufzumuntern.

Sam beschloss, ihrer Schwester reinen Wein einzuschenken. »Ich .. ähm … ich habe gerade Gabe getroffen.«

Zennor ließ die nächste Portion Stroh fallen. »Oh, mein Gott. Zieht er wirklich ins Clifftop House?«

»Ja. Ich hab seinen Umzugswagen hingefahren.« Sam lächelte grimmig beim Gedanken an die gesamte Szene.

Zennor kreischte: »Ach du Scheiße, wie das denn? Ich hab den Wagen gar nicht gesehen!«

»Ist auch nicht hier lang gekommen. Der Fahrer hatte sich an der Ecke verkeilt, und ich bin über den Weg hinter den Garagen rangefahren. Gabe und er fragen sich jetzt wahrscheinlich, wie sie die Karre da jemals wieder rauskriegen.«

Zennors Augen funkelten vergnügt. »Du bist ja 'ne echte Hexe. Die kriegen den Laster bestimmt nie mehr da weg.« Sie seufzte. »Oh Gott, aber wie furchtbar, dass Gabe jetzt direkt neben uns wohnt.«

Sam zuckte die Achseln. »Kann mir doch egal sein.«

»Ist es aber nicht. Kannst du mir nicht weismachen.« Zennor setzte sich neben ihre Schwester. Gareth kam auch angelaufen und quiekte aufgeregt. Sam nahm ihn hoch und streichelte ihn.

»Schau mal, wie glücklich er ist!«, sagte Zennor.

»Na, wenigstens einer«, seufzte Sam. »Ja, du hast recht. Natürlich lässt es mich nicht kalt, dass Gabe wieder hier ist. Ich dachte, ich sei innerlich darauf vorbereitet. Aber das hat wohl nicht so recht geklappt.«

Zennor betrachtete ihre Schwester forschend. »Wie sieht er aus? So wie im Fernsehen?«

Sam dachte nach. Wie hatte Gabe ausgesehen? Ganz ehrlich? Sagenhaft sexy. Das schimmernde schwarze Haar, die olivbraune Haut. Er war nicht mehr so dünn wie früher, sondern breitschultrig und ziemlich muskulös. Sam wusste selbst, dass Kochen schwere körperliche Arbeit war, und Gabe ließ sich offenbar von all den Köstlichkeiten nicht verführen.

Sie zuckte die Achseln. »Hab ich nicht so drauf geachtet.«

Zennor runzelte die Stirn und schmunzelte dann. Vermutlich glaubte sie ihr kein Wort.

»Hast du denn mit ihm gesprochen?«

»Nur ganz kurz, als ich aus dem Laster stieg.«

»Ja, erzähl! Du hast hallo und tschüss gesagt und bist wieder gegangen?«, fragte Zennor.

»Und dass wir uns bei der nächsten Komiteesitzung sehen. Was hätte ich denn auch sonst sagen sollen?«

»Weiß nicht, vielleicht: Wieso hast du unseren Bruder der Polizei ausgeliefert und damit sein Leben ruiniert? So was in der Art?«

»Da war doch auch der LKW-Fahrer dabei. Zen, es gäbe so viel zu sagen, aber genau das werde ich nicht tun. Ich werde höflich und professionell sein und versuchen, so wenig wie möglich mit ihm zu tun zu haben. Chloe ist jetzt im Bilde darüber, dass Gabe und ich mal was hatten, und du weißt ja, wie hilfreich sie ist. Sie hat mir schon angeboten, alles Nötige mit ihm zu regeln. Und sie findet ihn sowieso toll.«

Zennor rümpfte die Nase. »Nur, weil sie ihn nicht kennt.«

»Nun mal halblang. Ihrer Familie hat er ja schließlich nichts angetan. Und soweit ich weiß, auch niemand anderem. Das ist einfach unser persönliches Ding mit ihm.«

»Die anderen halten ihn jetzt sicher für einen Superhelden, weil er das Festival ›rettet‹«, sagte Zennor und streckte die Zunge heraus, wie sie es als Kind immer getan hatte, wenn sie kein Gemüse essen wollte. Sam lächelte, als sie daran dachte, dass Zennor jetzt Vegetarierin war.

»Was ist?«

»Nichts, ich find es nur schön, dass du so auf mich aufpasst«, sagte Sam. »Dabei bin ich doch deine große Schwester.«

»Aber jetzt bin ich erwachsen.« Zennor umarmte Sam. »Soll ich uns Drinks mixen? Ich hab ein Linsencurry aufgetaut, das können wir warm machen. Und ich bastel noch schnell einen Couscous-Salat dazu. Dauert keine fünf Minuten.«

»Klingt köstlich, danke, Zen«, erwiderte Sam und lächelte dankbar, um zu zeigen, wie froh sie war, nach einem langen Arbeitstag eine Mahlzeit serviert zu bekommen.

Sie machte es sich auf dem Sofa bequem und seufzte wohlig. Essen war wirklich etwas Tröstliches. Wie früher ihre Mutter genossen es die beiden Schwestern, zu kochen und fürs leibliche Wohl zu sorgen.

Während Zennor in der Küche herumwurstelte, versuchte Sam sich zu entspannen und ein paar der Achtsamkeitsübungen zu machen, die sie von ihrer Schwester gelernt hatte. Doch die Begegnung mit ihrer Vergangenheit hatte sie zu sehr erschüttert, sie bekam ihre wirren Gedanken einfach nicht in den Griff. Gabes Erscheinen wirkte auf sie wie eine Flutwelle, die jede Menge Strandgut aus ihrem Leben anschwemmte.

Sam schloss die Augen und horchte auf die Geräusche aus der Küche, wo ihre Schwester leise vor sich hinsummte und mit den Töpfen klapperte. Erinnerungen aus der Zeit stellten sich ein, als Zennor noch klein gewesen war und alles Essen verweigert hatte, was auch nur entfernt an eine Pflanze erinnerte.

Damals war ihre Mutter noch am Leben gewesen und hatte versucht, ihre drei Kinder alleine großzuziehen, nachdem der Vater nach Brasilien abgehauen war. Als Roz dann bei dem Verkehrsunfall ums Leben kam, war Ryan einundzwanzig, Sam neunzehn und Zennor gerade vierzehn. Die Behörden davon zu überzeugen, dass Zennor bei ihnen bleiben durfte, war schwer gewesen.

Sam steckte damals in der Bäckerausbildung, Ryan hatte seinen ersten Job auf einem Fischerboot. Dort hielt er allerdings nicht sehr lange durch. Er beschloss, das Leben auf See sei nichts für ihn, und begann in einem Wettbüro in Penzance zu arbeiten. Und kurz darauf übernahm er die Leitung des Spielsalons in Porthmellow.

Damals spitzte sich dann die Krise zu. Sam glaubte inzwischen, dass Ryan einfach den Tod ihrer Mutter überhaupt nicht verkraftet hatte.

Als Roz starb, war Sam ein halbes Jahr mit Gabe zusammen, aber schon viel länger in ihn verliebt gewesen. Er war ihr bereits aufgefallen, als andere Mädchen ihn noch komplett übersahen. Bei seiner Arbeit im Imbiss hatte er immer ernst und verschlossen gewirkt und nie gelächelt, so als müsse er dort eine Strafe abbüßen. Heute wusste Sam auch, weshalb: Er wollte damals unbedingt studieren, fühlte sich aber seinen Eltern gegenüber verpflichtet, den Imbiss weiterzuführen.

Dann hatte er letztlich gar keine akademische Laufbahn eingeschlagen, sondern war Koch geworden. Und zwar ein so berühmter, dass er sich zwei Restaurants in London und einen aufwendigen Lebensstil leisten konnte. Und jetzt wollte er womöglich ein Restaurant in Porthmellow eröffnen. Wenn er nun nicht nur vorübergehend, sondern auf Dauer in Clifftop House wohnen wollte? Sam graute bei der Vorstellung.

»Kann losgehen.«

Sam schlug die Augen auf und sah Zennor, die ihr ein großes Glas mit rosa Gin und Erdbeeren hinhielt. »Bist du eingeschlafen?«

»Nein, aber ich bin ein bisschen erledigt. War schon früh in der Backstube, weil wir einen großen Auftrag haben.«

»Du arbeitest zu viel.«

»Mir bleibt nichts anderes übrig. Wer soll die Rechnungen bezahlen? Aber es ist toll, dass du auch einen Anteil übernimmst«, fügte Sam hastig hinzu. »Danke, dass ihr das neue Werbematerial so schnell auf die Reihe bekommen habt. Wart ihr euch einig bei den ganzen Änderungen?«

»Ja ja, Ben fand's okay.« Zennor trank einen Schluck. »Aber er sagt eben wenig. Zieht sein Zeug gerne im Alleingang durch.«

Darüber machte sich Sam auch manchmal Sorgen. Ben war hilfsbereit und fleißig und beklagte sich nie, war aber sehr still. Zennor dagegen redete gerne und viel. Aber beide waren sie ein wenig verschroben, irgendwie schienen sie sich jedenfalls zu verstehen. Sie waren so vertraut miteinander, dass sie auch als Geschwister hätten durchgehen können. Doch Sam wusste, dass Zennor sich eigentlich Hoffnungen auf mehr als nur eine fast geschwisterliche Freundschaft machte.

»Ist alles … okay zwischen euch?«, fragte Sam behutsam.

»Okay?« Zennor zog die Nase kraus. »Willst du jetzt mit mir über Bienen und Blüten reden oder so? Da kommst du ein bisschen zu spät.«

Sam lachte etwas verlegen. »Nein, es ist nur … ich hab mit dem Festival und jetzt diesem Gabe-Thema so viel um die Ohren, dass es mir vorkommt, als hätte ich dich vernachlässigt.«

»Das Gabe-Thema war doch immer da.«

Sam wollte protestieren, aber Zennor sagte: »War nur 'n Witz. Also: Ich mag Ben. Sehr sogar, wie du weißt. Aber ich hab eben den Eindruck, dass er kein Interesse an einer echten Beziehung hat.«

»Ist er vielleicht schwul?«

Zennor verschluckte sich. »Nee. Ich meine, das habe ich mich selbst schon oft gefragt. Aber ich glaub nicht. Er hatte schon ein paar Freundinnen.« Sie überlegte. »Das hat mir seine Schwester erzählt. Nur in letzter Zeit lief wohl nichts mehr. Manchmal frag ich mich, ob er vielleicht asexuell ist.«

»So was gibt es?«

»Offenbar schon. Hab's gegoogelt.«

»Das würde einiges erklären«, sinnierte Sam.

»Ich weiß nicht«, fuhr Zennor fort. »Vielleicht hat er ja auch Angst vor mir … Wahrscheinlich bleiben wir nur Freunde, bis wir so alt sind wie Troy und Evie.«

Sam lachte, aber ihr wollte beim besten Willen nichts mehr einfallen, was sie ihrer Schwester hätte raten können.

Auch während des Essens schwieg Sam die meiste Zeit. Es schmeckte köstlich, aber sie hatte keinen rechten Appetit und musste immer wieder an die Begegnung mit Gabe denken – und an die beunruhigenden Gefühle, die er in ihr wachgerufen hatte.

12

»Und, was meinen Sie, Mr Mathias?«

Die Stimme der Maklerin klang hoffnungsvoll, während Gabe die leeren Räume im Net Loft besichtigte. Die Atmosphäre war trist. An einem Ende waren Kiefernholztische und -stühle aufgestapelt, alte Speisekarten lagen auf den gesprungenen Bodenkacheln. Die Maklerin war dieselbe Frau, die ihm auch Clifftop House vermietet hatte. Sie war jünger als er, kam dem Akzent nach zu schließen nicht aus Cornwall und kannte sich wohl mit der Geschichte des Ortes nicht aus, was Gabe als entspannend empfand.

»Daraus könnte man was Tolles machen«, sagte sie ermunternd. »Vor allem mit Ihrem Namen. Porthmellow ist als Foodie-Location mächtig im Kommen, vor allem seit sich das Festival sogar auf nationaler Ebene einen Namen gemacht hat.«

Gabe lächelte höflich und gab ein ausweichendes »Mhm« von sich, während er die Räumlichkeiten genauer in Augenschein nahm. Eine hohe Balkendecke, robuste Steinwände und eine Zwischenetage. Früher hatte man hier Boote repariert und Segel und Netze geflickt. Die Ausstrahlung war rustikal und ursprünglich, und das Zwischengeschoss eignete sich hervorragend für Partys und geschlossene Gesellschaften.

Der Maklerin war offenbar sein Interesse nicht entgangen. »Wenn Sie einen weiteren Termin zur Besichtigung haben wollen, sagen Sie einfach Bescheid. Wie geht es Ihnen denn in Clifftop House? Haben Sie sich schon eingelebt? Und wissen Sie schon, wie lange Sie bleiben wollen?«

»Ich lasse mir das noch offen«, antwortete Gabe. »Gegenwärtig möchte ich mich nicht festlegen.«

Die Maklerin sah enttäuscht aus. Wahrscheinlich hatte sie gehofft, er wolle das Haus kaufen.

Ihr Handy klingelte, und sie warf ihm ein entschuldigendes Lächeln zu. »Tut mir leid, ich muss diesen Anruf annehmen. Dauert nicht lange.«

Sie lief hinaus, was Gabe Gelegenheit gab, die Räume in Ruhe auf sich wirken zu lassen.

Er stieg die offene Treppe zu dem Zwischengeschoss hinauf, wo er an einem Ende eine Bar, am anderen Ende eine Flügeltür zu einem Balkon entdeckte. Gabe öffnete die Tür, trat hinaus und war nach der abgestandenen Luft in dem Gebäude dankbar für die frische Meeresbrise. Von hier aus sah er die Boote, die im Hafen einliefen, hörte die Rufe der Fischer und das Kreischen der Möwen, die hungrig über dem Fang kreisten. Ein paar Gesichter kamen ihm sogar noch bekannt vor. Der Mann mit Kugelbauch, der Netze einholte, war eindeutig einer der fiesen Mitschüler von früher. Und die ältere Frau mit Einkaufstrolley, die mit zwei anderen älteren Herrschaften plauderte … das war zweifellos Evie Carman.

Er ging wieder hinein, schloss die Türen und sah sich um. Ja, aus diesen Räumen konnte man auf jeden Fall etwas machen. Mit den notwendigen Renovierungen konnte daraus ein wunderbares Lokal werden, in dem die Gäste an Sommerabenden auf dem Balkon ihre Cocktails genossen. Gabe roch förmlich schon die Düfte aus der Küche und hörte das Stimmengemurmel und Lachen künftiger Gäste.

Und sofort kamen ihm auch Ideen für die Speisekarte. Natürlich Fisch und Meeresfrüchte und andere regionale Produkte. Er würde jungen Köchen aus Cornwall hier eine Chance bieten können, so wie er es früher selbst erlebt hatte.

An einem schönen Abend wie diesem fiel die Vorstellung leicht, wieder in Porthmellow Wurzeln zu schlagen.

Hatte er Suzy deshalb beauftragt, ihm für mehrere Monate hier eine Unterkunft zu mieten? Etwas so Impulsives hatte er lange nicht getan. Sein Wunsch, den Ort – und, wenn er ehrlich war, vor allem Sam – wiederzusehen, hatte über Verstand und Vernunft gesiegt. Doch nach der Begegnung mit Sam begann Gabe seine Entscheidung zu bereuen. Die Villa war nicht nur viel zu groß für ihn, sondern auch viel zu nahe bei Sams Haus. Sie wollte ihn nicht sehen, das hatte sie mehr als deutlich gemacht.

Und dennoch – wenn er schlaflos in dem Pfostenbett im Turmzimmer lag, fand er die Vorstellung ungeheuer aufregend, dass er Sam so nah war. Dass sie nur ein paar Schritte entfernt in ihrem eigenen Bett lag. Während er draußen die Wellen donnern und die Möwen schreien hörte, kehrten die Erinnerungen zurück … wie er Sam in den Armen gehalten hatte, in seinem alten Auto oder an Sommerabenden in den Dünen. All das hatte ihm so sehr gefehlt, die Geräusche, der Meeresgeruch. Er hatte Porthmellow vermisst. Und Sam.

Und nun war sie ihm so nah und so fern zugleich …

»Mr Mathias?«

»Ja?«

Als er sich umdrehte, lächelte die Maklerin ihn erfreut an. »Das sind wunderbare Räume, nicht? Vor allem für jemanden mit Ihren Visionen.«

»Ja, sie haben Potenzial«, sagte er höflich.

»Hätten Sie also Interesse daran, sie zu pachten? Oder ein Angebot für einen Kaufpreis zu machen?«

»Ich muss es mir erst überlegen«, antwortete Gabe. »Ich will mir noch ein paar andere Angebote ansehen.« Das war zwar gelogen, aber er wollte sich nicht drängen lassen.

»Kein Problem. Lassen Sie sich Zeit, und wir melden uns demnächst wieder, wenn es Ihnen recht ist?«

»In Ordnung«, sagte Gabe.

Er stellte noch ein paar Fragen, dann gingen sie nach draußen, und die Maklerin verabschiedete sich. Gabe stand eine Weile am Hafen, bis er aus dem Augenwinkel ein paar Frauen bemerkte, die sich aufgeregt gegenseitig anstupsten und ihn mit ihren Handys fotografierten. Der dickbäuchige Fischer hatte ihn auch bemerkt und machte seinen Kollegen auf Gabe aufmerksam.

Er schenkte den Leuten keine Beachtung, sondern ging weiter. Doch schon nach ein paar Schritten hörte er jemanden seinen Namen rufen. Es war Evie Carman, und als Gabe sah, wie mühsam sie sich bewegte, eilte er rasch zu ihr. Es schmerzte ihn, sie so eingeschränkt zu sehen, nachdem sie früher ein regelrechtes Energiebündel gewesen war.

»Gabe! Wirklich und wahrhaftig, du bist es! So groß bist du geworden!« Sie fiel ihm um den Hals.

Gabe lachte, als er sie umarmte, und fühlte sich sofort zurückversetzt in seine Jugend. Evies Lächeln und ihre funkelnden Augen waren jedenfalls noch genau wie früher.

»Und gut siehst du aus«, fügte sie hinzu.

»Du machst mich ja ganz verlegen«, sagte Gabe lächelnd.

»Ach, komm schon, Komplimente bist du ja wohl gewöhnt. Wie geht es dir?«

»Gut, und dir?«

Sie wedelte mit der Hand. »Mal so, mal so. Ich warte auf ein neues Kniegelenk. Übrigens habe ich kürzlich deine Eltern gesehen, als ich einen Termin in der Klinik hatte.«

»Mein Großonkel hat ein neues Kniegelenk bekommen«, berichtete Gabe, »und arbeitet jetzt wieder im Garten.«

Sie sprachen noch ein Weilchen über seine Familie, bevor Evie unvermittelt fragte: »Hast du Sam schon getroffen?«

Ihr konnte und wollte Gabe nichts vormachen. Wie viele der älteren Einwohner des Dorfes wusste sie, dass er Ryan an die Polizei verraten hatte, aber Evie hatte ihn deshalb nicht verurteilt. Als Gabe damals berichtete, dass Sam und er sich getrennt hatten und er wegziehen würde, sagte Evie nur, das sei sehr traurig. Sie hatten sich immer gemocht, und Gabe fand, dass er ihr jetzt eine ehrliche Antwort schuldig war.

»Wir sind uns vor ein paar Tagen begegnet.«

»Das war sicher nicht einfach für euch beide, oder?«

Gabe wurde zunehmend unbehaglich zumute, aber er blieb bei der Wahrheit. »War kein Zuckerschlecken, nee.«

Evie tätschelte ihm den Arm. »Ich muss zugeben, dass ich ganz schön erstaunt war über deine Rückkehr. War schließlich wirklich jammerschade, dass ihr euch getrennt habt. Ihr zwei seid wie geschaffen füreinander. Aber die Sache mit Ryan … War sicher nicht leicht für dich, so eine Entscheidung zu treffen.«

»Das kannst du laut sagen.«

»Vielleicht kannst du ja noch mal mit Sam darüber sprechen. Ihr alles erklären. Du wirst ja deine Gründe gehabt haben, nicht?«

»Hm.« Evie traf es natürlich auf den Punkt, aber Gabe hätte jetzt gerne das Weite gesucht.

Sie seufzte. »Ihr müsst euch eben zusammenraufen, du scheinst ja eine Weile hierbleiben zu wollen, wie ich höre. Du hast Clifftop House gemietet?«

Gabe verdrehte die Augen. »Hat das wirklich schon jeder hier mitgekriegt?«

»Was dachtest du denn?« Evie schüttelte den Kopf. »Du bist in Porthmellow, Gabriel. Hier gibt's keine Geheimnisse. So, nun muss ich aber los, ich hab einen Arzttermin. Wir sehen uns hoffentlich bald wieder, oder?«

»Auf jeden Fall«, antwortete Gabe.

Evie küsste ihn auf die Wange und zockelte mit ihrem Trolley von dannen, der auf dem Kopfsteinpflaster einen Höllenlärm veranstaltete. Gabe sah ihr stirnrunzelnd nach. Dass Evie ihn immer noch so behandelte wie früher, fand er schön und irgendwie tröstlich. Aber sie hatte ihm leider auch vor Augen geführt, dass die Rückkehr nach Porthmellow alles andere als ein Spaziergang sein würde.

13

@PorthmellowGirl: @Cornishmaid. OMG. Hab #Gabe Mathias vor dem alten Net Loft gesehen. Du wirst nicht glauben, was ich über ihn rausgekriegt hab. Ich schreib dir gleich DN. #Sommerfestival #Klatsch

Vor der Komiteesitzung am Mittwoch stellte Chloe Teebeutel, Milch und eine Packung einheimisches Shortbread aus dem kleinen Supermarkt im Dorf bereit. Normalerweise gab es nichts zu essen bei den Treffen, aber es hatte ihr Freude gemacht, die Kekse auszusuchen, sie hatte ja sonst niemanden, den sie verwöhnen konnte.

Heute wollte sie unbedingt als Erste da sein, nachdem sie beim letzten Mal zu spät gekommen war. Seither hatte sie nicht wieder versucht, ihre Tochter anzurufen, so gern sie es auch getan hätte. Chloe war sicher, dass Hannah das Gespräch nur wegen Jordan abgebrochen hatte, und beschloss jetzt – so schwer es ihr auch fiel –, sich in Geduld zu üben.

Außerdem gab es noch etwas anderes, worüber sie sich den Kopf zerbrach: ihre Geburtstagsfeier. Dass alle kommen wollten, fand sie wunderbar, aber dann hatte Troy ihr Alter erwähnt. Und da gab es ein Problem.

Sie feierte nicht ihren vierzigsten Geburtstag. Dieser Zeitpunkt im Leben lag schon lange hinter ihr.

Nein, Chloe wurde fünfzig.

Und wieso um alles in der Welt hatte sie das nicht sofort klargestellt?

Sie wollte sich eigentlich gar nicht auf den Gedanken einlassen, dass es womöglich etwas mit Drew zu tun haben könnte. Er war doch gar nicht ihr Typ … hatte null Ähnlichkeit mit Fraser, ihrem Ex-Mann … und dennoch tauchte Drew in letzter Zeit immer öfter in ihren Gedanken auf. Sie hatte sogar schon nachts von ihm geträumt; irgendeine Geschichte, bei der sie mit ihm alleine auf See war und das Steuer übernehmen musste, während er in die Takelage kletterte, um die Segel zu reffen.

Chloe hatte keinen blassen Schimmer, was dieser Traum zu bedeuten hatte. Sie würde auch niemandem davon erzählen. Vielleicht mochte sie Drew einfach nur, eben weil er so anders war als Fraser, und das nicht nur äußerlich. Fraser war ein ehrgeiziger, energischer Managertyp, Drew dagegen ein eher zurückhaltender Mann, auch leidenschaftlich, aber vor allem für seinen sozialen Einsatz. Ansonsten lebte er offenbar für seine Musik und das Festival.

Fraser hätte ihn auf jeden Fall als Loser bezeichnet. Er war sowieso der Ansicht, dass alle »Träumer, die vor der Realität flüchten«, sich in Cornwall verkrochen. Womit er natürlich auch Chloe gemeint hatte … und da war durchaus etwas dran. Porthmellow war für sie mit glücklichen Erinnerungen verbunden, wohingegen sie in Surrey nur an alles dachte, was sie verloren hatte. Man hatte sich bemüht, nett zu ihr zu sein, aber alle Menschen und Orte dort waren zu sehr mit ihrem Eheleben verknüpft. Sie hatte einen klaren Schnitt machen wollen.

Dabei hatte sie allerdings die Vorstellung gehabt, dass das weniger schmerzhaft sein würde, dass die Wunden schneller heilen würden. Doch so fühlte es sich leider gar nicht an, und obwohl sie hier so nette neue Freunde gefunden hatte und sich im Gemeindeleben engagierte, verfiel sie doch immer wieder ins Grübeln.

Was wäre gewesen, wenn Fraser sie nicht verlassen hätte? Wenn Hannah die Trennung nicht so schlecht verkraftet hätte? Wenn Fraser sich vielleicht jetzt entschließen würde, Chloe doch noch mal eine Chance zu geben? Wenn Hannah nicht Jordan Rees kennengelernt hätte?

Chloe fragte sich auch, ob sie ihren neuen Freundeskreis in ihre familiären Probleme einweihen sollte. Aber jetzt hatte sie gerade mit diesem Altersthema ein weiteres Geheimnis geschaffen.

Und war sie den Menschen hier schon nahe genug, um von Fraser und Hannah zu berichten? Schließlich hatten alle ihre eigenen Probleme. Und Drew war zwar ein guter Zuhörer, aber Chloe kannte ihn ja noch gar nicht richtig.

Nein, sie sollte die anderen lieber mit ihren Nöten verschonen.

Chloe öffnete die Kekspackung und arrangierte das Shortbread auf einem der alten Teller aus dem Küchenschrank, als Drew hereinkam.

»Hey, du bist ja schon fleißig«, sagte er munter.

»Ich dachte, ich spendier uns mal was zu knabbern«, erwiderte Chloe. »Bin gespannt, ob Gabe Mathias heute vorbeikommt. Er ist ja ins Clifftop House gezogen!«

Troy kam hereinspaziert und schnalzte mit der Zunge. »Riesiger zugiger Kasten. Viel zu groß für einen allein, vor allem für Gabe. Ich seh den ja immer noch als dürren Jungen vor mir. Hab ihm mal die Leviten gelesen, als er in den Hafen gesprungen ist.«

»Im Ernst?«, fragte Chloe staunend.

»Ja. Hast sicher schon mitgekriegt, dass die Kids hier ziemlich wild drauf sind. Und Gabe musste damals auch unbedingt von der hohen Mauer am Smuggler's hopsen.«

»Großer Gott, das sind doch mindestens zehn Meter!«

»Ganz genau. Heutzutage ist der Zaun da, um das zu verhindern. Aber Gabe wurde von einer Horde Halbstarker gehänselt und wollte seinen Mut beweisen. Hab ihm gesagt, er soll das lassen, aber die haben mich einen alten Angsthasen genannt und sind trotzdem gesprungen. Gabe hatte einen Schnitt am Kinn und ein paar Prellungen. Irrer kleiner Spinner.«

»Dann war der feine Spitzenkoch also mal ein richtiger Draufgänger«, bemerkte Chloe schmunzelnd.

»Manchmal«, warf Drew ein. »Er musste ziemlich was einstecken von einigen Jungs, weil er im Fish-and-Chips-Imbiss arbeitete. Und auch wegen seiner Herkunft. Aber zum Glück waren nicht alle so gemein, nur ein paar Schwachköpfe.«

»Aber er hatte ja dich und Sam, oder?«

»Ja, wir haben immer zu ihm gestanden.«

»Hallo allerseits.« Sam kam herein, schwer beladen mit ihrer Laptoptasche und der Aktenkiste. »Wer hat zu wem gestanden?«

»Troy hat Chloe gerade erzählt, wie Gabe damals ins Hafenbecken gesprungen ist«, erklärte Drew.

»Gott, ja.« Sam runzelte die Stirn. »Er blieb so lange unter Wasser. Und als er auftauchte, hatte er eine Verletzung im Gesicht. Sah aber schlimmer aus, als es war.«

Sie stellte die Kiste ab. »Ben und Zennor können übrigens heute nicht dabei sein. Sie haben einen eiligen Auftrag, Flyer für einen Freizeitpark bei Looe, und lassen sich entschuldigen.«

»Kein Problem, sie opfern doch ohnehin schon so viel Zeit. Dürfen ja ihre Kunden nicht hängen lassen«, sagte Chloe.

»Ich koch dann mal Tee«, verkündete Drew.

»Kann ich auch gerne tun«, sagte Chloe.

»Dann machen wir es zusammen«, erklärte Drew entschieden.

In der Küche begann Drew von seinem letzten Segeltörn mit einer Gruppe Versicherungsangestellter zu berichten, die ungeheuer großspurig waren, bis sie merkten, dass Segeln harte Arbeit und kein Motorbootausflug auf der Themse war.

Als alle Tee hatten, verteilte Sam, die ziemlich erschöpft wirkte, die Tagesordnung und eröffnete die Sitzung. Es ging um die Straßensperrungen fürs Festival, und dafür war Troy zuständig, weil er sie bei der Hafenverwaltung und im Gemeinderat durchdrücken musste. Weil er nun wahrlich kein Wunder an Diplomatie war, erschien er auf den ersten Blick als unwahrscheinlicher Kandidat für diese schwierigen Verhandlungen. Doch da er wirklich jeden im Ort kannte und mit allen gleich ruppig umging, nahm es ihm offenbar auch niemand übel. Jedenfalls konnte er jetzt berichten, dass der Gemeinderat die Straßensperrungen für den gewünschten Zeitraum durchgewinkt hatte und auch die Hafenverwaltung einverstanden war. Dieses Thema konnte also abgehakt werden.

Dann besprachen sie weitere Punkte wie Parkplätze, Rettungsteams, Haftpflichtversicherung und den letzten Stand der Anmeldungen. Jedes Jahr kamen weitere Interessenten dazu, und inzwischen gab es nicht nur Stände und Buden an allen drei Seiten des Hafens, sondern auch in dem kleinen Park dahinter und in etlichen Seitenstraßen. Über hundert Teilnehmer waren angemeldet, und es würde für jeden Geschmack etwas dabei sein. Es gab eine Austern- und Champagner-Bar, Gin-Sorten aus der Region, vegane Spezialitäten, Thai-Curry, spanische Paella, einen Teestand, ein Craft-Bier-Zelt ... Chloe lief schon das Wasser im Munde zusammen, als sie die Liste las.

Um neun Uhr war die Sonne untergegangen, und die Dämmerung senkte sich über Porthmellow. Chloe sah, wie die Laternen angingen. Die Sitzung hatte zwei Stunden gedauert, und alle konnten es kaum erwarten, Feierabend zu machen.

Troy tippte auf seine Uhr und sagte übertrieben höflich: »Es ist natürlich furchtbar nett hier, Leute, aber ob wir wohl heute noch ins Pub kommen?«

Kurz darauf waren alle unterwegs zum Smuggler's Inn. Als sie am Net Loft vorbeikamen, traten ein Mann und eine Frau heraus. Die Frau schloss die Tür ab und schüttelte dem Mann die Hand. Chloe erkannte Gabe Mathias auf den ersten Blick.

Drew lächelte, und Sam ... Chloe hatte den Eindruck, dass sie blass wurde.

Troy dagegen war wie üblich kein bisschen schüchtern. »Na, hallöchen«, rief er Gabe zu. »So sieht man sich wieder.«

14

Sams Herz schien einen Moment lang zu stocken, als Gabe zu ihnen trat.

»Willst du dein Imperium vergrößern?«, fragte Troy unverblümt.

Sam zuckte innerlich zusammen, aber Gabe lächelte gelassen. »Ich denke darüber nach. Hab mir das Net Loft gerade noch mal angeschaut.« Er sah Sam an. »Aber noch nichts entschieden.«

Noch mal angeschaut. Dann war also etwas dran an den Gerüchten. Gabe erwog wahrhaftig, in Porthmellow ein Restaurant zu eröffnen.

»Seid ihr auf dem Weg ins Pub?«, fragte Gabe.

»Willst du uns einen ausgeben? Ich hab nicht vergessen, dass du mir noch Geld schuldest«, sagte Troy grinsend.

Sam, die alles andere als begeistert war über Troys Aufforderung, sagte rasch: »Gabe hat bestimmt viel zu tun.«

»Ach, jetzt gerade nicht, und ich will ja meine Schulden bezahlen. Wenn ihr nichts dagegen habt, komm ich mit und geb die erste Runde aus.« Gabe warf Sam ein Lächeln zu.

»Das wäre toll«, flötete Chloe.

»Klar, gern«, sagte Drew freundlich. »Schön, dich wiederzusehen, Gabe. Bin gespannt auf Berichte.«

Die beiden schüttelten sich herzlich die Hand.

»Wie geht's dir, alter Freund?«, fragte Gabe.

Drew lachte. »Bestens. Und dich brauch ich das wohl nicht zu fragen.«

»Na ja, manchmal täuscht der äußere Eindruck«, erwiderte Gabe trocken und nickte Sam zu. »Hi.«

Sie musste sich zweimal räuspern, bevor sie den Gruß erwidern konnte. Dann fügte sie hinzu: »Das ist übrigens Chloe Farrow, ihr habt ja telefoniert.«

»Hallo, Chloe. Schön, dich persönlich kennenzulernen.« Gabe schüttelte ihr die Hand.

Sam biss sich unwillkürlich auf die Unterlippe, als sie den Pub betraten. Es war nicht sehr voll, und sie wurden von allen gemustert. Ein Mann drehte ihnen demonstrativ den Rücken zu, und Sam wäre am liebsten im Erdboden versunken.

»Ich finde ja, dass wir Gabe einladen sollten, schließlich tritt er umsonst beim Festival auf«, verkündete Chloe.

»Ach was, nicht nötig«, erwiderte Gabe.

Sam rief sich zur Ordnung. Sie durfte sich jetzt nicht von ihren Gefühlen leiten lassen, sondern musste die Situation souverän bewältigen. Schließlich war sie Festivalleiterin.

»Auf jeden Fall. Wir legen zusammen«, witzelte sie und sah Gabe an. Doch dann fiel es ihr prompt schwer, den Blick wieder abzuwenden.

»Ich bin ein armer Rentner!«, beschwerte sich Troy grinsend.

»Erste Runde geht auf mich, dann seid ihr dran«, erklärte Gabe entschieden.

Sam verfluchte sich innerlich. Es kam ihr vor, als könne jeder im Pub das ganze Gefühlschaos aus Unsicherheit, Wut und Verlangen in ihr erkennen. Als Drew mit Gabe am Tresen auf die Drinks wartete, konnte sie auch nicht umhin, ihn zu mustern, und ihr Blick wanderte über die breiten Schultern in dem weichen karierten Hemd und – sie konnte sich einfach nicht bremsen – zu seinem hübschen Hintern, der in der gut sitzenden Jeans bestens zur Geltung kam. Gabe war muskulöser als früher und hatte eine selbstsichere und faszinierende Ausstrahlung, die Sam vollkommen in ihren Bann zog. Dabei wirkte er trotz seines Ruhms vollkommen natürlich und unverfälscht, als er jetzt mit Drew scherzte und lachte. Und Chloe hatte er ihrer schwärmerischen Miene nach zu schließen schon im Sturm erobert.

Jetzt kehrten die beiden Männer mit den Getränken zurück, und Gabe setzte sich neben Chloe auf die Bank. Sam tat, als lausche sie interessiert der Unterhaltung von Troy und Drew über Angelquoten, spitzte aber in Wirklichkeit die Ohren, um zu hören, worüber Chloe und Gabe redeten. Zuerst ein Weilchen übers Festival, dann begann Gabe von den Chefköchen zu erzählen, mit denen er während seiner Ausbildung zu tun gehabt hatte. Einer hatte wohl einmal eine schwere Pfanne nach Gabe geworfen, die dann nicht ihn, sondern eine nagelneue Dunsthaube getroffen hatte, was das Restaurant Tausende von Pfund gekostet hatte.

»Der Hotelbesitzer war alles andere als begeistert, wie du dir vorstellen kannst«, sagte Gabe. »Und der Chefkoch wurde auch kurz darauf gefeuert. Er hatte zu einem Gast gesagt, er habe ein Spatzenhirn und Manieren wie ein Warzenschwein.

Und dieser Gast war zufällig der Gastrokritiker einer renommierten Tageszeitung.«

»Autsch«, sagte Chloe. »Benehmen Spitzenköche sich immer noch so? Ich weiß ja, dass es da einige Diven gibt, aber bei körperlicher Gewalt sollte doch wirklich Schluss sein.«

»Ein paar können sich immer noch alles erlauben. In der Küche von Spitzenrestaurants – und letztlich in jedem Gastronomiebetrieb – herrscht eben ein enormer Druck. Aber der Stil ändert sich schon allmählich. Die meisten Chefköche wissen, dass sie ihre Angestellten anständig zu behandeln haben. Und damals gab es auch eine Art höhere Gerechtigkeit.«

»Inwiefern?«

»Ich hab die Stelle von diesem Chefkoch bekommen. Und dort erst mal das gesamte Arbeitsklima verändert«, sagte Gabe ernsthaft.

»Wow, das ist ja toll. Wie hast du das gemacht?«

»Ich hab stattdessen mit Messern geworfen.«

»Was?«, rief Chloe schockiert aus.

Sam platzte laut heraus vor Lachen, obwohl sie ja offiziell gar nicht zugehört hatte. Ihr war auch aufgefallen, dass Gabes kornischer Akzent wieder stärker zu hören war, seit sie sich im Pub aufhielten.

»Das … das … ist ja monströs!«, stotterte Chloe und merkte erst jetzt, dass Gabe sie auf den Arm genommen hatte.

Er grinste. »Nein, im Ernst jetzt: Ich hab drei Leute aus dem Team mitgenommen, als ich mein erstes eigenes Restaurant eröffnet habe. Zwei haben inzwischen leitende Funktionen in meinem Unternehmen, eine hat in Irland selbst ein Lokal aufgemacht, und wir sind immer noch gut befreundet. Man muss sich nicht wie ein Idiot aufführen, um in diesem Gewerbe zu Rang und Namen zu kommen. Schlau und schon auch ein bisschen streng muss man sein, aber kein Arschloch, verzeih meine Ausdrucksweise. Und klar muss man sich durchsetzen können. Man kann es nicht allen recht machen, das hat mir schon mein Großvater eingeschärft.«

»Dein Opa Chris?« Sam konnte sich nicht bremsen, als vor ihrem inneren Auge das Bild eines alten Herrn mit silbrigem Haar und dichtem Schnauzbart erschien, der des Öfteren im Imbiss aufgetaucht war. Es erstaunte sie nicht, dass Gabe dem cholerischen Chefkoch die Stirn geboten und seinen Freunden Jobs gegeben hatte. Von dem Verrat an Ryan abgesehen, hatte Sam Gabe immer nur als großzügigen und einfühlsamen Menschen erlebt und ihn deshalb auch seit jeher so gemocht.

Gabe nickte.

»Wie geht es ihm denn, lebt er noch?«, fragte sie.

»Ganz okay. Er ist jetzt dreiundneunzig und trauert immer noch um seine Frau. Lebt jetzt bei meiner Tante Leia in Austell. Allzu beweglich ist er nicht mehr, aber er hat noch Freude am Leben.«

»Ich mochte ihn sehr«, sagte Sam. »Hat mir sehr leid getan, als deine Oma starb.«

»Ja, für mich war das auch schlimm. Sie war eine tolle Person. Eigentlich war sie die treibende Kraft hinter dem Imbiss. Mein Opa war ziemlich ratlos, nachdem sie mit meinem Onkel und meiner Tante aus Zypern hierher geflüchtet waren …« Gabe sah sie an und räusperte sich. »Auf dich hielt meine Oma übrigens immer große Stücke.«

»Das ehrt mich sehr«, erwiderte Sam, und das war tatsächlich aus der Seele gesprochen.

»Sie war immer sehr aufrichtig«, sagte Gabe. Seine Stimme klang sanft, und in seinen dunkelbrauen Augen lag eine große Wärme.

Sam spürte, wie sie sich ein wenig entspannte. Was auch zwischen ihnen beiden vorgefallen war – der Erfolg war Gabe jedenfalls nicht zu Kopf gestiegen. Er liebte seine Familie wie eh und je und war stolz auf seine Herkunft. Als ihr klar wurde, dass er all die Jahre oft in der Gegend gewesen sein musste, um seine Verwandtschaft zu besuchen, spürte sie ein verblüffend schmerzhaftes Bedauern. So viel Zeit war verloren gegangen … Zeit, die sie hätten gemeinsam verbringen können … vielleicht sogar mit eigenen Kindern … wenn Gabe ihrer eigenen Familie nicht so viel Leid zugefügt hätte. Dieser Gedanke brachte sie schlagartig in die Realität zurück, und sie verstummte.

Nach einer Weile ging sie die nächste Runde holen, und als sie zurückkam, fachsimpelten Troy und Drew über Schiffsreparaturen. Gabe und Chloe dagegen redeten über Essen, was Sam wesentlich mehr interessierte.

»Ich habe Gabe gerade erzählt, wie fantastisch ich sein Rezept für schottische Eier finde. Hoffentlich komme ich jetzt nicht wie ein pubertärer Fan rüber«, sagte Chloe.

Sam lächelte, während Gabe lauthals lachte. Kein Wunder, dass Chloe so begeistert von ihm war. Der Mann hätte mit einem einzigen Blick Schokolade schmelzen können.

»Weißt du, das Witzige ist, dass ich tatsächlich für dieses Rezept die meisten Kommentare und Nachrichten kriege«, sagte Gabe. »Dabei ist es so etwas Bodenständiges. Aber es ist leicht zuzubereiten und schmeckt lecker, eigentlich ein Wohlfühlessen für die ganze Familie.«

»Ich hab auch ein paar Rezepte von meiner Mutter, für Gerichte, die wir ... die ich immer koche, wenn ich was Tröstliches brauche«, sagte Chloe. »Kennst du Fu Yong? Und Zongzi?«

»Fu Yong, das Rührei, ja. Aber Zongzi nicht«, antwortete Gabe.

»Das ist eine traditionelle chinesische Speise. Klebreis wird in Bambusblätter gewickelt und mit Pflanzenfäden verschnürt. Klingt erst mal merkwürdig, schmeckt aber köstlich. Genau wie Jiaozi.«

»Sind das diese kleinen Teigtaschen?«

»Ja, genau. Die gab es bei mir zu Hause immer zur chinesischen Neujahrsfeier. Die ganze Familie hat mitgeholfen.« Chloe lächelte versonnen. »Meine erkannte man auf den ersten Blick, weil sie immer ziemlich unförmig geraten sind. Meine Mutter und meine Großmutter dagegen beherrschten das perfekt.«

»Hört sich gut an«, bemerkte Gabe. »Und Fu Yong ist tatsächlich ein Gaumenschmaus.«

»Ist immer noch das Lieblingsgericht meiner Mum«, sagte Chloe. Sie schien völlig hingerissen zu sein von Gabe und ließ ihn nicht mehr aus den Augen, was auch Sam selbst schwerfiel.

»Zongzi klingt wirklich spannend«, sagte sie, um sich endlich auch wieder am Gespräch zu beteiligen.

»In London findet man das überall, hier in der Gegend ist es eher exotisch. Wie ich.« Chloe lachte. »Meine Mutter stammt aus Hongkong, ihre Eltern kamen von da und sind in den fünfziger Jahren ausgewandert. Meine Mutter hat meinen Vater kennengelernt, als sie in Cardiff für eine Anwaltskanzlei arbeitete. Daher meine chinesisch-walisischen Gene. Ich hab gehört, deine Familie kam aus Zypern hierher, Gabe ...«

»Ja, dafür brauchte man damals viel Mut.«

»Ich bin hier bislang sehr herzlich aufgenommen worden«, sagte Chloe. »Vor allem von den Menschen im Festivalkomitee.«

»Warum denn auch nicht?«, erwiderte Sam. »Wir sind doch total froh, dass du bei uns bist.«

»Tja, damals war das leider noch anders.« Gabe verzog das Gesicht.

»Hatte deine Familie es schwer?«, fragte Chloe.

»Evie Carman kann davon Bände erzählen. Aber mich hat man nicht so sehr wegen meiner Herkunft fertiggemacht, sondern eher weil ich im Imbiss ein Haarnetz trug und außerdem ziemlich leicht aus der Haut fuhr. Provoziert hab ich auch ganz gern.«

Chloe schmunzelte. »Ich hab schon gehört, dass du wild drauf warst. Du bist ja wohl auch mal ins Hafenbecken gesprungen.«

Gabe zog den Kopf ein. »Das hat sich auch schon bis zu dir rumgesprochen? Ja, stimmt schon. Hab es auch bereut. Schau, die Narbe hab ich immer noch.« Er deutete auf eine kleine weiße Linie an dem Grübchen in seinem Kinn.

»Jeder Held braucht doch eine Narbe«, witzelte Chloe, sah dann aber ziemlich verlegen aus.

Sam sah Gabe an, gespannt auf seine Reaktion. Er zögerte, als wolle er sich die Antwort genau überlegen. »Glaub mir, ich war *nie* ein Held. Nicht in Porthmellow jedenfalls.«

Chloe lachte, aber Sam war Gabes bitterer Unterton nicht entgangen.

»Du bist aber zumindest ursprünglich von hier«, wandte Chloe ein. »Ich werd hier garantiert niemals als Einheimische gelten, nicht mal, wenn ich hundertzwanzig werde.«

»Das stimmt allerdings. Wer seinen Stammbaum nicht bis zu Saint Piran zurückverfolgen kann, wird in Porthmellow immer ein Zugezogener bleiben.«

Chloe sah Sam an. »Wie ist das bei dir, Sam?«

»Ich kenne meine Familiengeschichte nur bis zum Zweiten Weltkrieg, bin also auch keine wirkliche Einheimische. Aber du bist jetzt auf jeden Fall Teil der Gemeinde. Wir sind hier wie das Hotel California, weißt du. Da kommt man nicht so leicht wieder weg.«

»Wüsste auch gar nicht, weshalb ich weggehen sollte«, sagte Chloe und warf Gabe einen raschen Blick zu, bevor sie sich ihrem Gin Tonic zuwandte.

Sam war ziemlich sicher, dass Chloe mit Gabe flirtete, und ihr Magen zog sich zusammen. Ärgerlich schob sie den Gedanken beiseite. Schließlich ging sie das gar nichts an.

Drew und Troy klinkten sich jetzt auch ins Gespräch ein, und als Drew sich scherzend über Sams neuen Haarschnitt ausließ, haute sie ihm spielerisch auf den Arm, und er klopfte ihr lachend auf die Schulter.

Sam warf Gabe einen Blick zu, aber er schien nur Augen für Chloe zu haben.

»Wenn du dann hier bist«, sagte Chloe gerade, »ich gebe am Samstag den fünfzehnten Juni, zwei Wochen vor dem Festival, ein kleines Fest in meiner Wohnung im Crow's Nest. Nichts Großes, nur die Leute vom Komitee, Drinks und ein bisschen was zu essen.«

Gabe sah interessiert aus, runzelte dann aber die Stirn. »Hm, muss mal überlegen. Ich hatte eigentlich geplant, zwischendurch nach London zurückzufahren, weil ich jede Menge Termine habe … ich muss erst mal den Kalender checken, aber ich werd mich bemühen, dabei zu sein.«

Chloe strahlte. »Toll! Wäre super, wenn es klappen würde.«

»Ich geb dir mal meine Handynummer. Dann kannst du mich leichter erreichen als über meine Assistentin.«

»Schön, danke.«

»Wäre vielleicht auch gut, wenn alle im Komitee sie haben, für alle Fälle«, fügte er hinzu.

»Ich kann sie den anderen schicken, wenn du möchtest«, bot Chloe an.

»Gern, danke.«

Kurz darauf piepten alle Handys, weil Chloe die Nummer an die WhatsApp-Gruppe schickte. Sam sah auch nach, fügte Gabe aber noch nicht sofort ihren Kontakten hinzu. Drew half Troy, der mit der modernen Technik seine Probleme hatte. Sam war nicht sicher, ob sie es sich einbildete, hatte aber den Eindruck, dass Gabe sie anschaute, während alle mit ihren Handys beschäftigt waren.

»Das hätten wir«, verkündete Chloe. »Es ist übrigens so, Gabe, dass alle was zu essen mitbringen, aber du musst das natürlich nicht machen. Wäre ja dann Berufsalltag für dich.«

»Was? Natürlich bringe ich was mit. Was wird denn gewünscht?«

»Nichts Bestimmtes eigentlich … aber Hauptgang und Dessert haben wir schon.«

»Wie wär's denn mit Mezze beziehungsweise Tapas als Vorspeise?«

»Klingt super! Gegen sieben, dachte ich. Hoffentlich ist das Wetter schön, damit wir auf der Terrasse sitzen können.«

»Ich freu mich drauf. Gibt es einen bestimmten Anlass?«

Chloe verzog das Gesicht. »Runder Geburtstag.«

»Ich werd jetzt nicht raten«, sagte Gabe.

Troy zog die Augenbrauen hoch. »Ist der mit der Vier davor. Aber das sieht man dir wirklich nicht an, Mädchen.«

Gabe schaute Chloe überrascht an. »Das stimmt allerdings. Liegt bestimmt an dem guten Essen.«

Chloe blickte verlegen auf ihre Hände. Was Sam noch mehr bestätigte, dass ihre Freundin sich wohl heftig in Gabe verguckt hatte.

»Lieb von euch, danke«, sagte Chloe. »Aber glaubt mir, ich fühle mich oft viel älter als vierzig.«

Troy brach auf, weil er Evie nicht so lange alleine lassen wollte. Gabe und Chloe hatten noch halbvolle Gläser vor sich stehen.

Sam gähnte demonstrativ. »Huch, sorry. Langer Tag, ich brauche meinen Schönheitsschlaf.«

»Ich auch«, sagte Drew und leerte sein Glas. »Ich komm noch mit bis zum Postamt.«

»Oh, ja, bitte, man weiß ja nie, wer in Porthmellow im Dunkeln lauert.«

Drew grinste, aber Gabe und Chloe waren bereits mit irgendetwas in Chloes Handy beschäftigt und redeten über chinesisches Essen.

Sam und Drew warfen sich einen bedeutungsvollen Blick zu und verdrehten die Augen.

»Komm, lassen wir die beiden alleine«, raunte sie, während in ihrem Bauch etwas brodelte, das sich verdächtig wie Eifersucht anfühlte.

Draußen plauderte Sam pausenlos über irgendetwas, bis Drew und sie sich verabschiedeten. Erst dann ließ sie die Erinnerung an das Bild wieder zu, wie die beiden sich über das Handy beugten.

Das zweite Treffen mit Gabe hatte sie einigermaßen passabel hinter sich gebracht. Sie musste sich auch daran gewöhnen, denn sie würde ihm jetzt ja wohl häufiger begegnen. Und sie konnte schließlich keine Ansprüche auf Gabe erheben, nachdem sie nur allzu klar gemacht hatte, dass sie nicht mehr mit ihm zusammen sein wollte. Wieso sollte er dann nicht ein bisschen mit Chloe flirten?

15

@Mecker-Minnie: Mir graut vor dem blöden Festival. Die ganzen Touristen, der Krach, die Luftverschmutzung, der Parkplatzmangel. Wie schön friedlich war's doch früher in Porthmellow ...

@PieKing: LOL. Scheiße, recht haste.

@Mecker-Minnie: Fluchen muss nicht sein, aber recht haste.

@MetallicaFan: Mein Sascha hasst das Festival auch.

@PorthmellowGirl: @CornwallMädel #Augenverdreh #Hatersgonnahate #Trolls

Nach dem Abend im Pub hörte Sam von Chloe, dass Gabe vorerst nach London zurückgekehrt war. Er wollte wohl bald wiederkommen, hatte aber keinen genauen Termin genannt.

Sam empfand eine Mischung aus Enttäuschung und Erleichterung und hoffte, sich ohne Gabes Anwesenheit besser auf ihre zahllosen anstehenden Aufgaben konzentrieren zu können.

Die nächsten zwei Wochen würden extrem hektisch sein. Die Auftritte der Musiker mussten koordiniert werden, es gab jede Menge Papierkram mit den Ausstellern wegen Hygienebestimmungen, Versicherungen und dergleichen – und neben alldem musste Sam ja auch noch Stargazey Pie am Laufen halten.

An einem Freitagabend fuhr sie mit Stefan den Stargazey-Wagen zum Hafen, wo die örtliche Brassband ein Konzert gab. Es war ein milder klarer Abend, ein Vorgeschmack auf den Sommer, aber noch so frisch, dass die Zuschauer gerne einen warmen Happen aßen, während sie der Band lauschten und am Hafen umherspazierten.

Sam liebte die Freitagabendkonzerte. Die Band zog Interessierte von nah und fern an, und am Kai sangen und klatschten die Leute zu beliebten Hits und kornischen Folksongs. Ein Teil des Fischerchors von Porthmellow war auch erschienen und gab mit Biergläsern in der Hand ein spontanes Konzert, bevor die Band anfing.

Als der Abend an Fahrt aufnahm, liefen die Geschäfte blendend. Die Pies hatten sie schon am Vortag gebacken, jetzt wurden sie kurz erwärmt, und hungrige Menschen liefen in Scharen herbei, angelockt von den köstlichen würzigen Düften. Die Schlange wurde immer länger, als wildes Gebell durch den Hafen schallte.

Wuff! Wuff! Wuffwuffwuff!

Die Band spielte gerade »Flora Dance«, was durch das erboste Gebell deutlich weniger melodiös klang.

Die Leute blickten in Richtung des Lärms und entdeckten eine Frau, die von einem gigantischen Rottweiler am Kai entlanggezerrt wurde.

Stefan, der gerade den Kühlschrank mit Getränkedosen füllte, drehte sich um. »Was ist das denn für ein Krach?«

»Dreimal darfst du raten«, sagte Sam.

Saschas Leine war straff gespannt, während Bryony ihn im Zaum zu halten versuchte. Der große Rottweiler grunzte und schnaubte, und Sabber troff von seinem Maul – nicht nur Konzertbesucher hatten das Aroma von saftigem Hühnchen und köstlichem Rindfleisch gewittert. Für Sascha roch der Wagen von Stargazey Pie wahrscheinlich wie das reinste Schlaraffenland.

»Bei Fuß, Sascha!«, brüllte Bryony jetzt in der Lautstärke der Band. »Benimm dich!«

Die Zuschauer in der Schlange wichen hastig zurück, während Bryony angestrengt versuchte, ihr Ungetüm vom Hechtsprung auf die Pies abzuhalten. Ihr T-Shirt mit dem ausgestreckten roten Mittelfinger und der Aufschrift »Du hast ein Problem mit mir? Besprich's mit meinem Hund!« trug vermutlich sein Übriges zur überstürzten Fluchtreaktion der Leute bei.

Sam ließ Sascha nicht aus den Augen, während sie einem Pärchen zwei Pies mit kornischem Rindfleisch und Zwiebeln reichte. Dass der Hund auf die leckeren Pies scharf war, konnte man ihm nicht übelnehmen. Lächelnd bedankte sich Sam bei ihren Kunden, während Sascha grollte und röchelte.

Das Paar verabschiedete sich hastig, und ein paar junge Männer gaben bei Stefan eine Bestellung auf.

»Dein Wagen treibt Sascha noch in den Wahnsinn«, verkündete Bryony so anklagend, als sei das Sams Schuld.

»Er weiß eben, was gut ist«, erwiderte sie.

»Warum muss das so riechen?«

»Das nennt man Aroma, und es entsteht, weil wir *frische und exzellente regionale Zutaten* benutzen«, rief Sam laut, um die potenziellen Kunden wieder anzulocken. Dann zuckte sie zusammen, als Sascha sich aufrichtete und um ein Haar die mächtigen Pfoten auf die Verkaufstheke gelegt hätte. Dabei grunzte er wie eine ganze Schweineherde, und die Kunden flüchteten in Richtung Pub.

Sam liebte Tiere und wusste, dass Sascha nicht gefährlich, sondern nur sehr lebhaft war. Aber den Kunden konnte man so ein Ungeheuer nicht zumuten.

»Bryony, hältst du Sascha bitte vom Bereich der Lebensmittel fern?«

»Dreimal Huhn und Speck, zweimal Rind, einmal kornischer Käse mit Zwiebeln!«, schrie Stefan, noch lauter als zuvor Bryony. Sam zuckte zusammen, aber Stefan grinste.

»Ich kann nicht den ganzen Tag hier rumstehen«, knurrte Bryony daraufhin. »Hab zu tun. Komm, mein Schatz.«

Und damit marschierte sie davon, den störrischen Sascha hinter sich herzerrend, der sich sehnsüchtig umschaute.

»Soll ich eine Spendensammlung für ihren Umzug organisieren?«, raunte Stefan, als Sam die nächsten Pies aus dem Ofen nahm. Nach Saschas Verschwinden war die Kundschaft sofort wieder angeströmt, und es ging Schlag auf Schlag.

»Den zahl ich gerne im Alleingang«, erklärte Sam.

»Was ist eigentlich los mit der?«

»Keine Ahnung … sie hasst das Festival, aber irgendwie scheint sie auch was gegen mich persönlich zu haben.«

»Das glaub ich kaum. Hat wahrscheinlich einfach von Geburt an nur Essig zu trinken gekriegt.«

»Ihre Eltern waren total nett«, sagte Sam. »Aber die sind weggezogen. Sie ist hiergeblieben, hat die Wohnung über dem Hundesalon gemietet und sich aufs Stänkern spezialisiert. Aber egal, mit der kann ich mich jetzt nicht beschäftigen.« Sam reichte Stefan die Pies und wandte sich den nächsten Kunden zu, einigen Jugendlichen in Shorts und T-Shirts. »Hallo, ihr seht aus, als könntet ihr was Warmes gebrauchen. Was darf's denn sein?«

Nach dem Ende des Konzerts war die Sonne untergegangen, und es wurde kühler. Einige Leute spazierten noch die Hafenpromenade entlang oder saßen mit Bier an den Tischen, aber gegessen wurde nicht mehr viel.

»Sollen wir Feierabend machen?«, fragte Stefan. »Ist doch super gelaufen heute.«

Sam nickte froh. Sie liebte es, wenn es den Leuten schmeckte und man ihnen die Begeisterung anmerkte. Das war die harte Arbeit wert.

»Ja, machen wir. Wir haben auch fast alles verkauft.«

Stefan packte die Kasse ein, und Sam wollte gerade den Ofen ausschalten, als plötzlich ein unerwarteter Kunde vor dem Tresen stand.

»Bin hoffentlich nicht schon zu spät, oder?«, fragte Gabe vergnügt grinsend.

Mit ihm hatte Sam nun zuallerletzt gerechnet. Sie hatte ihn noch in London vermutet und insgeheim sogar befürchtet, er würde erst kurz vor dem Festival zurückkommen. Etwas in ihrem Bauch geriet ins Flattern, und sie musste feststellen, dass sie sich eigentlich nicht anders fühlte als mit neunzehn.

»Ich dachte, du bist in London«, sagte sie.

»War schneller mit meinen Terminen fertig als vermutet und hab einen Last-Minute-Flug bekommen. Irgendwas zieht mich scheinbar gerade hierher.« Er sah sie an.

»Eigentlich wollten wir gerade schließen«, sagte Sam entschuldigend und wischte energisch den Tresen ab.

Gabe runzelte die Stirn. »Oh, sehr schade. Ich wollte doch unbedingt einen von deinen köstlichen Pies probieren.«

»Ich dachte, du stehst mehr auf Fine Dining«, sagte Sam und hoffte inständig, ihr wild pochendes Herz würde sich beruhigen. Wie gelang es ihm nur, sie nach all den Jahren in diesen Zustand zu versetzen? Wieso hatte sie offenbar keinerlei Kontrolle mehr über ihre Gefühle?

»Ich mag auch schlichte Gerichte. Hast du vergessen, dass ich in einem Fish-and-Chips-Imbiss aufgewachsen bin?« Er lächelte sie an und strich sich die Haare aus der Stirn. War da etwa ein Hauch Grau an den Schläfen? Sam musste ein Kichern unterdrücken. Vielleicht hatten das Alter und die Härten des Lebens aus dem griechischen Gott, der Gabe früher für sie gewesen war, doch noch einen gewöhnlichen Sterblichen gemacht.

»Was ist?« Er sah sie fragend an. »Hab ich Spinat zwischen den Zähnen?«

»Nein.« Sam nahm Zuflucht zu ihrer professionellen Haltung. »Ein paar Pies sind noch übrig. Brathuhn in Cider-Soße oder kornisches Rindfleisch mit Rotwein und Pilzen kann ich dir anbieten.«

Gabe rieb sich das Kinn. »Klingt nach Spitzenküche und beides furchtbar verlockend. Was würdest du mir empfehlen?«

Sam war nicht ganz sicher, ob er sich gerade über sie lustig machte.

»Tjaaa … das Huhn ist natürlich aus artgerechter Haltung, von einem Züchter in der Nähe von Mullion. Der Cider ist aus köstlichen Bioäpfeln von der Tywardene-Farm. Vielleicht erinnerst du dich, dass wir ihren Cider früher sehr zu schätzen wussten«, sagte sie schmunzelnd, und Gabe nickte.

»Das Rindfleisch ist auch aus der Region, erstklassige Bio-Qualität, die Pilze stammen aus einer neuen Gärtnerei an der Nordküste, und der Rotwein … na ja, da muss ich gestehen, dass ich den in St Erth im Großmarkt gekauft habe, aber er hat auf jeden Fall eine Goldmedaille.«

»Und der Teig?«

»Handgeknetet, nach eigenem Rezept hergestellt und in speziell für mich angefertigten Formen gebacken. Ich könnte dir das Rezept verraten, aber dann müsste ich dich danach umbringen«, erklärte Sam und konnte sich nicht davon abhalten, ihm ein vieldeutiges Lächeln zuzuwerfen.

»Ist nicht nötig. Tut mir leid, aber ich möchte gerne noch eine Weile leben.« Gabe verzog in gespieltem Entsetzen das Gesicht.

Sam verkniff sich das Lachen. Seinen Humor hatte Gabe sich jedenfalls bewahrt.

Er seufzte. »Die Qual der Wahl. Klingt so köstlich, ich nehme einfach beide.«

»Schön! Dann hab ich alles verkauft. Macht acht Pfund, bitte.«

Gabe reichte ihr einen Zehn-Pfund-Schein. »Passt so.«

»Danke. Das Trinkgeld geht dann in die Festivalkasse«, betonte Sam.

Gabe zuckte die Achseln. »Wie du willst.«

Nachdem Sam ihm die Pies in der typischen braunen Papiertüte überreicht hatte, legte sie das Geld in die kleine Kasse. Gabe nahm seinen Einkauf nun aber nicht mit nach Hause, sondern blieb in der Nähe, pustete auf den Hühnchen-Pie und biss vorsichtig ab. Stefan sah Sam mit hochgezogenen Augenbrauen an, aber sie reagierte nicht darauf, sondern konzentrierte sich auf die Reinigung der Arbeitsflächen.

Sie musste sich beherrschen, um Gabe nicht beim Essen zu beobachten. Was er von ihren Kochkünsten hielt, interessierte sie natürlich brennend, aber sie wäre lieber nackt durchs Festivalzelt gerannt, als ihn zu fragen.

Schließlich zog sie ihre Schürze aus und stieg aus dem Wagen. Gabe verputzte bereits den zweiten Pie und unterhielt sich dabei mit Frank, dem Wirt vom Smuggler's Inn.

Stefan folgte Sam und schloss die Tür ab. »Ich fahre den Wagen zurück und räume in der Bäckerei alles aus.«

»Superliebes Angebot, aber das kann ich doch nicht alles dir überlassen«, sagte sie mit einem Blick auf Gabe, der sich überaus angeregt mit Frank unterhielt. Aber weil der Fischerchor noch mal ein Lied anstimmte, »Lamorna«, konnte Sam nicht hören, was die beiden redeten.

»Nimm es jetzt ruhig mal an. Du siehst ziemlich fertig aus«, erwiderte Stefan.

Sam stieß einen Seufzer aus. »Wow, danke, Stef! Ich hab dich auch lieb!«

»Und lass dich nicht von gefährlich hübschen Fremden vom Weg abbringen«, raunte Stefan ihr ins Ohr.

Bevor Sam ihm Kontra geben konnte, sprintete Stefan schon zum Pick-up.

Sam blieb stehen und führte sich einen leicht angedrückten Pie zu Gemüte, den sie für sich selbst aufbewahrt hatte. Die inbrünstig sehnsüchtigen Stimmen der Fischer gingen ihr durch Mark und Bein. Gabe stand jetzt mit einem Glas Bier in der Nähe der Sänger, und Sam sah, dass er die Lippen bewegte. Er sang mit.

Dieses Lied über einen treulosen Ehemann kannte auch Sam in- und auswendig, und sie stellte sich vor, wie Gabes Stimme jetzt klang – vielleicht nicht ganz tonsicher, aber dunkel und kraftvoll.

Zwischen ihnen gab es noch immer diese enge Verbundenheit, Sam konnte sie einfach nicht ableugnen. Sie hatten Porthmellow beide im Blut, teilten die Liebe zu gutem Essen, wollten beide für ihre Familien, Freunde und Nachbarn sorgen … warum nur hatte er diese Nähe zwischen ihnen zerstört? Sam versuchte die Gedanken abzuschütteln und spazierte am Kai entlang, um über den Küstenweg nach Hause zu gehen. Dabei fiel ihr Stefans Bemerkung wieder ein. Aber Gabe war eben kein Fremder für sie. Es hatte einmal eine Zeit gegeben, als sie seinen sehnigen sonnenbraunen Körper so gut kannte wie ihren eigenen.

Sie dachte daran zurück, wie Gabe sie damals unterstützt hatte, auch schon, bevor sie ein Paar wurden. Nach Roz' Tod hatte Gabe für die drei verwaisten Kinder regelmäßig Essen aus dem Imbiss vorbeigebracht. Kebab und Salat, Backfisch und Pommes. Wahrlich keine Gourmet-Küche und auch nicht enorm gesund, aber es füllte die Bäuche dreier hungriger junger Menschen. Ohne die Hilfe der Familie Mathias und der Nachbarn wären die drei Lovells wohl zu Anfang mit knurrendem Magen zu Bett gegangen, denn Sam war zu erschöpft von Arbeit und Trauer, um zu kochen.

Doch diese Tage gingen vorüber, und nach und nach erholte sich die Familie. Zennor begann sich für Kunst und Design zu interessieren, Ryan nahm den Job auf dem Fischerboot an. Sam glaubte, die schlimmste Zeit läge hinter ihr, und freute sich auf schöne Tage mit Gabe.

Weit gefehlt.

Jetzt war sie an dem Schild am Hafenende angelangt, das vor Todesgefahr bei Hochwasser warnte, und begann den Aufstieg zum Küstenweg, als sie hinter sich Schritte hörte.

»Hey, Sam. Warte mal.«

Sie blieb stehen, drehte sich aber nicht um, weil sie Gabes Stimme erkannt hatte.

»Ich hab denselben Weg«, sagte Gabe, als er zu ihr stieß.

Und wieder schlug Sams Herz schneller, obwohl sie das gar nicht wollte.

»Frank hat mich in ein Gespräch verwickelt. Aber ich wollte dir unbedingt noch sagen, dass die Pies absolut köstlich geschmeckt haben.«

»Wirklich?«

»Ja, wirklich. Sie sind exzellent.«

»Ja, ich weiß«, sagte Sam. »Deshalb läuft es auch gut mit Stargazey. Ist kein Unternehmen, das riesige Gewinne abwirft, aber ich bin stolz darauf.« Ihr Tonfall war verdrossen und gereizt, und Sam ärgerte sich darüber. Aber sie war auch erschöpft und wollte nicht herablassend behandelt werden – und sie kam nicht damit zurecht, dass Gabe Gefühle in ihr auslöste, gegen die sie offenbar machtlos war.

»Darauf kannst du auch mit Recht stolz sein. In dieser Branche erfolgreich zu sein ist schwer. Und das bei allem, was du durchgemacht hast.«

»Behandle mich bitte nicht von oben herab.« Sam bereute den Satz, sobald er ausgesprochen war, und wünschte sich inständig, Gabe würde verschwinden. Sie hatte so lange gebraucht, um über ihn hinwegzukommen. Und kaum war er wieder hier, riss er die ganzen alten Wunden auf.

Sie ging weiter, aber Gabe folgte ihr. Kurz darauf begann der steile Teil, und beide atmeten schwer. »Hör auf … mir … zu … folgen«, keuchte Sam.

»Und … wieso? Ich lebe … in dem Haus … da oben.«

Sam fuhr herum und blickte auf Gabe hinunter. »Ach so, du *lebst* hier neuerdings? Du mietest dir das größte Haus im ganzen Ort und nennst das dann ›hier leben‹?«

»Die Größe des Hauses hat doch nichts damit zu tun, wie lange ich bleiben will.«

»Aber wieso musstest du ausgerechnet *dieses* Haus mieten?«

»A, weil meine Assistentin gesagt hat, so kurzfristig gäbe es für den Zeitraum nur Clifftop House. Und B, weil ich dann gedacht habe: Warum nicht? Hast du ein Problem damit?«

»Ja.«

»Warum? Findest du es zu pompös?«

»Nein, zu nah.«

Sam sprintete los, zwei Stufen auf einmal nehmend. Bald ging ihr die Puste aus, aber zumindest war es ihr gelungen, Gabe abzuschütteln.

Als sie fast oben war, beugte sie sich keuchend über das Geländer, um einen Moment zu verschnaufen. Sie hörte keine Schritte mehr, zwang sich aber weiterzugehen, bis sie oben auf der Klippe ankam. Es war gerade Flut, und zwanzig Meter unter ihr donnerten die Wellen an die Ufermauer, die man gebaut hatte, um die Häuser auf den Klippen zu schützen.

»Sam!«

Sie keuchte erschrocken. Ein paar Meter vor ihr kam Gabe über den Klippenrand gekraxelt. Das war doch gar nicht möglich … dieser Teil des Wegs war eine Abkürzung, aber in den letzten Jahren durch Unwetter teilweise zerstört worden und offiziell gesperrt. Es war unglaublich gefährlich, ihn zu benutzen, weil man jederzeit abstürzen konnte. Sie bekam im Nachhinein noch Herzrasen, obwohl Gabe ja nun unversehrt vor ihr auftauchte.

»Was zum Teufel machst du da?«

»Hab die Abkürzung genommen.« Er rappelte sich hoch.

»Den alten Klippenpfad etwa?«

»Ja, warum nicht?«

»Hast du die Schilder nicht gesehen? Der ist inzwischen total beschädigt durch die Stürme. Vor einer Weile sind Leute abgerutscht und mussten von der Küstenwache gerettet werden. Die hätten tot sein können.«

Gabe wischte Erde von seiner Jeans. »Hab mir gedacht, das sei das Risiko wert.«

»Du bist vollkommen verrückt.«

Er grinste. »Das weißt du doch schon längst.«

Sam schüttelte fassungslos den Kopf. »Du hättest von der Klippe stürzen und schwer verletzt sein können … oder noch schlimmer …«

»Willst du das?«

Sie sah ihn vor ihrem inneren Auge reglos auf den Felsen am Fuß der Klippe liegen und schauderte. »Also, wenn du das denkst, dann hast du komplett den Verstand verloren.«

»Ja, aber so wie du mich behandelst, frag ich mich das manchmal.«

»Wundert dich das?«

»Ja. Nein.« Er strich sich durchs Haar, wirkte plötzlich erschöpft und gar nicht mehr tollkühn. »Ich weiß nicht mehr, was ich denken soll, Sam. Aber eines weiß ich: dass wir reden müssen, und zwar jetzt. So wie das bislang hier zwischen uns läuft, komme ich in Porthmellow nicht klar.«

»Okay. Versteh ich. Du willst also, dass wir Freunde sind?«

»Ich möchte, dass wir freundlich miteinander umgehen, angesichts des Festivals. Aber vorher will ich, dass wir ehrlich zueinander sind.«

Sam konnte nicht an sich halten. »Okay, ehrlich. Dann will ich erst mal wissen, ob du das Festival als Druckmittel einsetzen willst, damit ich dir verzeihe?«

Gabe schüttelte fassungslos den Kopf. »Großer Gott, Sam, du missverstehst das vollkommen.«

Sam wurde jetzt von ihren Gefühlen überwältigt, alles brach

aus ihr heraus. »Was genau missverstehe ich denn? Dass du meinen Bruder der Polizei ausgeliefert hast zu einem Zeitpunkt, als er dringend Hilfe gebraucht hätte? Ich weiß, dass er Fehler gemacht hat, aber du hättest doch wahrlich ein Auge zudrücken können, wenn nicht um seinetwillen, dann um meinetwillen. Und ich habe geglaubt, du hast mich geliebt!«

»Ich habe dich auch geliebt! Das musst du doch wissen!« Gabe hatte die Stimme erhoben, was ein Fehler war, denn das brachte Sam noch mehr in Rage.

»Ich weiß vor allem, dass es ein Fehler war, dich zu lieben und dir zu vertrauen. Zu glauben, dass meine Gefühle erwidert wurden. Und es ist jetzt noch ein Fehler, überhaupt mit dir zu reden. Ich bin dir sehr dankbar, dass du uns beim Festival aushilfst. Und für das Dorf und all die Menschen, die hart dafür gearbeitet haben, dass es hier bergauf geht, werde ich höflich und freundlich sein. Aber glaub bloß nicht, ich würde deshalb vergessen, dass du aus Pflichtgefühl oder sonst irgendwelchem Scheiß das Leben meines Bruders zerstört hast. Ich habe ihn das letzte Mal im Gefängnis gesehen. Das ist jetzt über elf Jahre her. Ich weiß, dass er am Leben ist, aber das ist auch alles. Er will nicht mit mir oder Zennor sprechen, und das ist alles deine Schuld.«

Sam zitterte am ganzen Körper. Sie hatte nicht vorgehabt, ihrer Wut so hemmungslos freien Lauf zu lassen. »Bist du jetzt fertig?« Gabes Stimme klang nicht mehr warm, sondern eiskalt.

»Ich … ich … hab mehr gesagt, als ich wollte …«, stammelte Sam.

»Das hab ich gemerkt.« In seinen Augen blitzte Zorn auf.

Sam verfluchte sich stumm, bereute es, dass sie so über ihn hereingebrochen war. »Tut mir leid, ich hätte nicht so ausrasten sollen. Aber ich quäle mich seit Jahren damit herum und hatte nicht damit gerechnet, dich jemals wiederzusehen.«

»Ich auch nicht, aber so ist es jetzt nun mal. Und da du das Thema aufgebracht hast, will ich versuchen, dir einiges begreiflich zu machen.« Er holte tief Luft. »Ich habe damals geglaubt, richtig zu handeln – für dich, für das Dorf, für Ryan. Dieser Meinung bin ich auch immer noch, und falls dich das empört, werde ich dennoch nicht lügen. Lügen hast du nicht verdient.«

»Gabe. Lass gut sein. Dieses Gespräch wird zu nichts führen. Und ich bin völlig erledigt. Ich will einfach nur nach Hause.«

Sie lief weiter, aber nach ein paar Schritten wurde sie plötzlich im Zwielicht von etwas Weißem geblendet und spürte einen scharfen Schmerz an der Wange. Sie schrie auf und schlug die Hände vors Gesicht.

»Sam!«, rief Gabe.

Der Schmerz war so heftig, dass ihr Tränen in die Augen schossen. Ihre Hände waren blutverschmiert, und sie entdeckte jetzt auch die Ursache: Eine Windbö hatte ihr ein laminiertes Festivalplakat ins Gesicht geweht, und die scharfe Kante hatte ihr einen Schnitt zugefügt.

Und es war nicht das einzige Plakat, das durch die Luft wirbelte. Alle waren mit Kabelbinder an Laternenmasten oder Straßenschildern befestigt gewesen. Jemand musste sie vorsätzlich abgeschnitten haben.

Gabe kam zu ihr gelaufen. »Was ist passiert? Großer Gott, du bist ja blutüberströmt!«

»Halb so schlimm. Ein Plakat hat mich an der Wange erwischt.« Sie bückte sich, um den Übeltäter aufzuheben.

»Hey, warte mal. Lass mich zuerst die Wunde angucken.«

Sam wollte nicht, dass er sie so erlebte, tränen- und blutverschmiert. »Ich muss hier für Ordnung sorgen. Die Plakate fliegen überall herum und könnten auch noch andere verletzen.«

»Erst müssen wir dein Gesicht versorgen.« Gabe trat zu ihr und zog ein Baumwolltaschentuch aus seiner Jacke. »Das ist ganz sauber. Halt still.«

Sam gab den Widerstand auf. Wenn sie ihn machen ließ, konnte sie schneller verschwinden. Und außerdem – war es wirklich so schlimm, wenn sich mal jemand um sie kümmerte, selbst wenn es Gabe war?

Sie schloss die Augen, spürte das weiche Tuch und den sanften Druck von Gabes Fingern an der Wange. Es brannte ein bisschen, aber sie biss die Zähne zusammen.

»Sieht wahrscheinlich schlimmer aus, als es ist«, sagte Gabe, »hätte aber näher am Auge sehr gefährlich werden können. Drück das Taschentuch drauf, ich sammle inzwischen die Plakate ein.«

Sam gehorchte und öffnete vorsichtig die Augen. Gabe sammelte die Plakate auf, aber sie sah, wie besorgt er wirkte, und das trieb ihr erneut Tränen in die Augen. Er hatte sie immer liebevoll unterstützt und sich um ihr Wohl und das ihrer Familie gekümmert. Deshalb hatte der Verrat an Ryan sie auch so umgehauen. Vielleicht hatte Gabe doch noch einen anderen Grund gehabt, außer die Aktion mit der Polizei als seine Bürgerpflicht anzusehen? So pedantisch und verbissen war er eigentlich nie gewesen.

Gabe flitzte herum wie ein Balljunge beim Tennisturnier und erhaschte die fliegenden Plakate, wenn sie sich dem Boden näherten. Er erbeutete an die sechs Stück und kehrte damit zurück.

»Danke«, sagte Sam und lächelte ihn an. Sie spürte, wie etwas in ihr weicher und sanfter wurde.

Gabe betrachtete sie fürsorglich. »Was macht das Gesicht?«

»Halb so wild, geht schon.«

Gabe zeigte ihr die Plakate. Da sie laminiert waren, hatte man sie nicht zerreißen können, aber jemand hatte sich auf jeden Fall bemüht, sie zu ruinieren.

»Dafür hat irgendwer viel Zeit aufgewendet«, sagte Gabe. »Man musste ja die Kabelbinder durchschneiden, und schau mal hier, Fußabdrücke. Da wurde auch mit schmutzigen Stiefeln drauf herumgetrampelt. Kennst du jemanden, der so was machen würde?«

»Sind da auch Abdrücke von Pfoten drauf?«

»Pfoten?« Gabe beäugte die Plakate. »Weiß nicht. Wieso?«

»War ein Scherz, aber nur halb. Bryony Cronk hasst das Festival, obwohl sie deshalb jedes Jahr einen Haufen Geld verdient.«

»Bryony?« Gabe runzelte die Stirn, nickte dann aber. »Ach ja, die Metal-Braut, die über dem Hundesalon wohnt … Hm, die war zwar immer schon ziemlich grantig, soweit ich mich erinnern kann. Aber ich glaube, so was wäre nicht ihr Stil.«

»Wer weiß? Man meint, Menschen zu kennen, und dann …« Sam vollendete den Satz nicht, aber Gabe reagierte nicht auf die Spitze.

»Tut mir total leid, dass das passiert ist. Mit deinem Gesicht und mit den Plakaten. Es gibt überall Leute, die übel drauf sind.«

»An Pannen während der Vorbereitung des Festivals bin ich gewöhnt. Bösartigen Vandalismus hat es allerdings noch nie gegeben.« Sam ließ das Taschentuch sinken. »Hat es aufgehört zu bluten?«

Gabe betrachtete ihre Wange. Er war so dicht bei ihr, dass sie seinen Geruch wahrnahm, einen warmen Vanilleduft. Sie versuchte, nicht zu tief einzuatmen.

»Scheint so. Nur ein kleiner Schnitt, aber schmerzt sicher trotzdem. Das Taschentuch kannst du behalten.«

Die Situation war so sonderbar, dass Sam unwillkürlich lächelte. »Danke.«

»Willst du die Plakate mitnehmen?« Gabe hielt sie ihr hin.

»Ja«, murmelte sie dumpf und verstaute sie in ihrer Umhängetasche. »Ich geh jetzt mal.«

Sie marschierte los, ohne sich noch einmal umzudrehen. Gabes Taschentuch hielt sie noch in der Hand. Es hatte sich so weich angefühlt, und der Duft war hinreißend. Erdig und männlich, zugleich würzig und mild. Würde sie jemals aufhören können, Gabe zu begehren? Würde er ihr jemals nicht mehr wichtig sein? Sie konnte sich des Gefühls nicht erwehren, dass er tatsächlich plante, sich wieder in Porthmellow niederzulassen. Das Festival war vielleicht nur ein zusätzlicher Zufall gewesen. Aber warum in diesem Jahr? Was mochte der wahre Grund für seine Rückkehr sein?

16

Sam hatte ernsthaft erwogen, Gabes Taschentuch zu waschen und aufzuheben. Aber nach ein paar Tagen warf sie es dann doch in den Müll. Sie hätte es ohnehin nicht mehr sauber gekriegt und sagte sich, dass es sentimental war, ein Andenken an Gabe aufzubewahren.

Es ging extrem hektisch zu, weil inmitten der ganzen Festival-Vorbereitungen auch noch ihr Pick-up zum Routinecheck gebracht werden musste. Stefan hatte den Stargazey-Wagen mit seinem alten Jeep zum Konzert gefahren und auch den Einkauf im Großmarkt erledigt, aber Sam vermisste ihr Auto.

Trotz des Trubels musste sie immer an ihre Begegnung mit Gabe auf der Klippe denken. Sam bereute noch immer, dass sie so ausgerastet und ihm Vorwürfe gemacht hatte. Das war das Gegenteil der »zivilisierten« Umgangsform, die sie eigentlich anstrebte. Aber vielleicht war das von Anfang an ein naiver Wunsch gewesen. Gabe und sie waren so leidenschaftlich verliebt gewesen, dass es etwas wie Neutralität oder Distanz womöglich gar nicht geben konnte zwischen ihnen. Vielleicht war eben nur entweder Liebe oder Hass möglich.

Die Idee, dass Gabe aus einem bestimmten Grund zurückgekehrt war, beschäftigte Sam immer wieder, auch an diesem warmen Juniabend, als sie nach einem anstrengenden Tag bei

Stargazey nach Hause ging. Abends war es jetzt schon lange hell, und von Tag zu Tag wurde es wärmer, vor allem in der Backstube. Sam freute sich auf ein erfrischendes Bad und einen von Zennors Erdbeer-Daiquiris. Der Sommer war da, und sie hoffte auf ideales Wetter am Festival-Wochenende. Kurz vor ihrem Haus sah Sam plötzlich Evie Carman, die ihren Rollator den abschüssigen Weg hinunterschob.

»Sam!«, rief Evie und beeilte sich schneller zu gehen, was enorm mühsam für sie war.

Sam eilte rasch zu ihr.

»Ein Glück, dass ich dich treffe«, keuchte Evie.

»Was ist denn? Ist was passiert?«

»Troy. Er hat irgendwas Dummes mit seiner Schulter angestellt und hat schreckliche Schmerzen. Bestimmt ist er jetzt auch noch böse, dass ich es dir gesagt hab, aber ich bin, ehrlich gesagt, ganz verzweifelt. Ich glaube, er muss in die Notaufnahme.«

»Oh nein, der arme Troy!«

»Musste natürlich auch unbedingt eine Bücherkiste herunterheben. Ich hab ihm gesagt, er soll das lassen, aber er hört ja nicht auf mich.«

Sam folgte Evie in das ordentliche Häuschen der Carmans und sah mit Schrecken, dass Troy mit verbissener Miene auf dem Sofa saß und sich den Ellbogen hielt.

»Oje. Evie, es tut mir schrecklich leid, aber ich hab gerade gar kein Auto. Mein Wagen ist in der Werkstatt.«

Evie sah sie erschüttert an. »Ach Gott. Ich trau mir mit meinen Knien das Fahren nicht mehr zu, und unser Auto ist für andere nicht versichert. Aber mach dir keine Gedanken, jemand von den Nachbarn wird schon helfen. Die auf der einen Seite sind allerdings in Urlaub, und die andere hat drei kleine Kinder, die sie nicht alleine lassen kann. Meine Tochter geht nicht an ihr Telefon, ich weiß nicht, wo sie steckt.«

»Keine Sorge, wir finden schon jemanden«, sagte Sam beruhigend.

»Ach, vielleicht Gabe? Der ist vor einer Viertelstunde Richtung Clifftop House gefahren.«

Sam nickte. Gabe zu fragen hätte sie natürlich gern vermieden, aber die Carmans brauchten schnelle Hilfe, da waren ihre eigenen Probleme zweitrangig.

»Ich ruf ihn an.«

»Hast du seine Nummer noch?«, fragte Evie, als Sam ihr Handy herausholte.

»Seine *neue* Nummer. Wegen des Festivals«, fügte Sam hastig hinzu.

Evie lächelte. »Na, um von Gabe Mathias chauffiert zu werden, lohnt es sich doch fast, 'ne kaputte Schulter zu haben, was, Troy?«

Er grimassierte. Sein Gesicht war aschfahl. »Ist nur 'ne kleine Zerrung, Evie, ich sag's dir doch. Auuuuuu!«

»Ach, Troy! Das sieht doch jeder, dass du Schmerzen hast! Du musst ins Krankenaus!«

Er widersprach nicht mehr, und Sam war ausgesprochen beunruhigt. Heftige Schmerzen und ein Schock konnten in seinem Alter gefährlich werden.

»Ich hoffe nur, die Schulter ist nicht ausgerenkt. Oder gar gebrochen«, murmelte Evie.

»Sollen wir nicht doch lieber einen Krankenwagen rufen?«

»Nee, will ich nicht!«, wetterte Troy. »So ernst ist es nicht!«

»Gib Ruhe, Troy«, versetzte Evie. »Sam ruft ja schon Gabe an.«

Er nahm gleich ab, war ein paar Minuten später direkt zur Stelle und bugsierte Troy auf die Rückbank seines Range Rovers. Sam brachte Evie ihre kleine Trittleiter, damit sie leichter einsteigen konnte.

»Kommst du mit, Liebes?«, fragte Evie, als sie sich anschnallte. »Wir werden bestimmt lange warten müssen, da braucht Gabe ein bisschen Gesellschaft.«

»Ich muss eigentlich …« Sam reichte Evie ihren Gehstock. Die drei würden auf jeden Fall alleine zurechtkommen, aber Evie klang so flehend.

»Ich weiß, du hast wenig Zeit, aber es wäre so gut, dich dabeizuhaben …«

Angesichts von Evies besorgter Miene gab sich Sam einen Ruck. »Na klar. Ich komm mit und bleibe bei euch, bis deine Tochter eintrifft. Dann kann Gabe mich direkt wieder nach Hause fahren.« Sie klappte die Trittleiter zusammen, verstaute sie im Auto und stieg ein.

Die Fahrt zum Krankenhaus in Penzance dauerte eine halbe Stunde, Troys Aufnahme genauso lange. Als er zur Toilette musste, begleitete ihn Gabe, und Evie nutzte die Chance, um Sam ihr Herz auszuschütten.

»Dauernd mach ich mir Sorgen um ihn. Er ruht sich nie aus. Entweder macht er was für die Hafenleitung oder fürs Festival, oder er wurstelt zu Hause herum. Ich hab zuerst gedacht, er hat einen Herzinfarkt, weil er seinen Arm so komisch hielt. Aber dann hab ich gesehen, dass ihm die Kiste auf die Schulter gefallen war. Ich hatte gesagt, er soll die Sachen nicht so hoch stellen oder zumindest meine Trittleiter nehmen, aber nein, auf mich hört er ja nicht. Na, wenigstens war die Fahrt sehr angenehm. Hinten in Gabes Auto fühlt man sich ja wie die Queen.«

»Das stimmt«, gestand Sam. »Aber sag das Gabe bloß nicht.«

»Nee, mach ich nicht.« Evie seufzte. »Es ist wirklich jammerschade, dass ihr euch getrennt habt. Ich fand euch immer wie füreinander geschaffen. Muss schwer für Gabe gewesen sein, Ryan der Polizei zu melden. Aber letztlich ging es nicht anders, das haben die meisten Leute im Dorf auch irgendwann verstanden. So lange her …«

Ein unbehagliches Schweigen trat ein. Sam mochte Evie sehr, hatte aber gar keine Lust, sich solche Bemerkungen anzuhören.

Doch bevor sie ausweichend antworten konnte, tätschelte Evie ihr die Hand. »Bin schon still, will mich nicht einmischen. Ich seh ja, dass das noch nicht verheilt ist. Oh, da ist Troy«, sagte sie bekümmert. »Ich kann es nicht ertragen, ihn leiden zu sehen.«

»Ich auch nicht.« Jetzt drückte Sam der älteren Frau beruhigend die Hand. »Es wird ihm bald besser gehen. Bestimmt kommt er gleich dran.«

»Hoffentlich. Er ist wirklich ein knurriger alter Grantler, aber er liegt mir nun mal sehr am Herzen.« Sie lächelte. »Er bringt mich um, wenn er erfährt, dass ich dir das erzählt habe, aber weißt du, nach wem er benannt ist?«

»Nein.« Sam beugte sich näher zu Evie, weil Gabe und Troy gerade im Anmarsch waren.

»Nach Sergeant Troy aus dem Roman *Am grünen Rand der Welt*. Seine Mutter hatte den in der Schule gelesen und fand die Figur so toll. Dann gab es die erste Verfilmung, da spielte Terence Stamp die Rolle, und in den war ich wahnsinnig verknallt. Sex pur, der Mann.« Evie wedelte sich Luft zu. »Und als ich Troy beim Tanzen kennenlernte, hat sich das alles in meinem Kopf miteinander verbunden und … es funkte mächtig zwischen uns. Wir haben noch im selben Jahr geheiratet. Wüsste nicht, was ich ohne den alten Knaben tun sollte.«

»Hey«, sagte Troy, als er wieder bei ihnen war. Er atmete schwer, Schweißtropfen standen auf seiner Stirn. Zum ersten Mal erlebte Sam ihn angeschlagen und nicht als das unermüdliche Mitglied des Komitees, als das sie ihn kannte und liebte.

»Wir haben gerade gesagt, hoffentlich kommst du bald dran, dein Stöhnen kann doch kein Mensch aushalten«, sagte Evie.

Troy grinste, stöhnte aber sofort wieder und wurde noch bleicher.

»Nur die Ruhe, mein Alterchen«, sagte Evie munter, sah dabei aber völlig verstört aus.

»Mr Carman?« Eine Krankenschwester trat zu ihnen.

»Gott sei Dank«, sagte Evie und folgte den beiden, auf ihren Stock gestützt.

Im Wartezimmer war Gabe schon die ganze Zeit von anderen Patienten angestarrt worden, und man musterte auch seine Begleiter. Evie hatte die Aufmerksamkeit genossen und Sam zugeflüstert, wie toll es doch sei, mit einem Starkoch gesehen zu werden.

Sam dagegen fand die Blicke ungeheuer nervig, aber Gabe blieb völlig unbefangen und scherzte mit Evie, um sie aufzuheitern. Dennoch blieb es Sam ein Rätsel, wie er es aushalten konnte, ständig überall im Mittelpunkt zu stehen. Kaum waren die Carmans verschwunden, bat ein junger Mann mit Maori-Gesichtstattoos Gabe um ein Selfie. Aber eine Krankenschwester erklärte sofort, aus Datenschutzgründen sei das hier nicht erlaubt, die Privatsphäre der Patienten müsse gewahrt werden.

Nachdem Sam draußen ein Telefonat wegen des Festivals geführt hatte, fand sie Gabe bei der Rückkehr in Gesellschaft zweier entzückter alter Damen vor, die ihm erzählten, wie sehr sie seine Fernsehauftritte liebten. Als die Damen sich verzogen hatten, las Gabe seine E-Mails, und Sam blätterte eine Gesundheitszeitschrift durch. Es fiel ihr schwer, sich zu konzentrieren, und im nächsten Moment tauchte auch schon der nächste Fan auf, ein Mann in ihrem Alter.

»Geben Sie mir 'n Autogramm? Meine Freundin hat Ihr neustes Buch gekauft. Die freut sich 'n Ast ab, wenn sie 'n Autogramm von Ihnen kriegt.«

Gabe lächelte freundlich. »Gern, aber ich hab kein Papier bei mir.«

»Hier.« Der Mann schnappte sich einen Flyer von einem Stapel und reichte ihn Gabe mitsamt einem Kugelschreiber.

Sam merkte, dass Gabe sich angestrengt das Lachen verkneifen musste. Nachdem der Typ grinsend wie ein Honigkuchenpferd abgedampft war, raunte Sam Gabe zu: »Was ist denn so lustig?«

»Der Flyer war für Sexualberatung.«

Sam presste die Hand auf den Mund, um ihr eigenes Lachen zu unterdrücken. Gabe nahm sich eine Illustrierte und blätterte sie durch, aber Sam spürte, dass er immer noch mit einem Lachanfall kämpfte.

»Ich bräuchte dringend mal frische Luft«, sagte Sam. »Will aber nicht zu weit weggehen, falls die beiden zurückkommen.«

»Na klar. Geh doch einen Kaffee trinken oder so«, sagte Gabe.

»Echt?«

»Ja, sicher, ich halte hier die Stellung.« In seinen Augen lag dieser amüsierte, aber zugleich liebevolle Blick, der Sam schon immer ganz verrückt gemacht hatte.

Natürlich brauchte Sam frische Luft, aber in Wahrheit wollte sie sich vor allem von Gabe entfernen. Sie war viel zu entspannt in seiner Nähe, lächelte zu viel, fühlte sich ihm zu nah. Und musste sich dringend klarmachen, warum genau das alles zu gefährlich war.

In dem Moment, als sie aufstand, tauchten Evie und Troy wieder auf. Sein Arm hing in einer Schlinge, und Troy blickte einigermaßen betreten drein.

»Schulter war ausgerenkt«, erklärte Evie. »Haben ihm Schmerzmittel verabreicht und sie wieder eingerenkt, aber nun ist natürlich alles ziemlich wund.«

»Ich musste geröntgt werden«, ergänzte Troy. »Und die Schwester hat gesagt, es könnte noch *sehr* schmerzhaft werden.«

Evie verdrehte die Augen und tätschelte Troy den gesunden Arm. »Er muss sich halt ein paar Tage ausruhen. Ach, und unsere Gemma ist jetzt auf dem Weg hierher. Sie war bei einer Theateraufführung an einer Schule in Penzance und hatte ihr Handy ausgeschaltet.«

»Ah, gut«, sagte Sam.

»Sollen wir warten, bis sie hier ist?«, fragte Gabe.

»Nein, nein, ihr habt schon genug für uns getan. Fahrt ihr mal nach Hause.«

»Bist du sicher?«, fragte Sam, weil sie die beiden ungern alleine zurücklassen wollte.

Evie lächelte liebevoll. »Auf jeden Fall. Seid unbesorgt. Gemma wird bald hier sein, und ihr habt ja bestimmt jede Menge zu tun.«

Immer noch zögernd küsste Sam Evie auf die Wange und bat darum, über Troys Zustand auf dem Laufenden gehalten zu werden.

»Bin gleich bei dir, geh schon mal voraus«, sagte Gabe und reichte Sam die Autoschlüssel.

»Okay.« Sam nahm an, dass er noch auf die Toilette wollte, und spazierte langsam zum Parkplatz. Sie war enorm erleichtert, dass es Troy wieder besser ging. Die beiden waren ein verschrobenes altes Paar – Troy jedenfalls, Evie war eher bezaubernd –, aber sie hingen sehr aneinander. Es gab wirklich glückliche Paare, die lange zusammen waren – solange das Leben es eben zuließ.

Sam öffnete den Range Rover und stieg ein. Als Gabe nach zwanzig Minuten noch nicht da war, schaute sie auf ihr Handy. Wo steckte er nur?

Sie wollte ihn gerade anrufen, als er angesprintet kam.

»Tut mir leid, hat länger gedauert als erwartet«, sagte er beim Einsteigen.

»Ich dachte schon, man hätte dich eingewiesen oder so.«

»Nee, ich war … ähm … bei den Schwestern.«

Sam zog eine Augenbraue hoch.

»Die wollten Selfies mit mir machen.«

»Wie? Vorhin hatte die eine das doch dem Typen verboten?«

»Ja, es gibt aber unterschiedliche Vorschriften für Patienten und für Personal. Ich hab zugesagt, signierte Bücher und die Einkünfte von einem Gericht in dem neuen Restaurant für ein neues MRT-Gerät zu spenden.«

»Wow, du bist ja wirklich ein Held«, sagte Sam mit sarkastischem Unterton.

»Man bemüht sich«, erwiderte Gabe und drückte den Startknopf, worauf der Range Rover mit sanftem Brummen zum Leben erwachte. »Fahren wir nach Hause.«

Nach Hause. Meinte Gabe damit ihr Haus, seinen Heimatort oder Clifftop House? Sie sprachen kaum, während sie auf der Straße an der Mount's Bay entlang Richtung Porthmellow fuhren. Der St Michael's Mount zeichnete sich vor dem nachtblauen Himmel ab, und im Schloss und an dem kleinen Hafen am Fuße funkelten Lichter.

Gabe nahm die Straße durchs Zentrum von Marazion, die um diese Uhrzeit kaum noch befahren war. Cafés und Läden hatten längst geschlossen. An einem Fußgängerüberweg hielt Gabe an, um eine Gruppe junger Männer passieren zu lassen, die alles andere als nüchtern waren und lachend auf einen Pub zusteuerten. Einer von ihnen pustete Sam einen Kuss zu, und sie verdrehte die Augen.

Gabe fuhr weiter, aber plötzlich fiel Sam etwas auf, und sie drehte sich nach den Männern um. Das Herz schlug ihr bis zum Hals.

»Halt an!«, schrie sie.

»Was ist denn?«

Sam drückte wie wild auf den Fensterknopf, löste ihren Gurt und beugte sich weit hinaus.

»Wartet!«, schrie sie den Männern hinterher, über das Alarmpiepen wegen des Gurts hinweg.

»Ich kann hier nicht anhalten, ich hab jemanden hinter mir. Sekunde.« Gabe hielt an einer Bushaltestelle, und Sam riss die Tür auf. Der Pub war jetzt ein paar Häuser hinter ihnen.

Gabe legte Sam die Hand auf den Arm. »Um Himmels willen, was ist denn los?«

Sie versuchte sich loszureißen. »Da war Ryan. Ich hab Ryan gesehen. Bei den Männern, die über die Straße gingen.«

Fassungslos starrte Gabe sie an. »Ryan? Wirklich?«

»Der Mann mit der orangen Sweatjacke. Das war er. Der Gang. Er hatte die Hände genauso in die Taschen gesteckt wie Ryan immer. Und er hatte rote Haare. Ich bin sicher, dass er es war. Ich war ganz sicher …« Sam verstummte, weil ihr plötzlich doch Zweifel kamen. Ein flüchtiger Blick auf einen Mann im Licht einer Straßenlaterne? Nach elf Jahren?

»Was willst du jetzt tun?« Gabe zog seine Hand zurück. »Soll ich irgendwo parken, und wir machen uns auf die Suche?«

Sam sank erschöpft zurück. »Nein. Doch. Arrgh, ich weiß nicht. Er sah ihm so ähnlich …«

»Es sind elf Jahre vergangen, Sam«, sagte Gabe sanft.

»Ich werd doch meinen eigenen *Bruder* erkennen.« Sie schloss die Augen. Sein behutsamer Tonfall machte sie wütend. »Er hatte einen Bart, aber das Alter könnte hinkommen … Weißt du nicht mehr, wie Ryan immer die Hände in die Taschen bohrte, wenn er nervös war oder Angst hatte?«

»Doch, ich erinnere mich. Wirklich, wenn du willst, gehen wir in den Pub.«

Sam war hin- und hergerissen. Der Mann hatte auf sie gewirkt, als kenne er die anderen nicht allzu gut, obwohl er mit ihnen unterwegs war. Es konnte auch irgendein x-beliebiger rothaariger Mann gewesen sein, der mit Kollegen auf Kneipentour war.

Gabe legte für einen kurzen Moment seine Hand auf die ihre. »Sollen wir?«

»Lass gut sein«, sagte Sam und legte den Sicherheitsgurt wieder an. »Ich hab es mir wahrscheinlich eingebildet. Bin ziemlich fertig.«

Sie schloss die Augen, versuchte die Enttäuschung abzuschütteln. Und auch sofort wieder zu vergessen, wie sich Gabes Hand auf ihrer Haut angefühlt hatte. So gut. So richtig.

»Es tut mir leid«, sagte er.

Sam sah ihn an. Er starrte geradeaus und umklammerte das Lenkrad so fest, dass seine Knöchel weiß wurden.

»Was tut dir leid?«

»Alles.«

»Alles?« Was meinte er damit? Dass er nach Porthmellow zurückgekehrt war und ihr Leben durcheinanderbrachte? Dass er Ryan verraten hatte?

»Wenn du willst, suchen wir nach ihm«, wiederholte Gabe.

Sam schüttelte den Kopf. »Nein, lass mal. Er war es bestimmt nicht.« Sie seufzte tief. »Ich bin müde und will jetzt einfach nur nach Hause.«

»Okay.«

Gabe fuhr weiter, und Sam versuchte sich zu entspannen. Es war ein anstrengender und aufwühlender Tag für sie gewesen, in vielerlei Hinsicht. Ein Tag, an dem sie sich die Vorstellung erlaubt hatte, Gabe womöglich nach all den Jahren zu verzeihen. Wenn es ihr gelingen würde, diese Hürde zu überwinden – wie könnte die Zukunft dann aussehen? Ein glückliches Leben als Paar, so wie Troy und Evie es hatten?

Sie warf einen verstohlenen Blick auf Gabe. Er sah erotischer aus denn je. Und allein die flüchtige Berührung seiner Hand hatte Funkenflüge in ihrem Körper ausgelöst. Sehnte sie sich einfach allgemein nach körperlicher Nähe? Hätte ihr das auch irgendein anderer Mann geben können?

Nein. Sie musste sich endlich eingestehen, dass sie nicht wegen familiären Verpflichtungen, dem Festival oder zu viel Arbeit kein Liebesleben hatte. Sondern einfach, weil sie Gabe nicht vergessen konnte. Deshalb hatte sie sich seit der Trennung auch auf niemanden mehr richtig eingelassen.

Hatte sie ihm deshalb all die Jahre nicht verziehen? War gar nicht Ryan der Grund, sondern ihre Angst vor ihren eigenen Gefühlen?

Gabe warf ihr einen Blick zu und lächelte. Sam täuschte ein Gähnen vor und schloss wieder die Augen. Dabei verlangte ihr Körper durchaus nicht nach Schlaf, sondern nach etwas ganz anderem, trotz ihrer Erschöpfung. Die Vorstellung, die Nacht mit Gabe zu verbringen, schien plötzlich in verblüffende Nähe gerückt. Sam kam es vor, als bräuchte sie nur ein einziges Wort zu sagen, und Gabe würde sie mit zu sich ins Clifftop House nehmen.

»Wir sind da«, sagte er.

Sie schlug die Augen auf. Gabe sah sie an, die Lippen fest zusammengepresst. Sie standen vor Wavecrest Cottage.

»Danke fürs Fahren.« Sam löste ihren Gurt. »Wir sehen uns.«

»Bestimmt, aber ich muss wohl wieder für ein paar Tage nach London.«

»Oh, okay.« Sie versuchte sich nicht anmerken zu lassen, wie enttäuscht sie darüber war. Als sie ausstieg, sagte sie noch: »Danke, dass du Troy und Evie geholfen hast.«

»Keine Ursache.« Gabe lächelte flüchtig und schaute geradeaus, als könne er es kaum erwarten, wegzukommen.

Und Sam wusste nicht, ob sie möglichst schnell verschwinden oder in seiner Nähe bleiben wollte. Ein unerträgliches Gefühl.

»Gut, also, tschüss.«

»Tschüss.«

Sie schloss die Autotür, eilte zum Haus und horchte auf das Motorgeräusch des Range Rovers, der auf Clifftop House zusteuerte.

17

Auf dem Heimweg vom Zumbakurs spazierte Chloe am Kai entlang. Vor dem Smuggler's Inn saßen Einheimische und Touristen bei einem Bier auf der Terrasse. Chloe liebte Porthmellow in der Abendsonne, auch wenn um diese Zeit oft ein kühler Wind vom Meer aufkam.

Der Zumbakurs machte ihr Spaß und war eine willkommene Abwechslung von den hektischen Arbeitstagen. Sam hatte leider nicht dabei sein können, weil sie bei Stargazey zu viel zu tun hatte. Doch inzwischen kannte Chloe auch die anderen Teilnehmerinnen besser, und es wurde viel gelacht, wenn man sich bei den schnellen Schritten versehentlich anrempelte. Zum Glück ging es locker und lustig zu in dem Kurs, niemand nahm das Ganze zu ernst, was Chloe wunderbar fand, weil sie eigentlich nicht sonderlich tanzbegabt war.

In letzter Zeit hatte sie noch oft an den Abend mit den anderen Komiteemitgliedern im Pub gedacht. Die Nähe der beiden jüngeren Männer und die Gespräche mit allen hatten ihr gutgetan. Gabe war charmant und amüsant gewesen, und Chloe glaubte auch nicht, dass das nur berufliche Fassade war. Nach diesem Abend hatte Chloe verstanden, warum Sam sich in ihn verliebt hatte.

Mit seinen dichten dunklen Haaren und den karamelbraunen Augen sah Gabe in der Realität noch besser aus als im Fernsehen, fand Chloe. Doch obwohl der umwerfend attraktive Starkoch so extrem charmant war, fühlte sie sich viel stärker zu Drew hingezogen. Und wenn er nun ihr wirkliches Alter erfahren würde? Oje. Früher oder später würde sie sich dazu bekennen müssen. Oder zumindest vor der Party die Geburtstagskarten verstecken.

»Hallo!«, hörte sie plötzlich Drews Stimme von irgendwoher. Wie war das gleich wieder mit dem Teufel?

Sie schaute sich um, konnte Drew aber nirgendwo entdecken. Als er sie erneut rief, spähte Chloe nach unten ins Hafenbecken und sah ihn mit einem Seil in der Hand an Bord der *Marisco*. Er schien die Segel zu sichern, weil der Wind in der letzten Stunde stark zugenommen hatte.

Chloe winkte Drew lächelnd zu, lief aber rasch weiter, weil sie vom Tanzen verschwitzt war und sich nach einer Dusche sehnte. Außerdem wollte sie in diesem Zustand nicht von Drew gesehen werden.

Die Böen waren inzwischen schon so heftig, dass Cloe sich gegen den Wind stemmen musste. Sie erschrak, als ein lautes Krachen zu hören war, und sah, dass vor dem Pub einer der Metalltische mitsamt Sonnenschirm umgekippt war. Ein Fischer und einer der Kellner richteten ihn auf und versuchten die anderen Schirme zu bändigen, die wild flatterten.

Plötzlich hörte man von überallher Klappern und Klirren: Leere Dosen und Plastikbecher rollten umher, eine Mülltonne kippte um, worauf die Möwen sich sofort auf den Inhalt stürzten. Das Rauschen der Wellen war ohrenbetäubend, und riesige Brecher donnerten an die Kaimauer.

Chloe fing eine Babydecke auf, die ihr entgegenflog, und eine Frau mit Kinderwagen kam hastig angelaufen.

»Danke!«, rief sie und wischte sich Haarsträhnen aus den Augen, damit sie etwas sehen konnte.

»Heute fliegt wohl alles weg, was nicht niet- und nagelfest ist«, sagte Chloe, der die Augen vom Wind tränten. Sie reichte dem Kind die Decke, und die Kleine umklammerte sie strahlend.

»Ja, Molly, wir müssen jetzt rasch nach Hause, bevor der Wind uns ins Wasser pustet, wie?«, sagte die junge Mutter zu ihrer Tochter.

»Wie alt ist sie?«, fragte Chloe.

»Ist am letzten Wochenende eins geworden.«

»Wie süß. Meine Enkelin wird in ein paar Wochen auch ein Jahr alt.«

»Die halten einen auf Trab, wie?«, sagte die junge Frau. »Sie hier hat gerade das Laufen entdeckt. Schafft nur ein paar Schrittchen, krabbelt aber wie eine Weltmeisterin und ist auf den Treppen blitzschnell. Ganz ehrlich, ich hab schon graue Haare vor lauter Stress, und dabei bin ich erst sechsundzwanzig. Aber wenn Sie schon Großmutter sind, dann wissen Sie ja, wovon ich rede.« Sie lächelte Chloe liebenswürdig an, die das Lächeln erwiderte.

»Ja, das ist ein anstrengendes Alter ...« Chloe brach ab. Sie hätte so gerne über Ruby gesprochen und Erfahrungen ausgetauscht, aber sie hatte nun mal keine. Wenn sie jetzt weiterredete, musste sie alles frei erfinden.

Die junge Frau seufzte. »So, nun müssen wir aber nach Hause.«

»Alles Gute«, murmelte Chloe und kämpfte sich weiter durch den Sturm. Kurz vor der Treppe nach oben zum Crow's Nest hörte sie ein lautes Klirren und Knattern, gefolgt von Rufen und Schreien, und drehte sich um. Das große Festivalbanner am Hafen hatte sich an einer Seite vom Pfosten losgerissen und hing wild flatternd herunter. Der Kellner und der Fischer rannten darauf zu, doch dann löste sich auch die andere Verankerung, und das schwere Plastikbanner segelte durch die Luft.

Die beiden Männer duckten sich erschrocken, während das Banner noch mit einer Mülltonne kollidierte und dann ins Hafenbecken flatterte. Chloe rannte zum Kai zurück und sah, dass es nur wenige Meter entfernt von Drews Boot im Wasser gelandet war.

Der kletterte in Sekundenschnelle auf das kleine Fischerboot, das neben der *Marisco* vertäut war. Er war barfuß – wollte er etwa …? Ja, Drew sprang tatsächlich ins Wasser, schwamm zu dem Banner und begann, es zum Anleger zu zerren. Inzwischen waren etliche Leute herbeigelaufen, und zwei Fischer mit Gummistiefeln eilten Drew zu Hilfe und zogen das schwere Banner an Land.

Drew stieg lachend aus dem Wasser und wurde von den Einheimischen umringt. Einer der Fischer schlug ihm grinsend auf den Rücken.

»'N wahrer Superheld«, hörte Chloe ihn sagen.

Sie fragte sich besorgt, ob Drew vielleicht zu viel von dem brackigen Hafenwasser geschluckt hatte, und konnte zugleich den Blick nicht von seiner muskulösen Brust lösen, die sich deutlich unter dem nassen T-Shirt abzeichnete. Er machte eine hervorragende Figur, vor allem im Vergleich mit den anderen »Helfern«, die tatenlos herumstanden, zum Teil mit Biergläsern in der Hand. Was war nur in letzter Zeit los mit ihr?, fragte sich Chloe. Erst himmelte sie einen Spitzenkoch an, und jetzt beäugte sie lüstern einen Segler? Fraser hätte Drew wohl abfällig als »Landei« bezeichnet. Ihrem Ex-Mann waren schon Männer ein Dorn im Auge, die braune Schuhe zum Anzug trugen. Da war jemand mit langen Haaren und Ohrring der reinste Affront und hätte Frasers klischeehafter Vorstellung von »Aussteigern« ganz und gar entsprochen.

Als sie sah, dass Drew vor Kälte zu bibbern begann, eilte sie rasch zu ihm. Ein Mann legte ihm gerade eine Wetterjacke um und sagte, er sei doch völlig verrückt. Chloe war geneigt, dem Jackenspender beizupflichten.

»Alles okay mit dir?«, fragte sie Drew, der die Jacke enger um sich zog. Der Wind pfiff immer noch mächtig.

»Ja. Bisschen kühl ist mir allerdings.«

Chloe schüttelte den Kopf. »Weshalb hast du nicht jemand anderen das Banner rausfischen lassen?«

»Weiß nicht. Spontaner Impuls. Das Banner trieb ja in die Hafenzufahrt, und ich war mir nicht sicher, ob es wegen der schweren Metallösen untergehen würde. Hatte außerdem keine Lust auf das ganze Gequassel von wegen Sicherheitsvorkehrungen und so. Ich kenn den Hafen wie meine Hosentasche, bin da früher jeden Abend reingesprungen.«

»Na, man muss ja davon ausgehen, dass du eigentlich erwachsen bist«, erwiderte Chloe amüsiert. Zum Glück war alles gut gegangen. »Und es ist natürlich toll, dass du das Banner gerettet hast. Aber du solltest dir schnell was Trockenes anziehen. Darf ich dir danach einen Kaffee spendieren? Oder was Stärkeres? Das hast du dir echt verdient.«

Er lachte. »Danke für das Angebot, klingt verlockend. Ich nehm rasch 'ne heiße Dusche, und wir sehen uns gleich im Tinners', okay?«

»So machen wir's.«

Chloe flitzte nach Hause, duschte im Eilverfahren und zog sich um. Als sie ins Pub kam, war Drew noch nicht da, und sie checkte ihr Handy, in der Hoffnung, irgendein Lebenszeichen von Hannah vorzufinden, aber sie hatte sich nicht gemeldet.

Als Drew hereinkam, gab es erst mal humoriges Geplänkel mit den Stammgästen, und er wurde gefragt, ob er im Hafen eine Meerjungfrau gesichtet hatte. Chloe bestellte Kaffee und Brandy für sich und ein Bier für Drew, dann verzogen sie sich in eine stille Ecke. Der Sturm fegte noch immer ums Haus, und die alten Fenster klapperten, sobald jemand hereinkam.

»Und, hast du dich aufgewärmt?«, fragte Chloe, als Drew einen großen Schluck von seinem Bier trank.

»Einigermaßen. Was tut man nicht alles fürs Festival.«

Chloe lachte. »Also, ich muss sagen, obwohl ich mit Eventorganisation vertraut bin, hatte ich keine Ahnung, wie viel Arbeit so ein Streetfood-Festival macht. Und was potenziell alles schiefgehen kann.«

Drew grinste. »Aber du bist doch enorm fix. Fantastisch, wie du das Problem mit dem Starkoch für uns gelöst hast.«

»Danke, aber … angesichts der Vorgeschichte von Gabe und Sam ist das ja recht zwiespältig. Ich hätte das sicher anders gemacht, wenn ich davon gewusst hätte. Zumindest hätte ich Sam vorher gefragt.«

»Hmm, ja, die Situation ist natürlich jetzt ein bisschen schwierig. Aber Sam ist sehr professionell, sie wird nicht zulassen, dass ihre Gefühle dem Wohl des Festivals im Weg stehen.«

Nachdem Chloe im Pub die Stimmung zwischen Gabe und Sam erlebt hatte, war sie davon nicht so überzeugt. »Hoffentlich. Ich hatte ja keine Ahnung, wie nah die beiden sich sind, vor allem weil ich … also, es geht mich natürlich eigentlich nichts an, aber … ich hatte eher gedacht, dass du und Sam … du weißt schon …«

Es war natürlich ein bisschen gewagt, sich nach Drews Beziehungsstatus zu erkundigen. Aber Chloe hoffte, ihm auf diese Art vielleicht auch etwas über die mysteriöse Caitlin zu entlocken, von der Sam erzählt hatte.

Drew wirkte zum Glück ganz ungerührt. »Sam ist ein toller Mensch, und wir sind seit Jahren gute Freunde. Ich mag sie total gerne und bewundere enorm, wie sie zurechtkommt. Sie hat Sachen durchgemacht, die man in ihrem Alter eigentlich nicht erleben sollte. Aber sie hatte wirklich immer nur ein Herz für Gabe.«

»Auch, nachdem er weg war?«

»Ja. Ich glaube sogar, dass die beiden noch immer ineinander verliebt sind, auch wenn Sam das energisch abstreitet.«

Wahrscheinlich hatte er recht. Chloe hätte gern mehr über die ganzen Hintergründe erfahren, wollte aber nicht indiskret in Sams Privatleben herumstochern.

»Wie geht's dir denn?«, fragte sie stattdessen. »Viel unterwegs mit der *Marisco*?«

»Ja, jetzt beginnt die Hochsaison, da ist immer viel los. Morgen Abend gehe ich für eine ganze Woche auf Törn.«

»Und wo geht's diesmal hin?«

»An der Südküste entlang nach Brixham. Meine alte Gegend, hab in der Ecke fünf Jahre lang gelebt. Meine Ex ist da immer noch.«

»Deine Ex-Freundin?«, fragte Chloe verblüfft. Sam hatte nie ein Wort über eine Ex-Partnerin in Drews Leben verlauten lassen.

»Katya war meine Frau. Wir haben uns getrennt.«

»Oh, okay.« Obwohl Chloe noch nicht so lange hier lebte, hatte sie doch angenommen, die wichtigsten Fakten über die Komiteemitglieder zu wissen. Aber das schien ein Irrtum zu sein. Offenbar hatten hier alle irgendein Geheimnis.

»Wir lassen uns demnächst scheiden«, fuhr Drew fort. »Leben seit Jahren getrennt, hatten aber die offiziellen Schritte bislang nicht auf die Reihe gekriegt. In ein paar Wochen dürfte das endlich erledigt sein.« Er seufzte. »Wir hatten uns schon vor Jahren auseinandergelebt und haben die Trennung einigermaßen freundschaftlich hinbekommen. Aber es fühlt sich trotzdem wie das Ende einer Ära an.«

»Das tut mir leid. Ich hatte nicht gewusst, dass du verheiratet warst.«

»Ja, ist traurig, dass es schiefgelaufen ist. Aber vielleicht musste es so sein.« Er trank einen Schluck Bier. »Katya ist Polin, und sie will mit Connor nach Krakau ziehen, um näher bei ihrer Familie zu sein.«

»Connor ...?«

»Mein Sohn.« Drew lächelte. »Er ist jetzt elf. Kommt im nächsten Jahr auf die Oberschule ...« Er verstummte, und sein Lächeln erlosch. »Das wird dann jetzt wohl in Polen sein.«

»Ach je, das wünsche ich dir ja nicht.«

Er zuckte die Achseln. »Wer weiß. Hat jedenfalls keinen Sinn, sich deshalb verrückt zu machen.«

»Das wusste ich alles nicht.«

»Woher auch? Ich rede nicht viel über mein Privatleben. Aber ich versuche, Connor so oft wie möglich zu sehen, wenn es sich mit Katya organisieren lässt.«

Chloe konnte das nur allzu gut nachfühlen. »Das ist sicher sehr belastend.«

»Ja, ich bin damit gar nicht glücklich.« Drew blickte einen Moment in sein Glas und warf Chloe dann einen resignierten Blick zu. »Katya möchte, dass Connor den Rest der Familie besser kennenlernt, und ich kann sie schließlich nicht davon abhalten. Connor scheint es okay zu finden – aber vielleicht sagt er das auch nur, um seine Mutter nicht zu kränken. Wir haben uns immer bemüht, in seiner Nähe respektvoll miteinander umzugehen. Katya sagt, ich kann ihn dann auch jederzeit besuchen kommen, aber bei meiner Arbeit werd ich ja kaum Zeit dafür haben. Ich mache keinen Hehl daraus, dass die Vorstellung sehr wehtut.« Drew leerte sein Glas. »Aber ich habe eben auch kaum noch Verwandtschaft hier und weiß, wie sehr Katya an ihrer Familie hängt. Es wäre nicht richtig von mir, Connor diese Unterstützung zu verweigern.«

Noch nie hatte Chloe den gelassenen Drew so gefühlsbetont erlebt.

»Es tut mir aufrichtig leid, dass du in so einer schlimmen Lage bist, Drew«, sagte sie. »Ich weiß, wie schmerzhaft es ist, seine Kinder nicht sehen zu können. Ich habe selbst eine Tochter.«

Drew lächelte. »Ich weiß. Hannah, oder? Sie studiert.«

»Hab ich schon über sie gesprochen?«

»Schon öfter. Das ist doch ganz normal, sie fehlt dir eben.«

»Ja, ganz furchtbar sogar. Tagtäglich …« Chloe spürte, wie sich ihr Magen zusammenzog, und hatte das schreckliche Gefühl, das gleich der gesamte Schmerz aus ihr herausbrechen würde. »Es ist so … ich habe da einiges verschwiegen. Hannah studiert nicht.«

»Ach so?« Drew betrachtete sie mitfühlend. »Na komm, erzähl ruhig.«

Chloes Hände zitterten, aber jetzt gab es kein Zurück mehr. »Sie ist zweiundzwanzig. Sie hat ihr Studium letztes Jahr beendet und lebt mit ihrer kleinen Tochter Ruby in Bristol. Meiner Enkelin.«

»Wow, du bist schon Großmutter? Das hätte ich jetzt nicht gedacht.«

»Es weiß auch niemand außer dir. Ich habe bisher mit niemandem hier über Ruby gesprochen. Die ganze Situation ist … zu kompliziert. Zu schmerzhaft.« Chloe warf Drew ein gequältes Lächeln zu. »Tut mir leid, ich möchte dich nicht mit meinen Geschichten langweilen.«

»Tust du nicht. Und ich höre dir wirklich gern zu, wenn du mir alles erzählen möchtest.«

»Nein, lieber nicht.« Chloe verzog das Gesicht. »Oder ja, eigentlich schon, aber nicht hier im Pub. Man weiß ja nie, wer sonst noch zuhört.«

Drew griff nach seiner Jacke. »Dann lass uns doch zu mir gehen. Ich mach uns einen Drink, und du kannst dir alles von der Seele reden.«

18

In seinem Haus zog Drew als Erstes die Stiefel aus, und Chloe bückte sich, um ihre Sneakers aufzuschnüren.

»Du kannst die Schuhe ruhig anlassen«, sagte Drew. »Ich will nur hier drin meine Arbeitsstiefel nicht anhaben, da klebt immer Motorenöl dran und Teer.«

Chloe richtete sich auf und sah sich um, fasziniert davon, in Drews privaten Räumen zu sein. Das kleine moderne Doppelhaus lag in einer stillen Gasse gegenüber vom Gemeindezentrum. Sie hatte den Segler bislang nur im Ambiente der *Marisco* erlebt und musste sich an die bürgerliche Umgebung erst gewöhnen.

Eine kirschrote Regenjacke an der Garderobe stach ihr ins Auge. Das war wohl kaum Drews Farbe, und die Jacke war auch viel zu klein. Vielleicht gehörte sie der geheimnisvollen Caitlin, über die Drew sich noch immer mit keinem Wort geäußert hatte.

»Ich check mal die Getränkevorräte«, sagte er. »Fühl dich wie zu Hause.«

Chloe ließ sich auf dem Sofa nieder, während Drew hinter ihr einen Barschrank durchstöberte. Das Wohnzimmer war spärlich möbliert, an den magnolienfarbenen Wänden hingen einige moderne Gemälde von Porthmellow und der Küste.

Chloe nahm an, dass Drew sich nicht gezielt »minimalistisch« eingerichtet hatte, sondern einfach wenige Dinge zum Leben brauchte.

Auf dem Kaminsims und einem Beistelltisch standen einige gerahmte Fotos. Drew mit dem Team des Rettungsboots, auf dem er früher im Einsatz gewesen war, und mit seinen Eltern – die Chloe bei einem Spendenfest für das Festival kennengelernt hatte – vor dem Smuggler's Inn. Und ein Bild, auf dem Drew den Arm um die Schultern eines großen Jungen legte, der bestimmt Connor war. Er hatte jedenfalls die gleiche Haarfarbe wie Drew, und auch das Lächeln war ähnlich.

Drew tauchte wieder auf und präsentierte einige Flaschen. »Also, hier hab ich Gin – ziemlich gewöhnlichen allerdings –, einen Zitronenlikör, den ich nicht empfehlen kann, und einen Single Malt Whisky, den ich durchaus empfehlen kann. Bier wäre auch im Angebot.«

»Der Whisky klingt verlockend.«

»Gute Wahl«, sagte Drew und stellte die Flasche auf den Tisch. »Den nehm ich auch. Bin gleich wieder da.«

Kurz darauf kehrte er mit zwei schlichten Whiskygläsern und einem Krug Wasser zurück. »Möchtest du ein bisschen Ingwer in dein Glas?«

»Nur einen Schuss Wasser«, sagte Chloe.

Drew goss ihnen beiden großzügig Whisky ein und gab einen kleinen Schluck Wasser dazu. Dann hob er sein Glas. »Auf … alles Mögliche.«

»Auf alles Mögliche«, wiederholte Chloe. Schon beim ersten Schluck durchströmte sie wohlige Wärme. Dennoch war ihr mulmig bei der Vorstellung, Drew ihr Herz auszuschütten.

Sie trank noch einen Schluck. »Ist das Connor?«, fragte sie dann und deutete auf das Foto mit dem Jungen. Es fiel ihr leichter, über Drews Leben zu sprechen, als über ihr eigenes.

Er nickte, nahm das Foto vom Kaminsims und reichte es Chloe. Aus der Nähe sah sie, dass die Gesichtszüge des Jungen feiner waren als die seines Vaters. Beide hatten eine Angel in der Hand und strahlten.

»Sieht aus, als hättet ihr viel Spaß gehabt.«

»Wir waren Makrelenangeln und hatten gute Beute gemacht. Connor liebt Angeln. Wir fahren immer mit der *Marisco* raus, wenn ich in der Nähe von Brixham bin.«

»Und du glaubst wirklich, dass Katya nach Polen ziehen wird?«, fragte Chloe.

»Ich vermute schon, ja. Sie ist Buchhalterin und könnte in Krakau in der Firma ihres Bruders arbeiten. Connor hat bereits beide Staatsbürgerschaften, und ich würde meinem Sohn niemals die Erfahrung nehmen wollen, ein neues Land zu erkunden. Der Flug von Bristol aus dauert nur zweieinhalb Stunden, aber es ist eben doch eine Reise. Es setzt mir furchtbar zu, offengestanden, aber ich will vor allem, dass es Connor gut geht. Meine Bedürfnisse sind zweitrangig.«

Chloe spürte fast körperlich, wie Drew unter der Vorstellung der Trennung von seinem Sohn litt. »Ja, ich weiß, wie schwer das ist. Als Fraser und ich uns scheiden ließen, bin ich relativ schnell darüber hinweggekommen. Aber Hannah hat es immer noch nicht verkraftet, glaube ich.«

Drew sah sie aufmerksam an. »So ein Bruch im Leben wirkt ganz lange nach, wie große Wellen. Irgendwann erwischt einen immer noch ein Ausläufer …«

»Das stimmt«, bestätigte Chloe. »Die Trennung selbst war grausam, Fraser fehlte mir zu Anfang furchtbar. Irgendwie vermisse ich ihn auch immer noch, aber … inzwischen ist mir klar geworden, wie unglücklich ich vorher war. Armer Fraser«, fügte sie hinzu. »Hört sich gerade an, als sei er ein altes Sofa gewesen, das ich ausrangieren wollte.«

Drew lachte. »Und, war er so?«

»Nein, nein, überhaupt nicht. Er ist ein gutaussehender, charmanter Typ. In seiner Jugend Surreys begehrtester Junggeselle. War sogar mal in einem Regionalmagazin abgebildet, hat sich für wohltätige Zwecke engagiert. Das war noch vor unserer Zeit, aber ich glaube, Publicity mag er immer noch gern.« Chloe stellte zum ersten Mal fest, dass sie Fraser tatsächlich nicht mehr zurückhaben wollte, selbst wenn es möglich gewesen wäre.

Drew verdrehte die Augen. »Verzeih mir bitte, wenn ich jetzt nicht beeindruckt bin.«

»Na klar. Aber ich will dir nichts vormachen – ich hab es lange sehr genossen, mit diesem tollen Mann verheiratet zu sein, der nur Augen für mich hatte. Glaubte ich jedenfalls.«

»Fremdgegangen?«

»Ja.« Chloes Lächeln geriet bitter. »Manchmal hat er sie mit nach Hause genommen, während ich auf irgendwelchen Events war. Dann musste er nicht fürchten, dass ich auf irgendwelche Hotelrechnungen stoße.«

Drew fluchte leise. »Wie mies ist das denn. Haben die Nachbarn nichts bemerkt?«

»Vielleicht schon, aber die hätten mir ohnehin nichts gesagt. Wir haben in einer Villengegend mit großen Gärten und hohen alten Bäumen gelebt. Das Haus auf einer Seite stand leer, im anderen lebte sehr zurückgezogen eine Schriftstellerin. Als die einzog, hatte ich ihr vorgeschlagen, meinem Buchclub beizutreten. Aber als sie mitgekriegt hat, dass wir spaßeshalber ›Fifty Shades of Grey‹ als Buch des Monats ausgesucht hatten, wollte sie nichts mehr von uns wissen. Wir hätten Drogen verhökern oder jede Nacht wilde Orgien feiern können, ohne dass jemand was gemerkt hätte.«

Drew lachte, sagte aber sofort: »Entschuldige, es ist ja kein witziges Thema.«

»Doch, irgendwie ist es schon auch komisch. Vor allem aus der Distanz betrachtet.« Chloe trank einen Schluck Whisky. »Ich bin froh, dass ich hierher gezogen bin. Ich muss mit weniger Geld auskommen, bin aber glücklicher als früher. Und muss mir nicht dauernd Gedanken über die Affären meines Mannes machen. Ich lebe ganz gern alleine und liebe Porthmellow. Finde es wunderbar, hier mit den Leuten ins Plaudern zu kommen, sobald ich auch nur ein paar Briefmarken kaufe.«

»Aber?«, fragte Drew und betrachtete sie forschend über den Rand seines Glases hinweg.

»Ich habe ganz viel Glück gehabt.«

»Danach hab ich nicht gefragt, Madame«, sagte er, gespielt machomäßig wie in einem alten Western, und Chloe kicherte. Der torfig schmeckende Laphroaig war ein köstlicher Stoff und so entspannend wie eine exzellente Massage.

»Fraser vermisse ich nicht, aber Hannah dafür umso mehr. Manchmal so schlimm, dass es richtig körperlich in der Brust schmerzt«, gestand Chloe. »Was du vorhin gesagt hast, wegen Connor … ich wollte auch nur das Beste für Hannah … aber ich fürchte, das hat uns entzweit.« Sie umklammerte ihr Glas und versuchte ruhig zu atmen.

Drew ließ ihr Zeit, sich zu fassen. Das hatte Fraser nie getan, er hatte sie ständig zu irgendetwas gedrängt.

»Das klingt schlimm«, sagte Drew sanft. »Meinst du, deine Probleme mit Hannah haben dich und deinen Mann entzweit?«

»Nein. Fraser und ich waren schon auseinander, als es mit Hannah schwierig wurde. Dass wir versucht haben, das Beste für unsere Tochter zu tun, hat den Bruch zwischen Hannah und mir herbeigeführt. Wir ... haben sehr selten Kontakt zurzeit.«

Drew zog erstaunt die Augenbrauen hoch. »Aber ... ich dachte, ihr telefoniert fast täglich?«

»Schön wär's.« Chloe seufzte und wünschte, sie hätte sich ihren neuen Freunden früher anvertraut. Es war eine große Erleichterung, endlich mit jemandem über all das sprechen zu können. »Seit über einem Jahr schottet sich Hannah mir gegenüber ab. Meine Enkelin, Ruby, hab ich noch nie gesehen.«

»Oje, ich hatte ja keine Ahnung. Du Arme, das ist eine üble Situation.«

»Ich wollte es euch nicht erzählen, weil ich manchmal selbst kaum damit klarkomme und auch nicht recht weiß, wie ich es überhaupt erklären soll. Mit seinen Kindern soll man sich schließlich gut verstehen, oder? Sam und Zennor sind sich so nah und haben außerdem ihre Mutter verloren, die beiden will ich nicht mit meinen Themen belasten. Evie und Troy scheinen ein so schönes Verhältnis zu ihrer Tochter zu haben ... Und ich bin ja auch noch relativ neu hier und will bei der Organisation fürs Festival gut organisiert und professionell wirken, nicht wie ein Jammerlappen.«

Drew blieb einen Moment stumm. Dann streckte er die Hand aus und berührte Chloes Arm. »Mir gegenüber musst du dich nicht verstellen oder eine Fassade aufrechterhalten. Aber ich weiß, wie schwer es ist, über schmerzhafte Themen zu reden. Ich versuche ja selbst, mein Privatleben unter Verschluss zu halten, obwohl das in einem Dorf wie Porthmellow quasi unmöglich ist. Aber jetzt hast du schon angefangen, dann kannst du auch weitermachen.«

Chloe lächelte unwillkürlich. »Danke. Hannah lebt mit dem Vater der Kleinen zusammen, einem Mann namens Jordan Rees. Er ist ein attraktiver Typ, der auch nett sein kann, wenn er will. Aber Fraser und ich konnten ihn schon vom ersten Moment an nicht leiden. Er behandelte Hannah nicht gut, machte sarkastische Bemerkungen über ihre Kleidung und ihre Frisur und ließ sich abfällig über unser ›Luxusleben‹ und die ›herrschende Klasse‹ aus. Hat Hannah irgendwie heruntergemacht, nur weil sie unsere Tochter war. Um ihretwillen habe ich versucht, ihn zu verstehen. Sie hat ihn angehimmelt, sah in ihm wohl so eine Art Che Guevara.« Chloe verdrehte die Augen. »Eine Zeit lang lief er sogar mit so einer Mütze rum. Was natürlich kein Verbrechen ist.«

»Was für ein Idiot«, bemerkte Drew.

»Klar, ist er. Aber eben nicht auf den Kopf gefallen.«

»Hmm. Und dann ging's weiter bergab?«

»Ja, genau. Fraser fand, wir sollten uns nicht einmischen, und hat gehofft, dass Hannah irgendwann genug von Jordan haben würde.«

»Aber so war's nicht.«

»Nein, im Gegenteil«, seufzte Chloe. »Sie ist mit ihm zusammengezogen. Und der Clou der Geschichte: Fraser hat herausgefunden, dass Jordans Vater Multimillionär ist. Jordan besitzt einen eigenen Fonds. Und er heißt auch in Wahrheit gar nicht nur Jordan Rees, sondern Gideon Jordan Rees-Carew.«

»Herr im Himmel«, schnaubte Drew.

»Natürlich kann er sich nennen, wie er will. Aber wenn er nicht mit Hannah zusammen ist, führt der zu Hause bei seinen Eltern wirklich ein Luxusleben. Hannah hockt mit Ruby in einer miesen Einzimmerwohnung, während der Herr zu Regatten und Pferderennen fährt und an Pokerturnieren teilnimmt.« Chloe hielt inne. »Tut mir leid, dass ich mit alldem über dich hereinbreche. Und ich habe auch ein schlechtes Gewissen, weil ich mich Sam nie anvertraut habe. Sie ist so eine gute Freundin, aber sie hat ja auch ihre Probleme und ... Vielleicht sollte ich jetzt einfach den Mund halten.«

»Mach dir keine Gedanken. Sam hätte sicher volles Verständnis. Aber sag mal, woher weißt du denn das alles über diesen Jordan?«

»Über eine dritte Person haben wir überhaupt erst gehört, dass Hannah schwanger war. Wir hatten uns so furchtbare Sorgen gemacht.« Chloe zögerte. Was sie jetzt gestehen musste, fiel ihr nicht leicht. »Und deshalb haben wir ... einen Privatdetektiv beauftragt, mehr über Jordan herauszufinden.«

»Uff«, sagte Drew etwas schockiert.

Mit dieser Reaktion hatte Chloe fast gerechnet.

»Wir waren absolut verzweifelt, weil Hannah psychisch und physisch so kaputt wirkte, als sie uns mal besucht hat. Fraser arbeitete damals wie ein Wilder, kam immer später nach Hause und gestand mir schließlich, dass er eine Affäre mit der Barista des Cafés in seinem Unternehmen hatte. Wir waren quasi schon getrennt, haben aber wegen Hannah zusammengehalten. Wir lieben sie beide so sehr und wollten ihr unbedingt helfen. Über einen Geschäftskontakt, der Jordans Vater kannte, hat Fraser die ganzen Hintergründe erfahren. Daraufhin haben wir den Detektiv engagiert, damit er Beweise heranschafft. Wir hatten Fotos und Videos von Jordan bei seinem Luxusleben und sogar die Höhe der Summe, die er bei Wetten und Poker verspielte.«

»Und das habt ihr Hannah gezeigt?«

Chloe trank einen großen Schluck Whisky, bevor sie antwortete. »Ja.«

»Ging wohl nicht so gut aus?«

Mit Grauen erinnerte sich Chloe an die Szene, die sich damals abgespielt hatte. »Hannah ist vollkommen ausgerastet. Sie hat behauptet, sie hätte das alles gewusst, und es würde ihr nichts ausmachen. Schrie, wir hätten ihr nachspioniert und sie immer unterdrückt, und wir würden ihre Entscheidungen nicht respektieren. Wir seien kleinliche und geldbesessene Spießer, und sie würde sich unserer schämen.« Chloes Stimme zitterte, als sie weitersprach. »Sie sagte auch, sie hätte Bescheid gewusst über Jordans Herkunft, die sei ihm selbst peinlich, aber er müsse diesen Lebensstil wegen seiner Eltern mitmachen, seine Mutter sei todkrank.« Chloe seufzte tief. »Die Mutter hat zwar eine Krankheit, ist aber keineswegs sterbenskrank.«

Drew verzog angewidert das Gesicht. »Na, der Typ ist doch

der reinste Alptraum. Ein Glück musste ich den bislang nicht kennenlernen.«

»Ich hab mich wirklich bemüht, mich einzufühlen und mir zu sagen, dass er sicher auch schwierige Themen hat im Leben. Aber manche Menschen sind eben einfach nur unangenehm. Fraser war deutlicher, der hat Jordan mit allen möglichen Schimpfwörtern bedacht und Hannah gesagt, es sei naiv und kindisch, mit dem zusammenzubleiben.«

»Autsch.«

»Ja, und ich war wiederum wütend auf Fraser, weil er Hannah damit endgültig vertrieben und die Fronten verhärtet hatte. Sie sagte, sie wolle nie wieder von uns hören. Ich bin dann auch ausgeflippt und habe gesagt, es wäre mir lieber, wenn sie mit einem mittellosen Obdachlosen zusammen wäre als mit diesem manipulativen skrupellosen Reichensöhnchen.« Chloe schloss die Augen, weil sie das Drama wieder vor sich sah. »Und ich bin mir sicher, Hannah wusste selbst genau, dass die Bezeichnung zutraf«, fuhr sie fort. »Deshalb hat sie so heftig reagiert. Die Wahrheit ist eben schmerzlich. Manchmal so schmerzlich, dass man sie lieber ruhen lassen sollte. Ich wünsche mir inständig, dass ich das alles über Jordan nie erfahren hätte. Oder dass ich es jedenfalls Hannah verschwiegen hätte. Dann wäre sie vielleicht selbst im Laufe der Zeit zu sich gekommen. Aber so haben Fraser und ich die Beziehung zu unserem heiß geliebten Kind zerstört – vielleicht für immer.«

Drew hatte Chloe nicht unterbrochen, nur zugehört. Jetzt sagte er: »Ich weiß auch nicht, was in dieser Lage das Richtige ist – oder gewesen wäre. Aber eines weiß ich: Du solltest dich auf keinen Fall schämen, dass du deine Tochter liebst und getan hast, was du für richtig hieltest. Und auch nicht, wenn du mir, Sam oder anderen Menschen, zu denen du Vertrauen hast, davon erzählst.«

»Ich weiß einfach nicht, was ich tun soll«, erwiderte Chloe. »Hannah will nichts mehr mit uns zu tun haben. Fraser ist wütend darüber und meint, es sei jetzt an ihr, den ersten Schritt zu machen. Aber ich denke eher, dass wir den Frieden mit ihr suchen müssen, auch wenn wir abgelehnt werden.«

»Wann hast du es zuletzt versucht?«, fragte Drew.

»Letzte Woche. Sie ging an ihr Handy – was schon mal einem Wunder gleichkam –, und wir fingen an zu reden, aber dann kam Jordan ins Zimmer, und sie hat das Gespräch abgebrochen. Ich habe ihr noch geschrieben, dass sie sich jederzeit melden kann, dass ich immer für sie da bin. Ich hatte gehofft, sie würde sich noch mal melden, wenn sie alleine ist.«

»Glaubst du, dieser Typ übt Druck auf sie aus?«

»Ich weiß es einfach nicht. Vielleicht emotionalen. Ich hoffe, er misshandelt sie nicht körperlich.« Chloe schauderte. »So oder so kostet es mich enorme Überwindung, nicht hinzufahren und ihn zur Rede zu stellen.«

Drew nickte mitfühlend. »Das kann ich gut nachvollziehen. Aber Hannah ist kein Kind mehr. Glaubst du, dass sie Jordan aus Stolz nicht verlässt oder dass sie wirklich Angst vor dem Kerl hat?«

»Kann ich nicht einschätzen«, antwortete Chloe. »Sie ist in einer schwierigen Lage. Wenn sie ihn verlässt, ist sozusagen bewiesen, dass wir recht hatten – obwohl ich das nie sagen würde. Ich will ja nur, dass es Hannah und der kleinen Ruby gut geht.«

»Ich kann mir gar nicht vorstellen, wie mir zumute wäre, wenn ich Connor nicht mehr sehen dürfte«, sagte Drew. »Meinst du, Hannah kommt vielleicht zu deinem Geburtstag? Ist ja ein besonderer.« Er lächelte. »Bei mir ist es auch bald so weit, und man wird schließlich nur einmal vierzig, du solltest dein Fest genießen.«

»Glaub ich kaum, dass Hannah kommt«, murmelte Chloe und leerte ihr Glas. Der Whisky brannte im Hals, und sie hustete.

»Man soll niemals nie sagen. Vielleicht ist das genau der Vorwand, den Hannah braucht.« Drew hielt die Flasche hoch. »Noch einen Schluck?«

»Ich hab gar nicht gemerkt, dass ich das erste Glas so schnell ausgetrunken habe.«

»Geht mir genauso.«

Alkohol war wohl nicht die beste Methode, den Flüssigkeitsverlust vom Zumbakurs auszugleichen. Und noch dazu ohne Abendessen. Wenn sie weitertrank, sagte sich Chloe, würde sie bestimmt noch mehr ausplaudern. Drew fand es sicher erstaunlich, dass sie so jung schon Großmutter geworden war, schien aber zu diskret zu sein, um nachzufragen.

»Ich muss jetzt los.« Als Chloe aufstand, schwankte sie. Es war unbedingt an der Zeit, aufzubrechen. »Vielen Dank fürs Zuhören.«

»Dir auch. Ich spreche nicht oft über Connor. Oder mein Liebesleben.«

Dabei hatten sie darüber gar nicht geredet, nur über Ex-Beziehungen und Familie. Was sowohl eine Erleichterung als auch bedauerlich war. Denn obwohl Chloe angeschlagen aus der Trennung mit Fraser hervorgegangen war, hatte sie doch das Interesse an Männern nicht verloren. Gabe war grandios, aber tabu. Drew hatte eine Ex-Frau und offenbar auch eine Freundin. Chloes Leben hier geriet anscheinend nicht weniger kompliziert als in Surrey.

»Du kannst jederzeit mit mir über alles reden«, fügte Drew hinzu. »Ich bin Onkel Drew, dein Kummerkasten.«

»Ich glaube kaum, dass du dir ständig meine Sorgen anhören willst.«

»Das bin ich von den Segeltörns gewöhnt, wenn diese Stadtmenschen aus ihrer abgeschirmten Welt rauskommen und plötzlich ihre ganzen Tricks und Kniffe keinen Pfifferling mehr wert sind. Dann sind diese Typen allein mit den Elementen, und die Masken fallen. Dafür lebe ich.«

Chloe lächelte. Wieso merkte sie eigentlich erst nach so vielen Monaten, was für ein toller Typ Drew war? Er konnte vielleicht manchmal ein bisschen direkt sein, aber das steigerte seine Attraktivität noch.

»Und die meisten von diesen Männern«, fügte Drew hinzu und stand auf, »haben weitaus weniger Kümmernisse als du. Also ruf mich an oder komm vorbei, wann immer dir danach ist.«

»Ich danke dir. Tschüs.«

Chloe wollte ihn spontan auf die Wange küssen, aber er drehte den Kopf so, dass sie seine Lippen küsste, und er schien den Kuss auch zu erwidern. Chloe schlang Drew spontan die Arme um den Hals. Und wünschte sich dann auf der Stelle, im Erdboden zu versinken.

»Oh mein Gott … entschuldige …«, stammelte sie.

Drew lächelte. »Da gibt's nichts zu entschuldigen. Hat sich schön angefühlt, aber ich glaube, zurzeit wäre das nicht so eine gute Idee. Ich mag dich wirklich sehr, Chloe, aber ich denke, für uns beide ist das kein passender Zeitpunkt.«

»Absolut, du brauchst gar nicht weiterzusprechen. Ich hab mich furchtbar blamiert. Muss jetzt los.« Es war wirklich schrecklich. Weniger der Kuss als die Tatsache, dass Drew eine Freundin hatte und außerdem über zehn Jahre jünger war als Chloe. Als sie in ihrer Jugend Partys gefeiert hatte, war er noch auf der Grundschule gewesen. Wie wäre ihm wohl zumute, wenn er das erfahren würde?

Das würde sie ihm jedenfalls jetzt nicht auch noch auf die Nase binden. Genug Offenbarungen für einen Abend.

»Du musst nicht so abrupt aufbrechen. Magst du nicht noch einen Kaffee?«

»So betrunken bin ich nicht«, platzte Chloe heraus.

»Das meinte ich damit gar nicht. Sondern eher: Lauf doch nicht einfach so weg. Bitte.«

»Aber ich muss jetzt wirklich unbedingt nach Hause. Schau mal, wie spät es schon ist.« Sie deutete auf die Wanduhr im Flur und griff nach dem Türknauf.

»Halb zehn? Das ist doch nicht spät«, wandte Drew ein.

»Finde ich schon«, murmelte Chloe, bekam aber die Tür nicht auf und rüttelte am Knauf.

Drew griff an ihr vorbei. »Man muss gleichzeitig den Schlüssel drehen«, sagte er lächelnd.

Chloe war rot angelaufen. »Danke.«

»Kein Problem.«

»Also dann.« Sie murmelte irgendetwas und rief sich dann

zur Ordnung, als sie aus dem Haus trat. Es ging nicht an, dass sie abends um halb zehn überstürzt aus Drew Yellands Haus rannte – vor allem, da gerade die Stadtkapelle aus dem Gemeindezentrum kam und die Damenrudermannschaft vom Training zurückkehrte.

Chloe bemühte sich, auf dem Rückweg durchs Dorf möglichst gelassen zu wirken. Erst als sie zu Hause war, ließ sie ihren Gefühlen freien Lauf und knallte ihre Schlüssel so heftig auf den Küchentresen, dass er wahrscheinlich eine Delle bekam.

Dann sah sie ihr Spiegelbild in dem Backofen auf Augenhöhe und wünschte sich, sie hätte ihn nicht auf Hochglanz poliert. Denn so sah sie jetzt leider genau, dass ihr Mascara verschmiert war und dass sie insgesamt völlig aufgelöst wirkte. Was war das nur für ein Tag gewesen. Sie hatte die Geschichte über die Trennung von Fraser und über Hannah ausgeplaudert. Hatte einen wesentlich jüngeren Mann angebaggert, der eine Freundin hatte. Und der Chloe nur so behutsam behandelt hatte, weil er nun mal ein sehr netter Mensch war.

Sie fühlte sich einsam und vollkommen durcheinander. So ging das nicht weiter. Sie beschloss, sich von nun an auf keinen Mann mehr einzulassen, so charmant, sympathisch oder sexy er auch sein mochte. Ihre Ziele waren, ihre Beziehung zu ihrer Tochter wiederaufzubauen und das Festival zu managen. Und nur darauf würde sie sich ab jetzt konzentrieren. Davor galt es noch, den runden Geburtstag zu bewältigen. Der auch schon unter einem schlechten Stern stand, weil ihre Freunde keine Ahnung hatten, wie »rund« dieser Geburtstag tatsächlich war.

19

Facebook-Seite Porthmellow Streetfood-Festival

Faye P: Steht das Programm schon fest? Wann tritt Gabe Mathias auf?
Joe Bloggs: Ich hoffe, gar nicht. Scheiß Festival. Die Veranstalter wollen sich doch nur die Taschen füllen. Scheiß Gabe Mathias verdient da bestimmt ein Vermögen.
Faye P: Klappe halten, Hater!!!!!

Sam fluchte vor sich hin, als sie die neuesten Kommentare auf der Facebook-Seite des Festivals las. Während sie vor der Komiteesitzung darauf wartete, dass das Teewasser kochte, hatte sie rasch die Social Media gecheckt, bereute es aber jetzt. Drei Wochen vor dem Event waren die meisten Kommentare und Posts zwar positiv und begeistert, aber ein paar Quertreiber gab es eben immer. Ob Bryony hinter »Joe Bloggs« steckte? Über die Jahre hatte sich Sam gegenüber solchen Äußerungen ein dickes Fell zugelegt, aber dieser fiese Angriff verdarb ihr trotzdem die Laune.

Troy erschien in der Tür, den Arm noch in der Schlinge. Sam steckte hastig ihr Handy weg und strahlte Troy an. Es war schön, ihn wieder dabeizuhaben.

»Schönen Abend, Mädchen«, sagte er.

»Wie geht's dir?«

Er bewegte sich noch immer sehr vorsichtig.

»Tut noch weh, aber ich beklag mich nicht. Konnte Schmerzen schon immer ganz gut aushalten. So muss ich jedenfalls den Tee nicht kochen. Lass den bloß anständig ziehen, so ein Waschwasser kann ich nicht vertragen.«

»Aye, aye, Sir«, antwortete Sam.

Kurz darauf brachte sie das Tablett mit dem Tee in den Sitzungsraum, wo inzwischen auch Drew eingetroffen war, der Troy gerade fragte, wie er denn mit der Schlinge klarkäme. Sam warf Drew ein vielsagendes Lächeln zu. Sie hatte nämlich Evie am Vortag im Postamt getroffen, und sie hatte berichtet, dass Troy sie zum Irrsinn treibe. Er wollte offenbar ständig versorgt und verhätschelt werden, obwohl es längst nicht mehr nötig war. Evie hatte angekündigt, ihm eine Glocke zu kaufen, damit er nach dem Personal läuten konnte.

Chloe traf ein, makellos wie immer, wirkte aber recht angespannt. Die anderen sprachen sie auf ihre Geburtstagsparty an, aber darauf schien Chloe keine Lust zu haben, denn sie sagte: »Ich würde ja auch gern den ganzen Tag über meine Feier reden, aber wollen wir mal mit der Arbeit loslegen?« Ihr Lächeln konnte nicht verhehlen, dass sie keine gute Laune hatte.

»Unbedingt«, sagte Sam. »Aber vorher muss ich euch leider sagen, dass es auf der Facebook-Seite einige negative Kommentare gab.«

Zennor verdrehte die Augen. »Hab gerade den letzten von diesem Joe Bloggs gelesen. So ein Vollpfosten, der Typ.«

»Haben die Leute denn nichts Besseres zu tun?«, grummelte Troy.

»Offenbar nicht«, bemerkte Chloe.

»Gegen die Twitter-Kommentare können wir nichts tun, außer die Leute zu blockieren«, sagte Zennor. »Negative Äußerungen auf Facebook löschen Ben und ich, sobald wir sie sehen. Hat irgendwer eine Ahnung, wer dieser Joe Bloggs sein könnte?«

Alle schüttelten den Kopf, bis auf Troy, der verkündete, der neue Pfarrer der methodistischen Kirche, ein schüchterner junger Mann, hieße Rupert Hartley-Bloggs. Nach dem Gelächter, das daraufhin ausbrach, erklärte Sam, er sei wohl eher nicht der Übeltäter, und man solle jetzt mit der erschreckend langen Liste von Tagesordnungspunkten loslegen.

Mit dem rasch näher rückenden Termin machte sich bei allen auch der Stress bemerkbar, denn noch nie zuvor war das Festival so umfangreich gewesen. Und Sam war klar, dass das ohne Chloes Einsatz niemals möglich gewesen wäre.

Zuerst berichteten Zennor und Ben von den neuesten Werbemaßnahmen in kornischen Lifestyle-Magazinen.

Troy war dafür zuständig, die Gemeinde über Straßensperrungen und Umleitungen zu informieren, und seine lädierte Schulter hatte ihn nicht davon abgehalten, das vorbildlich zu erledigen.

Drew informierte alle über neue Sicherheitsvorschriften; das war sein Bereich, da er mit den Leuten vom Festzelt verhandelte. Es sollte zwei Tage vor Festivalbeginn aufgebaut werden; Bühne, Strom, Licht und die Bar würde man am nächsten Vormittag einrichten.

Nach den Berichten teilte Sam die endgültige Liste mit allen Teilnehmern und Künstlern aus. Angesichts der vielen Seiten rief Troy »Heiliger Strohsack!«, und auch Zennor staunte. Die Teilnehmer kamen aus ganz Cornwall und anderen Landesteilen, die Buden würden in allen Seitenstraßen und auf dem Fußballplatz hinterm Hafen stehen. Das Angebot reichte von einheimischen und »fremdländischen« – wie Troy sagte – kulinarischen Spezialitäten über Öle und Kochbücher bis zu Töpfen und Küchenschürzen.

Das wetterfeste Festzelt würde auf einer Fläche etwas oberhalb des Hafens errichtet werden, wo es auch Parkplätze gab. Bis spätabends würde man dort Musik, Comedy und Lesungen erleben können.

Zuletzt wurde in der Sitzung der Höhepunkt des Festivals erörtert: der Live-Auftritt von Gabe Mathias und Chefköchen aus Cornwall, die vor den Augen des Publikums aus regionalen Produkten Köstlichkeiten zaubern würden.

Chloe hatte sich bereits mit den drei Köchen aus der Region getroffen, um zu organisieren, was sie für ihren Auftritt brauchten. Weil Gabe für ein paar Tage in London war, hatte sich Chloe mit ihm für den nächsten Abend im Pub verabredet. Doch auf Sam wartete eine Überraschung.

»Tut mir total leid, aber ich schaffe das Treffen mit Gabe morgen nicht«, verkündete Chloe. »Hab dummerweise einen Termin übersehen, hatte eine Geburtstagsfeier bei einer Zumba-Freundin zugesagt. Könntest du das übernehmen, Sam?«

Die Antwort blieb erst mal aus, weshalb Chloe hinzufügte: »Du hast furchtbar viel um die Ohren, ich weiß. Ich kann natürlich versuchen, einen anderen Termin mit Gabe zu finden, aber das könnte schwierig werden.«

»Nein, geht schon.« Sams Lächeln erreichte ihre Augen nicht. »Es wird ja sicher nicht so lange dauern.«

»Ja, du kannst es bestimmt schnell hinter dich bringen. Ich meine«, fügte Chloe hastig hinzu, »ihr habt ja beide nicht viel Zeit.«

»Hört mal, wollen wir uns jetzt endlich ein Bier genehmigen, bevor alles zumacht?«, warf Troy ein.

Sam war froh, dass er ihr so eine Erwiderung ersparte; sie hatte nämlich keine Ahnung, was sie von diesem Zweiertreffen mit Gabe halten sollte.

Für acht Uhr an einem Donnerstagabend war es erstaunlich still im Pub, als Gabe und sie hereinkamen, aber auch von den wenigen Gästen wurden sie neugierig beäugt. Sam legte sofort ihr iPad und ihren Notizblock auf den Tisch, um zu demonstrieren, dass sie geschäftlich hier war.

»Ich würde gerne die Details für deinen Auftritt beim Festival besprechen«, sagte sie betont laut, als sie beide ihre Drinks am Tresen bezahlten.

Der Wirt grinste vieldeutig, als er ihnen die Gläser reichte. Und zwei Männer am Tresen machten keinen Hehl aus ihrer Unterhaltung. »Echt nett von dem, hier wieder aufzukreuzen, nachdem er ihren Bruder der Polizei ausgeliefert hat«, murmelte der Jüngere der beiden und wischte sich Bierschaum vom Mund. »Hat Ryans Leben ruiniert.«

Der Wirt warf den beiden einen vernichtenden Blick zu und raunzte »Klappe, Robbo«, worauf natürlich sämtliche Gäste interessiert glotzten. Der Typ namens Robbo grinste schief und verzog sich mit seinem Bier an einen Tisch.

Sam war innerlich zusammengezuckt, Gabe lächelte angespannt. Sie suchten sich einen Eckplatz, möglichst weit vom Tresen entfernt.

»Ich wusste, dass das keine gute Idee war«, murmelte Sam, als sie sich setzten.

Gabe ließ sich ihr gegenüber nieder. »Was denn, mich zu treffen oder hierherzukommen?«

»Beides.« Sam spielte mit ihrem Kugelschreiber.

»Du wirst dich doch nicht von ein paar Rüpeln ins Bockshorn jagen lassen. Das ist aber gar nicht die Sam von früher.«

»Und das ist genau der Punkt, Gabe. Ich bin nicht die Sam von früher.«

»Ich bin auch nicht mehr derselbe, Sam. Das gilt für uns beide.«

Sam holte tief Luft und verpasste Robbo ihren besten Killerblick, worauf der Kerl sofort eingehend sein Bierglas betrachtete.

»Okay, legen wir los«, sagte sie dann, öffnete einen Aktenordner und reichte Gabe ein Blatt Papier. »Das ist der Zeitplan für die Kochauftritte. Ich hab ihn dir auch gemailt, aber lass uns am besten mal gemeinsam drauf gucken.«

Als Gabe die Liste entgegennahm, streiften seine Finger Sams Handgelenk. »Danke. Ich hatte leider noch keine Zeit, es mir anzuschauen.«

Er studierte den Zeitplan, während Sam versuchte, ihre Gefühle in den Griff zu bekommen. Gabe duftete wieder so wunderbar, und schon bei der kleinsten Berührung überlief sie ein köstlicher Schauer. Seine körperliche Nähe wirkte auf sie wie ein verlockendes Festmahl: Wenn sie auch nur den kleinsten Bissen nahm, würde sie sich garantiert nicht mehr beherrschen können …

»Hast du genug Zeit, um … na ja, dein Programm durchzuziehen?«, fragte sie, angestrengt bemüht, einen klaren Gedanken zu fassen.

»Ich denke schon. Aber wäre es möglich, danach noch eine Viertelstunde zusätzlich zu kriegen?« Er sah sie fragend an. »Ich bitte gerne ein paar Zuschauer auf die Bühne, um das Gericht zu kosten. Es kommt immer gut an beim Publikum, wenn es einbezogen wird.«

Er schob den Plan über den Tisch, und Sam machte eine Notiz. »Klingt prima«, sagte sie. »Ja, das wird gehen, denke ich.«

Gabe warf ihr ein Lächeln zu, das ihr fast den Atem raubte. »Super. Ist es okay, wenn wir rasch ein paar Ideen für meinen Auftritt besprechen? Ich würde gern deine Meinung hören.«

»Ach ja?« Sam war aufrichtig erstaunt, dass der berühmte Spitzenkoch sich mit ihr über Details unterhalten wollte.

»Ja, weil ich das Publikum nicht einschätzen kann. Du hast doch bestimmt ein Gefühl dafür, was die Leute hier gern mögen.«

Wieder dieses Lächeln, das irgendetwas in ihr zum Schmelzen brachte. Sam war inzwischen so heiß, dass sie sich am liebsten Luft zugefächelt hätte.

»Ja, klar, schieß los.«

Nachdem es ihr halbwegs konzentriert gelungen war, sich

Gabes Vorschläge anzuhören, erstattete Sam ihm Bericht über die Shows der letzten Jahre. Aber sie war ohnehin sicher, dass das Publikum ihm förmlich aus der Hand fressen würde.

Das band sie Gabe aber nicht auf die Nase, sondern versuchte, das Gespräch knapp und sachlich zu halten. Was nicht so recht gelingen wollte, denn er brachte sie immer wieder mit witzigen Anekdoten aus seinen Shows zum Lachen. Außerdem tauchten irgendwie neue Drinks auf, und Sam entspannte sich und lächelte immer öfter, während es zugleich im Pub voller und lauter wurde. Deshalb hätte sie den Anruf auf ihrem Handy fast überhört. Sie spürte nur das Vibrieren in ihrer Tasche, die neben ihr am Boden stand.

»Entschuldige, ich muss kurz schauen, wer das ist«, sagte sie und kramte das Telefon heraus, aber es rutschte ihr aus der Hand und schlitterte zu Gabe hinüber.

»Mist«, murmelte Sam.

Das Handy verstummte, und sie bückte sich und tastete unter dem Tisch herum – im gleichen Moment wie Gabe, der es auch aufheben wollte. Ihre Hände streiften sich, aber dabei blieb es nicht. Gabes Finger verflochten sich einen kurzen Moment lang mit den ihren, und beide verharrten in der Berührung, ließen ein paar Sekunden nicht los … bis sie sich langsam aufrichteten.

Sam fühlte sich, als stünde sie unter Strom.

Gabe reichte ihr lächelnd das Handy. »Hier. Nichts passiert.«

»W-weiß nicht …« Sie hatte Mühe zu atmen.

»Wirklich, Sam, es ist okay.«

Sie starrte aufs Display, das tatsächlich unversehrt war. Stefan hatte sich gemeldet, und sie rief ihn zurück. »Hi, Stefan.« Während sie seinem aufgeregten Bericht lauschte, wurde ihr flau im Magen. »*Was?* Oh Gott, das kann doch nicht wahr sein. Hast du die Polizei schon angerufen?«

»Probleme?«, fragte Gabe besorgt, als sie den Anruf beendete.

»Jemand hat Farbe über den Stargazey-Wagen geschüttet. Er sieht wohl furchtbar aus.«

»Was?«, fragte Gabe entsetzt. »Wer macht denn so was, um Himmels willen?«

»Keine Ahnung, aber ich muss los. Tut mir leid.« Sam stopfte Tablet und Notizbuch in die Tasche. Das hatte jetzt wirklich gerade noch gefehlt.

Gabe sprang auf. »Ich komme mit.«

Sam beschloss, dass sie ein bisschen moralische Unterstützung gerade gut gebrauchen konnte. »Okay.«

Wortlos brachen sie auf, redeten auch unterwegs kaum. Als sie um die Ecke bogen und Stefan vor dem Gebäude von Stargazey sahen, lief es Sam kalt den Rücken hinunter. Zwei Polizisten standen bei Stefan, der ihnen zuwinkte, als er sie sah.

Sam kannte die beiden Polizisten, weil sie gelegentlich bei Stargazey einkauften.

»Was ist passiert?«, fragte sie atemlos.

Stefan sah aus, als sei er den Tränen nahe. »Irgendwelche Schweine haben den Wagen vandalisiert. Schau.«

Sie gingen zur Rückseite, und bei dem grauenhaften Anblick schlug Sam die Hände vors Gesicht. Der Stargazey-Wagen – ihr Stolz, ihre Freude und der Mittelpunkt ihres Berufslebens – war mit scharlachroter Farbe so bespritzt worden, dass er aussah wie etwas aus einem Horrorfilm. Ihr wurde ganz übel. »Oh nein«, flüsterte sie.

»Wer zum Teufel macht so was?«, knurrte Gabe aufgebracht.

»Es muss jemand sein, der uns hasst«, sagte Sam und sah Stefan an. Er verschränkte die Arme vor der Brust und schaute zum Himmel auf, kämpfte sichtlich mit den Tränen.

»Und die Reifen von dem Pick-up sind alle aufgeschlitzt worden«, sagte der ältere Polizist, der auch schon bei der Sache mit Ryan im Dienst gewesen war.

»Oh, Scheiße«, fluchte Sam. »Wir müssen morgen zu einem Musikfestival in St Just.«

»Das klappt nur, wenn die Reifen schnell ausgewechselt werden«, sagte Stefan. »Ich hab schon in der Werkstatt angerufen, die kommen und holen den Pick-up. Aber wer kauft denn bitte Pies an einem Wagen, der nach Kettensägenmassaker aussieht?«

»Nur Vampire«, sagte der Polizist, blickte aber sofort verlegen. »'Tschuldigung.«

»Nee, stimmt ja«, sagte Sam. »Aber neu lackiert werden kann er bis morgen auf keinen Fall.«

»Ich hätte das nicht mal mitgekriegt, wenn ich mein Tablet nicht im Wagen gelassen hätte«, sagte Stefan. »Wäre ich nur früher hier gewesen, dann hätte ich die Täter vielleicht auf frischer Tat ertappt.«

»Nicht zu fassen, dass hier solche Dreckskerle unterwegs sind«, sagte Gabe kopfschüttelnd.

Sam war selbst nach Weinen zumute, aber sie beherrschte sich wegen Stefan, der ohnehin den Schock zu verkraften hatte. Sie umarmte ihren Kollegen. »Das ist übel, aber wir kriegen es wieder hin«, sagte sie. »Ich bin froh, dass du die Täter nicht gestört hast, Stef, sonst hätten sie womöglich dir was angetan.«

Die Polizisten stellten noch einige Fragen und versprachen dann, sich mit den Ermittlungen zu beeilen. Es gab keine Videokameras am Wagen, und Stefan und Sam hatten vorher nichts Verdächtiges bemerkt. Aber wer hier am Werk gewesen war, musste Farbspuren an der Kleidung haben, denn auch der Parkplatz hatte jede Menge Spritzer abbekommen.

Sam schickte Stefan nach Hause, damit er sich von dem schlimmen Erlebnis erholen konnte. Gabe blieb bei ihr, während sie mit der Werkstatt und dem Autolackierer telefonierte, und Sam war dankbar dafür, nicht alleine zu sein. Als sie alle Anrufe erledigt hatte, steckte sie mit einem Seufzer ihr Handy weg und merkte erst jetzt, wie zittrig sie war.

»Das tut mir so leid für dich«, sagte Gabe. »So was Übles. Die Polizisten glauben anscheinend, es könnte mit dem Fußballspiel zu tun haben, das heute Abend stattgefunden hat. Aber da waren natürlich Hunderte von Leuten.«

Sam blickte zu dem Freizeitgelände hinüber. Das Flutlicht am Fußballplatz war noch eingeschaltet, aber sie hielt diese Theorie nicht für plausibel. »Ich glaube nicht, dass das willkürlicher Vandalismus war. Es sieht eher gezielt aus. Jemand hat was gegen uns.«

»Gegen das Festival?«, fragte Gabe.

»Das vermute ich, ja.« Erst der Anschlag auf die Plakate, dann die Hasskommentare im Internet und jetzt diese Verwüstung ihres liebevoll gestalteten Wagens … Um ein Haar hätte sie Gabe von den Troll-Kommentaren erzählt, ließ es dann aber bleiben. Sonst glaubte er womöglich, sie müsse beschützt werden. Aber Sam war wild entschlossen, auf sich selbst aufzupassen.

»Kann ich irgendwie helfen?«, fragte Gabe. »Die Kosten für die neue Lackierung übernehmen zum Beispiel?«

»Nein«, fauchte Sam. Sie wollte keine Almosen.

Gabe hielt die Hände hoch. »Okay, okay.«

Sam bereute ihre Reaktion sofort. »Entschuldige. Danke für das Angebot, aber wir sind gut versichert. Und schneller geht es ohnehin nicht. Karim von der Lackiererei sagt, er tut, was er kann, aber ein paar Tage wird es dauern, bis er dazu kommt.«

»Gehen dir Einnahmen verloren?«

»Wir werden St Just absagen müssen und einen Abend am Hafen auch. Aber ich hoffe, dass wir nächstes Wochenende beim Folk-Music-Fest in Helston dabei sein können. Die Werkstatt ersetzt morgen die Reifen und checkt auch alles komplett durch, Motor und Bremsen und so …«

»Ja, lieber auf Nummer sicher gehen«, sagte Gabe und stieß noch einen Fluch aus.

Sam hatte die Arme um sich geschlungen und starrte noch immer fassungslos auf den verwüsteten Stargazey-Wagen. Warum hasste jemand das Festival so sehr, dass er eine derart abscheuliche Tat begehen würde? Andererseits durfte sie keine voreiligen Schlüsse ziehen, sagte sie sich. Vielleicht gab es zwischen dem Trolling und dem Vandalismus gar keinen Zusammenhang. Nichts war bewiesen.

Gabe berührte sie leicht an der Schulter. »Alles okay so weit?«, fragte er behutsam.

»Ja … wird schon wieder. Ich frag mich nur …«, sie seufzte tief, »wer grausam genug ist, so was zu machen.«

»Vandalismus gibt es leider sehr häufig«, erwiderte Gabe. »Und ich weiß, dass du bestens alleine klarkommst. Trotzdem: Wenn du irgendwas brauchst, sag es bitte.«

Sam schaute zu ihm auf. Sie wusste, dass er das aufrichtig meinte, wollte aber auf keinen Fall in seiner Schuld stehen, so verlockend sein Angebot auch war.

»Sascha! Hierher!«

Bryonys Stimme zerriss die Luft, und Sascha kam angepest und beschnüffelte erstaunt die zerstochenen Reifen des Pick-ups.

»Sorry, jetzt gibt's erst mal eine Weile keine Pies«, sagte Sam zu dem großen Hund.

Als Bryony den Zustand des Wagens sah, blieb sie abrupt stehen. In einer Hand hielt sie eine Plastiktüte, die schwer zu sein schien. Sascha lief ausnahmsweise sofort zu seinem Frauchen. »Wer hat das denn gemacht?«

»Wissen wir nicht«, antwortete Sam. »Hast du zufällig jemanden beobachtet?«

Sie versuchte einen Blick in die Tüte zu erhaschen. Aber wenn die eine große Dose roter Farbe enthielt, würde Bryony sie jetzt wohl kaum mit sich herumschleppen. Und es war auch nicht ganz fair: Meckern über das Festival war eine Sache, mutwillige Sachbeschädigung aber eine ganz andere.

Sascha beschnüffelte und besabberte jetzt Gabes Timberland-Stiefel und wurde von deren Besitzer argwöhnisch beäugt. Unter anderen Umständen hätte Sam das ziemlich lustig gefunden.

»Wir dachten nur, du hättest vielleicht was Auffälliges bemerkt, während du mit dem Hund unterwegs warst«, sagte Gabe.

»Nee, hab ich nicht. Ich war im Supermarkt, brauchte Waschpulver«, erwiderte Bryony schroff und hielt den beiden die Tüte hin. »Keine rote Farbe drin.«

»Das hatte ich auch nicht vermutet«, sagte Sam rasch und versuchte ihren Fuß außer Reichweite von Saschas Sabber zu bringen.

»Ach nein?«, erwiderte Bryony sarkastisch.

»Ich beschuldige dich nicht«, sagte Sam. »Wir möchten nur rauskriegen, wer das getan hat. Ist nämlich nicht die erste Aktion dieser Art. Jemand hat an der Stippy Stappy Lane Plakate abgerissen.«

»Ach, echt?« Bryony betrachtete ihren Hund.

»Hast du davon vielleicht irgendwas mitbekommen? Während du mit Sascha draußen warst?«

Bryony schürzte die Lippen. Ihr Gesicht war so rot geworden wie der beschmierte Wagen. Sie richtete sich auf und verschränkte trotzig die Arme vor der Brust. »Also gut, ich hab ein paar von diesen blöden Plakaten abgerissen. Das ist doch keine große Sache.«

Sam verschlug es die Sprache. Sie hätte nie damit gerechnet, dass Bryony mit der Wahrheit herausrücken würde.

»Mann, das ist doch echt fies«, sagte Sam. »Was um alles in der Welt hast du denn gegen das Festival?«

Bryony lief noch röter an. »Hab ich doch schon gesagt. Die Leute und die Musik und das Chaos im Dorf. Aber mit *dem da*«, sie wies mit dem Kopf auf den Wagen, »hab ich nichts zu tun.

Du kannst mich fies nennen, aber ich verstoße nicht gegen die Gesetze.« Sie sah Gabe an. »Und *du* hättest dich in Porthmellow gar nicht mehr blicken lassen sollen. Anstatt hier rumzustolzieren und dich als Retter aufzuführen.«

»Hast du auch Hater-Kommentare auf der Facebook-Seite vom Festival geschrieben?«, fragte Sam.

»Facebook? Ich hab nicht mal 'n Account. Hab Besseres zu tun. Komm, Sascha.« Und damit stapfte Bryony davon und zerrte so heftig an der Leine, dass Sascha sich schleunigst in Bewegung setzen musste.

Sam sank auf die Stufen des Wagens. »Im Ernst, dieser Frau möchte ich am liebsten Dinge antun, für die ich selbst verhaftet werden könnte. Was stimmt nicht mit der?«

Und warum war Bryony so wütend auf Gabe?, fragte sich Sam insgeheim.

Gabe ging neben ihr in die Hocke. »Ich habe nicht die geringste Ahnung. Glaubst du ihr, dass sie das hier nicht angerichtet hat? Und was ist das mit diesen Kommentaren?«

»Ach, wir kriegen immer wieder gemeine Äußerungen auf Facebook und bei Twitter … Nee, ich glaube wirklich, dass Vandalismus nicht Bryonys Art ist.«

»Aber Trolling sollte man auch nicht auf die leichte Schulter nehmen.« Gabe betrachtete sie besorgt. »Ich als Person des öffentlichen Lebens bin das gewöhnt. Aber du brauchst so was doch echt nicht.«

Sam sah ihn an, und einen Moment lang dachte sie, er würde sie in die Arme nehmen. Und es wäre wirklich tröstlich gewesen, seine Arme zu spüren, seine Wärme …

»Ah, da kommt der Abschleppwagen«, sagte er. »Lass uns

einfach nicht mehr an Bryony denken. Die ist immer wegen irgendwas wütend, das war doch schon früher so.«

In Sam herrschte das reinste Gefühlschaos. Der Schock über den verwüsteten Wagen, der Streit mit Bryony, Gabe, der ihr in der Krise zur Seite stand … Plötzlich fragte sie sich, ob sie damals in der Situation mit Ryan etwas übersehen hatte. War es vielleicht doch richtig gewesen, Ryan der Polizei auszuliefern? Sie war hin- und hergerissen zwischen Wut und Liebesgefühlen. So verletzlich und aufgewühlt, wie sie sich heute Abend fühlte, hätte sie für nichts garantieren können, wenn Gabe sie an sich gezogen hätte. Die Waage senkte sich gerade in Richtung Liebe – und das war das erschreckendste Gefühl überhaupt.

20

Gabe brachte Sam zu ihrer Haustür und verabschiedete sich dort, obwohl ihm das schwerfiel. Um einen positiven Ausklang zu finden, sagte er noch, dass er sich auf Chloes Party freue.

Sam nickte, wirkte aber vollkommen abgelenkt, sie war wohl in Gedanken noch bei den Ereignissen des Abends.

Im Pub war es Gabe vorgekommen, als machten sie Fortschritte. Es war ihm gelungen, Sam zum Lachen zu bringen, und er hatte sich beinahe einbilden können, dass zwischen ihnen alles so schön war wie vor dem Zerwürfnis.

Doch was erwartete er? Es konnte durchaus sein, dass Sam eine Beziehung hatte und er gar nichts davon wusste.

Er war ruhelos, wollte nicht nach Hause, und spazierte auf dem Küstenweg in Richtung Meer. Der bittersüße Duft des Ginsters lag in der Luft, und die gelben Blüten leuchteten im Zwielicht. In seiner Jugend war Gabe oft abends hierhergekommen und hatte aufs Meer hinausgeschaut, bis es dunkel wurde. Damals hatte er sich vorgestellt, was wohl hinter dem Horizont lag, und davon geträumt, diese anderen Teile der Welt eines Tages kennenzulernen.

Und so war es tatsächlich gekommen. Er war weit gereist, hatte Neuseeland, Sri Lanka, Amerika gesehen. Sam dagegen war die ganze Zeit hier gewesen und hatte für ihre Familie gesorgt …

Wehmut erfasste ihn, und plötzlich kam ihm die Luft nicht mehr mild, sondern kalt vor. Im Pub vorhin hatte Gabe das Gefühl gehabt, dass es zwischen ihnen funkte wie früher, sogar noch stärker als damals. Und er hatte sich der Illusion hingegeben, dass sie Frieden geschlossen hatten. Bis dann der Anruf kam.

Gabe bereute zutiefst, dass er angeboten hatte, die Kosten für den Schaden zu übernehmen. Das hatte Sam eindeutig in den falschen Hals bekommen und sich offenbar in ihrer Unabhängigkeit eingeschränkt gefühlt. Kein Wunder. Sie war all die Jahre allein zurechtgekommen und hatte für sich und ihre Schwester gesorgt – sie brauchte keinen Kerl, der sich als großzügiger Spender aufspielte. Und schon gar nicht einen, der sie so verletzt und enttäuscht hatte.

»Oh Schreck!« Gabe war so in Gedanken verloren gewesen, dass er nicht auf den Weg geachtet hatte. In letzter Sekunde konnte er zurückweichen, und sein Herz pochte wie verrückt.

Direkt vor ihm brach der Weg abrupt ab, was Gabe wegen der Sträucher und Ranken nicht bemerkt hatte. Ein paar Meter unterhalb befand sich ein kleines Felsplateau, darunter nur noch weit unten der Strand, an dem die Steine in der Dämmerung silbrig glänzten und schaumgekrönte Wellen an Land gischteten. Gabe hatte geglaubt, sich auf vertrautem Boden zu befinden, aber er kannte sich hier nicht mehr aus. Die Landschaft hatte sich gewandelt, genauso wie Sam, und er musste das akzeptieren.

Sie hatte sich massiv verändert, nachdem sie von Ryans Verhaftung erfahren hatte. Gabe sah noch genau vor sich, wie Sam damals zusammengebrochen war. Und dann getobt hatte vor Wut. Er hatte sofort geahnt, dass es kein Zurück mehr gab.

Gabe wusste, dass es in seiner Macht lag, ihren Blickwinkel zu verändern. Aber war es das wert? Er würde eine weitere Beziehung zerstören. Sam liebte ihren Bruder noch immer, doch wenn sie die Wahrheit erfuhr … würde sie Gabe überhaupt dankbar dafür sein?

Er hatte alles zu lange verschwiegen; Sam würde ihn wahrscheinlich eher dafür hassen, dass er ihr erst so spät die Wahrheit offenbarte.

Was könnte er also damit erreichen?

Warum hatte er sich entschlossen, nach Porthmellow zurückzukehren und hier sogar zu investieren? Wollte er wirklich nur seiner Heimat etwas zurückgeben?

Jetzt, da Sam so leidenschaftlich über die regionalen Köstlichkeiten gesprochen hatte, war der Wunsch in ihm noch stärker geworden, das Net Loft neu zu eröffnen. Als er damals nach London gezogen war, hatte er sich fest vorgenommen, alles hinter sich zu lassen, seine ländliche Herkunft abzuschütteln. Aber die Landschaft hier hatte so vieles zu bieten, und er begann seine Wurzeln wieder zu spüren.

Vielleicht, raunte eine Stimme in ihm, war er jetzt zurückgekehrt, weil er sich all die Jahre nach Sam gesehnt hatte? Und weil die Einladung zum Festival ihm einen willkommenen Vorwand dafür lieferte? War es ganz einfach so, dass er sie nach wie vor von ganzem Herzen liebte?

Gabe blickte zum Himmel auf, an dem sich die ersten Sterne zeigten. Wenn er sich diese Frage mit Ja beantwortete – wie konnte er dann Sam dazu bringen, ihm zu verzeihen und seine Liebe wieder zu erwidern?

21

Es duftete köstlich im Crow's Nest, als Chloe am Samstagabend Teller auf den Klapptisch stellte und in Papierservietten gewickeltes Besteck dazulegte. Sie hatte sich den vorigen Tag freigenommen, um das Fest vorzubereiten. Es hatte ihr immer schon Freude gemacht, Gäste zu bewirten. Gastfreundlichkeit hatte in der chinesischen wie auch in der walisischen Tradition ihrer Familie eine große Rolle gespielt, und zu jedem Anlass war reichlich Essen aufgetischt worden.

Chloe hatte walisische Kekse gebacken und Jiaozi vorbereitet und erledigte jetzt letzte Kleinigkeiten. Die Wohnküche mit der Kochinsel war ein schöner Raum, aber mit acht Leuten mochte es etwas eng werden. Deshalb war Chloe froh, dass es nicht regnete und sie die Terrasse mit einplanen konnte. Wenn Wolken vorüberzogen, wurde es allerdings rasch kühl, also stattete sie für Evie den großen Sessel noch mit Kissen aus und legte Fleecedecken zurecht.

In zwei Wochen war das Festival, dann würde sie nicht mehr wissen, wo ihr der Kopf stand, aber jetzt war erst mal Party angesagt. »Gemischte Gefühle« war allerdings gar kein Ausdruck für Chloes Zustand; sie machte sich Vorwürfe, dass sie noch immer keine der Gelegenheiten genutzt hatte, um ihr wahres Alter zu offenbaren. Sie hätte das gleich zu Anfang bei Troys Bemerkung klären können. Oder bei Drew zu Hause oder bei der letzten Sitzung. Aber jedes Mal hatte sie sich unter irgendeinem Vorwand darum gedrückt. Vor Drew wollte sie sich nicht blamieren; das Komitee nicht von der Arbeit abhalten …

Aber heute Abend gab es kein Entrinnen mehr. Sie musste den anderen sagen, wie alt sie wirklich war. Auf die Gefahr hin, dass man glauben würde, sie hätte bislang vorsätzlich gelogen. Chloe nahm eine Flasche Weißwein aus dem Kühlschrank und goss sich ein großes Glas ein, dann überprüfte sie das Büffet. Fehlte noch etwas? In eisgefüllten Kühlern wartete der kornische Champagner, im Kühlschrank lagerte reichlich Bier und auch etliche Flaschen eines sehr guten Pinot Gris aus Neuseeland.

Rasch stopfte sie alle Geburtstagkarten mit den verräterischen Aufschriften in eine Schublade. Fraser hatte geschrieben, aber von Hannah hatte Chloe nichts gehört.

Um sich abzulenken, legte sie Musik auf – Kylie Minogue, warum auch nicht. Im selben Moment klingelte es, und ihr Herz tat einen Sprung. Jetzt ging es zur Sache.

»Hallo, wir sind's!«, hörte sie Evie fröhlich rufen.

Beim Gedanken an diese liebenswerte Frau fühlte Chloe sich noch erbärmlicher. »Komme!«, rief sie und eilte nach unten, um die Tür zu öffnen.

Evie hielt einen schimmernden Luftballon mit Smiley und der Aufschrift »Du bist 40!« in der Hand und rief: »Alles Liebe zum runden Geburtstag!«

Chloe zwang sich zu einem strahlenden Lächeln und umarmte Evie, kam sich dabei aber wie Judas vor.

»Danke! Wie süß von euch!«

Troy hielt mit seiner unversehrten Hand eine Kühltasche hoch. »Hier drin ist was zu futtern«, verkündete er.

Evie sagte, ihr Gericht sei eine Überraschung und müsse frisch zubereitet werden. Oben verstaute Chloe die Zutaten in dem ohnehin schon überfüllten Kühlschrank.

»Kommt Hannah auch?«, erkundigte sich Evie. »Wäre schön, sie mal kennenzulernen.«

»Ach, sie hat furchtbar viel zu tun. Die Gelegenheit ergibt sich bestimmt ein anderes Mal.«

»Ich bin mir sicher, dass sie mit ihrer Mama feiern will. Bestimmt steht sie später noch mit einem Blumenstrauß vor der Tür.«

Chloe lächelte. »Warten wir's ab. Was möchtet ihr trinken?«

Während sie Evie Schampus einschenkte, klingelte es erneut, und Drew stand vor der Tür, in Händen eine weiße Styroporschachtel. Darin lagen zwei Dutzend Jakobsmuscheln auf Eis.

»Zum besonderen Anlass. Ich hoffe, du magst Jakobsmuscheln?«, fragte Drew.

»Ja, sehr. Wow, vielen Dank!«

»Ich hab sie ganz frisch in Helford gekauft. Wenn du magst, mach ich sie auf und bereite sie zu.«

»Na klar.«

Drew trug ein weißes Hemd und eine coole Weste und sah umwerfend aus. Chloe hatte Schmetterlinge im Bauch wie ein verknallter Teenager, als er in der Küche die Muscheln auspackte und dabei versehentlich ihre Hand berührte.

»Ich brauche ein Geschirrtuch und ein Brett«, sagte er.

»Und wenn wir dann essen wollen, brate ich sie mit Zitronensaft und Weißwein kurz an. Dauert nicht lange.«

»Danke.« Chloe fand ihn hinreißend, aber selbst wenn Drew vielleicht doch gerade Single sein sollte – sobald er ihr Alter erfuhr, würde er garantiert kein Interesse mehr an ihr haben. Ihr Magen zog sich zusammen.

»Hallo-ho!«, trällerte Zennor, als sie hereinkam.

»Wir haben vegane Pizza mitgebracht«, verkündete Ben. »Die muss nur kurz im Ofen gewärmt werden.«

»Großartig, was für ein Festmahl«, sagte Chloe, dankbar von Drew und dem stressigen Altersthema abgelenkt zu werden.

»Ist Gabe schon da?«, fragte Zennor.

»Nein.« Chloe spürte die Dramatik hinter der Frage, und überlegte, dass Zennor ihn möglicherweise bei dieser Party zum ersten Mal wiedersah. Angesichts der Spannungen zwischen den Lovells und Gabe konnte das schwierig werden, und Chloe versuchte sich innerlich zu wappnen.

»Die Pizza riecht wahnsinnig lecker«, sagte sie munter.

Kurz darauf traf Sam ein, die kleine kornische Beerentörtchen und zwei Gläser Streichrahm überreichte. »Hab ich selbst gebacken, ich hoffe, alle mögen Beeren.«

Evie quietschte vor Begeisterung. »Die werden den Abend nicht überstehen!«, rief sie aus.

Alle brachten nicht nur Essen, sondern auch Geschenke und Glückwunschkarten mit, die Chloe auf ihr Sideboard legte. Sie würde mehr als nur ein Glas Wein brauchen, um die später aufzumachen.

Bald war das Crow's Nest erfüllt von Lachen, dem Klirren

von Gläsern und Stimmengewirr, weil alle durcheinanderredeten, während sie ihre Speisen auf dem Tisch platzierten, anderweitig verstauten oder vorbereiteten. Chloe musste an das Sprichwort mit den vielen Köchen denken und beauftragte Troy, die Drinks auszuschenken, damit wenigstens er aus dem Weg war. Ben war mit dem Motorrad gekommen und trank nichts Alkoholisches.

Gabe traf als Letzter ein. Als er mit einer großen Kiste voller Essen den Raum betrat, warf Zennor Sam einen bedeutungsvollen Blick zu. Alle bis auf Zennor begrüßten Gabe freundlich, aber das fiel ihm wahrscheinlich nicht auf, weil die anderen so einen Radau veranstalteten.

»Oho, hier kommt der Profi«, tönte Troy. »Jetzt sind wir aber gespannt. Oder gibt's Fish and Chips?«

Alle lachten, und Gabe verdrehte grinsend die Augen. »Ich hab diverse schlichte Vorspeisen mitgebracht und hoffe, es ist für jeden was dabei.« Er begann auszupacken. »Hummus und Zaziki. Taramosalata nach einem Rezept meiner Großmutter, nur Edelfisch, Zwiebeln, Semmelbröseln und Petersilie. Nicht diese übliche rosa Pampe. Das da sind Riesenbohnen und Oliven von meiner Mum. Hummus, Bohnen und Oliven sind vegan, Ben, wie du wahrscheinlich weißt.«

Ben lächelte. »Ich liebe Riesenbohnen. Du doch auch, Zennor, oder?«

Zennor zuckte die Achseln. »Geht so.«

»Ich krieg davon Blähungen«, erklärte Troy.

Evie piekte ihn mit ihrem Stock. »Jetzt hör mal auf, den Leuten das Essen zu vergällen, Troy!«

»Wird ihm nicht gelingen«, sagte Drew und deutete auf den

mit Schüsseln, Boxen und Platten überladenen Tisch. »Schaut euch das an. Ein regelrechtes Bankett.«

»Absolut fantastisch«, bekräftigte Chloe. »Ihr verwöhnt mich. So, wollen wir mit Champagner und den Jakobsmuscheln anfangen, die Drew mitgebracht hat?«

Zennor riss erschrocken die Augen auf.

»Veggies müssen die natürlich nicht essen«, sagte Chloe angesichts ihrer entsetzten Miene lachend.

Gabe und Sam verteilten die Vorspeisen in Schälchen, während Drew die Muscheln zubereitete und sie dann in ihrer Schale servierte. Gabe, Troy und Evie stürzten sich mit Begeisterung darauf, und Chloe selbst fand sie schmackhafter, als sie erwartet hatte.

Sam verputzte auch einige. »Ich esse die viel lieber als Austern, die find ich immer so schleimig.«

»Dann solltest du sie mal gegart probieren«, schlug Gabe vor. »Schmecken köstlich in einer Buttersoße mit Kräutern. Ein paar Semmelbrösel obendrauf, dann in den Ofen.«

»Das klingt nicht schlecht«, sagte Sam und trank einen Schluck Champagner.

»Kann ich gerne mal für dich zubereiten …«

»Wenn Drew mal wieder welche ranschaffen kann.«

Drew zwinkerte ihr zu. »Kein Problem, sagt mir einfach Bescheid.«

»Und das Tröpfchen hier ist ja auch köstlich.« Sam leerte ihr Glas. »Gibt's noch Nachschub, Chloe?«

»Na klar. Ich bring die nächste Flasche und die Vorspeisen auf die Terrasse raus.«

»Ich räume ab«, erbot sich Drew.

Als Chloe zum Kühlschrank ging, wechselten Drew und sie einen Blick. Drew wies leicht mit dem Kopf auf Sam und Gabe, die sehr dicht beieinander an der Terrassentür standen und mit Troy und Evie plauderten. Sams Lachen klang froh und entspannt, und sie berührte Gabe immer wieder so beiläufig am Arm, als bemerke sie es selbst gar nicht. Er flüsterte ihr etwas ins Ohr, und sie kicherte. Sogar Zennor schien sich nach anfänglicher Muffeligkeit entschieden haben, Gabe keine vernichtenden Blicke mehr zuzuwerfen, sondern lieber die Party zu genießen.

Chloe war recht sicher, dass Sam und Gabe sich ihrer Ausstrahlung gerade gar nicht bewusst waren. Bei ihrer Ausbildung zur Eventmanagerin hatte Chloe auch einen Kurs über Körpersprache gemacht und kannte sich ein wenig damit aus. Den Zustand der beiden konnte man allerdings auch ohne Vorwissen erkennen. Sie fühlten sich unwiderstehlich zueinander hingezogen, das war ziemlich offensichtlich.

Gabe hatte Sam gerade indirekt zu einem Essen bei sich zu Hause eingeladen, und sie hatte nicht abgelehnt. Die beiden verstanden sich sichtlich besser als bei dem Treffen im Pub neulich. Sam hatte erzählt, dass Gabe ihr bei der scheußlichen Sache mit dem vandalisierten Wagen zur Seite gestanden hatte; vielleicht war die Stimmung dabei umgeschlagen. Oder gaben die beiden sich bloß für die Party besondere Mühe?

Oh Gott. Dieser Gedanke beförderte Chloe mit einem Schlag in ihre eigene Realität zurück. Und zu ihrem Hauptproblem.

Drew nahm die Tüte aus dem Mülleimer. »Ich bring das rasch raus in den Müll, sonst riecht es hier ganz schnell wie im Fischladen.«

Chloe lächelte. »Ja, super. Die Tonnen sind in dem Schuppen hinterm Haus. Danke, dass du dir so viel Arbeit gemacht hast.«

»Da bin ich Schlimmeres gewöhnt.« Er hielt grinsend den Sack mit den Schalen hoch, und Chloe konnte nicht umhin, seine muskulösen sonnengebräunten Arme zu bewundern. Drew schien sich gar nicht darüber bewusst zu sein, wie umwerfend sexy er war. Ganz im Gegensatz zu Fraser, der sein gutes Aussehen immer zur Schau getragen hatte wie eine Rolex.

»Warte mal, du musst den Schuppen aufschließen.« Chloe reichte Drew den Schlüssel mit dem Holzpinguin, den Hannah ihr einmal geschenkt hatte.

»Bin gleich wieder da«, sagte Drew. Seine blauen Augen funkelten, und Chloe spürte einen heftigen Anflug von Verlangen. Ausgesprochen ungünstig bei einem Mann, den man sich eigentlich aus dem Kopf schlagen wollte. Sie sagte sich erneut, dass er wohl doch eine Freundin hatte und dass sie selbst in wenigen Stunden über ein Jahrzehnt älter sein würde als er. Aber sogar diese unerfreulichen Gedanken konnten gegen ihre Sehnsucht nichts ausrichten.

»Ich bring inzwischen die Vorspeisen raus«, sagte sie.

Nachdem Gabes Häppchen verspeist waren, war es an der Zeit, die Hauptgerichte aufzuwärmen oder fertigzustellen, und ein herrliches Gemisch aus köstlichen Düften entstand.

Chloe hatte die Jiaozi vorgekocht. Die kleinen halbmondförmigen Teigtaschen waren mit Schweinefleisch, Lauch, Frühlingszwiebeln und Sellerie gefüllt. Sie waren ein wenig unförmig und nicht identisch in der Form, wie immer, aber Chloe hatte auch nicht mehr viel Übung. Hannah hatte die Täschchen früher mit Begeisterung geformt und das auch überraschend gut gemacht. »Mini-Stegosaurus« hatte sie immer dazu gesagt. Sie war so stolz gewesen auf ihre chinesisch-walisische Herkunft … vielleicht würde Ruby das eines Tages auch sein.

Chloe briet die Teigtaschen kurz an und verteilte sie dann mit Sams Hilfe unter Beifallsrufen auf einer Platte.

Evies Beitrag war ein kreolisches Gericht mit Garnelen, das sie von ihrem Vater gelernt hatte. Da es frisch zubereitet werden musste, trat Gabe in Aktion. Unter Evies Aufsicht briet er Zwiebeln, Paprika und Sellerie an, gab dann Lorbeerblätter, scharfe Soße und eine kreolische Gewürzmischung dazu.

»Ich kann kaum glauben, dass ich hier einen Spitzenkoch rumkommandieren darf«, sagte Evie grinsend, als Gabe fangfrische Garnelen hinzufügte. »Aber ich kenne ihn ja auch noch als den frechen kleinen Kerl vom Imbiss.«

Bald zog das köstliche Aroma würziger Tomatensoße durch den Raum, und Chloe lief das Wasser im Munde zusammen. Das Gericht wurde aufgetragen und mit Reis serviert.

Troy wartete schon begierig und deutete mit der Gabel auf Gabe, der den Arm um Evies Schultern legte. »Meine Evie macht das beste kreolische Shrimpstew unter der Sonne, Bursche, da musst du dich echt ins Zeug legen.«

»Ganz entspannt, mein Bester«, erwiderte Gabe und reichte Troy einen Teller mit dampfendem Reis und Stew.

Troy machte sich darüber her und kaute schon begeistert, während Gabe alle anderen bediente.

Schmatzend verkündete Troy schließlich: »Nicht schlecht. Gar nicht schlecht für einen Lehrling, möcht ich mal meinen.«

»Nicht schlecht? Bei dir piept's wohl, Troy Carman!«, empörte sich Evie. »Es schmeckt absolut fantastisch, das darf ich ja wohl auch mal sagen! Du bist jederzeit in meiner Küche willkommen, Gabe. Bist nützlicher als Troy.«

»Hey, ich hab die Garnelen besorgt!«, protestierte Troy.

Alle lachten und scharten sich um den Tisch, kosteten andere Gerichte oder nahmen eine zweite Portion. Dabei unterhielt man sich angeregt über die Speisen und versprach, Rezepte auszutauschen. Evie erzählte Geschichten von ihrem Vater, der aus dem Süden von Louisiana stammte und sowohl Französisch als auch Englisch gesprochen hatte.

»Mein Vater ist nicht wie die meisten schwarzen GIs nach dem Krieg wieder in die USA zurückgekehrt. Er hat meine Mutter nicht sitzenlassen, sondern hat sie geheiratet. Ihr könnt euch sicher vorstellen, wie das bei meinen kornischen Großeltern ankam. In den vierziger und fünfziger Jahren gab es in dieser Gegend noch kaum schwarze Kinder, ich war eine absolute Außenseiterin.«

»Krass«, sagte Zennor mit großen Augen, und auch Ben hörte gebannt zu.

»Er nannte meine Mum und mich immer ›Chérie‹«, fuhr Evie fort. »Ich wünschte, ihr alle hättet ihn noch kennenlernen können. Er war ein wundervoller Mann, und es war sehr mutig von ihm, nach dem Krieg hierzubleiben. Und meine Mum war mutig, weil sie damals einen sogenannten ›farbigen‹ Mann geheiratet hat. ›Gens des couleurs‹ nannte man Menschen anderer Hautfarbe dort, wo er herkam.«

Troy strahlte stolz und drückte seine Frau, und Chloe merkte, wie ihre Augen feucht wurden.

Nun wurde die vegane Pizza aus dem Ofen geholt und verputzt, und sogar Troy futterte zwei Stücke und lobte sie über den grünen Klee. Jetzt war nicht mehr viel übrig, und Chloe fragte: »Möchte noch jemand was nachnehmen?«

Zennor schüttelte den Kopf. »Bin total satt.«

»Es war alles extrem köstlich«, bemerkte Gabe.

»Also hat keiner mehr Lust auf Nachtisch?«, fragte Sam. »Ich hab außer den Beerentörtchen auch noch einen veganen Schokokrem-Kirschkuchen mitgebracht.«

Bens Augen leuchteten auf. »Schokokrem-Kirschkuchen?«, rief er aus. »Den nehm ich mit nach Hause, falls keiner ihn will!«

Zennor starrte ihn verblüfft an, und auch Chloe war verdattert. So leidenschaftlich hatte sie Ben noch nie zuvor erlebt.

Gabe rieb sich die Hände. »Das kannst du vergessen, mein Freund, der Kuchen bleibt hier.«

Evie hielt sich den Bauch und ächzte: »Können wir vielleicht vorher ein Päuschen machen?«

»Gute Idee«, sagte Chloe. »Dann kann ich ein bisschen aufräumen.«

»Lass mal, das machen wir später zusammen«, erwiderte Sam. »Ich wollte ohnehin ein paar Worte sagen. Das ist ein guter Zeitpunkt dafür.«

Sechs Augenpaare richteten sich auf Chloe, und alle blickten so erwartungsvoll, dass eindeutig irgendetwas bevorstand. Chloe versuchte sich innerlich gegen eine Torte mit der Aufschrift »40« zu wappnen; wie schrecklich, wenn all ihre Freunde Geld für eine Lüge ausgegeben hätten. Sie musste sich endlich ein Herz fassen und mit der Wahrheit herauskommen.

In ihrer Rede lobte Sam Chloes unermüdlichen Einsatz fürs Festival und sagte, dass alle sich riesig freuten, sie im Komitee und in Porthmellow zu haben. Ben war indessen hinausgeschlichen und kehrte nun mit einem großen rechteckigen Paket zurück, das in Geschenkpapier verpackt und mit einer gigantischen Rüschenschleife verziert war. Eindeutig keine Torte, aber Chloe wäre dennoch gern im Erdboden versunken vor Scham und leerte in einem Zug ihr Glas.

»Ich weiß, du hattest gesagt, keine Geschenke, aber wir wollten den Anlass doch würdigen«, erklärte Sam.

»Oh, das hättet ihr nicht tun sollen!«

»Haben wir aber.« Sam grinste. »Nun mach es schon auf.«

»Ich hoffe, es gefällt ihr«, murmelte Evie, und Chloe fühlte sich von Sekunde zu Sekunde schlechter.

»Ganz bestimmt.« Chloe ließ die Hände auf dem Geschenk ruhen. Es war so liebevoll verpackt …

»Nun spann uns nicht auf die Folter, Mädchen«, brummte Troy.

Mit zittrigen Fingern löste Chloe das Geschenkpapier und stieß als Erstes auf eine Schicht Luftpolsterfolie. Darunter war ein Bilderrahmen erkennbar.

»Oh, ein Bild!«, rief Chloe erleichtert aus.

Troy gab sein gackerndes Lachen von sich. »Hast du gedacht, es sei Botox in einem Riesenpaket?«

Evie haute ihm auf den gesunden Arm. »Bist du still, Troy! So was brauchst du gar nicht, Chloe, Schätzchen. Du bist noch so ein junger Hüpfer.«

Sam reichte Chloe eine Schere, damit sie das Klebeband durchschneiden konnte. Alle warteten so gespannt wie eine Schar Hündchen vor dem Futternapf. Chloe wollte unbedingt freudig wirken, auch wenn ihr das Bild nicht gefallen sollte. Sie schnitt das letzte Stück Klebeband durch, faltete die Folie auf … und sog staunend die Luft ein.

»Oh mein Gott, das ist ja fantastisch!«, rief sie aus.

Es war ein Foto auf Leinwand, und zwar vom Hafen von Porthmellow während einer Sturmflut. Eine monströse Welle brach über den Uhrturm und die Kaimauer herein. Einerseits hatte das Bild etwas Bedrohliches. Aber es verdeutlichte zugleich, weshalb Porthmellow so ein außergewöhnlicher Ort war.

»Gefällt es dir?«, fragte Zennor mit hoffnungsvoller Kinderstimme. »Bens Kusine Carla hat das Foto gemacht. Es wurde auch schon im Fernsehen gezeigt.«

»Es ist großartig!«, antwortete Chloe. »Danke euch!«

Alle scharten sich um das Bild, und Ben erklärte, von wo aus seine Kusine das Bild während des berühmten Sturms vor einigen Jahren aufgenommen hatte.

»Oh, da ist ja auch Crow's Nest zu sehen!«, rief Chloe aus, als sie in der Mitte des Bildes das Dach ihres Hauses entdeckte. Durch die Perspektive sah es sogar so aus, als würde die Welle bis dorthin reichen.

»Aber die Wogen gingen doch nicht bis hier hoch, oder?«, fragte Chloe.

»Nein, der Eindruck entsteht durch den Winkel, aus dem fotografiert wurde«, antwortete Ben. »Das Gelände von Clifftop House hat ein bisschen was abgekriegt, man musste den

Küstenweg dort dichtmachen. Und sogar bei Wavecrest hat der Sturm Äste an die Fenster geschleudert.«

»Bei Bryony Cronk ist sogar ein Fenster zerbrochen«, warf Evie ein.

»Ich erinnere mich an die Fernsehberichte über den Sturm«, sagte Chloe.

Gabe nickte. »Ich habe danach meine Eltern besucht, und sie haben mir alles haarklein erzählt. Ich war froh, dass sie da schon nicht mehr am Hafen wohnten. Die Geschäfte waren ja alle überschwemmt, und das Smuggler's musste die Fenster vernageln.«

»Da hast du allerdings was verpasst«, bemerkte Troy, als sei das Unwetter eine tolle Party gewesen.

»Ich hab vieles verpasst«, sagte Gabe. »An den Sturm 2003 erinnere ich mich, aber 2014 war viel schlimmer, haben meine Eltern gesagt.«

»Der übelste aller Zeiten«, bestätigte Troy. »Und dabei war schon der von 1968 ziemlich stark, als unsere Gemma auf die Welt kam. Da lagen die Boote hinterher auf dem Fußballplatz.«

Chloe starrte entsetzt auf das Bild. »Auf dem *Fußballplatz*?«

»Ja, man weiß, dass es schlimm ist, wenn die Fischerboote vor dem Postamt landen«, sagte Drew.

»Oder wenn der Müllwagen ins Meer rausgespült wird«, fügte Sam hinzu.

»Jetzt nehmt ihr mich aber auf den Arm!«, rief Chloe aus.

»Nee«, sagten Drew, Sam und Gabe wie aus einem Munde.

»Das mit dem Müllauto ist passiert, als ich noch zur Schule ging«, erzählte Gabe. »Es gibt Aufnahmen davon auf YouTube. Kannst du dir anschauen, wenn du uns nicht glaubst.«

»Und noch Schlimmeres«, ergänzte Drew.

Chloe lachte. »Ihr seid echt alle Witzbolde.«

Doch sie sah den anderen an, dass sie nicht übertrieben. »Okay, also selbst wenn Crow's Nest eines Tages vom Meer verschlungen wird … Ich liebe dieses Bild. Es ist total eindrucksvoll. Und … ich wollte nicht direkt eine Rede halten, aber …«, begann sie und holte tief Luft. Der Moment war gekommen.

22

Ihre Freunde waren so lieb und großzügig, sie hatten es einfach nicht verdient, dass man ihnen die Wahrheit vorenthielt. Chloe hoffte nur, dass sie mit ihrer Offenbarung nicht alles verderben würde.

Sie räusperte sich und machte den Fehler, Drew anzusehen, der sie abwartend anschaute. Es war so schwer, dass ihr regelrecht schwindlig wurde.

Chloe nahm all ihren Mut zusammen. »Ich möchte euch allen etwas erzählen«, begann sie. »Als ich letztes Jahr nach Porthmellow zog, war ich in keinem guten Zustand. Ihr wisst, dass ich mir hier, an diesem Ort, an dem ich im Urlaub glücklich gewesen war, neue glückliche Erinnerungen schaffen wollte. Doch zu Anfang war das nur eine Hoffnung. Ich wusste nicht, ob es gut gehen würde, und muss gestehen, dass in der Chloe, die ihr erlebt habt, eine steckte, die sehr viel Angst hatte.«

»Vor uns etwa? Warum das denn, Mädchen?«, murmelte Troy.

»Sch.« Evie piekte ihn mit dem Finger.

»Weil ich eine Fremde hier war, eine Zugezogene. Die Frau aus Surrey mit dem Stadtakzent, die ein bisschen anders ist.«

Evie nickte, und Drew warf Chloe ein aufmunterndes Lächeln zu.

»Und ich bin tatsächlich auch nicht überall mit offenen Armen empfangen worden, das muss ich zugeben.«

»Gibt hier auch komische Sonderlinge«, sagte Troy.

Chloe warf ihm ein dankbares Lächeln zu. »Aber ihr, das Festivalkomitee, ihr alle habt mir gleich das Gefühl vermittelt, keine Fremde, sondern eine Freundin zu sein. Ich weiß, dass ich nie so kornisch sein werde wie ihr«, alle lachten und blickten sie erwartungsvoll an, »aber ich fühle mich inzwischen zu Porthmellow gehörig. Ihr habt mir das Gefühl gegeben, Teil der Gemeinschaft und Teil eures Lebens zu sein. Und deshalb möchte ich euch jetzt einiges über mich erzählen, was ihr noch nicht wisst.«

Jetzt wurde Chloe flau im Magen, und ihr Puls beschleunigte sich. Ihre Freunde wechselten Blicke, Zennor öffnete den Mund, als wolle sie etwas sagen. Evie richtete sich in ihrem Sessel auf.

»Es geht um meine Tochter Hannah und …« Chloe holte tief Luft, »… um meine Enkelin, Ruby.«

»Enkelin?«, fragte Zennor fassungslos. »Du bist schon *Großmutter?*«

Ihre Reaktion war fast komisch – Zennor sah aus, als stünde ein Alien vor ihr. Aber nun gab es kein Zurück mehr.

»Ja. Bislang weiß nur Drew von Ruby, und dem habe ich auch erst vor Kurzem von ihr erzählt«, fuhr Chloe fort. Sie musste das jetzt hinter sich bringen, bevor sie der Mut verließ. »Ich hoffe, ihr verzeiht mir, dass ich euch bislang nicht die ganze Wahrheit offenbart habe. Hannah studiert inzwischen nicht mehr. Sie ist zweiundzwanzig und hat eine kleine Tochter, die demnächst ein Jahr alt wird. Ich habe die Kleine bisher nur auf einem Foto gesehen, das eine Freundin im Internet entdeckt und mit mir geteilt hat. Hannah und ich haben seit einiger Zeit so gut wie keinen Kontakt mehr. Die Gründe dafür möchte ich jetzt nicht ausführen, aber …« Sie hielt inne, um Atem zu schöpfen, und versuchte, nicht auf die Mienen ihrer Freunde zu achten. Alle blieben stumm und warteten ab.

»Deshalb«, sprach Chloe schließlich weiter, »habe ich es nicht geschafft, euch davon zu erzählen. Weil es zu schmerzhaft ist und ich meine Tochter und meine Enkelin so schlimm vermisse, dass es sich wie ein Stein im Bauch anfühlt, den ich ständig mit mir herumschleppe. Und ich will auch niemanden mit meinem Kummer belasten, weil ja alle eigene Probleme haben. Im Moment habe ich keine Ahnung, wie ich die Situation in meiner Familie ins Lot bringen soll, ich bin einfach ratlos. Aber weil ihr meine Freunde seid und ich weiß, dass ihr verständnisvoll und diskret sein werdet, vertraue ich euch das alles an … ich danke euch damit auch dafür, dass ihr so großartige Freunde seid. Ihr seid für mich wie eine Familie.«

Chloe verstummte. Es kam ihr vor, als lasse sie endlich den Gefühlen freien Lauf, die sie so lange in sich angestaut hatte.

»Und dann muss ich mir noch etwas anderes von der Seele reden«, fuhr sie fort. »Das weiß nicht einmal Drew. Ich hatte mich so daran gewöhnt, meine Probleme mit Hannah zu verschweigen, dass ich auch noch mehr verborgen habe. Und dabei habt ihr Aufrichtigkeit so sehr verdient.«

Alle schienen gespannt die Luft anzuhalten.

»Es ist nämlich so: Ich bin gar nicht vierzig geworden.«

»Ich wusste es doch!«, rief Troy aus. »Hab ich dir nicht gesagt, dass sie jünger ist, Evie?«

»Schsch!«, zischte Evie.

»Ach, Troy, ich hab dich wirklich doll lieb«, sagte Chloe. »Was ich hier feiere, ist nicht mein vierzigster, sondern mein fünfzigster Geburtstag.«

»Was?«, rief Sam aus. »Das kann doch gar nicht sein!«

»Es ist aber wahr.«

»Wow.« Gabe pfiff anerkennend durch die Zähne.

Zennor kreischte verblüfft und sagte dann: »Na, hoffentlich seh ich in deinem Alter auch noch so gut aus.«

»Zen!«, rief Sam mahnend, aber Chloe lachte.

»Ich wollte es euch eigentlich schon längst sagen, aber dann war dauernd von dem Vierzigsten die Rede, und – verzeiht mir bitte, Troy und Evie – aber fünfzig hörte sich für mich selbst so schrecklich alt an. Und bei dem ganzen anderen Durcheinander in meinem Leben kam ich irgendwie nicht damit klar … ist schließlich ein halbes Jahrhundert.« Es gelang ihr jetzt immerhin, Drew anzulächeln. »Tut mir wirklich aufrichtig leid, dass ich nicht ehrlich zu euch war. Ich hoffe, ihr könnt mir verzeihen.«

Drews Mundwinkel zuckten. »Ich glaub, ich brauch noch was zu trinken«, sagte er und ging in die Küche.

Chloe wurde ganz anders. Es kam ihr vor, als habe sie jetzt seinen Respekt eingebüßt. Aber das ließ sich dann auch nicht ändern.

»Okay, Leute«, rief sie. »Es sollte aber eine Party sein und keine Trauerfeier. Bitte alle wieder fröhlich sein!«

Das löste erleichtertes Gelächter aus. Chloes Augen waren

feucht, aber es kam ihr vor, als sei eine schwere Last von ihren Schultern gefallen. Endlich musste sie niemandem mehr etwas vormachen, musste kein heiles Leben mehr vortäuschen ... aber sie ahnte auch schon, dass es Fragen geben würde, die sie nicht beantworten wollte.

»Ich weiß ja nicht, wie's euch geht«, sagte Evie, »aber ich brauch jetzt auch noch einen Drink. Und Chloe sicher am allermeisten.«

»Danke, Evie. Und ich weiß, weil ihr so liebe Menschen seid und mir sicher helfen wollt, werdet ihr auch weitere Fragen stellen. Aber heute Abend möchte ich nicht mehr über meine Probleme reden, sondern mit euch allen feiern. Man wird schließlich nicht zweimal ein halbes Jahrhundert alt, also habt Spaß!«

Zennor und Ben öffneten weitere Flaschen und gossen allen nach, während Sam und Gabe die Törtchen und den Kuchen servierten.

Drew reichte Chloe ein gefülltes Glas. »Gut gemacht«, sagte er leise. »Fühlst du dich jetzt besser?«

»Weiß noch nicht so genau. Ein geteiltes Problem ist auch ein verdoppeltes, in diesem Fall versechsfacht. Oder so. Aber was dich angeht: Es tut mir wirklich leid. Ich wollte es dir erzählen, als ich bei dir zu Hause war.«

»Warum hast du es nicht gemacht?«, fragte Drew.

»Ich dachte, ich hätte dich für einen Abend genug schockiert.«

»Wenn du den Kuss meinst: Der hat mich gar nicht schockiert. Und weder was du von Hannah erzählt hast noch dein Alter hätten mir etwas ausgemacht.«

Aber es machte ihm etwas aus, dass er getäuscht worden war? Das konnte Chloe gut nachvollziehen. »Bitte verzeih. Ich konnte nicht klar denken. Aber ich weiß, dass das auch keine wirkliche Entschuldigung ist.«

»Wir machen alle Fehler«, erwiderte Drew.

»Danke«, sagte Chloe, war aber keineswegs sicher, ob er ihr wirklich verziehen hatte.

»Geht's dann mal los mit dem Nachtisch?«, rief Troy von der Terrasse.

Drew lächelte. »Hervorragende Idee.«

»Also gut.« Chloe versuchte unbekümmert zu wirken, doch in Wahrheit wurde ihr das Herz schwer. Jetzt, da sie sich offenbart hatte, begehrte sie ihn nur umso mehr. Diese Caitlin konnte sich wirklich glücklich schätzen.

Während alle sich die Desserts schmecken ließen, erkundigte sich Evie doch nach Ruby, und Chloe erzählte ihr, was sie wusste – aber das war ohnehin sehr wenig.

Sam ließ dezent durchblicken, dass sie immer für Chloe da sei, wenn sie reden wolle. Und gerade bei Sam, ihrer engsten Freundin in Porthmellow, wollte sich Chloe ganz besonders entschuldigen.

»Ich hätte viel früher den Mut aufbringen müssen, dir alles zu erzählen. Ein paarmal war ich auch kurz davor, aber dann hab ich es doch nicht hingekriegt.«

Sam umarmte ihre Freundin. »Ich nehm dir das nicht übel. Ich glaube, wir alle haben Teile unseres Lebens, über die wir erst sprechen können, wenn wir dazu bereit sind. Oder vielleicht auch nie.«

Danach gab es aber wirklich keine weiteren Gespräche

mehr über Chloes Themen, und der Rest des Abends verging mit angeregten Unterhaltungen, allerlei Anekdoten von den vergangenen Festivals, Klatsch und Tratsch sowie Wein und Sekt. Und zwar in rauen Mengen. Chloe trank mehr als seit vielen Jahren und war angenehm angeschickert. Dabei spürte sie allerdings auch, dass Alkohol tatsächlich enthemmend wirkte. Denn jedes Mal, wenn sie Drew dabei zusah, wie er Getränke einschenkte, Geschirr wegräumte, mit den anderen plauderte und lachte, konnte sie sich kaum beherrschen, sich ihm nicht an den Hals zu werfen. Doch stattdessen setzte sie sich möglichst weit von ihm weg und versuchte, private Gespräche mit ihm zu meiden.

Um kurz vor elf brachen Zennor und Ben auf, mit der Begründung, sie seien »völlig fertig«. Worauf die »Oldies« sich natürlich liebevoll-spöttisch über die Energielosigkeit der heutigen Jugend ausließen. Sam hatte Chloe berichtet, dass die beiden jungen Leute nur befreundet waren. Das konnte sie kaum glauben, weil Zennor und Ben eigentlich unzertrennlich wirkten.

Eine Viertelstunde nach dem »jungen Gemüse« verabschiedeten sich auch Troy und Evie. Nachdem Chloe die beiden zur Tür gebracht hatte, wankte sie einigermaßen beschwipst die Treppe hinauf und blickte etwas bestürzt auf die vielen leeren Flaschen in der Küche. Gabe, Sam und Drew saßen mit Decken auf der Terrasse und blickten über den Hafen.

»Möchte jemand Kaffee?«, fragte Chloe.

Alle drei nickten.

»Ich hätte dazu auch noch einen schmackhaften Armagnac anzubieten.«

»Klingt großartig«, sagte Gabe.

»Ich helf dir«, bot Drew an und stellte Becher bereit, während Chloe den Kaffee in die Presskanne löffelte.

»Alles okay mit dir?«, erkundigte sich Drew.

»Ja. Nein, eigentlich viel besser als okay. Es war ein wunderschöner Abend.«

»Freut mich. Wirklich eine tolle Idee, die Einladung.«

»Ich hatte sehr gehofft, dass es gut wird«, sagte Chloe. »Eine Freundin von mir hat neulich so eine Party gemacht, bei der alle was mitbrachten, und das war ein Riesenerfolg. Nicht nur hab ich als Gastgeberin es leichter gehabt – die Gäste scheinen es auch zu genießen, dass sie ein Gericht mitbringen können, das ihnen persönlich viel bedeutet. Die Muscheln waren übrigens grandios.«

»Danke … hast du inzwischen eigentlich von Hannah gehört?«

Chloe umklammerte den Griff der Kanne fester. »Nein.«

»Hast du mal erwogen, sie einfach zu besuchen?«

»Ja, ich habe schon daran gedacht, aber ich trau mich nicht, ehrlich gesagt. Was, wenn sie mich rauswirft? Ich hab einfach Angst, alles nur noch schlimmer zu machen.«

»Chloe …« Drews Stimme klang sanft. »Ja, genieß jetzt erst mal dein Fest. Aber wenn du morgen ein bisschen zur Ruhe kommst, könntest du doch mal darüber nachdenken. Auch wenn Hannah zuerst wütend sein sollte – zumindest könntest du versuchen, wieder ein Gespräch in Gang zu bringen.«

»Ich weiß nicht …«

»Es könnte ein Neuanfang sein.« Drews Finger strichen sachte über ihre Hand. »Und nicht nur mit Hannah.«

Chloe war völlig verblüfft, beschloss aber dann, nur noch ehrlich zu sein. »Ich glaube, ich verstehe nicht, was du meinst.«

»Dass heute Abend auch ein Neuanfang für uns sein könnte. Natürlich nur, wenn du das auch möchtest.« Er blickte etwas unsicher. »Tut mir leid, falls ich völlig danebenliege.«

Chloe dämmerte erst ganz allmählich, was er ihr sagen wollte.

»Aber was ist denn mit Caitlin?«, fragte sie verwirrt.

Drew lächelte. »Caitlin wird nichts einzuwenden haben.«

Das war eine herbe Enttäuschung. War ja klar, dass der Mann einfach zu toll war, um wahr zu sein. Drew erwies sich als ebenso untreuer Halunke wie Fraser.

»So, und woher willst du das wissen?«

»Weil sie ... über hundert Jahre alt ist.«

»Wie bitte?«

»Caitlin ist ein *Boot*, keine Frau.«

»Was?« Chloe verstand überhaupt nichts mehr.

»Unser Segelverein – dessen Vorsitzender ich bin – hat schon seit Monaten geplant, ein weiteres historisches Boot anzuschaffen, das wir restaurieren wollen. Dann könnten wir noch mehr Törns machen. Es war keine einfache Entscheidung, so viel Geld auszugeben, aber ich habe den Vertrag gestern endlich unterschrieben.« Drew verzog das Gesicht. »Du bist nicht der einzige Mensch, der hier ein bisschen sparsam mit der Wahrheit umgegangen ist.«

»Aber ...«, krächzte Chloe. »Wieso um alles in der Welt hast du uns nicht gesagt, dass Caitlin ein *Boot* ist?«

»Na ja, wie bei dir war es zu Anfang nur eine kleine Schwindelei, die sich dann ausgewachsen hat ... Zunächst haben wir den Kauf des Bootes diskret behandelt, weil es noch nicht beschlossene Sache war. Dann haben mich ein paar Typen am Hafen mit meinem nicht vorhandenen Liebesleben aufgezogen. Und als ich vor einer Weile erwähnt habe, ich sei an einer Caitlin aus Falmouth interessiert, dachten die eben, es sei eine Frau. Und dabei hab ich es dann belassen. Ich will mein Privatleben wirklich privat halten, was in einem Ort wie Porthmellow nicht einfach ist. Wie du ja gemerkt hast.«

Chloe wollte etwas erwidern, aber der Champagner machte sich bemerkbar, und sie brach in schallendes Gelächter aus. »Das ist ja unerhört, Drew. Du hast uns hier alle an der Nase rumgeführt – weiß Sam das überhaupt?«

»Nein, niemand außer dir. Ich sag es ihr nachher, ich versprech's dir.« Er biss sich auf die Lippe.

»Das solltest du aber wirklich machen. Und sie hätte auch jedes Recht, sauer auf dich zu sein.« Chloe schüttelte den Kopf. Sie wusste selbst nicht recht, ob sie entrüstet oder erleichtert war. Wohl doch eher Letzteres.

»Na ja, und nachdem wir unsere Lügengeschichten jetzt losgeworden sind«, fuhr Drew fort, »könnten wir uns ja besser kennenlernen, dachte ich mir. Und vielleicht auch mehr als nur Freunde sein.« Er zog die Nase kraus. »Also, falls du nicht nach dieser Caitlin-Mär beschlossen hast, mich nicht mehr zu mögen. So oder so – ich hab's nicht eilig. Liegt alles bei dir.« Er seufzte. »Und ich könnte auch verstehen, dass du sauer auf mich bist, weil ich dich nach dem Kuss bei mir zu Hause ja quasi zurückgewiesen habe. Du siehst: Deine kleine Altersschwindelei ist nichts gegen meine Vergehen.«

»Ja, ich gebe zu, dass mir das ziemlich unangenehm war.

Aber ich hab mich hauptsächlich geschämt, weil ich mich so auf dich gestürzt hatte.«

Er lächelte. »Das war doch gar nicht so. Und der Kuss war schön. So sehr sogar, dass ich ihn gerne richtig erwidert hätte. Aber nachdem du mir gerade vorher deine Probleme mit Hannah anvertraut hattest … Das hätte doch ausgesehen, als hätte ich dir nur zugehört, damit ich dich hinterher ins Bett zerren kann. Ich bin nicht der Typ Mann, der eine Schwäche ausnutzt.«

Chloe trank einen großen Schluck Wein, bevor sie antwortete. Sie hatte nicht erwartet, dass Drew so offen sein würde, fand es aber ausgesprochen angenehm. Er war nicht wie Fraser, der rücksichtslos seinen Charme einsetzte, um zu bekommen, was er wollte. Sie strich über Drews Wange, blickte in seine lieben Augen und genoss den wohligen Schauer, der sie erfasste.

Es war offenbar möglich, dass ein liebevoller und einfühlsamer Mann zugleich auch sexy war. Und wie sehr sogar …

»Du bist ein wunderbarer Mann, Drew, und ich trage dir weder die Schwindelei über Caitlin noch die Zurückweisung an deiner Haustür nach. Ich war wirklich nicht in der richtigen Verfassung, und wer weiß, wie die Szene ansonsten geendet hätte.« Sie hielt inne. »Aber … was ist mit dem Altersunterschied zwischen uns? Der ist nun wirklich eine Tatsache, die wir nicht ignorieren können.«

Drew zuckte die Achseln. »Was soll damit sein?«

»Na ja, ich meine … wie gesagt, ich bin ein halbes Jahrhundert alt …«

Statt einer Antwort gab Drew ihr einen Kuss auf die Wange

und grinste vergnügt. Chloe starrte ihn an, und in ihrem Bauch schien sich eine riesige Schar Schmetterlinge zu tummeln.

»Also«, sagte Drew. »Bislang fühlt sich dein Alter doch nicht so schlecht an, oder? Ich hab mir ohnehin schon gedacht, dass da irgendwas im Busche ist, weil du so angespannt gewirkt hast in letzter Zeit. Zuerst dachte ich, dass du noch an deinem Ex hängst. Aber jetzt weiß ich, dass es nur um eine Zahl ging. Die ist mir persönlich vollkommen egal.«

Gabe rief von draußen, wo denn der Kaffee bliebe, und Drew streifte Chloes Lippen mit einem zärtlichen Kuss, bevor er sich von ihr löste. Er hatte seine Gefühle deutlich geäußert. Jetzt war es an Chloe zu entscheiden, ob sie mutig genug war, zu ihren eigenen zu stehen.

23

»Hoppla, Vorsicht.«

Gabe stützte Sam, als sie auf der Treppe unterhalb vom Crow's Nest ins Stolpern geriet.

Kurz darauf kamen sie zu der schmalen Straße, die zur Stippy Stappy Lane hinaufführte. Der Himmel war klar, nur vereinzelt schoben sich für einen Moment Wolken vor den Mond. Es war eine dieser zauberhaften Sommernächte, in denen die Luft samtig war und es nie ganz dunkel wurde. In solchen Nächten hatten Sam und Gabe sich früher am Strand geküsst, während sachte die Wellen ans Ufer schwappten.

Auf dem Kopfsteinpflaster geriet Sam erneut ins Straucheln, und Gabe fasste sie am Ellbogen. Seine Finger fühlten sich warm an auf ihrer nackten Haut, doch er ließ gleich wieder los und passte sich ihrem Tempo an. Sam war ein bisschen schwindlig, aber sie hatte den Abend sehr genossen.

»War eine schöne Party«, sagte Gabe, als hätte er ihre Gedanken erraten.

»Ja, wunderbar. Ich wünschte nur, ich hätte schon früher von Chloes Familienproblemen gewusst – und von ihrem Alter. Auf meiner Karte stand dick 40.« Sam stöhnte, kicherte aber dann. »Na ja, nicht zu ändern.«

»Chloe wirkt auf jeden Fall viel jünger«, sagte Gabe. »Aber

ich vermute mal, fünfzig zu sein ist wirklich nicht ihr Hauptproblem.«

»Es tut mir so leid, dass sie ihre Tochter und ihre Enkelin nicht sehen kann. Ich weiß ja, wie sich das anfühlt, von jemandem getrennt zu sein, den man liebt. Ryan, meine ich«, fügte sie hastig hinzu, damit Gabe das nicht auf sich bezog.

»Du vermisst ihn immer noch sehr«, sagte Gabe. Es klang mehr wie eine Feststellung als wie eine Frage.

Sam fühlte sich schlagartig nüchtern. »Natürlich. Selbst als ich wütend auf ihn war, habe ich ihn vermisst. Aber zumindest weiß ich, dass er am Leben ist. Oder jedenfalls vor ein paar Monaten noch war. Er hatte mir zum Geburtstag eine Karte geschickt. Ohne Kontaktdaten allerdings.«

»Chloe war, glaube ich, auch froh und zufrieden mit ihrem Fest«, wechselte Gabe etwas abrupt das Thema. »War wohl eine große Erleichterung für sie, endlich von ihrer Familie zu erzählen.«

»Ja. Ich hatte schon gespürt, dass da was nicht stimmte. Aber Chloe kann ganz gut den Schein wahren.«

»So wie du.«

»Mir blieb ja nichts anderes übrig. Zennor brauchte mich. Und Ryan auch, zu Anfang.«

»Ja, ich weiß. Zennor hat mir heute Abend ein paar heftige Blicke verpasst, aber damit hatte ich schon gerechnet. Es war sicher nicht einfach für sie, mich wiederzusehen. Und ich verstehe auch, dass sie mir nachträgt, was damals passiert ist.«

»Ja, es fiel ihr schwer. Ich hatte sie aber schon vorher darum gebeten, sich zusammenzunehmen, wegen Chloe. Zennor macht sich Sorgen um mich – was nicht nötig wäre. Und ich denke, ihr ist nicht klar, was ihr nach Mums Tod alles für uns getan habt, du und deine Eltern. Dass ihr uns so oft Essen gebracht und auf Zennor aufgepasst habt, wenn ich abends noch arbeiten musste. Ihr wart so eine große Hilfe für uns, bis … mit Ryan alles schiefging.« Sam verstummte, weil sie merkte, dass sie auf gefährliches Terrain geriet. Der Abend war so schön gewesen, sie wollte ihn nicht ruinieren.

»Es …«, begann Gabe.

»Sag jetzt bitte nicht wieder, dass es dir leid tut.«

»Nein, ich wollte sagen, dass es plötzlich ganz schön kühl geworden ist«, sagte Gabe.

Sam fröstelte auch ein bisschen, und Gabe legte ihr den Arm um die Schultern, zog sie aber nicht näher an sich. Sam zuckte erst erstaunt zusammen, rückte aber nicht von ihm ab.

»Sam, ich wünsche mir so sehr, dass wir die Vergangenheit hinter uns lassen können«, sagte er. »Zuerst dachte ich, es sei ein großer Fehler gewesen, hierher zurückzukehren, aber in letzter Zeit … Ich freu mich wirklich, dass wir uns wieder besser verstehen.«

Gabe blieb stehen und sah ihr in die Augen.

Sams Herz pochte heftig. »Unsere Streiterei … meine Schuldzuweisungen …«, stammelte sie, »das bringt Ryan auch nicht zurück, nicht wahr? Das kann nur er alleine entscheiden.«

Gabe ließ den Arm sinken, und die Stelle, wo er geruht hatte, fühlte sich jetzt kalt an. Sam fragte sich verblüfft, warum er sie losgelassen hatte. Hatte sie etwas Falsches gesagt? Aber es war doch positiv gewesen. Sie war plötzlich furchtbar enttäuscht. Von wegen *besser verstehen*. Sie konnten sich ja offenbar nicht mal unterhalten, ohne dass etwas schieflief.

»Gabe?«

»Du hast recht. Das kann nur Ryan entscheiden.«

»Wo er auch ist«, sagte Sam und schaute übers Meer, als könne ihr Bruder urplötzlich aus den Wellen erscheinen. Dann sah sie Gabe wieder an. »Ich möchte mich noch dafür entschuldigen, dass ich dich so angeraunzt habe, als du angeboten hast, die Kosten für die Lackierung des Stargazey-Wagens zu übernehmen. Ich wollte – will – einfach nicht, dass du denkst, ich sei wegen deines Geldes hinter dir her.«

Gabe brach in schallendes Gelächter aus. »Hinter mir her, wegen meines *Geldes*?«

»Ja, na ja. Das Festival, und … Ich meine, du bist schließlich … schon eine Berühmtheit.«

»*Berühmtheit*?«

»Ja. Und jetzt hör auf, mich auszulachen, du Blödi. Es stimmt doch. Was glaubst du, wie viele Leute dich kennen. Du bist im *Fernsehen*!«

Er musste sich Lachtränen abwischen, aber Sam fand das gar nicht lustig und versetzte ihm einen kleinen Stoß. »Das ist nicht witzig!«

Gabe strich sich übers Gesicht und bemühte sich, ernst zu blicken, aber es gelang ihm beim besten Willen nicht. »Tut mir leid, aber das hört sich aus deinem Munde einfach rasend komisch an. Okay, klar hab ich Erfolg, aber ich würde niemals auf die Idee kommen, dass du wegen meines Geldes hinter mir her bist.« Ein schelmisches Lächeln trat auf sein Gesicht, und seine Augen funkelten. »Bist du denn ›hinter mir her‹ …?«

Sam stöhnte. »Das hab ich nicht gesagt. Also, ich hab es zwar gesagt, aber nicht so gemeint.«

Gabe machte grinsend eine Angelbewegung.

Sam kreischte empört. »Gabriel Mathias, du bist ein unverbesserlicher Spinner und wirst dich niemals ändern!«

»Oh doch, ich habe mich geändert. Aber was sich nicht geändert hat, sind meine Gefühle für dich.« Er ergriff ihre Hand und zog Sam näher zu sich. Jetzt sah er gar nicht mehr belustigt aus, sondern so, wie sie ihn von früher kannte: leidenschaftlich, sexy und voller Verlangen. Nach *ihr.* Und ihr Körper schien von Kopf bis Fuß unter Strom zu stehen.

Er beugte sich zu ihr, um sie zu küssen. Sam wehrte sich nicht, als eine Hand über ihren Rücken glitt und die andere durch ihr Haar strich und ihren Hinterkopf umfasste. Sie begehrte Gabe so sehr, dass ein Schauer über ihre Haut lief und jede Pore zu jauchzen schien.

Wie konnte es dazu kommen? Wieso ließ sie das zu? *So* betrunken war sie nicht, sie gab sich ihm regelrecht hin … sehnte sich nach diesem Kuss. Sachte umfasste Gabe ihr Kinn, hob ihren Kopf an, und wo seine Finger ihre Haut berührten, schien sie zu glühen. Sam fühlte sich köstlich lebendig und beugte sich zu ihm. Als sie sich küssten, schmeckte Sam das rauchige Aroma des Armagnac auf der Zunge.

Sie waren nicht mehr weit von Wavecrest Cottage entfernt, und plötzlich ging vor dem Haus das Verandalicht an. Die Haustür flog auf, und Stimmen schallten durch die Luft.

»Naahacht!«

»Tschühüs!«

Ben und Zennor, die sich verabschiedeten. Also war Ben

nicht nach Hause gefahren … Gabe beugte sich wieder zu Sam, aber der Zauber des Augenblicks war verflogen. Und vielleicht war das auch besser so, sagte sich Sam. Mit ihm zu lachen, entspannt zu sein, ihn zu küssen – das alles hatte sich so wunderbar und natürlich angefühlt, dass sie die unbeantworteten Fragen, die noch immer zwischen ihnen standen, verdrängt hatte. Warum hatte Gabe es vorgezogen, seine »Bürgerpflicht« zu erfüllen und Ryan zu verraten, anstatt sich für seine Liebe zu Sam zu entscheiden?

»Zu früh«, murmelte sie und löste sich von Gabe. Er sagte etwas, aber das ging im Dröhnen von Bens Motorrad unter.

»Warte.« Gabe nahm ihre Hand und wartete ab, bis Ben die Straße entlanggebraust war und der Lärm nachließ. »Bedeutet das, dass es irgendwann so weit sein wird?«

Ihr Herz schien zu holpern. Sie hatte einen riesigen Sprung vorwärts – oder rückwärts? – getan in den letzten Minuten und konnte nicht einfach Nein sagen. »Lass es uns langsam angehen. Uns erst mal wieder richtig kennenlernen?« Das war ein Ausweichmanöver, aber Gabes Augen leuchteten glücklich.

»Lass dir so viel Zeit, wie du brauchst«, sagte er.

Sie lächelte. »Gute Nacht, Gabe.« Sie wandte sich ab und ging zum Haus.

»Aber beeil dich!«, rief er ihr nach.

Die Veranda erschien Sam in diesem Moment wie das rettende Ufer. Im Augenblick schwebte sie in höheren Sphären, aber wenn sie wieder eine Bruchlandung machen würde? Wenn das noch einmal geschah, würde wohl nicht einmal das Festival sie noch retten können.

24

Am Morgen nach dem Fest erwachte Chloe mit ausgetrocknetem Mund und schwor sich, nie wieder Alkohol zu trinken, obwohl sie wusste, dass dieser Vorsatz von kurzer Dauer sein würde. Die Last von ihrem »Geheimnis« war sie losgeworden, hatte sich dabei aber eine neue Bürde eingehandelt: ob sie auf Drews Vorschlag eingehen und einen unangekündigten Besuch bei Hannah machen sollte. Im einen Moment beschloss Chloe, Drews Rat zu befolgen; im nächsten sagte sie sich, dass diese Idee eine vorprogrammierte Katastrophe war.

In der folgenden Woche hatte sie aber ohnehin keine Zeit, um sich darüber den Kopf zu zerbrechen, denn die Vorbereitungen für das Festival waren in vollem Gange. Überall in der Stadt waren zwischen Gebäuden und Pfosten Girlanden aufgehängt worden, die Feststimmung erzeugten. Die Schaufenster der Geschäfte waren mit passenden Elementen dekoriert, an allen Lokalen hingen spezielle Speisekarten. Sämtliche hundert Aussteller des Festivals hatten per E-Mail Formulare bekommen, auf denen Standplatz, Hygiene- und Sicherheitsbestimmungen mitgeteilt wurden. Diese Formulare mussten allesamt unterschrieben zurückgesandt werden. Evie und eine Freundin aus ihrem Bingo-Club hatten es übernommen, das zu beaufsichtigen.

Und im Nu brach auch die letzte Woche vor dem großen Ereignis an. Chloe beobachtete fasziniert, wie sich die kleinen Seitenstraßen in Hafennähe und der Fußballplatz mit Buden füllten. Von heute auf morgen tauchten Umleitungsschilder und Hinweise zu Parkflächen auf. Vor dem Smuggler's Inn wurde über dem Biergarten eine Zeltplane aufgespannt, beim Tinners' gab es jetzt von früh bis spät Spanferkel.

Am Donnerstag vor Festivalbeginn war Chloe frühmorgens unterwegs zu einem Treffen mit Troy im Hafenbüro. Zwei Laster fuhren an ihr vorbei, und Chloe ahnte, dass sich darin die großen Zelte befanden. Einer der LKW steuerte das Freizeitgelände am Hafen an, wo das Kochzelt aufgebaut werden sollte, der andere fuhr ein Stück weiter bergauf zu der Rasenfläche, wo das Festzelt stehen würde. Alles lief auf Hochtouren, und die Aufregung erfasste auch Chloe.

Im Büro der Hafenleitung wurden dampfende Becher mit kräftigem Tee verteilt, und der Hafenmeister verkündete, das Wetter für die nächsten Tage sei als »wechselhaft« gemeldet. Am Wochenende selbst sollte es wohl vorwiegend schön sein, einzelne Schauer waren jedoch möglich. Troy verwies unbekümmert darauf, dass sich die Besucher davon nicht abschrecken ließen, solange es keinen Dauerregen gab. Es war sogar besser, wenn es nicht heiß war, meinte Troy, denn dann verzögen sich zu viele Leute an den Strand.

Chloe führte Protokoll, während über Notfälle und Evakuierung im Fall von Bränden, Überflutung oder – grausige Vorstellung – einem Terroranschlag gesprochen wurde. Troy verdrehte dabei die Augen, aber Chloe hatte schon Events in London organisiert und wusste, dass man vorbereitet sein musste.

Man ging noch einmal sämtliche Sicherheitsvorkehrungen durch, dann entspann sich eine hitzige Diskussion über irgendwelche Hafenbelange zwischen Troy, dem Hafenmeister und einer Gemeinderätin.

Chloe versuchte zu folgen, schaltete aber bald ab. Sie warf einen Blick auf ihr Handy, weil sie immer noch hoffte, Hannah würde ihr Glückwünsche schicken, wenn auch mit riesiger Verspätung. Dabei sah sie, dass sie zwei Anrufe von Fraser verpasst hatte.

Die Sitzung war ohnehin fast vorbei, deshalb entschuldigte sich Chloe, ging nach draußen und suchte sich eine relativ ruhige Stelle neben einem Haufen Hummerreusen.

Fraser ging sofort ran. »Hallo, Chloe. Ich versuche seit Stunden, dich zu erreichen. Bin in Österreich bei einer Tagung.«

Er klang angespannt, aber das war für Fraser nichts Ungewöhnliches. Chloe hatte Mühe, ihn zu verstehen. Bei ihm waren Stimmengewirr und Lautsprecherdurchsagen im Hintergrund, bei ihr zankten sich kreischende Möwen um Fischreste.

»Ich hatte das Handy stumm, weil ich in einer Sitzung fürs Porthmellow Streetfood-Festival war.«

»Mellow was?«, schrie Fraser.

»Porthmellow Streetfood-Festival. Ich bin ehrenamtlicher Teil des Organisationsteams.«

»Was, ehrenamtlich? Du arbeitest umsonst?«

Chloe hätte ihn am liebsten angebrüllt. »Ja, Fraser. Was ist los?« Dann wurde ihr schlagartig kalt. »Ist irgendwas mit Hannah?«

»Ja und nein. Keine Sorge, nichts Schlimmes. Könnte sogar

eher richtig gut sein. Ich bin bei einem Brunch meiner ehemaligen Kollegin Antonia Craddock begegnet. Sie arbeitet jetzt für ein Konkurrenzunternehmen, aber die ist jedenfalls seit Ewigkeiten mit den Eltern von Jordan befreundet.«

Chloe umklammerte ihr Handy und hörte atemlos zu.

»Antonia hat mir erzählt, dass Jordan nach Hause zurückgezogen ist.«

»Was? Zu seinen Eltern in London? Mit Hannah und Ruby?«

»Nein, alleine.«

Chloe brauchte einen Moment, um das zu verarbeiten. »Dann hat er sie verlassen? Endgültig?«

»Kann sein. Antonia wusste keine Einzelheiten, außer dass Jordan bei seinen Eltern ins Gartenhaus gezogen ist und seine Mutter zum Wahnsinn treibt, weil er von früh bis spät bedient werden will.«

»Und wo sind Hannah und Ruby?«

»Soweit ich weiß, noch in Bristol.« Fraser fluchte. »Am liebsten würde ich mir dieses Arschloch vorknöpfen, sobald ich wieder in England bin.«

»Lass das bloß bleiben, Fraser! Es geht hier nicht um dich und Jordan, sondern um Hannah. Denk doch daran, wie es ihr jetzt geht, wenn er sie mit der Kleinen sitzengelassen hat. Oder vielleicht hat sie ihn ja auch rausgeworfen … Das hoffe ich!«

»Weißt du, ich bin zugleich erleichtert und furchtbar wütend …«, redete Fraser weiter und ließ sich über seine Gefühle aus, während Chloe es kaum erwarten konnte aufzulegen. Schließlich gelang es ihr, ihn zu überzeugen, vorerst alles ihr zu überlassen, und sie versprach, ihn wieder anzurufen, sobald sie mehr wüsste.

Sie musste sich enorm zusammennehmen, bevor sie ins Hafenbüro zurückging, aber die Sitzung war aufgelöst, und sie eilte zurück zum Crow's Nest, um sich in Ruhe ihre nächsten Schritte zu überlegen.

Chloe trat auf die Terrasse und blickte hinunter zum Hafen. Die *Marisco* kehrte gerade zurück. Drew war mit einer Gruppe nach Brixham gesegelt und hatte dort Katya und Connor getroffen. Sie fragte sich, wie Drew wohl zumute war, wenn die Trennung von seinem Sohn womöglich bald bevorstand.

Plötzlich hatte sie eine Idee. Wenn Drew wieder hier war … nur heute oder morgen konnte sie zu Hannah fahren, vor allem, wenn sie Drews Angebot annehmen wollte, sie zu begleiten.

Fraser würde vermutlich ausrasten, wenn er erfuhr, dass sie mit einem ihm unbekannten Mann bei Hannah gewesen war, aber darauf konnte sie jetzt keine Rücksicht nehmen. Dass Drew ein neutraler Außenstehender war, mochte sogar von Vorteil sein, dann würde Hannah sich nicht von beiden Elternteilen zugleich bedrängt fühlen. Außerdem musste Drew nicht mal das Haus betreten. Und Chloe könnte in wenigen Stunden mit ihrer Tochter und ihrer Enkelin vereint sein.

Die Vorstellung war berauschend und wundervoll, aber sofort gefolgt von heftiger Angst bei der Vorstellung, dass Hannah den Kontakt für immer abbrechen könnte, weil Chloe sich einmischte. Sie würde sehr behutsam vorgehen müssen.

Kurz darauf schickte Fraser eine WhatsApp-Nachricht. Er hatte wieder von Antonia gehört, Jordan hatte wohl durchblicken lassen, dass Hannah noch mit Ruby in der Wohnung in Bristol war, »soweit er wisse«. Fraser schrieb, am liebsten würde er sofort dorthin fliegen und Hannah nach Hause zurückholen.

Rasch antwortete Chloe. Hannah war zweiundzwanzig, nicht dreizehn, sie traf ihre eigenen Entscheidungen. Fraser könnte alles kaputtmachen, wenn er sie so bevormundete. Dann würde sie sich bestimmt nur noch mehr zurückziehen. Schließlich willigte er ein, in den nächsten Tagen alles Chloe zu überlassen.

Erschöpft ließ Chloe ihr Handy sinken. Sie musste sofort handeln, bevor Fraser sich womöglich trotz Absprache wie ein Elefant im Porzellanladen aufführte oder Jordan doch zu Hannah zurückkehrte. Die Vorstellung, dass ihre Tochter vielleicht verzweifelt war und sich keinen Rat mehr wusste, trieb Chloe fast zum Irrsinn.

Drew hatte völlig recht. Eine persönliche Begegnung war die einzige Chance, die Situation zu verbessern. Doch konnte Chloe zwei Tage vor Festivalbeginn eine solche Reise unternehmen?

25

An diesem Morgen war Sam schon früh bei Stargazey, um mit Stefan Vorbereitungen fürs Wochenende zu treffen. Für den Verkauf hatten sie eine Aushilfe eingestellt, da Sam natürlich während des Festivals keine Zeit hatte. Mittags machte Sam eine Pause, erledigte einige Anrufe und überprüfte die Fortschritte beim Kochzeltaufbau. Hämmern und Klappern und dröhnende Radiomusik waren weithin zu hören. Die Sitzreihen standen schon, und Techniker bauten die Bühne auf, zum Teil mit nacktem Oberkörper unter ihren Warnwesten. Die Sonne war so warm, dass die Arbeiter mächtig ins Schwitzen kamen, und Sam konnte sich gar nicht vorstellen, dass für abends starker Wind gemeldet war.

Der Stargazey-Wagen sah mit der neuen Lackierung besser aus als vorher. Die Versicherung war für die Kosten aufgekommen, und die Lackierer hatten tolle Arbeit geleistet. Sam hatte insgeheim gefürchtet, das Phantom könne erneut zuschlagen, aber man konnte den Wagen nur vor der Backstube abstellen, da half also nur Daumendrücken. Bei den polizeilichen Ermittlungen hatte sich nichts ergeben, und Sam hatte sich damit abgefunden, dass man den Schuldigen niemals finden würde.

Gabe hatte sie seit der Party kaum zu Gesicht bekommen, weil er die letzten Tage in London verbracht hatte. Sam gestand sich nur ungern ein, dass er ihr fehlte. Und obwohl die Streitigkeiten wegen Ryan wohl beigelegt waren, hatte Sam jetzt eine neue Sorge. Gabe hatte deutlich durchblicken lassen, dass er wieder mit ihr zusammen sein wollte – aber wie sollte das gehen? Er könnte nur einen Teil seiner Zeit hier verbringen. Doch die räumliche Distanz bereitete Sam weniger Probleme als die Unterschiedlichkeit ihrer Lebensweise. Gabe war den Trubel und Glamour von London und seine vielen Fans gewöhnt und genoss das alles vielleicht mehr, als er zugab. Sam dagegen führte ein ruhiges Leben in einem kleinen Ort, der wohl ohnehin zu beengend gewesen wäre für Gabe, auch ohne das Zerwürfnis wegen Ryan.

Sam wollte gerade in die Backstube zurückgehen, als sie sah, wie Gabe sich vom Net Loft entfernte. Ob er es wohl tatsächlich angemietet hatte? Sie konnte sich einfach nicht entscheiden, ob sie nun wollte, dass er sich in Porthmellow ansiedelte, oder nicht. Ihr Herz sagte etwas anderes als ihr Verstand. Lediglich die Aussage ihres Körpers war mehr als eindeutig. Mit seinen coolen Shorts und einem sexy Leinenhemd sah Gabe so heiß aus, als könne er den Hafen in Brand stecken.

Er winkte ihr zu, kam angeschlendert und bestaunte die entstehende Bühne.

»Wow. Das ist ja mal was«, sagte er beeindruckt.

Sam lächelte. »Nicht wahr?«

»Ich hab ja schon oft auf Festivals gekocht. Aber so was in Porthmellow zu erleben, ist schon der Hammer. Fühlt sich bestimmt gut an zu beobachten, wie alles entsteht, oder?«

»Ich tendiere eher zur Angst«, gestand Sam. »Obwohl ich es schon so oft gemacht habe, bekomme ich immer Panik bei der Vorstellung, was hier alles über den Ort hereinbricht. Das Wetter soll stürmisch werden, und so vieles andere könnte schieflaufen …«

»Ich bin ganz sicher, dass du allen Herausforderungen gewachsen bist.«

Sam lief ein angenehmer Schauer über den Rücken. Heute war sie nicht angeschickert, sondern stocknüchtern, aber sie musste sich eingestehen, dass Gabe dennoch dieselbe Wirkung auf sie hatte wie am Abend der Party.

»Ich fürchte immer, dass ich irgendwas übersehen habe. Oder dass etwas passiert, das so heftig ist, dass ich nicht damit umgehen kann. Das macht mich schon nervös.«

»Was könnte denn im schläfrigen Porthmellow jemals schiefgehen?«, erwiderte Gabe. Das war scherzhaft gemeint, aber sein Unterton war ernst, und er warf ihr einen bedeutungsvollen Blick zu.

Sam konnte sich jederzeit in Gabes dunkelbraunen Augen verlieren, und das passierte ihr auch jetzt.

»Weiß nicht«, murmelte sie. War das eine Anspielung auf die Vergangenheit?

Jetzt schaute er wieder nach vorne zur Bühne. »Ich habe über die Zeit nach dem Festival nachgedacht«, sagte er leichthin.

»Ach so?« Ihr Herz schlug einen Trommelwirbel.

»Ich war in London, um die Planung für das Net Loft abzuschließen. Gerade hatte ich einen Termin mit der Maklerin und habe mir alles noch mal angesehen. Der Vertrag ist unterschrieben, und ich hab auch schon einen Chefkoch verpflichtet.«

Sam betrachtete ihn forschend. »Du eröffnest also das Restaurant … aber übernimmst es nicht selbst?«

»Ich bin leider zu beschäftigt mit anderen Teilen meines Unternehmens, aber ich werde häufig vor Ort sein, vor allem am Anfang.«

Er zog also nicht nach Porthmellow. Sam verfluchte sich selbst. Vor einem Monat hatte sie noch gehofft, er würde wieder verschwinden, jetzt war sie enttäuscht, weil er nicht blieb.

»Verstehe. Du musst wirklich stark eingebunden sein. Es hätte mir klar sein müssen, dass du es nicht selbst betreiben kannst.«

»Ich muss auch erst mal abwarten, wie es läuft, weißt du …« Er verstummte und sah sie an. »Sam?«

Sie nickte nur. Ihr fehlten die Worte, um zu beschreiben, wie sie sich fühlte. Hin- und hergerissen zwischen dem Gefühl, mit ihm zusammen sein zu wollen und möglichst weit entfernt von ihm. Letztlich war das Verzeihen nicht vollendet und die große Frage in Bezug auf Ryan noch immer unbeantwortet.

Ein Arbeiter ließ mit lautem Knall einen Vorschlaghammer fallen, und sie zuckten beide erschrocken zusammen.

»Ich muss zurück zu Stargazey«, sagte Sam schließlich. »Wir müssen noch Tonnen von Pies fürs Festival backen. Stefan und eine Aushilfe aus dem Dorf verkaufen am Wochenende, aber das Backen kann ich nicht ihm allein überlassen.«

Bevor Gabe etwas erwidern konnte, klingelte Sams Handy. »Entschuldige, ich muss rangehen. Hallo, Chloe? Alles okay?«

Sam hörte zu, und Gabe sah sie besorgt an, als klar wurde, dass es Probleme gab.

»Okay, okay. Ja, ganz klar musst du hinfahren. Familie geht immer vor … mach dir keine Sorgen, wir kriegen hier alles auf die Reihe. Meld dich einfach, sobald du kannst. Viel Glück. Ich hoffe, alles wird gut.«

Nachdem Sam das Handy eingesteckt hatte, stieß sie einen tiefen Seufzer aus. Ihr Leben war gerade noch etwas komplizierter geworden.

»Das klang gar nicht gut«, sagte Gabe. »Was ist los?«

»Offenbar hat der Partner von Chloes Tochter sie mit dem Kind sitzen lassen. Jetzt macht Chloe sich natürlich furchtbar Sorgen und will nach Bristol fahren.«

»Ach herrje. Kein gutes Timing.«

»Für so was gibt's kein gutes Timing. Chloes Ex-Mann ist gerade im Ausland, und sie hat jetzt beschlossen, unangekündigt dort aufzutauchen.«

Gabe sog scharf die Luft ein. »Könnte riskant sein, aber ich kann's verstehen. Wann fährt sie?«

»Jetzt«, antwortete Sam und ging in Gedanken bereits Chloes Aufgaben durch. »Drew begleitet sie.«

»Das heißt, dir fehlen zwei Leute aus deinem Team?«

Sam zwang sich zu einem Lächeln. »Sieht so aus, ja. Aber irgendwie wird's schon gehen.« Die beiden hatten schon andere gebeten, für sie einzuspringen, aber so kurzfristig klappte das natürlich nicht. Sam war völlig geschockt. Wie sollte sie zugleich für Drew und für Chloe einspringen *und* die Vorräte für Stargazey aufstocken? Jetzt war es endgültig so weit: Sie hatte sich übernommen. Und zum allerersten Mal lauerte die Panik nicht nur, sondern sie schlug zu. Das war einfach zu viel …

»Kann ich dir helfen?«, fragte Gabe.

»Du?« Sam sah ihn skeptisch an.

»Organisatorisches kann ich dir wahrscheinlich nicht abnehmen«, sagte Gabe, »aber ich könnte vielleicht kleinere Sachen erledigen, damit du dich um die großen kümmern kannst.«

»Danke für das Angebot, aber ich wüsste gar nicht, was du tun könntest ...« Sam überlegte. »Du bist schließlich unser Headliner. Ein paar Besorgungen vielleicht, und du könntest dich um die anderen Köche kümmern ... wenn es dir nichts ausmacht ...«

Gabe strich ihr sachte über den Arm. »Das würde mir überhaupt nichts ausmachen. Aber ich hab noch eine andere Idee.«

»Ich bin dankbar für jede Idee, mein Hirn kriegt gerade die Krise.«

»Die ganzen Pies, die noch gebacken werden müssen. Hab ich schon mal erwähnt, dass ich Hobbykoch bin? Wenn du einen Küchenjungen brauchst, steh ich gerne zur Verfügung.«

Sam starrte ihn mit offenem Mund an. »Das meinst du nicht ernst, oder?«

Er grinste. »Die Sache mit dem Hobbykoch?«

Sie war zu durcheinander, um zu witzeln. »Nein, natürlich das Angebot ... ich meine ... hast du überhaupt Zeit?«

»Eigentlich nicht, und meine Assistentin dreht auch bald durch, aber ich habe die Tage bis nächste Woche geblockt. Während ich deine Pies backe, kannst du dich aufs Festival konzentrieren.«

»Ich ... ich meine, glaubst du, du kommst da klar? Wäre es okay für dich, Stefans Anweisungen zu befolgen?«

»Na sicher. Ich lerne gern etwas Neues. Und mein Gesundheitszeugnis hab ich auch dabei.«

Sam lachte lauthals. »Das ist eine enorme Erleichterung, aber … Oh, mein Gott, Stefan kriegt bestimmt Zustände, wenn du als sein Küchengehilfe bei Stargazey auftauchst.«

Gabe rieb sich die Hände. »Klingt lustig.«

»Das ist ganz großes Kino, so viel steht fest.« Sam verschränkte die Arme vor der Brust und starrte Gabe streng an. »Danke. Das ist vermutlich die irrste Entscheidung, die ich je für das Festival getroffen habe. Aber einem geschenkten Gaul schaut man nicht ins Maul. Also, holen Sie Ihre Schürze, Mr Mathias, und dann Augen zu und durch.«

26

Es war Chloe schwergefallen zu berichten, dass sie so kurzfristig ausfallen würde, zwei Tage vor dem Festival. Aber Sam hatte sich großartig verhalten und war sehr verständnisvoll gewesen. Während der Fahrt nach Bristol in Drews Land Rover erledigte Chloe einige Anrufe und versuchte Leute zu finden, die für sie einspringen konnten, was auf die Schnelle aber schwer war. Sie sagte allen, dass sie dauernd erreichbar sein würde. Die Aktivitäten sorgten dafür, dass Chloe nicht dazu kam, sich über die bevorstehende Begegnung den Kopf zu zerbrechen.

Gegen Mittag kamen sie in Clifton an, einer gehobenen Vorstadtgegend von Bristol, und fanden auf Anhieb einen Parkplatz direkt gegenüber von Hannahs Haus.

Drew warf Chloe einen Blick zu. »Bist du sicher, dass ich nicht mit raufkommen soll?«

»Ja. Aber danke. Bleib einfach hier, du musst ja auch ein paar Anrufe machen. Ich fühl mich schon schlecht genug, dass ich selbst ausfalle. Aber dich auch noch vom Festival abzuziehen, ist eigentlich inakzeptabel.«

Chloe war nervöser als je zuvor in ihrem Leben. Das Sonnenlicht ließ die alten georgianischen Reihenhäuser heiter wirken, aber in ihr herrschte Aufruhr. Ihr Herz pochte wie verrückt, ihr Mund war trocken. Auch wenn Jordan jetzt weg war – würde Hannah ihre Mutter nach wie vor abweisen?

Die Wohnung befand sich ganz oben in einem der Reihenhäuser, die Straße lag am Rande des trendigen teuren Wohnviertels. Hier war die Gentrifizierung noch nicht so weit fortgeschritten, stand aber kurz bevor, wie man an dem Café mit Rösterei an der Ecke, dem Hipster-Barbier und dem Bioladen auf einen Blick erkennen konnte.

Chloe umklammerte den Griff ihrer Strohtasche, die ein Geschenk für Ruby enthielt, spähte an der Fassade hinauf und fragte sich, ob das Mansardenfenster zu Hannahs Wohnung gehörte. Vielleicht schaute ihre Tochter jetzt gerade auf die Straße hinunter.

»In welchem Stock wohnt Hannah?«, fragte Drew, als hätte er ihre Gedanken erraten.

»Ganz oben, glaube ich.«

»Hast du es dir so vorgestellt?«, fragte Drew.

Chloe seufzte. »Nein. Ist viel gepflegter, als ich befürchtet hatte, was einerseits eine Erleichterung ist, aber …«

»Scheint hier eher eine kostspielige Gegend zu sein.«

»Ja. Wahrscheinlich hat Jordan die Miete übernommen. Hannah könnte sich so was nicht leisten, nicht mal, wenn sie arbeiten ginge. Dann müsste sie ja auch einen Kindergarten bezahlen.«

»Bist du enttäuscht, dass es nicht irgendein Dreckloch ist?«

»Nein, natürlich nicht, aber ich weiß, was du meinst. Ich habe mir diese Frage selbst schon x-mal gestellt. Wie wäre mir zumute gewesen, wenn Hannah glücklich gewesen wäre, aber dennoch den Kontakt zu uns abgebrochen hätte? Ich habe versucht mir einzureden, dass ich dann ihre Entscheidung akzeptiert hätte, weil es mir nur wichtig ist, dass es ihr gut geht.«

»Du kannst keine Heilige sein, Chloe. Das sind wir alle nicht«, sagte Drew lächelnd, und sie erwiderte das Lächeln.

Es tat ihr gut, dass er bei ihr war. Durch seine Sichtweise gelang es ihr, eher den Überblick zu behalten. Es war eine große Fähigkeit, die Welt so gelassen und realistisch zu betrachten, das gelang nicht vielen Menschen. Chloe spürte, dass sie dabei war, sich in noch viel mehr zu verlieben als in Drews tolles Aussehen und seine funkelnden blauen Augen.

»Nein, eine Heilige bin ich wahrhaftig nicht, das weißt du ja schon …« Sie schaute wieder an dem Haus hoch. »Ich sollte jetzt wohl den Stier bei den Hörnern packen.«

»Tu das. Ich bleibe erst mal hier. Aber ruf mich an oder schreib mir, falls du länger bleiben solltest, ja? Dann würde ich mich nämlich ein Weilchen rarmachen und mir die SS *Great Britain* anschauen, die hier im Hafen liegt. Du hast doch nichts dagegen, dass ich mich auf einem Schiff herumtreibe, oder?«

Chloe musste lachen und entspannte sich ein bisschen. »Nein. Solange du nicht damit in See stichst …«

»Ganz bestimmt nicht. Und jetzt wünsche ich dir viel Glück.«

Chloe stieg aus und schloss leise die Autotür. Sie versuchte ruhig zu atmen, überquerte die Straße und stieg die kleine Treppe zur Haustür hinauf. Am obersten Klingelschild stand kein Name. Chloe drückte den Knopf und versuchte sich auf eine Begegnung vorzubereiten, die mit einem großem Drama enden mochte – oder aber mit dem Wunder ihrer Versöhnung mit Hannah.

Während sie wartete, war Chloe ein Bündel an Emotionen. Sie zwang sich zur Konzentration, kontrollierte ihren Atem.

Als nichts geschah, drückte sie gegen die Haustür, die tatsächlich aufging. Chloe betrat den Flur.

Es war sicher mal ein vornehmes Haus gewesen. Die hohe Decke war mit Stuck verziert, das geschwungene Treppengeländer mit aufwendigem Schnitzwerk versehen. Eine Wohnungstür im Erdgeschoss war hellblau gestrichen, an der anderen dagegen blätterte die Farbe ab. Auf dem Boden lagen Flyer für Yogakurse, und unter einem Regal stand ein Dreirad, noch zu groß für Ruby. Chloe hörte das Geschenkpapier in ihrer Tasche rascheln. Waren die Stapelbecher und das Kuschelnilpferd passende Mitbringsel? Das Geschenk sollte nicht übertrieben wirken und nicht zu bemüht …

Chloe kam sich wie ein Eindringling vor, als sie die Treppe hinaufging, und das traf schließlich auch zu, da sie sich selbst Einlass verschafft hatte. Im ersten Stock hörte sie Stimmen und Rapmusik, im zweiten hatte jemand den Fernseher extrem laut gestellt, und vor einer Tür lag ein Amazon-Paket. Vertrauensvoll vom Empfänger … oder aber der Zulieferer war faul gewesen.

Am Fuß der letzten Treppe blieb Chloe stehen. Sie keuchte so heftig wie sonst nie, wenn sie vom Hafen zum Crow's Nest hochstieg. Hier war kein Geräusch mehr zu hören, auch keine Kinderstimme.

Jetzt oder nie.

Sie nahm die letzte Treppe in Angriff und blieb vor der obersten Wohnungstür stehen. Kein Namensschild, keinerlei

Gegenstände, die darauf hinwiesen, dass das Allerkostbarste in Chloes Leben sich hinter dieser weißen glatten Tür befand.

Chloe klopfte an.

Stille.

Sie horchte und meinte ein Geräusch zu hören. Schritte näherten sich, und das Herz schlug ihr bis zum Hals.

»Hannah, ich bin's, Mum«, sagte sie, als die Tür sich zu öffnen begann. »Entschuldige, ich war gerade in der Nähe und …«

Die Frau, die vor ihr stand, war um die vierzig, trug einen dunkelblauen Hosenanzug und hochhackige Schuhe.

»Guten Tag.«

»Oh. Tut mir leid. Ich dachte, Hannah würde hier wohnen.«

»Hannah?« Die Frau runzelte die Stirn. »Darf ich fragen, wer Sie sind?«

»Ich bin ihre Mutter. Rubys Großmutter. Ich … ich war gerade in der Nähe und dachte, ich schaue mal vorbei.«

»Aha. Haben Sie nicht vorher angerufen?« Die Frau schien Chloe nicht zu glauben.

»Ähm … nein«, antwortete Chloe betreten. »Es sollte eine Überraschung sein.« Sie hielt das verpackte Kuscheltier hoch. »Es ist ein Nilpferd.«

Die Frau beäugte erst das unförmige Päckchen und dann wieder Chloe, und etwas in ihrem Blick änderte sich. »Ah ja. Jetzt sehe ich die Ähnlichkeit.«

Offenbar kannte die Frau Hannah, hatte die gemeinsame chinesische Abstammung erkannt und geschlussfolgert, dass Chloe die Wahrheit sagte. Was natürlich nur anteilig zutraf …

»Ist Hannah denn da?«, fragte Chloe tapfer weiter.

»Nein.« Jetzt sah die Frau wieder argwöhnisch aus. »Sie ist gestern ausgezogen. Wissen Sie das nicht?«

Chloe fühlte sich so schwach, dass sie sich beinahe am Türrahmen festgehalten hätte. »Nein. Ich meine, vielleicht hat sie mir geschrieben oder angerufen ... mein Handy ... ich hab es zu Hause vergessen ...«

Sie war vollkommen niedergeschmettert und wollte dieser kalten Fremden auf keinen Fall erklären, dass Hannah ausgezogen war, ohne ihre Mutter zu informieren.

»Mein Freund wartet im Auto, ich kann sie von seinem Handy anrufen ... Sie wissen nicht zufällig die neue Adresse?«

»Keine Ahnung. Viel Glück beim Rausfinden«, sagte die Frau. »Tut mir leid, aber ich muss mich jetzt um die Neuvermietung kümmern.«

Und damit schlug sie Chloe die Tür vor der Nase zu.

Eine gefühlte Ewigkeit blieb Chloe reglos stehen, bevor sie sich aufraffen konnte, dieser furchtbaren Situation zu entkommen. Sie eilte die Treppe hinunter, an den Gerüchen und Geräuschen anderer Familien vorbei. Die Enttäuschung schien sie fast zu erdrücken. Sie riss die Haustür auf und stolperte hinaus.

Drew lehnte mit seinem Handy am Auto, aber Chloe hastete an ihm vorbei. Die Tasche schlug an ihre Beine.

»Chloe! Warte doch!«, rief er ihr nach.

Nein. Sie wollte nicht, dass er miterlebte, wie dieser ganze Kummer aus ihr herausbrach, der Schmerz und die Enttäuschung von Jahren. Niemand sollte das sehen.

Doch Drew folgte ihr, und als er sie eingeholt hatte, zwang

sich Chloe zur Beherrschung. »Sie ist nicht da. Ausgezogen. Ich weiß nicht, wohin, und die Vermieterin angeblich auch nicht. Ich bin wieder am Ausgangspunkt. Noch schlimmer: Jetzt weiß ich nicht mal mehr, wo Hannah wohnt.« Sie begann zu zittern. »Und wir sollten in Porthmellow sein und uns um das Festival kümmern. Nicht hier auf einer aussichtslosen Suche.«

Drew nahm sie behutsam bei den Schultern und hielt sie fest. »Um Himmels willen, Chloe, du musst jetzt nicht so tapfer sein. Schreie und brülle, wenn dir danach ist.« Er sah ihr fest in die Augen. »Oder wein dich einfach mal richtig aus. Und danach fangen wir noch mal von vorne an. Wir werden Hannah und Ruby finden, Festival hin oder her.«

Chloe setzte sich eine Weile ins Auto, bis sie sich einigermaßen gefasst hatte. Dann überredete Drew sie zu einem kleinen Spaziergang und zu Tee und Gebäck in einem der Straßencafés. Chloe hatte stundenlang nichts zu sich genommen, und sie brauchten beide eine Pause.

Als der erste Schock nachließ, machte sich die Sorge breit. Wo um alles in der Welt waren die beiden?

»Ich hoffe, sie ist nicht zu Jordan zurückgegangen. Obwohl das vielleicht immer noch besser wäre, als auf der Straße zu sitzen.«

»Vielleicht sind sie auch hier irgendwo in einem Hotel«, mutmaßte Drew und gab einen großen Löffel Zucker in seinen Tee.

»Ich habe keine Ahnung, wie viel Geld Hannah hat. Ihr Vater und ich würden ihr natürlich jederzeit aushelfen. Sie müsste uns nur darum bitten, aber ich fürchte, sie ist zu stolz dafür.

Und wie sollten wir das auch rauskriegen? So eine Auskunft darf uns niemand geben.«

»Die Vermieterin hat aber nicht gesagt, dass Hannah gekündigt wurde, weil sie nicht gezahlt hat, oder? Das heißt doch bestimmt, dass sie freiwillig ausgezogen ist.«

Chloe stellte vorsichtig ihre Tasse ab. Sie fühlte sich so zerbrechlich wie das dünne Porzellan. »Du hast recht, ja. Das bedeutet, sie hat irgendwelche Pläne. Ich werde Fraser Bescheid sagen müssen.« Chloe schaute auf ihre Uhr. Es war schon Nachmittag, und sie sollten die anderen nicht weiter im Stich lassen. »Fahren wir zurück. Ist ja sinnlos, hier zu bleiben, Hannah könnte überall sein.«

»Du könntest sie anrufen.«

»Stimmt.« Das war natürlich das Naheliegendste, aber in ihrem Gefühlswirrwarr hatte Chloe daran noch gar nicht gedacht.

Sie wählte Hannahs Nummer und hielt den Atem an. Nach mehrmaligem Klingeln ging die Mailbox an. Chloe berichtete von ihrem Besuch und bat Hannah um einen Rückruf.

»Sollen wir noch bei den Nachbarn klingeln und fragen, ob jemand weiß, wo sie ist?«, schlug Drew vor.

Chloe warf einen Blick auf das Haus. Bei wildfremden Menschen nach der neuen Adresse ihrer Tochter zu fragen, war irgendwie absurd. Und beschämend. Aber sie fühlte sich verzweifelt genug, um den Versuch zu machen.

Sie gingen in das Haus zurück, und es gelang ihnen, mit zwei Männern zu sprechen. Der eine war ein neuer Mieter, der Hannah gar nicht kannte; der andere sagte, er hätte sie gesehen, als sie auszog, aber nicht mit ihr gesprochen.

»Jordan werde ich jedenfalls nicht kontaktieren«, sagte Chloe, als sie wieder im Auto saßen. »Da kann ich für nichts garantieren. So sehr es mir zuwider ist, aber ich fürchte, wir müssen einfach zurückfahren und weiter versuchen, sie anzurufen. Ich sage Fraser Bescheid. Etwas anderes fällt mir gerade nicht mehr ein.«

»Immerhin«, sagte Drew und legte ihr die Hand auf den Arm. »Aber ich denke mir, wenn Hannah Jordan wirklich verlassen hat, ist das doch ein gutes Zeichen.«

»Ja, kann schon sein … Hoffentlich. Aber solange ich nicht weiß, dass es ihr gut geht, habe ich keine ruhige Minute.«

27

Gabe reckte die Arme in die Luft und stöhnte, als diverse Teile seines Körpers massiv protestierten. Zum Ende des Nachmittags konnte er endlich seine Stargazey-Schürze ablegen.

Er war fix und fertig. Wie viele Pies hatte er gebacken? Er hatte den Überblick verloren. Zwar wusste er ja nun wirklich, dass Kochen harte körperliche Arbeit war. Aber unter enormem Zeitdruck wie am Fließband Pies zu backen, war doch erheblich anstrengender gewesen, als er erwartet hatte. Jetzt waren Hunderte Pasteten vorbereitet und im Kühlschrank, und Gabe wollte nie mehr im Leben einen Pie zu Gesicht bekommen, geschweige denn essen.

Stefan hatte geglaubt, Sam und Gabe wollten ihn auf den Arm nehmen, als sie in der Backstube aufgetaucht waren. Irgendwann zwischendurch hatte Sam angerufen, um zu hören, ob alles gut lief, was Stefan und Gabe natürlich bestätigt hatten, auch wenn es nicht der Wahrheit entsprach. Denn Gabes erste Produktion hatte Stefan nicht durchgehen lassen, mit der Begründung, die Teigtaschen sähen aus wie Kuhfladen. Und wer hätte ahnen können, dass Stefan zu einer Art Küchenfeldwebel mutierte, sobald er das Sagen hatte? Irgendwann hatte Gabe den Dreh raus, aber Stefan blieb gnadenlos und steigerte das Tempo noch.

Bei Feierabend schlug er Gabe auf die Schulter und verschwand, und nun wartete er auf Sam.

»Hallihallo!«, rief sie aus dem Vorraum. »Alles gut hier?«

»Bestens«, antwortete Gabe und setzte rasch ein Lächeln auf, als sie in die Küche kam. »Und wie lief's bei dir?«

»Frag nicht. Palaver mit Gemeinderäten, Sanitätern, Hafenleitung …« Sam zählte an den Fingern ab. »Ein Segen, dass ich nicht auch noch hier im Einsatz sein musste.« Sie betrachtete ihn stirnrunzelnd. »Du siehst erledigt aus. Und du hast Mehl in den Haaren … oder du kriegst graue Haare.«

»Beides vermutlich. Stefan ist ja der reinste Tyrann.«

Sam lachte. »Eigentlich ist er zuckersüß. Hatte wahrscheinlich so viel Respekt vor dir, dass er ins Gegenteil verfallen musste.«

»So könnte man's auch sagen.« Gabe grinste. »Aber immerhin – die ganze Produktion fürs Wochenende ist fertig.«

»Vielen Dank, großartig. Enorme Erleichterung.«

»Ich schick dann die Rechnung, ja?«

»Du hast dich als Freiwilliger gemeldet, hast du das vergessen?« Sam trat noch einen Schritt auf ihn zu. »Auf deiner Nase ist auch Mehl.« Sie rieb mit der Fingerspitze auf seiner Nase herum.

Gabe hielt den Atem an. Offenbar hatte Sam keine Ahnung, was sie da gerade anrichtete. Sie war so lässig gekleidet wie immer, mit ärmelloser Weste und Jeansrock, der ihre hübsche Figur und ihre langen schlanken Beine zur Geltung brachte. Ihre Wangen glühten von einem Tag an der frischen Luft, und die Sonne hatte blonde Strähnen in ihr Haar gezaubert. Gabes Gehirn drehte durch. Er geriet hier gerade in große Gefahr.

»Sam.«

Mehr als diese eine Silbe brachte er nicht zustande, bevor seine Arme sie umschlangen und er sie leidenschaftlich küsste. Wie wundervoll, sie zu spüren … zu schmecken … nach über elf Jahren …

Nach ein paar Momenten löste Sam sich von ihm. »Gabe, damit komme ich jetzt gerade nicht klar.«

»Tut mir leid, ich hätte das nicht …«

»Nein. Ich … danke, dass du heute eingesprungen bist. Das Komitee ist dir wirklich sehr dankbar für deine Hilfe.«

»Gerne … ich hab das nicht nur für das Festival getan, aber das weißt du sicher. Ich möchte etwas wiedergutmachen.«

»Meiner Erfahrung nach geht das manchmal nicht. Dann ist es besser, noch mal ganz von vorne anzufangen.«

»Und … wärst du dazu bereit?«

»Ich weiß es nicht … frag mich noch mal nach dem Festival. Wenn du dann noch hier bist«, antwortete sie. »Aber jetzt muss ich mich unter allen Umständen auf meine Aufgaben konzentrieren.« Ihre Stimme hatte einen bittenden Unterton.

Gabe nickte. Er wusste, wann er lockerlassen musste, selbst wenn jede Zelle seines Körpers danach schrie, Sam wieder zu küssen. Aber ihm war klar, dass es noch ein langer, steiniger Weg war, Sams Vertrauen zurückzugewinnen. Und dass dieses Ziel nur mit Geduld und größtem Feingefühl zu erreichen war.

28

Chloe brauchte etliche tiefe Atemzüge, um sich während der Rückfahrt einigermaßen zu beruhigen. Sie überlegte, was sie Fraser sagen wollte, doch als sie ihn anrief, landete sie sofort bei der Mailbox. Genauso bei Hannah, der Chloe noch eine SMS und eine WhatsApp-Nachricht schrieb.

Dann lehnte sie sich zurück und starrte hinaus auf die Felder von Somerset, nahm aber nichts richtig wahr. Vor ihrem inneren Auge spielten sich diverse Szenarien mit Hannah und Ruby ab, alle gleichermaßen unerfreulich. Sie konnten bei Jordan sein oder in einer schäbigen Absteige. Chloe wusste nicht, ob Hannah sich eine sichere und saubere Unterkunft überhaupt leisten konnte. Doch wenn Jordan oder Hannah selbst die Miete für die Wohnung bezahlt hatte – warum war ihre Tochter dann ausgezogen?

Nach einer Weile rief Fraser zurück. Wie zu erwarten war er furchtbar besorgt, als er die Neuigkeiten hörte, und verfluchte Jordan.

»Was hat der Typ mit ihr gemacht? Ich bring den um, wenn es ihr schlecht geht! Verflucht, warum musste das auch passieren, während ich hier in Österreich festsitze!«

»Bitte beruhig dich«, erwiderte Chloe. »Es bringt doch nichts, wenn du herumschreist.«

»Bist du am Steuer?«, fragte er unvermittelt.

»Nein, ein Freund fährt mich.«

»Welcher Freund?«

»Spielt das eine Rolle?«, fauchte Chloe verärgert, weil sie sich auf Hannah konzentrieren wollte.

»Nee, wohl nicht, wahrscheinlich weiß ja schon die halbe Welt Bescheid über unsere Probleme.«

»Ach, Fraser, sei doch bitte nicht albern. In Surrey kennt die Geschichte wirklich fast jeder. Wenn ich mit Freunden über meine Familie sprechen möchte, dann tue ich es.«

Er schwieg einen Moment. »Tut mir leid, ich mach mir solche Sorgen«, sagte er dann. »Ich will wissen, wo meine Tochter und meine Enkelin sind. Ich werde Jordans Vater anrufen, vielleicht weiß der was.«

»Von mir aus. Aber bewahre um Himmels willen die Ruhe.«

»Ja.« Er beendete das Gespräch.

Chloe ließ sich zurücksinken. »Oh, Mann.«

Drew wartete ein paar Momente ab und sagte dann: »Ich schätze ja, dass Hannah ganz gut auf sich selbst aufpassen kann. Wenn sie auch nur ein bisschen was von ihrer Mutter hat, wird sie klarkommen. Vielleicht braucht sie einfach etwas Zeit, um sich zu beruhigen. Dann wird sie sich wahrscheinlich melden.«

»Das kann ich nur hoffen ... aber wo steckt sie nur?«

»Bei Großeltern?«

»Meine Eltern leben in Wales. Ich glaube kaum, dass sie dort ist. Ich kann die Eltern anrufen ... aber dann machen die sich auch Sorgen, und mein Vater ist nicht bei guter Gesundheit. Frasers Eltern leben nicht mehr.« Chloe betrachtete ihr

Handy und überlegte, ob sie ihre alten Eltern beunruhigen sollte. »Ich glaube, ich warte lieber erst mal noch ab. Meine Mum würde mich sowieso anrufen, wenn Hannah bei ihnen wäre.« Diese Möglichkeit hakte Chloe innerlich ab. »Aber ich könnte ihren Freundinnen auf Facebook schreiben. Eigentlich mache ich so was nicht, aber ich weiß mir keinen anderen Rat mehr.«

Chloe ging in Gedanken alle restlichen Optionen durch, während sie sich Porthmellow näherten. Und dann zerbrach sie sich den Kopf darüber, dass die arme Sam mitten im größten Festivalstress ohne ihre Vertreterin auskommen musste, weil die mit ihrem Familienchaos kämpfte.

Als das erste Straßenschild Porthmellow ankündigte, klingelte ihr Handy, und Sams Name erschien auf dem Display.

»Sam? Ist alles okay?«

»Ja, alles gut. Aber ich weiß was über Hannah.«

»Was?«, schrie Chloe, worauf Drew sie erschrocken anschaute.

»Keine Angst, es geht ihr prima.«

»Woher weißt du das? Wo ist sie?«

»Hier, in Porthmellow«, antwortete Sam so gelassen, als sei das völlig normal. »Ich hab Ruby und sie gerade im Hafencafé kennengelernt. Sie hat sich bei dir melden wollen, aber ihr Handy ist tot.«

Chloe wählte sofort die Nummer des Hafencafés und wurde von der Besitzerin zu Hannah durchgereicht.

»Hannah?«

»Mum? Ich wollte dich anrufen, aber erst hatte ich keine Verbindung, und dann war der Akku leer, deshalb bin ich in dieses Café gegangen. Weißt du, wo es früher die Schoko-Eclairs gab, die ihr so mochtet, du und Dad. Sieht ja jetzt völlig anders aus hier.« Hannah senkte die Stimme. »Kaffeespezialitäten und vegane Brownies …« Sie kicherte nervös. »Wer hätte gedacht, dass Porthmellow mal hipsterig wird?«

Chloe wusste nicht, ob sie vor Erleichterung lachen oder weinen sollte. Das war ganz die Hannah von früher, vor Jordan.

»Ich war in Bristol bei deiner Wohnung«, sagte Chloe.

»Ich weiß, Sam hat es mir erzählt … und ich war währenddessen hier. Ich hätte dich gleich anrufen sollen, aber ich wusste nach dem ganzen Stress zwischen uns nicht, was ich dir sagen sollte. Da dachte ich, ich komme lieber her und treff dich persönlich. Hab auch Crow's Nest gefunden, aber du warst nicht da, und deine Nachbarin wusste nicht, wann du zurückkommen würdest … Ich hatte schon Angst, du seist im Urlaub oder so. Aber dann fiel mir ein, dass das ja gar nicht sein kann, weil du dieses Festival hier organisierst.«

Chloe war erstaunt, dass Hannah sich das alles gemerkt hatte. Also hatte sie all die E-Mails und anderen Nachrichten doch nicht komplett ignoriert …

»Aber wieso bist du im Hafencafé?«

»Ruby brauchte was zu essen und eine frische Windel, und ich konnte mein Handy laden. Dann kam deine Freundin Sam rein, und ich hab ihren Namen gehört … und sie angesprochen. Die Leute waren alle so lieb zu mir. Sam hat dann erzählt, dass du in Bristol seist, um nach mir zu suchen. Sie ist echt nett.«

»Ja, das ist sie.« Chloe dankte den Sternen für ihre Freunde und war unendlich froh, dass alle in die Situation eingeweiht waren. »Wir sind gleich da, Hannah. Kannst du noch ein bisschen im Café bleiben? Ich hole dich dort ab.«

»Die Chefin hat gesagt, ich kann so lange bleiben, wie ich will. Hier wimmelt es von Leuten, die alles für das Festival vorbereiten. Das ist ja gigantisch, Mum! Ich kann gar nicht glauben, dass du daran beteiligt bist!«

»Doch, das ist so.« Zumindest sollte es so sein, dachte Chloe und nahm sich vor, Sam gleich noch zu schreiben. »Ist Ruby okay? Hast du alles, was du für sie brauchst?«

»Im Auto, aber ich durfte nicht am Hafen parken und steh jetzt ewig weit entfernt auf irgendeinem Feld. Was ich für heute Nacht brauche, hab ich dabei, aber ich musste ganz viele Sachen bei einer Freundin in Bristol lassen.« Sie verstummte für einen Moment. »Mum, ich hab es nicht mehr länger mit ihm ausgehalten und ihn rausgeschmissen. Alles tut mir so leid. Ich weiß, dass ich nach allem, was vorgefallen ist, jetzt eigentlich nicht nach Hause gerannt kommen kann, aber ich weiß nicht, wohin sonst, und außerdem …« Ihre Stimme brach. »Außerdem wollte ich dich sehen.«

Chloe blieb fast das Herz stehen. Sie war so erleichtert, diese Worte aus dem Mund ihrer Tochter zu hören, und litt zugleich mit ihr, weil sie das alles hatte durchmachen müssen. »Ich kann's auch kaum erwarten, dich zu sehen. Ich habe dir ja gesagt, dass ich jederzeit für dich und Ruby da bin. In zirka vierzig Minuten müssten wir in Porthmellow sein.« Chloe hörte im Hintergrund ein leises Jammern. »Ist das Ruby?«, fragte sie aufgeregt.

»Ja. Sie ist müde und quengelig. War ein langer Tag. Ich

muss sie aus dem Buggy nehmen. Muss jetzt aufhören, Mum. Ich warte hier im Café, okay?« Hannahs Stimme klang zittrig.

»Ist gut, mein Schatz«, sagte Chloe. »Ich freu mich auf dich. Bis gleich.«

Sie konnte das alles noch gar nicht fassen, war vollkommen aufgewühlt und unglaublich erleichtert. Nach all den Monaten voller Sorgen und Sehnsucht würde sie in nicht einmal einer Stunde ihre Tochter wiedersehen und ihre Enkelin kennenlernen.

Drew hielt an einer Ampel und sah Chloe von der Seite an. »Das war Hannah, aus Porthmellow? Geht es ihr gut?«

»Ich weiß nicht … sie klingt erschöpft und gestresst … aber wieder ganz wie sie selbst. Hat sich erinnert, dass wir früher immer im Hafencafé Schoko-Eclairs gegessen haben. Sagt, es sei jetzt so hipsterig. Sie benimmt sich, als hätte es diese zwei Jahre gar nicht gegeben.«

»Vielleicht wünscht sie sich das auch innerlich. Du wirst es sicher bald erfahren.«

»Ja … Ich muss Fraser Bescheid sagen. Oh Gott, ich hoffe, er führt sich nicht auf wie die Axt im Walde. Bin froh, dass ich erst mal ein bisschen Zeit mit Hannah alleine habe. Er liebt sie aufrichtig, aber Feingefühl war noch nie seine Stärke.«

Drew strich ihr über die Hand. »Das weiß Hannah doch bestimmt. Wir sind ja gleich da, dann kannst du sie schon mal vorbereiten.«

»Ja, du hast recht.« Chloe war Drew dankbar für seine Weitsicht.

»Und deine kleine Enkelin in den Armen halten«, fügte er hinzu, bevor er weiterfuhr.

Chloe blinzelte. Es kam ihr immer noch vor wie ein Traum. »Ich kann es kaum glauben. Und kann die Freude auch kaum aushalten, nach der ganzen Angst und Sorge. Hannah tut mir so leid. Das ist alles so hart.«

»Aber du weißt doch, dass das Leben eben manchmal einfach hart ist. Deshalb sollte man für die guten Tage besonders dankbar sein. Die nächsten Monate werden sicher nicht einfach, aber heute freu dich doch einfach an dem, was dir geschenkt wurde.«

»Du hast recht.«

Chloe schrieb Sam und bedankte sich für den Anruf. Nach einer gefühlten Ewigkeit fuhren sie jetzt auch gerade in die letzte Haarnadelkurve vor Porthmellow, und der Hafen kam in Sicht. Es war Flut, und die Wellen schimmerten im Abendlicht. Weiter draußen bäumten sich weiß gischtende Brecher auf. Am Kai wimmelte es nur so von Leuten, die Kabel legten und an Generatoren anschlossen.

Der Hafenparkplatz war für Besucher schon gesperrt, aber die Aufsicht erkannte Drew und öffnete ihm die Schranke. Er hielt auf dem Platz, der bereits voller Lieferwagen und Laster war, und lächelte Chloe liebevoll an.

»Meinst du, du kommst zurecht?«

»Ja.« Sie nahm seine Hand und lächelte matt. »Ich zittere. Und das, obwohl ich meine eigene Tochter treffen werde.«

»Das ist doch total verständlich.« Drew drückte ihre Hand. »Ich geh jetzt erst mal nach Hause, und dann bin ich am Hafen im Einsatz. Falls du mich brauchst, ruf einfach an.«

»Danke, Drew. Du hast mir so geholfen.«

»Ich bin froh, dass alles gut wird.«

Chloe beugte sich zu ihm und küsste ihn. Es war ein leichter, sanfter Kuss, irgendwo zwischen Freundschaft und Liebe angesiedelt.

»Hatte ich eigentlich nicht geplant«, sagte sie dann.

»So ist das mit den besten Sachen meist. Und nun ab mit dir. Ich bin für dich da, falls du mich brauchst.«

Chloe nahm ihre Tasche und ging in Richtung Café. Von überallher waren Hammerschläge und Bohrgeräusche vom Aufbau der größeren Buden zu hören. Kleinere Stände und Verkaufswagen würden erst früh am Samstagmorgen ihre Plätze einnehmen. Was sicher gut war, denn der Wind war heftig und böig.

Unterwegs wurde Chloe noch einmal von Unruhe erfasst und musste sich bemühen, nicht zu rennen. Wenn Hannah es sich inzwischen anders überlegt hatte und doch nicht mehr da war?

Sie näherte sich dem Café und blieb abrupt stehen, als Arbeiter beiseitetraten und sie plötzlich Hannah mit dem Kinderwagen sehen konnte. Sie hielt Ruby an den Armen, die gerade auf eine Möwe zustolperte und begeistert kreischte.

»Nein, die kannst du nicht streicheln! Das ist kein Kuscheltier!«, sagte Hannah.

Rubys empörtes Geschrei übertönte sogar noch den Baulärm und die plärrenden Radios. Die Kleine trug eine rote Latzhose, die Chloe bekannt vorkam. Sie hatte früher Hannah gehört. Dann hatte ihre Tochter sie also aufgehoben …

»Mum!« Hannah hatte ihre Mutter entdeckt und winkte, und Chloe eilte zu ihr. Sie fielen sich in die Arme und brachen beide in Tränen aus, worauf sie von den Arbeitern verwundert beäugt wurden.

»Ruby ist dauernd zwischen den Tischen rumgekrabbelt«, erklärte Hannah schließlich. »Sie kann schon ein paar Schrittchen machen, deshalb bin ich mit ihr rausgegangen … Oh Gott, es tut mir alles so leid, Mum.«

»Mir auch«, erwiderte Chloe und unterdrückte ein Schluchzen.

Hannah nahm Ruby hoch, die wild herumzappelte. »Es gibt so viel zu erzählen. So vieles, was ich dir sagen will.«

»Ich dir auch, mein Liebes, aber das hat Zeit.«

Tränen strömten Hannah übers Gesicht. »Ach, Shit, ich bin bestimmt voller Rotz. Hast du ein Taschentuch?«

Chloe, selbst lachend und weinend zugleich, reichte ihr eines.

»Danke. Kannst du Ruby mal halten, bitte?«

»Nichts lieber als das.«

Hannah übergab die zappelnde Ruby an ihre Großmutter, die beinahe platzte vor Freude. Die Kleine starrte Chloe perplex an, schnappte sich dann eine Handvoll Haare und zog daran.

»Autsch. Ich freue mich auch, dich kennenzulernen, liebe Ruby«, sagte Chloe.

Hannah hatte sich das Gesicht getrocknet und lächelte. »Sie wird sich bestimmt bald an dich gewöhnen.«

»Dann bleibt ihr eine Weile?«, fragte Chloe und hielt Rubys Patschhändchen fest, das sich in ihrem Haar verkrallt hatte. Mit ihren großen braunen Augen sah die Kleine Chloe unverwandt an.

»Ja«, antwortete Hannah. »Wenn wir bei dir bleiben können …«

Chloe fragte sich, ob man vor Glück ohnmächtig werden konnte. Nie im Leben hatte sie eine größere Freude erlebt, als jetzt mit ihrer Familie wieder vereint zu sein.

»Natürlich könnt ihr das. So lange ihr wollt.« Sie küsste Ruby auf die Stirn und Hannah auf die Wange. »Kommt, ihr beiden, ihr seid doch bestimmt erschöpft. Ich bin es jedenfalls. Gehen wir nach Hause.«

29

An diesem Abend waren im Crow's Nest außergewöhnliche Laute zu hören: das Quietschen und Lachen der planschenden Ruby in der Badewanne. Chloe verkniff es sich nachzufragen, ob Hannah Hilfe brauchte; sie kam schließlich schon seit fast einem Jahr zurecht.

Nachdem Ruby in dem Kinderbettchen im Gästezimmer eingeschlafen war, bestellten sich Mutter und Tochter eine Pizza und öffneten eine Flasche Wein. Sie hatten den ganzen Nachmittag geredet, bis sie fast heiser waren, und immer wieder waren auch Tränen geflossen.

Fraser war natürlich erleichtert über die Neuigkeiten und hatte angekündigt, nach seiner Rückkehr sofort nach Cornwall zu kommen. Doch Chloe war insgeheim froh, dass er noch bis Samstag in Österreich sein würde, sodass sie ein bisschen Zeit mit ihrer Tochter alleine hatte. Und für Hannah war es sicher auch weniger anstrengend, nach so langer Funkstille erst mal nur ein Elternteil zu erleben.

»Hat Jordan dich davon abgehalten, uns zu besuchen?«, traute Chloe sich nach dem Essen bei einem weiteren Glas Wein zu fragen.

»Nicht körperlich«, antwortete Hannah. »Aber er hat schon deutlich durchblicken lassen, dass er es nicht wollte. Zu Anfang hab ich geglaubt, Jordan sei toller als die anderen Typen an der Uni. Witzig und rebellisch … und als rauskam, wie reich er ist, habe ich ihm geglaubt, dass ihm das viele Geld oder die ›Surrey-Mafia‹, wie er immer sagte, nichts bedeuteten.« Hannah zog die Nase kraus, was sie oft machte, wenn sie verlegen oder unangenehm berührt war.

»Weißt du was, Hannah? Als ich deinen Dad geheiratet habe und nach Surrey gezogen bin, habe ich das auch zu spüren bekommen. War nicht einfach, dort anders zu sein. Walisisch, meine ich …«

Hannah kicherte, und Chloe freute sich über diese Laute, die sie so vermisst hatte.

»Und es hat lange gedauert, mich dort einzuleben«, fuhr Chloe fort. »Eigentlich hat es nie so richtig geklappt. In London habe ich mich viel heimischer gefühlt … und hier seltsamerweise auch. Ich bin zwar durch meine Herkunft und meinen Stil ganz anders als die Einheimischen. Aber Porthmellow ist ein malerisches Örtchen, das ganz unterschiedliche Menschen anzieht. Und im Großen und Ganzen akzeptieren die Menschen einander hier in ihrer Unterschiedlichkeit. Oder sie sagen dir ins Gesicht, was ihnen nicht passt, anstatt dir was vorzumachen.«

Hannah nickte nachdenklich. »Du hast sicher eine schwierige Zeit gehabt.«

»Und du mit Jordan wohl auch.«

»Tja … ich konnte nicht fassen, wie herrschsüchtig er sich aufgeführt hat. Er wollte, dass ich den Kontakt zu Eltern und Freunden komplett abbreche, und irgendwie bin ich dann in diese Zwangslage geraten, vor allem, als Ruby auf die Welt kam. Ich merkte gar nicht mehr, wie viel Zeit ich mit ihr in der Wohnung verbrachte, während Jordan in angesagten Bars rumhing oder bei seinen Eltern war und behauptete, er müsse sich um seinen Fonds kümmern. Ich war so naiv …« Hannah richtete sich auf und fügte mit fester Stimme hinzu: »Aber ich will mich nicht als Opfer darstellen, Mum. Ich hätte die Entscheidung treffen können, euch zu besuchen. Und ich hätte Jordan schon viel früher verlassen sollen.«

»Jetzt hast du es ja geschafft.«

»Ja, aber es hat so lange gedauert, bis ich den Mut aufgebracht habe. Ich hatte das schon seit Wochen vor, wusste aber nicht, wie ich es angehen sollte. Weil ich auch das Gefühl hatte, dass die Situation zwischen mir und euch völlig festgefahren war. Ich hab euch so wehgetan.«

»Wir machen alle Fehler im Leben. Dein Vater und ich haben das mit der Scheidung nicht gut hingekriegt, und es tut uns beiden aufrichtig leid, dass wir dir nachspioniert haben. Das war nicht in Ordnung.«

»Ja, ich war wütend, weil ihr mir nicht zugetraut habt, eigene Entscheidungen zu treffen. Womit ihr allerdings offenbar recht hattet«, fügte Hannah hinzu und schloss die Augen.

»Nein, du *musst* eigene Entscheidungen treffen«, wandte Chloe ein. »Lass dir nichts anderes einreden – nicht von Jordan, aber auch nicht von deinem Vater oder mir.«

Hannah umarmte ihre Mutter. »Ach, Mum.«

»Ich werde dich nicht belügen«, sagte Chloe. »Ich war extrem verletzt und habe furchtbar unter der Situation gelitten. Aber jetzt bist du hier. Du hast den Weg nach Hause gefunden … nach Porthmellow jedenfalls. Und wann immer du dich bereit dazu fühlst, können wir gemeinsam einen Blick auf die Zukunft werfen.«

Hannah nickte. »Ja, ich weiß nicht recht, wie es jetzt weitergehen soll. Ich brauche Arbeit. Und eine Wohnung.«

»Du kannst sehr gerne mit Ruby hierbleiben, bis du dich erholt hast.«

»Danke, Mum.« Hannah sah erleichtert aus.

»Aber darüber reden wir ein andermal. Am Sonntag kommt erst mal dein Dad hierher. Dann kannst du dich auch mit ihm aussprechen.«

Chloe merkte Hannah an, dass ihr mulmig war. »Ich will ihn natürlich sehen. Aber mir ist ein bisschen bang vor seiner Reaktion.«

»Das kann ich gut verstehen. Geht mir, ehrlich gesagt, genauso. Aber wir kriegen das schon hin. Er hatte eben große Angst um dich. Und er … wir beide haben Fehler gemacht.«

»Wir alle drei …« Hannah schien von etwas abgelenkt zu sein. Unvermittelt stand sie auf und nahm eine Geburtstagskarte vom Kamin, die dort den Ehrenplatz erhalten hatte. Eine Zeichnung von der *Marisco* war darauf abgebildet.

Chloe lachte etwas nervös, als Hannah die Karte aufklappte.

Für Chloe. Ich wünsche dir einen wunderbaren Geburtstag. Möge das nächste Lebensjahr dir alle Träume erfüllen. Von Herzen, Dein Drew.

»*Von Herzen?* Wow«, sagte Hannah staunend. »Wer ist das, Mum?«

»Drew und ich verstehen uns ganz gut«, sagte Chloe und merkte, dass sie ein bisschen rot wurde.

»Ist das der Typ, der mit dir nach Bristol gefahren ist?« Ein Lächeln spielte um Hannahs Lippen.

»Ja. Er ist ein sehr netter Mann.«

»Ihr kommt also auf keinen Fall mehr wieder zusammen, Dad und du?«

»Hattest du damit gerechnet?« Vor einigen Monaten hatte Chloe tatsächlich noch erwogen, einen weiteren Versuch mit Fraser zu wagen, wenn er seine Freundin verlassen würde. Doch jetzt kam das nicht mehr infrage.

Hannah stellte die Karte sehr behutsam an ihren Platz zurück. »Eine Zeit lang habe ich mir das erträumt, ja. Aber jetzt, wo ich dich hier so sehe ... Das ist dein neues Leben, Mum. Ich hoffe, dass wir uns weiter als Familie treffen können und dass ihr beide Ruby heranwachsen seht. Ihr seid meine Eltern, aber ich erwarte nicht von euch, dass ihr ein Paar seid. Ich will nur, dass ihr glücklich seid.«

Tränen der Rührung traten in Chloes Augen.

Hannah griff nach einer anderen Karte. »Sag mal, wieso steht da vierzig drauf?«

Chloe biss sich auf die Lippe. »Tja ... längere Geschichte ...«

»Du hast doch wohl nicht etwa wegen deines Alters gelogen?«, fragte Hannah grinsend.

»Na ja ... vielleicht ein kleines bisschen ...«

»Mum!«

»Ich hatte erwähnt, dass es ein runder Geburtstag sein würde, und die Freunde nahmen an, es sei mein vierzigster ... ich hab es nicht korrigiert, und dann hat sich das Ganze verselbstständigt ...«

»Hatte das vielleicht etwas mit diesem Drew zu tun?« Hannah beäugte ihre Mutter belustigt, doch die blieb erst mal stumm.

»Er sollte nicht wissen, dass du älter bist als er, oder wie?«, bohrte Hannah weiter.

»Ja, stimmt schon. Ich wollte es ihm sagen, hab mich aber einfach nicht getraut. Weil ich fürchtete, er sei dann enttäuscht.«

Hannah hakte sich bei ihrer Mutter ein. »Das ist doch albern, Mum. Du siehst toll aus für dein Alter.«

»Das ist es ja gerade: für mein Alter. Drew ist zwölf Jahre jünger als ich.«

»Na und?«

»Er sagt, ihm sei das egal, aber mir macht es schon was aus. Ich weiß nicht, ob es gut ist, mich auf eine Beziehung mit ihm einzulassen.« Chloe seufzte. »Obwohl ich ihn schon sehr mag.«

»Wow. Klingt echt spannend. Hat er Ähnlichkeit mit Dad?«

Chloe lachte. »Nein, überhaupt nicht. Er hat einen Pferdeschwanz und einen Ohrring und ist Segler auf einem historischen Fischerboot.«

»Einen Ohrring? Wahnsinn! Hört sich an wie Captain Jack Sparrow!«

Chloe grinste. »Das muss ich ihm sagen.«

»Auf keinen Fall! Mensch, Mum, wenn der alles stehen und liegen lässt, um dich nach Bristol zu chauffieren und nach mir zu suchen … und wenn dein Alter ihm egal ist, dann solltest du nicht zögern. Worauf wartest du noch?«

Auf die Gewissheit, dass ich über Fraser wirklich hinweg bin, dachte Chloe. Aber im Grunde hatte sie sich bereits innerlich gelöst von ihrem Ex-Mann. »Mal schauen. Vorerst hab ich anderes im Kopf.«

Hannah gab ihr einen Kuss auf die Wange. »›Mal schauen‹ hast du immer gesagt, wenn du mir was geben wolltest, aber nicht sicher warst, ob du es wirklich kannst.«

»Ja, eben«, erwiderte Chloe. »Ich wäre dankbar, wenn du Drew deinem Vater gegenüber nicht erwähnen würdest.«

»Keine Sorge, mach ich nicht. Und apropos Geburtstag: Ich hab noch was für dich.« Hannah ging ins Gästezimmer und kehrte mit einem Umschlag zurück. »Viel zu spät, und du kriegst auch noch ein Geschenk, das versprech ich dir.«

»Das ist wirklich nicht nötig, Liebes.« Chloe nahm den Umschlag entgegen, den ein unförmiger roter Fleck zierte.

»Marmelade«, erklärte Hannah entschuldigend. »Ruby hatte ihn in die Finger gekriegt.«

Chloe wurde die Kehle eng. Sie öffnete den Umschlag und hielt eine Karte in Händen, auf der ein Nilpferd abgebildet war, das ein Glückwunschschild in der Pfote hielt.

»Erinnerst du dich noch an dieses lustige Nilpferdlied, das Opa so mochte? Die Karte ist natürlich albern, und ich hab es einfach nicht geschafft, sie abzuschicken. Aber jetzt kriegst du sie eben doch noch.«

»Das ist … total süß von dir. Warte mal eben.« Chloe eilte hinaus und holte die Tasche mit den Geschenken aus dem Flur. »Das wollte ich dir in Bristol geben. Die Sachen sind für Ruby. Vielleicht können wir sie ihr morgen geben?«

Hannah nahm ihrer Mutter die Tasche aus der Hand. »Ich glaube nicht, dass ich so lange warten kann.«

Chloe lächelte. »Wir konnten es alle immer kaum erwarten, Geschenke auszupacken. Lass das eckige für Ruby, und mach du das andere auf.«

Als Hannah das Papier entfernte, traten ihr Tränen in die Augen. »Oh mein Gott, ein Nilpferd! Genau wie meines von früher! Ich hab das immer noch, Mum.«

»Hatte ich mir fast gedacht.«

»Das ist wahrscheinlich eher für mich und dich als für Ruby, oder?« Hannah umarmte ihre Mutter, mit dem Nilpferd zwischen ihnen. »Danke, Mum. Danke, für alles. Ach, Shit, jetzt heulen wir doch echt beide«, sagte sie, als sie Chloes Tränen bemerkte.

»J-ja …«, stotterte Chloe. »Vielleicht müssen wir uns einmal richtig ausheulen, damit hinterher Ruhe ist?«

Nachdem sie eine halbe Schachtel Kleenex leergemacht und sich halbwegs gefasst hatten, tranken die beiden den letzten Schluck Wein, und Hannah gähnte. »Ich war so überdreht, dass ich dachte, ich krieg nie wieder ein Auge zu. Aber jetzt bin ich fix und fertig.«

»Kein Wunder. Das war ein langer, aufregender Tag für dich. Geh ruhig schlafen, ich räume hier auf.«

»Okay, danke.« Hannah horchte auf den Wind, der ums Haus fegte. »Hoffentlich sind wir morgen früh noch hier.«

»Laut Troy ist das bisschen Wind läppisch. Und der lebt hier seit über achtzig Jahren und weiß, wovon er redet.«

Hannah lachte. »Troy, Drew, das Festival … toll, dass du dich hier so eingelebt hast. Und Organisieren war ja schon immer deine große Stärke.«

Nur mein eigenes Leben bekomme ich nicht vernünftig organisiert, dachte Chloe.

»Du bist total gern hier, oder?«, fragte Hannah.

»Ganz ehrlich?« Chloe schaute auf das große Sturmbild mit seiner dramatischen Kraft. »Ich kann mir gar nicht mehr vorstellen, anderswo zu leben.«

30

Am Freitagmorgen, nach einer Besprechung mit der Hafenleitung, bekam Sam einen Anruf von Chloe. Der erste Abend mit ihrer Tochter war erfreulich verlaufen, und Chloe wollte jetzt unbedingt ihre Aufgaben wieder übernehmen. Eine enorme Erleichterung für Sam, die sich gerade extrem gestresst fühlte. Das war am Vortag des Festivals zwar meistens so, aber die Wettervorhersage bereitete ihr dieses Jahr zusätzliche Sorgen.

Am Horizont türmten sich düstere graue Wolken wie eine Armee im Anmarsch. Als Sam nach der Besprechung aus dem Gebäude der Hafenleitung trat, war der Wind schon erheblich stärker geworden. Kreischende Möwen, die einen einfahrenden Fischkutter belagerten, kämpften mit den Böen und wurden umhergewirbelt.

Gabe, der in T-Shirt und Shorts vor dem Net Loft stand, winkte Sam zu und kam angesprintet. Die Luft war schwül und feucht, und Sam fühlte sich unangenehm erhitzt.

»Und, wie läuft's?«, fragte Gabe.

»Irre hektisch, wie immer. Lästige Problemchen, aber das gehört dazu. Was mich eher beunruhigt, ist die Wettervorhersage.«

»Ja, hab ich in den Nachrichten gesehen.«

»Troy hat schon furchtbar geunkt. ›Solche Wolken hab ich zum letzten Mal 1957 über der Bucht gesehen‹«, imitierte Sam Troys unheilverkündenden Tonfall. »›Hat wochenlang geschüttet, und die Straßen waren bis Weihnachten gesperrt.‹«

Gabe lachte lauthals. »Troy muss man doch einfach lieben. Mach dir keine Sorgen, ich denke, das Schlimmste wird vorbeiziehen.«

»Kann ich nur hoffen«, erwiderte Sam. »Hoffentlich halten die Zelte stand.«

»Wird schon gut gehen.« Gabe legte ihr die Hand auf den Arm. Sams Haut fühlte sich sofort noch heißer an, und ihr Körper erinnerte sich an den Kuss nach Chloes Party, die Umarmung in der Backstube …

Rasch zog Gabe die Hand wieder zurück und fügte hinzu: »Und hey, wenn die Zelte in der Bucht landen oder irgendwo ein Dach wegfegen, bist du doch bestimmt gut versichert.«

Sam verdrehte die Augen. »Danke, das war echt beruhigend. Muss jetzt los …« Sie trennte sich ungern von Gabe, durfte sich aber am Vortag des Festivals von ihren chaotischen Gefühlen nicht ablenken lassen. »Es gibt Ärger wegen der Standverteilung. Zwei Bonbonmacher haben versehentlich benachbarte Stände bekommen und regen sich furchtbar auf.«

Gabe grinste. »Oh, Bonbonkrieg, das klingt nicht gut. Ruf mich an, wenn die Karamellen durch die Luft fliegen. Und ruf überhaupt an, wenn du mit irgendwas Hilfe brauchst. Ich hab später eine Probe im Kochzelt, aber jetzt bin ich erst mal noch eine Weile im Net Loft, um für morgen alles vorzubereiten.« Er hatte den freiwilligen Helfern und Sanitätern angeboten, die Räume des Net Loft als Pausenraum zu benutzen.

»Okay. Vielen Dank noch mal. Auch fürs Piebacken.«

»Gerne. Aber vielleicht solltest du erst mal abwarten, was die Kunden sagen …«

Sam lachte.

»Nein, im Ernst. Wenn ich was für dich tun kann – ich bin jederzeit für dich da.«

Sam wäre da einiges eingefallen, aber nichts von der Sorte, die man laut aussprach.

»Ist gut«, sagte sie etwas heiser. »Dann wohl bis morgen früh, oder?«

Gabe salutierte. »Zur Stelle.«

Sam eilte davon und schaute dabei auf ihr Handy, nur um möglichst schnell Abstand zu gewinnen – bevor sie womöglich irgendetwas tat, das sie später bereuen würde.

Noch spät am Freitagabend fand Sam keinen Schlaf. Sie lag im Bett, horchte auf den heulenden Wind und stellte sich vor, wie sich das große Festzelt aus der Verankerung riss, wie ein Riesenvogel davonflatterte und eine Schneise der Verwüstung hinter sich ließ. Auch das Donnern der Wellen war bis hier herauf zu hören.

Zu allem Überfluss hatte die Wachfirma erklärt, bei diesen Witterungsverhältnissen würden sie ihre Leute nicht beim Zelt lassen. Womit es auch nicht gegen Sabotage geschützt war, aber man konnte wirklich niemanden bitten, bei diesem Wetter die ganze Nacht draußen zu sein.

Sam merkte, dass sie kein Auge zutun würde, bevor sie nicht noch einmal nach dem Rechten gesehen hatte. Sie schlich nach unten, zog Fleecejacke, Regenmantel und Gummistiefel an, setzte sich eine Stirnlampe auf und marschierte los.

Kurz bevor sie beim Festzelt ankam, setzte der Regen ein, wie feine Nadelstiche auf der Haut. Die Luft roch frisch nach Meer und Algen. Als Sam um das Zelt herumging, sah sie plötzlich den zuckenden Lichtstrahl einer Taschenlampe und erstarrte. Dann hörte sie im Dunkeln Gabes Stimme.

»Sam? Bist du das?«

Der Lichtstrahl richtete sich auf sie, und Sam blinzelte geblendet. »Ja. Was machst du denn hier?«

Gabe kam angelaufen. »Das Gleiche wie du, vermute ich mal. Schauen, ob das Zelt noch steht. Was für eine Nacht!«

Sam war enorm erleichtert, ihn zu sehen, hätte das aber nie zugegeben. »Ja, das hat uns grade noch gefehlt.«

Sie musste laut sprechen, um das Tosen und das Flattern der Planen zu übertönen. Doch da war auch noch ein metallisches Klirren und Klappern, das auffällig klang.

»Was ist das?«, fragte sie beunruhigt.

Gabe deutete aufs Zelt. »Da drin ist jemand.«

»Oh Gott. Und wir haben keine Wachleute vor Ort! Vielleicht ist das jemand, der wieder was kaputtmachen will, wie beim Stargazey-Wagen! Den knöpfe ich mir vor!«

Sam wollte loslaufen, aber Gabe hielt sie fest. »Nein, überlass das mir.«

»Ach, das schaffe ich schon.«

»Bitte. Es ist zu gefährlich.«

Gabe ging auf den Eingang zu, Sam folgte ihm. Doch bevor sie das Zelt betreten konnten, teilten sich die Planen, und eine große Gestalt trat mit einem Handy in der Hand heraus. Im ersten Moment erschrak Sam über das gespenstisch bleiche Gesicht. Dann erst erkannte sie Ben, diesmal ohne Goth-Make-up, aber in seiner Bikermontur.

»Konnte nicht schlafen, wollte nach dem Zelt schauen«, murmelte er so verlegen, als habe er irgendwas ausgefressen.

»Wir auch«, sagte Sam. »Und, ist alles okay?«

»Eines der äußeren Spannseile war lose, aber ich hab es wieder befestigt. Innen ist alles einwandfrei. Ich glaube, mehr können wir jetzt nicht tun.«

»Ich mache mir Sorgen, dass womöglich wieder etwas vandalisiert wird«, sagte Sam.

»Das Seil hatte sich von selbst gelöst, denke ich. Wenn jemand Schaden anrichten wollte, hätte der viel mehr gemacht«, mutmaßte Ben.

»Sehe ich auch so«, sagte Gabe. »Aber wir können trotzdem noch alles überprüfen, wenn dir dann wohler ist.«

»Nein, nein, schon okay«, erwiderte Sam. »Ben hat das sicher richtig eingeschätzt. Danke, dass du dich gekümmert hast, Ben.«

Der junge Mann zuckte die Achseln und murmelte: »Kein Problem.«

Sam lächelte in sich hinein. Ben mochte einsilbig sein, aber er war auch lieb und verlässlich. Ein bisschen mehr Selbstsicherheit könnte er noch gebrauchen … doch Zennor schien ihn ja offenbar so zu mögen, wie er war. Es war eben nicht jeder Mensch eine extrovertierte Stimmungskanone.

Plötzlich zuckten erneut Lichtstrahlen durch die Dunkelheit, und jemand rief: »Sam! Ben!«

Zennor kam angetrabt, in Daunenjacke und Gummistiefeln.

»Als ich gehört hab, dass du rausgehst, habe ich Ben angerufen. Aber der war schon hier. Ich kann auch helfen.«

Über dem Rand von Zennors Stiefeln glitzerten Sternchen; sie war eindeutig in ihrem Einhorn-Jumpsuit aus dem Bett gesprungen und direkt hierhergeeilt.

»Alles gut«, sagte Sam. »Ben hat ein Seil gesichert, der Rest ist okay. Trotzdem danke fürs Kommen, Zen.«

»Ist doch klar.«

Sam fand es beruhigend, dass die anderen sich so engagierten. »Jetzt heißt es Daumendrücken, dass weiter nichts passiert.«

Ben hielt sein Handy hoch. »Ich habe übrigens schon den Zeltverleiher angerufen. Die sind gerade bei einem anderen Zelt auf den Klippen über St Agnes, weil der Sturm dort noch schlimmer ist. Aber danach kommen sie hierher und checken alles durch.«

»Super Idee, vielen lieben Dank!«, sagte Sam, beeindruckt, dass Ben von sich aus die Initiative ergriffen hatte.

Er betrachtete seine Schuhspitzen. »Dachte mir, du hast genug um die Ohren.«

Zennor hakte sich bei ihm ein. »So toll von dir, Ben.«

Ob der junge Mann rot anlief, war im Dunkeln nicht zu erkennen, aber er murmelte irgendetwas Unverständliches.

Sam wischte sich Regenwasser aus den Augen. »Ja, echt. Und jetzt sollten wir uns alle wieder aufs Ohr hauen, denke ich. Auf geht's.«

Sie marschierten los, waren aber noch nicht mal am Rande des Felds angelangt, als sie einen herumirrenden Lichtstrahl sahen.

»Hey, ihr da!«

Sam kniff die Augen zusammen, weil das Licht so grell war wie Flutlicht, und versuchte die Gestalt zu erkennen.

»Was macht ihr Spinner denn hier draußen?« Der Lichtstrahl senkte sich, und Sam erkannte Troy, der eine gigantische Taschenlampe dabeihatte und mit einer Hand seine Mütze festhielt.

»Das Gleiche wie du«, antwortete Gabe. »Nach dem Zelt schauen. Es steht aber noch, kannst wieder ins Bett gehen.«

Troy gluckste. »Wir sind vielleicht ein dämlicher Haufen, wegen dem bisschen Regen und Wind so ein Theater zu machen. Ich wär nicht rausgegangen, nur Evie lag mir so lang in den Ohren, dass mir nix anderes übrig blieb. Und das mit meiner Schulter. Aber Evie hätte keine Ruhe gegeben.«

Zennor lachte, und sogar Ben kicherte leise.

»Wir haben alles überprüft, und nachher machen die Verleiher noch einen Rundumcheck«, sagte Gabe. »Du kannst beruhigt wieder ins Bett gehen, ihr braucht euch keine Sorgen zu machen.«

»Na, das lass ich mir nicht zweimal sagen!«

»Sollen wir dich nach Hause begleiten?«, fragte Zennor.

»Nix dagegen«, brummte Troy.

Als Sam sich in Bewegung setzen wollte, legte Gabe ihr die Hand auf den Arm. »Wir kommen gleich nach. Sam möchte noch einen Blick auf die Generatoren werfen.«

»Warum das denn?«, erwiderte Troy und leuchtete Sam und Gabe an wie ein Polizist, der auf frischer Tat Einbrecher ertappt. »Die fliegen nicht weg, die wiegen Tonnen.«

Gabe sah Sam an. »Lieber auf Nummer sicher gehen, oder?«

Sam starrte ihn an, sagte aber nichts. Was war denn jetzt los?

»Also, ich geh wieder ins Bett«, sagte Zennor. »Bis morgen. Treibt euch nicht zu lange rum, ihr beiden.«

Die drei marschierten von dannen, Ben mit der Taschenlampe an der Spitze, gefolgt von Zennor und Troy.

»Meinst du wirklich, wir sollten noch die Generatoren checken?«, fragte Sam.

»Quatsch.« Gabes Augen funkelten belustigt. »Ich wollte nur lieber mit dir alleine gehen. Kleine Nachtwanderung gefällig? Wir könnten die Abkürzung über den Küstenweg nehmen.«

Sam blinzelte ungläubig. »Bist du noch bei Trost? Auf keinen Fall. Der Sturm wird immer heftiger, das ist viel zu gefährlich.«

»Recht hast du. Bloß kein Risiko eingehen.« Gabes Stimme klang spöttisch, und Sam spürte, dass er sie herausforderte, wie früher beim Sprung von der Kaimauer.

»Wir sind doch keine Teenager mehr«, sagte sie. »Und dieses Unwetter hat es echt in sich.«

»Stimmt schon. Nehmen wir die Straße.« Gabe spähte in die Dunkelheit, horchte auf das Tosen des Windes und das Donnern der Wogen. »Ich hatte ganz vergessen, wie extrem diese Stürme in Porthmellow sein können. Und wie wundervoll.«

Sam lachte, plötzlich berauscht von Wind und Wetter und Gabes Ausstrahlung. Er war völlig durchnässt, seine dunklen Haare troffen vor Wasser, doch er sah glücklich aus, und Sam ließ sich von diesem Gefühl anstecken.

»Das alles hat mir so gefehlt«, sagte er. »Und vor allem du.«

Ihr Herz schien für einen Moment auszusetzen. Sie hatte Gabe auch so unendlich vermisst, dass sie es gar nicht zu äußern wagte. Denn dann würde sie einen Schritt tun, den sie sich verboten hatte. Sie würde sich Gabe wieder annähern und Ryan verraten.

Stumm liefen sie nebeneinander her. Dann sagte Gabe: »Komm doch mit zu mir.«

Sam schüttelte den Kopf. »Das geht nicht.«

»Warum denn nicht? Auf eine Tasse heiße Schokolade, weiter nichts.«

Konnte sie das glauben? Eher nicht. »Ich kann auch zu Hause heiße Schokolade trinken. Es ist mitten in der Nacht, ich muss schlafen.«

»Das hört sich an, als hättest du vor irgendwas Angst, Sam. Ich werde dich bestimmt zu nichts drängen, was du nicht möchtest.«

»Ich habe keine Angst vor dir«, widersprach Sam. Nur vor mir selbst, dachte sie und beschleunigte ihren Schritt.

Vor dem Wavecrest Cottage blieb Gabe abrupt stehen. »Und, kommst du mit rüber?«

Regentropfen glitzerten auf seinem Gesicht, und der hoffnungsvolle Blick ließ Sam schwach werden. Sie wollte wirklich mitkommen – aber was würde Zennor davon halten?

»Auf einen Schlummertrunk?«, fragte Gabe. »Und wie deine Antwort auch ausfällt … kannst du dich vielleicht entscheiden, bevor wir beide weggespült werden?«

Er lächelte, und Sam spürte einen heftigen Anflug von Verlangen nach ihm. So heftig, dass sie ihm nicht widerstehen konnte, wenn auch noch so vieles zwischen ihnen ungeklärt war.

»Okay, auf einen Schlummertrunk«, sagte sie.

Sie eilten zum Haus, Gabe schloss das Tor auf, dann liefen sie den knirschenden Schotterweg entlang. In einer kurzen Wolkenlücke zeigte sich der Mond hinter dem Türmchen.

»Das Dracula-Schloss«, murmelte Sam unwillkürlich, und eine große Aufregung erfasste sie.

»Wie?« Gabe, der gerade die schwere Holztür aufschloss, drehte sich um.

»Ach, nichts.«

Er trat beiseite, um Sam einzulassen. Eine Sekunde zögerte sie noch, bevor sie sich ins Ungewisse begab. Doch dann überschritt Sam entschlossen die Schwelle von Clifftop House.

31

Sam sah sich staunend um. Eine breite Treppe mit glänzendem geschnitzten Geländer führte in den ersten Stock. Die Wände waren holzgetäfelt, und es gab sogar ein Buntglasfenster. Diese Eingangshalle wirkte hochherrschaftlich, und das historische Gebäude wurde von seinem Besitzer sichtlich gut instandgehalten.

»Wow«, hauchte Sam.

»Ja, das hab ich auch gedacht, als die Maklerin mich hier hereinführte. Hätte mir nie träumen lassen, dass ich eines Tages hier wohnen würde, wenn auch nur für kurze Zeit.« Gabe deutete auf Sams Gummistiefel. »Magst du vielleicht deine nassen Sachen ausziehen, bevor der Teppich ruiniert ist?«, fragte er lächelnd.

»Huch, entschuldige.« Sam zog rasch die Stiefel und den tropfnassen Regenmantel aus, den Gabe in ein Nebenzimmer brachte. Als er zurückkam, sah Sam, dass er einen dünnen grauen Pullover trug, der eng anlag und seinen muskulösen Oberkörper betonte.

Plötzlich wurde Sam bewusst, wie sie selbst bekleidet war, und sie stöhnte entsetzt auf. Sie trug nämlich nur ein dünnes Satinhemdchen mit Spagettiträgern und eine Hose aus demselben Stoff.

»Entschuldige mein Outfit«, sagte sie verlegen. »Ich bin so schnell aus dem Haus gerannt …« Und hatte auch nicht vor, mich irgendwo auszuziehen, hätte sie noch hinzufügen können.

Gabe riskierte einen Blick. »Ähm … das sieht alles ein bisschen … feucht aus. Möchtest du vielleicht etwas Trockenes?«

Sam blickte an sich herunter. Oh Gott, das Top haftete tatsächlich wie eine zweite Haut an ihrem Körper. »Ja, wäre nicht schlecht«, murmelte sie.

»Bin gleich wieder da.«

Er sprintete nach oben, und Sam betrachtete weiter das prachtvolle Entree des edwardianischen Herrenhauses, in dem sie absurderweise mitten in der Nacht spärlich bekleidet herumstand.

Gabe kehrte mit einem langärmligen dunkelblauen T-Shirt zurück. »Geht das? Das Meiste ist gerade in der Wäsche.«

Das T-Shirt fühlte sich weich und warm an. »Danke.«

»Gerne. Komm, wir gehen in die Küche. Daneben ist eine Toilette, da kannst du dich umziehen.«

Die weiße Einbauküche mit Granitflächen fand Sam erstaunlich modern für das historische Haus, begutachtete sie aber nicht lange, sondern verzog sich rasch aufs Klo. Dort streifte sie das feuchte Top ab und schlüpfte in das frisch duftende T-Shirt. Sie musste die Ärmel hochrollen, doch es war zum Glück auch so lang, dass es ihren Po in der seidigen Pyjamahose verdeckte.

Während Sam vor dem Spiegel ihre Haare zurechtzupfte, hörte sie, wie Gabe in der Küche mit Töpfen klapperte. Was machte er denn da mitten in der Nacht? Und was um alles in der Welt machte *sie* hier mitten in der Nacht?

Als sie in ihren lila Flauschsocken, die Zennor ihr zu Weihnachten geschenkt hatte, zur Küche zurücktappte, stieg Sam ein unfassbar köstlicher Duft in die Nase.

Gabe stand am Aga-Herd über eine Kupferkasserolle gebeugt und rührte.

»Mmm, was ist das denn?« Sam spähte in den Topf, in dem eine dunkle zähflüssige Masse blubberte.

»Meine Version von heißer Schokolade. Die Variante für Erwachsene«, sagte Gabe und verteilte den Kakao auf zwei Becher.

»Das riecht ja fantastisch!«

»Bislang ist das nur exzellenter Kakao, jetzt kommt der Zusatz für Erwachsene.« Er griff nach einer kleinen Flasche und goss einen kräftigen Schluck der gelblichen Flüssigkeit in die Henkelbecher.

»Und was ist das?«

»Hab ich auf meinen Reisen entdeckt. Koste einfach. Sahne hab ich leider keine im Haus.«

Er stäubte noch etwas Kakaopulver auf das heiße Getränk und nahm beide Becher. »Gehen wir ins Wohnzimmer.«

Sam versank beinahe in der weichen Ledercouch, und Gabe reichte ihr die Schokolade. »Vorsicht, heiß.«

Das kann man nicht nur vom Kakao behaupten, dachte Sam, rief sich aber zur Ordnung und sog tief den Duft des Getränks ein. Die Aromen stiegen ihr sofort zu Kopf, und sie trank vorsichtig den ersten Schluck. Eine berauschende Mischung aus herben und süßen Geschmacksnoten berührte ihren Gaumen, und wohlige Wärme durchströmte ihren gesamten Körper bis in die Zehenspitzen. Ein gefährlicher Trank, dachte sie.

»Und?«, erkundigte sich Gabe.

»Schmeckt wie eine flüssige Schwarzwälder Kirschtorte. Absolut grandios.« Sam gönnte sich den nächsten Schluck und gab sich dem Genuss dieser Köstlichkeit hin.

»Gut erkannt. Das ist ein Bourbon mit Schwarzkirschen. Hab ich in den USA entdeckt.«

Sam seufzte zufrieden. »Hinreißend.« Wie der Mann, der diesen Trank gebraut hatte und nun neben ihr auf der Couch fläzte, ohne zu ahnen, welche Wünsche und Begierden er gerade in ihr wachrief.

»Freut mich.«

Sie verfielen beide in Schweigen, und Sam nahm alle sinnlichen Details ihrer Umgebung wahr: die bequeme Ledercouch, die warmen Farben der Holzmöbel, die dicken Brokatvorhänge an den Seiten der gewölbten Fensterfront zum Meer hin. Der Mond war wieder verschwunden, Regen prasselte gegen die Scheiben. Die Kirchturmuhr schlug zur Viertelstunde. Nicht mehr lange bis zur Morgendämmerung und damit bis zum Beginn des Festivals … und dennoch schien das gerade in ferner Zukunft zu sein.

»Das ist ein großartiges Haus, Gabe. Bin echt beeindruckt.«

Gabe schüttelte den Kopf. »Kannst du gerne sein, aber ich hab es nicht eingerichtet. Die Möbel waren alle schon drin.«

»Was war denn dann in dem Umzugswagen?«

»Du hast nicht reingeguckt?«

Sam verdrehte die Augen. »Nein, natürlich nicht.«

»Kochutensilien, Büroausstattung, Stereoanlage, Computerzeug, Fernseher.« Er lächelte. »Und meine eigene Matratze. Die im Schlafzimmer scheint schon einiges erlebt zu haben, deshalb bin ich froh, dass ich meine eigene hier habe.«

Sam lief rosa an und wünschte sich, nicht gefragt zu haben. Die Situation kam ihr zunehmend irreal vor. Waren all die Jahre, in denen sie mit ihrem Verlust gekämpft und ihr eigenes Leben aufgebaut hatte, eine Einbildung gewesen? Denn neben ihr saß Gabe, mit zerzaustem Haar, fantastischem Body und hinreißendem Lächeln. Sie war letztlich genauso verliebt in ihn wie damals, und ihre Wut über seine Rückkehr hatte sich fast völlig verflüchtigt.

Nachdem sie sich schon die erwachsene Version von heißer Schokolade zu Gemüte führten, konnten sie auch eine Unterhaltung führen wie Erwachsene, beschloss Sam. So eine Chance ergab sich vielleicht nie wieder.

»Bei der Rückfahrt vom Krankenhaus neulich«, begann sie, »hab ich wirklich geglaubt, ich hätte Ryan auf dieser Kreuzung in Marazion gesehen. Sicher völliger Blödsinn, er ist wahrscheinlich ganz woanders.«

Gabe trank einen Schluck, bevor er antwortete. »Er könnte es schon gewesen sein … es war ja ziemlich dunkel.«

»Ach was, da war sicher der Wunsch Vater des Gedankens.«

»Gegen Wünsche ist nie etwas einzuwenden. Und schon gar nicht gegen Hoffnung.«

»Tja … nach Mums Tod und der Katastrophe mit Ryan hatte ich jegliche Hoffnung aufgegeben.« Und nach unserer Trennung, dachte Sam, sprach das aber nicht aus. »Ryan könnte eine Familie haben«, redete sie weiter, »oder obdachlos, krank oder völlig am Ende sein. Es reicht für mich nicht aus, nur zu wissen, dass er am Leben ist. Ich möchte einfach sicher sein können, dass er zurechtkommt, trotz seiner Vergehen.«

»Ich wünschte nur, du würdest mir nicht die Schuld geben«, sagte Gabe leise.

»Mir ist schon klar, dass du geglaubt hast, das Richtige zu tun. Aber ich kann einfach nicht vergessen, dass du mich so hintergangen hast.«

»Und kannst du es mir verzeihen?«

»Weiß ich nicht. Ich kann es vielleicht verstehen und akzeptieren, aber verzeihen … das heißt auch, dass ich es loslassen und vergessen kann. Nur … wegen meiner Gefühle für dich war der Schmerz noch viel schlimmer. Und jetzt fürchte ich, dass zu viel Zeit vergangen ist, um da wieder anzuknüpfen, wo wir aufgehört haben.«

Gabe ergriff ihre Hand. »Ich will nicht da wieder anknüpfen, wo wir aufgehört haben. Das ist gar nicht möglich. Aber wir könnten einen Neuanfang machen«, sagte er leidenschaftlich. »Ich war auch wütend, aus allen möglichen Gründen, und ich bin nicht hierher zurückgekommen, um etwas wieder anzufachen, was längst erloschen ist. Sondern, weil Porthmellow mich brauchte. Weil ich diesem Ort helfen wollte – und ja, auch dir. Was von beidem mir wichtiger war, kann ich nicht sagen, aber eines steht fest: Ich wollte dir auf keinen Fall noch einmal Leid zufügen.«

»Das hast du damals getan«, erwiderte Sam, »aber der Schmerz ist inzwischen abgeklungen. Ich gebe dir keine Schuld mehr, sondern Ryan. Inzwischen habe ich auch verstanden, dass er auf einem üblen Weg war, und mache eher mir selbst Vorwürfe, dass ich es nicht früher gemerkt habe. Mir ist entgangen, in welcher Not mein eigener Bruder war. Und vielleicht hab ich all das dann dir zugeschoben, als du geglaubt hast, es sei das Beste, Ryan der Polizei auszuliefern.«

Gabe blieb der Mund offen stehen, und Sam war verblüfft über sich selbst. Vielleicht würde sie Gabe doch verzeihen können?

»Dass du die Hoffnung aufgegeben hast, wie du gerade sagtest«, wandte Gabe ein, »kann so auch nicht stimmen. Denn du hast durchgehalten, die Firma aufgebaut und für Zennor gesorgt. Du hast dein Leben gemeistert.«

»Das ist ein relativer Begriff.« Sam lächelte.

»Ja, und für mich gilt er eigentlich nicht.«

Sie runzelte die Stirn. »Wie meinst du das? Schau dir doch an, was du dir leisten kannst. Du hast dir ein ganzes Imperium aufgebaut und bist ein Star.«

Gabe schüttelte den Kopf. »Ich habe zwar Erfolg und Geld, das stimmt, aber letztlich bedeutet mir das alles nicht viel. Weil ich das verloren habe, was mir am wichtigsten ist. Dich.«

Sam war so verblüfft, dass sie lauthals herauslachte. »Mich? Eine überarbeitete Pie-Bäckerin aus Porthmellow? Komm schon. Ich hab dich in den Medien mit Frauen gesehen. Glamourösen Frauen.«

»Keine von denen konnte dir das Wasser reichen.«

Sam zwang sich zu einem weiteren Lachen, aber ihre Hände hatten zu zittern begonnen, und die Kehle wurde ihr eng. Mist. Erschöpfung, Festival-Stress, Gefühlschaos und mitten in der Nacht Whisky auf nüchternen Magen – das war zu viel.

»Ach, Gabe. Das führt doch zu nichts. Vielleicht hätte ich doch lieber nicht mitkommen sollen.« Oder sollte jetzt ganz schnell aufbrechen, dachte sie.

»Ich bin sehr froh, dass du's getan hast.«

Das ging alles zu schnell, viel zu schnell. »Du hast zu viel von dem leckeren Zeug getrunken, Gabe.«

»Mag sein, aber ich habe mich noch nie im Leben klarer im Kopf gefühlt, Sam. Können wir bitte noch einmal von vorn anfangen?« Er rückte ein wenig von ihr ab. »Wenn du nicht willst, akzeptiere ich das. Aber können wir es nicht noch mal versuchen?«

Seine dunklen Augen waren voller Leidenschaft und Verlangen, und all die lustvollen Gefühle aus ihrer Jugend kehrten zu Sam zurück. Aber war es wirklich möglich, ein neues Leben mit einem Mann zu beginnen, der ihr altes Leben zerstört hatte?

Sie stand auf und geriet dabei leicht ins Schwanken. »Ich muss jetzt los.«

»Warum?« Gabe erhob sich auch.

»Weil ich mir selbst nicht über den Weg traue.«

»Wovor hast du denn Angst?«

»Davor.« Sie umschlang ihn und küsste ihn.

Was zum Teufel tat sie da? Doch als Gabe den Kuss erwiderte, versuchte Sam nicht mehr, sich diese Frage zu beantworten. Sondern nur, den belastenden Teil ihrer Geschichte zu verdrängen und sich auf die Gegenwart einzulassen. Auf das Hier und Jetzt, auf diesen Moment. Auf Gabes Lippen, die ihre berührten, leicht und spielerisch, doch mit dem Versprechen großer Lust. Das Leuchten in seinen Augen. Auf den

Geschmack von schwarzen Kirschen und Whisky auf seiner Zunge.

Als ihre Münder sich voneinander lösten, kicherte Sam.

»Was ist?«

»Ein Mann, der nach Kirschwhisky und nach Schokolade schmeckt. Der reinste Traum.«

Gabe lachte. »Man tut, was man kann.« Seine Stimme wurde weicher. »Aber manches ist mir eben nicht gelungen. Ich habe dich damals sehr verletzt, und wenn ich die Zeit zurückdrehen könnte, Sam …«

»Schau jetzt nicht zurück. Lass uns lieber die Gegenwart genießen, den Moment.«

Er sah sie mit großen Augen an. Offenbar war es ihr wieder gelungen, ihn zu überraschen. »Du meinst also, wir haben eine Gegenwart …«

Oh ja, Sam wollte sie unbedingt, diese gemeinsame Gegenwart. Ihr Körper sprach Bände, verlangte danach, Gabe zu spüren, Haut an Haut, ihn in den Armen zu halten und gehalten zu werden. Ja, Gabes Rückkehr hatte ihr Leben so viel komplizierter gemacht, aber im Augenblick war ihr das vollkommen egal. Alles andere konnte bis morgen warten. Und da es schon morgen war, gab es ohnehin kein Zurück mehr.

»Wenn du das auch möchtest …« Und sie küsste ihn erneut.

Gabe verstand das Stichwort und führte Sam die Treppe hinauf. Ihre Beine fühlten sich wie Wackelpudding an, und sie war so zittrig und aufgeregt wie ein Teenager. »Bitte sag mir, dass du dein Schlafzimmer nicht in dem Türmchen hast«, sagte sie, als sie oben ankamen.

»Läufst du dann davon?«

»Weiß nicht. Schon möglich.«

»Mist.« Gabe wies grinsend auf die Tür in der runden Wand, und sie lachten beide über die Fantasien aus ihrer Jugendzeit.

»Weißt du noch, was wir uns damals ausgedacht haben?«, sagte Sam. »Dass jeder, der diesen Turm betritt, unter Bann gerät und ihn nie mehr verlassen kann? Du hast da jetzt aber nicht etwa ein Himmelbett drin, oder?«

Gabe schob wortlos die Tür zum Schlafzimmer auf und ließ Sam den Vortritt.

Sie stöhnte. »Nicht im Ernst. Ein Himmelbett und Wandbehänge. Wie kitschig ist das denn, Gabe.«

»Wie gesagt: Ich bin nicht dafür verantwortlich.« Gabe setzte sich aufs Bett und zog Sam an sich, während sie immer noch über das unglaubliche Bett und die ganze Situation kicherte.

»Und, läufst du nun davon?«, fragte er.

Sam seufzte. Dann umschlang sie ihn und gab ihm ihre Antwort.

32

Um sechs Uhr morgens wurde Gabe blinzelnd wach, drehte sich auf die Seite und tastete nach Sam. Doch da war niemand.

Gabe sprang aus dem Bett. Die Tür zum angrenzenden Badezimmer stand offen. Wo war Sam? Vielleicht machte sie Frühstück? Er schlüpfte in seine Boxershorts, ging nach unten und rief auf dem Weg zur Küche: »Hey, du hast mich nicht gefragt, wie ich meine Eier will!«

Doch im ganzen Haus herrschte Grabesstille. Nur der Wind und das Kreischen der Möwen von draußen waren zu hören.

Die Küche war menschenleer, nur der Duft von Schokolade lag noch in der Luft. Gabe lief durch Wohnzimmer und Flur und riss zuletzt die Haustür auf.

Sam war verschwunden.

Neben der Kaffeemaschine in der Küche entdeckte Gabe schließlich eine Nachricht, auf einen Briefumschlag der Maklerin geschrieben.

Tut mir leid, dass ich gegangen bin, ohne dich zu wecken. Die letzte Nacht war … das weißt du selbst. Dahinter ein etwas krakeliger Smiley. *Hört sich nach Ausrede an, aber ich brauche Zeit zum Nachdenken … über uns. Muss auch zum Festival. Bis nachher. S.*

»Verflucht.«

Gabe lehnte sich an die Arbeitsfläche und strich sich durch das zerzauste Haar. Mit dem neuen Tag kehrte die Realität erbarmungslos zurück. Letzte Nacht hatte er die wunderbar vergessen können, während er Sam in den Armen hielt und sie sich der Liebe hingaben … während er all das wiederfand, was sein Herz und sein Körper begehrten.

Ruhelos tigerte Gabe durchs Wohnzimmer, starrte dann aufs Meer hinaus, als könne es alle Probleme lösen. Graue Wolken zogen über den seltsam fahlen Himmel, und weiß gischtende Wogen rollten landeinwärts. Gabe öffnete das Fenster und sog in tiefen Zügen die Morgenluft ein.

Sam wusste nur zum Teil, weshalb er Ryan damals der Polizei gemeldet hatte. Sie musste die ganze Wahrheit erfahren, ungeachtet der Folgen. Diese Wahrheit würde mehreren Menschen Schmerz zufügen, aber es durfte keine Geheimnisse mehr geben, wenn er wieder mit Sam zusammen sein wollte. Absolute Offenheit musste die Voraussetzung für eine gemeinsame Zukunft sein. Und diese Zukunft schien plötzlich möglich, nachdem sie noch vor wenigen Wochen nicht vorstellbar gewesen wäre.

Nach dem Festival würde er Sam die ganze Wahrheit offenbaren, nahm Gabe sich vor. Obwohl das Geheimnis, das er seit elf Jahren bewahrt hatte, Sam erneut Anlass zum Davonlaufen geben könnte.

33

»Sam? Bist du das?«

Mist. Sam hatte gehofft, sich unbemerkt ins Haus schleichen zu können, aber Zennor hatte sie gehört.

An Schlaf war nicht mehr zu denken. Als Gabe und Sam ihr Verlangen endlich gestillt hatten, war der Himmel schon hell geworden.

Sie spähte in Zennors Zimmer. »Wir haben uns nicht rumgetrieben, sondern ich habe bei Gabe heiße Schokolade getrunken, und wir haben lange geredet, und … ähm …«

Zennor zog die Einhornkapuze ihres Jumpsuits hoch und hielt sich die Ohren zu. »Stopp, ich will nichts mehr hören … du willst ja wahrscheinlich kein Frühstück, wenn du schon *bei Gabe* was hattest …«

»Ich habe nicht gesagt, dass ich gefrühstückt habe«, erwiderte Sam behutsam. »Ich setze Wasser auf.«

Harry und Gareth waren auch schon munter und inspizierten ihr Gehege so ausgiebig, als sähen sie es zum ersten Mal.

Als Zennor nach unten kam, nahm sie Gareth heraus und streichelte ihn.

»Bist du böse auf mich, weil ich bei Gabe übernachtet habe?«, fragte Sam.

»Willst du das überhaupt wissen?« Zennor küsste Gareth auf den Kopf.

»Natürlich will ich das. Aber ich habe Gabe nicht darum gebeten, dass er nach Porthmellow zurückkehrt oder am Festival teilnimmt. Und es war auch nicht geplant, dass wir wieder was anfangen.«

»Nicht dein Ernst, oder? Beim letzten Mal warst du am Boden zerstört. Ich war noch jung, aber ich habe trotzdem gemerkt, wie schlecht es dir ging. Und ich war selbst so verletzt. Wie konnte er uns das nur antun? Nein, Samphire, ich bin nicht böse auf dich, aber ich mache mir Sorgen. Ich kann nur hoffen, dass du weißt, was du tust. Weil ich dich nicht noch einmal so leiden sehen möchte.«

In Zennors Augen schien ein Feuer zu lodern. Im frühen Morgenlicht kam es Sam einen Moment lang so vor, als sei ihre Mutter wieder auferstanden. Seit wann war Zennor ihr so ähnlich?

Sam hatte einen Kloß im Hals, und ihre Stimme klang krächzend. »Das hätte Mum auch gesagt.«

»Ja, und sie hätte recht gehabt. Bedeutet das jetzt, dass du Gabe verziehen hast? Falls ja, muss ich das jedenfalls noch lange nicht tun.«

»Das erwarte ich auch nicht von dir«, erwiderte Sam. »Ich weiß auch nicht, wie es jetzt weitergehen soll … es ist jedenfalls sehr kompliziert.« Es war ihr gelungen, den Gabe, den sie früher geliebt hatte und zu dem sie sich jetzt seelisch und körperlich hingezogen fühlte, von jenem Gabe zu unterscheiden, der ihrer Familie Leid zugefügt hatte. Sam hatte begonnen zu begreifen, warum er so gehandelt hatte. Gestern Nacht war ihr das klug und reif erschienen, aber jetzt war sie nicht mehr so sicher. Hatte sie sich alles nur eingeredet, damit sie mit ihm Sex haben und ihre egoistischen Bedürfnisse befriedigen konnte?

»Samphire?« Zennor benutzte sonst nie ihren vollständigen Namen, und Sam wusste, dass ihre Schwester jetzt eine Absicherung und Trost verlangte. Sie wollte eine Bestätigung, dass Sam sie nicht verlassen würde, wie Roz und Ryan es getan hatten. Zennor war zwar offiziell erwachsen, zugleich aber auch noch die kleine Schwester, die Zuspruch und Unterstützung brauchte. Sam fiel auf, dass sie beide sich gegenseitig bemutterten.

»Irgendwann kommt der Punkt, an dem man nach vorne blicken und sich verändern muss«, sagte sie. »Das Leben ist nun mal nicht perfekt. Jetzt schau mich nicht so an, als würde ich Harry und Gareth zum Abendessen servieren wollen.«

Zennor keuchte entsetzt. »Halt dir bloß die Ohren zu, Gareth«, sagte sie zu dem Meerschweinchen und setzte es in sein Gehege zurück. Gareth schoss sofort in sein Häuschen und spähte vorwurfsvoll daraus hervor. »Das ist überhaupt nicht witzig. Ich hab dich lieb, Sam. Wir sind zurechtgekommen. Du hast hart gearbeitet, um dir etwas aufzubauen, und ich möchte nicht, dass Gabe Mathias das alles wieder zerstört.«

»Ja, meine Firma läuft, aber mein Privatleben … ich war einsam, Zen. Es fällt mir nicht leicht, das zuzugeben. Aber ich habe die Liebe sehr vermisst.«

Zennor fiel ihr um den Hals. »Sag doch so was nicht.«

»Es ist aber die Wahrheit. Ich habe versucht, das zu verbergen. Nach Gabes Rückkehr habe ich versucht, mich selbst, ihn und dich davon zu überzeugen, dass er mir nichts bedeutet. Doch das war eine Lüge, mit der ich nur versucht habe, meine Familie und mich selbst zu schützen.«

»Ich wusste das schon. Sogar Ben hat es gemerkt.« Zennor zögerte. »Also, was ist jetzt mit dir und Gabe? Seid ihr wieder zusammen? Wollt ihr es öffentlich machen?«

»Nein! Weder noch! Dafür sind wir überhaupt noch nicht bereit. Du lieber Gott, ich hab doch selbst noch gar keine Ahnung, was ich empfinde. Und wie es ihm mit alldem geht. Vielleicht bleibt es auch bei der einen Nacht.«

Zennor schnaubte. »Das glaubst du ja wohl selbst nicht. Schau dich doch nur an.«

Sam lachte. »Fix und fertig.«

»Nein, glücklich. Du leuchtest regelrecht vor Glück.«

Sam schüttelte peinlich berührt den Kopf. »Quatsch.«

»Ich bin doch nicht blind«, murmelte Zennor aufgebracht.

Sams Handy piepte. Eine Nachricht von Gabe? Nein. Chloe schrieb in der WhatsApp-Gruppe:

Steht das Festzelt noch? War nachts auf wegen Ruby und hab Lichter auf dem Feld gesehen. Alles okay?

Alles okay, sprechen später, schrieb Sam zurück.

Dann umarmte sie Zennor. »Was ich jetzt brauche, sind eine Dusche, frische Klamotten, Frühstück und die Energie, mich mit einer Stunde Schlaf in den Tag zu stürzen. Und du musst auch in die Hufe kommen. In den nächsten achtundvierzig Stunden spielen mein Liebesleben und unsere Familiengeschichte keine Rolle. Wir haben ein Festival zu stemmen.«

34

Den Morgen des ersten Festivaltags liebte Sam ganz besonders – die kurze Zeitspanne, bevor alles begann. Wenn die Stadt allmählich erwachte, die aufgeregte Erwartung einsetzte, aber das Chaos noch nicht ausgebrochen war. Die kurze Zeit, in der Sam von ihrem Haus zum Festivalgelände ging, gehörte nur ihr ganz alleine. Diese Momente musste sie mit niemandem teilen, und sie waren ihr heilig.

Während Zennor Veggie-Würstchen gebraten und Ei-Sandwiches zubereitet hatte, war Sam rasch unter die Dusche gesprungen, und jetzt steuerte sie als Erstes das Festzelt an, das zum Glück tatsächlich unversehrt war.

Die Wolken hatten sich verzogen, das Wetter versprach sonnig und warm zu werden, und eine besondere Energie lag in der Luft.

Die Aussteller waren damit beschäftigt, ihre Stände und Buden vorzubereiten. Wer frühmorgens schon eingetroffen war, hatte seine Waren meist schon ausgelegt; andere waren mit Generatoren und Gasflaschen beschäftigt. Von den Ausstellerparkplätzen wurden Waren herangekarrt, Foodtrucks kamen angefahren und nahmen ihren Platz ein. Der Stargazey-Wagen stand schon an Ort und Stelle, und Sam sprach kurz mit Stefan und versicherte sich, dass alles in Butter war.

Ein paar Leute waren spät dran und mussten sich beeilen, ihre Stände rechtzeitig bis halb zehn vorzubereiten. Andere plauderten noch ein wenig, bevor der Ansturm der Massen einsetzen würde. Diese lebhafte Stimmung gehörte dazu, war Teil der Vorfreude und das Ergebnis monatelanger harter Arbeit.

Sam hätte eigentlich völlig übermüdet sein müssen, aber die Aufregung – und vielleicht auch eine Form von Hoffnung – verlieh ihr besondere Kräfte. Diesen aufgekratzten Zustand vor dem Festival kannte sie, aber diesmal kam durch die Nacht mit Gabe noch eine andere Dimension hinzu. Sam fühlte sich, als hätte sie Bärenkräfte und könnte mit jeder Herausforderung fertig werden.

Vermutlich würde sie irgendwann nachmittags ein Energietief bekommen und dann auf einem Haufen Hummerreusen einschlafen. Aber vorher würde sie den ganzen Tag nonstop im Einsatz sein.

Eine Minute nach sieben klingelte ihr Handy. Ob das Gabe war? Die Nacht war überwältigend gewesen, die Intensität ihrer Gefühle beinahe erschreckend. Sie hatten sich Zeit gelassen in Gabes kitschigem Himmelbett, waren langsam und zärtlich gewesen, dann hitzig und voller Leidenschaft …

Sam lächelte so breit, dass ihr die Wangenknochen schmerzten, und merkte, wie ihr heiß wurde. Ja, das alles wollte sie am liebsten sofort wieder erleben …

Doch als sie aufs Display schaute, sah sie, dass nicht Gabe, sondern Troy anrief.

»Sam, vor dem Smuggler's läuft ein Gully über. Wir sperren den Bereich ab und weisen der Würstchenbude einen anderen Platz zu. Sam? Hörst du mich?«

»Danke, Troy. Und du bist sicher, dass es sich um … äh … Abwasser handelt?«

»Wird man sehen. Die Handwerker sind schon vor Ort. Ich bin auch gleich gekommen, als die mich angerufen haben.«

»Vielen Dank, Troy. Wir sind dir alle so dankbar für deinen Einsatz. Und am frühen Morgen als Erstes mit Abwasser zu tun zu kriegen …«

»Musst dich nicht bedanken.«

»Das weiß ich«, erwiderte Sam lachend. »Dennoch ausdrücklich noch mal herzlichen Dank für alles, was ihr für uns leistet, Evie und du.«

»Meine Herren, bist du heute aber gut gelaunt. Was gab's denn bei dir zum Frühstück?«

»Veggie-Würstchen und Ei-Sandwich«, antwortete Sam und fragte sich, ob Troy womöglich mitbekommen hatte, wie sie Clifftop House verließ. Hoffentlich nicht. Sie war noch nicht bereit für Öffentlichkeit, und falls Troy Bescheid wusste, hätte man auch gleich über die Lautsprecheranlage verkünden können, dass Sam Lovell mit Gabe Mathias im Bett gewesen war. »Bis gleich, Troy. Bin gerade unterwegs zum Fischerhaus.«

Dort tobte schon das Leben. Vertreter von Rettungsdiensten, Polizei und Seepfadfindern waren ebenso anwesend wie allerlei Techniker und der Moderator, ein ehemaliger Radio-DJ, der in Porthmellow lebte.

Chloe war wegen ihrer Enkelin nicht da. Sam wusste, dass ihre Stellvertreterin ihr fehlen würde, konnte das Chloe aber nicht übelnehmen. Solche Momente im Leben waren immens kostbar, und es gab jetzt genügend Leute, die einspringen konnten.

Drew kochte bereits Tee für das große Helferteam, Zennor und Ben trafen auch gerade ein. Als alle mit Tee und Keksen ausgestattet waren, hörte Sam sich die Berichte der einzelnen Gruppen zu den Themen des Tages an und versuchte sich dabei zu entspannen.

Als sie an der Reihe war, trat sie vor die versammelte Mannschaft und wurde plötzlich von heftiger Rührung ergriffen. Vielleicht lag es am Schlafmangel oder an der aufregenden Nacht – Sam musste jedenfalls mehrmals schlucken beim Anblick der bunt gemischten Truppe, die da vor ihr stand, all den freiwilligen Helfern mit ihren Sicherheitswesten, makellosen Uniformen, Shorts und Halstüchern. An die zwanzig Gesichter, manche faltig und vom Leben gezeichnet, andere frisch und rosig. Ganz hinten standen Ben und Zennor, die ihrem Freund offenbar irgendwie Mut zusprach.

Sam musste unvermittelt an Gabe denken. Er hatte sich noch nicht gemeldet. Hatte er ihre Notiz gelesen? Fühlte er sich genauso energiegeladen wie sie? Oder bereute er die Nacht womöglich?

Schließlich holte Sam tief Luft und begann ihre Motivationsrede.

»Es ist so weit, ihr Lieben. Ich danke allen fürs Hiersein und bin froh, dass niemand vom Sturm weggepustet wurde. Das ist unser größtes Festival bislang, und ich weiß, dass ihr alle noch mehr arbeiten musstet als bisher, damit es stattfinden kann. Nun kann ich allen Beteiligten und euren Teams nur von Herzen für euren großartigen Einsatz danken. Ohne eure Mitarbeit wäre das Streetfood-Festival von Porthmellow eine verrückte Idee geblieben, auf einen Bierdeckel im Smuggler's

Inn gekritzelt. Und«, sie atmete aus, »wenn ihr euch jetzt gerade vielleicht wünscht, dabei wäre es geblieben, dann kann ich das nur allzu gut verstehen.«

Alle lachten.

»Aber jetzt ist es so weit. Ich bin das ganze Wochenende über für euch erreichbar und werde mein Bestes tun zu helfen, wo immer es brennt.« Sam warf einen letzten Blick in die Runde. »Und nun wünsche ich euch allen viel Glück, viel Spaß und reibungslose Abläufe. Und hoffe, dass wir zusammen ein wunderbares Festival-Wochenende erleben werden.«

35

Um zehn Uhr morgens waren bereits zahllose Menschen am Hafen und in den Gassen unterwegs, beladen mit Einkaufstaschen, um die ergatterten Köstlichkeiten davonzutragen.

Sam machte ihre Routinerunde bei den Ständen, bevor sie sich mit den unvermeidlichen Komplikationen befasste. Auch diesen Moment liebte sie sehr: wenn sie sah, dass sich all die Mühe gelohnt hatte, wenn das Festival tatsächlich *stattfand*.

Anhand von Gerüchen hätte sie sich blindlings zurechtfinden können. Die würzigen Aromen der indischen Küche, Mais und Chili vom mexikanischen Stand, erdig-zitronige Tajines, frischer Orangenduft von der Saftbar, hopfige Biere, der Wacholdergeruch von Gin, süßer Honig, Zuckerwatte … und die deftigen Gerüche von Fish and Chips, Pulled Pork und Meeresfrüchten.

Und dann die typische Geräuschkulisse des Festivals: Korkenknallen von der Champagnerbar, Brummen von Generatoren, Knacken von Lautsprechern, Lachen, Klirren von Gläsern und lebhafte Unterhaltungen aus dem Craft-Beer-Zelt (die hoffentlich nicht abends in Streit und Keilereien ausarteten). Die ersten Straßenmusikanten legten los, und ein Chor schmetterte Lieder von Sommer und Liebe.

Dann wurde über die Anlage bekanntgegeben, dass im Kochzelt in Kürze die erste Show begann. Um die Mittagszeit würde der bekannte Chefkoch vom Spindrift Café auftreten, nach ihm Gabe. Sam machte sich in dem Getümmel auf die Suche nach ihm. Im Kochzelt wurde Gabe gerade mit seinem Headset verkabelt und plauderte mit den Technikern. Als er sie sah, winkte er ihr, entschuldigte sich bei den Mitarbeitern und kam zu ihr.

»Tut mir leid, dass ich einfach so verschwunden bin, aber ich musste ein bisschen zur Ruhe kommen vor dem Festival«, platzte Sam heraus, bevor Gabe etwas sagen konnte.

»Ist okay. Ich meine, wäre schon nett gewesen, du hättest dich verabschiedet, aber ich versteh das.«

»Die letzte Nacht war …« Sam errötete, als sie daran dachte. »Sehr schön.«

»Bereust du sie?«, fragte Gabe.

»Natürlich nicht!«

»Am liebsten würde ich dich gleich wieder ins Himmelbett zerren«, raunte Gabe ihr ins Ohr.

Sam drohte ihm lachend mit dem Finger.

»Gabriel Mathias, werd bloß nicht frech. Starkoch hin oder her – heute und morgen bin ich hier Festivalleiterin und darf mich durch nichts ablenken lassen, ist das klar?«

Seine Augen funkelten. »Hab's kapiert. Eins nach dem anderen. Sam, ich möchte demnächst auch mal in Ruhe mit dir reden.«

»Reden? Ja, gern, wenn das hier hinter mir liegt.« Sie wies auf das Gewimmel.

»Okay, dann morgen Abend bei mir?«

Sie merkte Gabe an, dass es sich um etwas Ernsthaftes handelte, und nickte, obwohl sich bei der Vorstellung wieder jede Menge Schmetterlinge in ihrem Bauch tummelten.

»Ich überlass dich jetzt deinen Vorbereitungen«, sagte sie grinsend. »Troy hat mir erzählt, dass Fans von dir quasi vor dem Zelt kampiert haben, damit sie Plätze in der ersten Reihe kriegen.«

Gabe verdrehte die Augen. »Er hat dich bestimmt auf den Arm genommen.«

»Glaub ich eher nicht.« Sam deutete auf etliche Menschen in der ersten Reihe, die Kochbücher in den Händen hielten. Unwillkürlich kam ihr der Gedanke, was diese Leute wohl denken würden, wenn sie Gabe noch als den dürren, muffeligen Draufgänger aus dem Fish-and-Chips-Imbiss gekannt hätten.

»Okay, dann ...«, begann Gabe, wurde aber von einer ohrenbetäubend lauten Durchsage unterbrochen.

»Keiner schmeißt hier Müll in den Hafen, dass das klar ist.«

Dann folgte ein Knall, bei dem alle zusammenzuckten. Offenbar war die Lautstärke voll aufgedreht.

»Und wer seinen Hund im Auto einsperrt, kriegt's mit mir zu tun.«

Sam starrte Gabe mit aufgerissenen Augen an. »Das ist Bryony! Wie kommt die denn an die Anlage?«

Jetzt war Krachen und Knistern zu hören, dann ein markerschütternder Pfeifton.

»Großer Gott!« Gabe hielt sich die Ohren zu.

Sam entdeckte Troy, der gerade am Zelteingang vorbeiging, und stürzte zu ihm, gefolgt von Gabe.

»Troy! Weshalb macht Bryony die Ansagen, um Himmels willen?«

»Der Sprecher wurde von einer Wespe gestochen und ist allergisch. Die Sanitäter kümmern sich um ihn.«

»Kann nicht jemand anderes die Ansagen übernehmen?«

»Da war niemand anderes, und es gab auch gerade Stress im Hafen. Ich wusste nicht, was ich tun sollte, und als Bryony vorbeikam, hab ich sie rangelassen.«

Plötzlich dröhnte wuchtiger E-Gitarren-Sound über das Gelände, und die Leute blickten sich fassungslos um.

»Das ist nicht etwa Metallica, oder?«, sagte Sam entsetzt.

Der Lärm brach abrupt ab. *»Ich muss jetzt leider ansagen, dass die Folkband* The Wildflowers *gleich im Festzelt auftritt.«*

»Oh Gott!«, kreischte Sam.

»Um zwölf, wenn ihr die Sorte von Waschlappen seid, die so was hören will. Ich hab dem Festivalkomitee gemailt, dass sie Halestorm *buchen sollen, aber auf mich hört ja keiner.«*

Troy rieb sich das Kinn. »Hmm. War wohl doch keine so gute Idee. Ich schau mal, ob ich jemand anderen finde.«

»Bitte! Und *schnell*!«, rief Sam aus.

Troy trabte davon, aber Bryony kam jetzt erst richtig in Fahrt.

»Ich seh, dass hier Leute ihren Hunden Zeug von den Ständen füttern. Das tut den Hunden gar nicht gut. Bryonys Hundesalon beim Postamt bietet ein vielfältiges Angebot an gesundem Hundefutter und hat während des gesamten Festivals für verantwortungsbewusste Hundebesitzer geöffnet.«

Sam warf verzweifelt die Hände in die Luft, während Gabe sich vor Lachen ausschüttete.

»Hör auf zu lachen! Das ist nicht witzig!«

»Tut mir leid, ich kann nicht anders«, ächzte Gabe atemlos.

»Sie da, die Frau mit dem Labradoodle hinter dem Eiswagen. Ihr Hund hat da gerade hingekackt, und Sie haben es nicht weggemacht. Wie würden Sie das finden, wenn ich in Ihren Garten kacke?«

»Nein!«, stöhnte Sam. »Ich muss irgendwas unternehmen, bevor es eine Schlägerei gibt oder jemand uns verklagt!«

Sie wollte gerade losrennen, als empörtes Stimmengewirr und Hundegebell aus den Lautsprechern drang. Im nächsten Moment war eine klangvolle honigsüße Frauenstimme mit dem Akzent der Region zu vernehmen.

»Vielen Dank, Bryony, für die guten Ratschläge. Alle Hundebesitzer werden sie gewiss zu schätzen wissen.«

»Wer ist das denn?«, fragte Gabe, und Sam starrte ihn mit offenem Mund an, während die melodiöse Stimme weitersprach.

»Und nun, ihr Lieben alle, möchte ich eure Aufmerksamkeit auf die herrlichen Klänge des St Piran Fischerchors lenken. Der Chor ist eigens von den Scilly-Inseln angereist, und ihr wollt ihn doch gewiss nicht versäumen, oder? Er tritt jetzt gleich auf der Hafenbühne auf, also macht euch schon mal auf den Weg. Im Craft-Beer-Zelt auf der Landzunge geht's unterdessen heiß her, da reißt nämlich DJ Stormy Pete die Bude ab.«

Sam und Gabe starrten sich an.

»›Reißt die Bude ab‹?« wiederholte Gabe ungläubig. »Wer zum Geier ist das?«

»Ich würde mal sagen, Evie Carman«, antwortete Sam breit grinsend.

Überall waren Leute stehen geblieben, lauschten lächelnd der Ansage und brachten sogar ihre Kinder zum Schweigen.

»So, ihr Lieben. Die Sonne strahlt hoch im Himmel, begrüßt nun mit uns die nächsten Höhepunkte des Festivals. Unser Spitzenkoch, aufgewachsen in Porthmellow, wird gleich im Kochzelt für himmlische Genüsse sorgen. Heißt mit mir willkommen den berühmten Gabriel Mathias! Wer will denn noch Love Island *gucken, wenn man stattdessen beobachten kann, was Gabe mit einer Zucchini macht? Sichert euch rechtzeitig Plätze, denn wie der Mann mit Gemüse umgeht, ist sensationell. Wäre ich dreißig Jahre jünger, würde ich ihm bestimmt anbieten, seine Auberginen zu schnippeln.«*

Sam keuchte. »Was um alles in der Welt ist in sie gefahren?«

Gabe prustete vor Lachen. »Die Leute finden es toll.«

»Ja, aber das ist doch kaum noch jugendfrei. Ich muss Evie bitten, sich zu mäßigen. Hier sind ja jede Menge Kinder unterwegs.«

Gabe hielt Sam fest. »Nee, mach das nicht. Es ist doch superkomisch, und schau …« Scharen von Besuchern strebten bereits auf das Kochzelt zu. »Apropos … ich muss da weitermachen. Jetzt sind die Erwartungen ja heftig hochgeschraubt!«

Er küsste Sam rasch auf die Wange und hastete davon. Sam steuerte zum Fischerhaus, wo Troy gerade aus der Tür trat. Evie animierte die Leute inzwischen dazu, reichlich Gemüse zu kaufen und sich auf keinen Fall die gigantischen Gurken beim Biostand entgehen zu lassen. Die Leute grinsten und kicherten belustigt.

»Hey, Troy, ich wusste gar nicht, dass Evie so ein Showtalent ist!«

Er gluckste. »Sie sagt jeden Freitag im Gemeindezentrum das Bingo an. Früher ist Evie hier in Musicals aufgetreten, aber heutzutage findet man nicht mehr genug Leute unter siebzig, die mitmachen wollen.«

»Sie scheint ein Naturtalent zu sein.«

»Ich hätte sie gleich ans Mikro setzen sollen, aber sie kann ja nicht schnell gehen, und ich dachte, in fünf Minuten kann Bryony nicht so viel Schaden anrichten. Dann musste Evie ihr aber das Mikro regelrecht wegreißen. Zum Glück hatte Sascha sich in eine Labradorhündin verguckt, und Bryony musste die beiden schnell trennen, bevor es da zur Sache ging.«

Sam lachte schallend. Im selben Moment vibrierte ihr Handy in der Tasche.

»Nimmst du dir wenigstens die Zeit, um Gabes Auftritt anzuschauen?«, fragte Troy.

»Ja, ähm … will ich schon, aber …« Sam las die Nachricht. »Mist, diese beiden Bonbonmacher machen wieder Stress. Sind jetzt offenbar doch nebeneinander gelandet. Ich muss mich unbedingt darum kümmern, damit es keinen Karamellkrieg gibt.«

»Ich kümmer mich um die zwei Krawallmacher«, sagte Troy. »Seine Majestät solltest du dir nicht entgehen lassen.« Er beäugte Sam. »Was siehst du fertig aus, Mädchen. Mach mal Pause. Hast du überhaupt schon was gegessen?«

»Nicht so richtig.« Sam knurrte der Magen, was bei einem Food Festival natürlich ziemlich absurd war. Das Frühstück schien schon ewig zurückzuliegen, und außerdem hatte sie bei den nächtlichen Aktivitäten sicher jede Menge Kalorien verbraucht.

Sie spazierte zum Stargazey-Wagen und ließ sich einen Pie mit Spinat und Ricotta geben. Stefan war rot im Gesicht und wirkte etwas hektisch, berichtete aber, das Geschäft liefe prima, und alles sei im grünen Bereich. Sie hatten die Bestände bereits aus dem Kühlschrank im Firmengebäude aufstocken müssen.

Sam verputzte ihren Pie, mit leicht schlechtem Gewissen, weil sie ihr Team alleine wursteln ließ, aber offenbar kamen die beiden zurecht. Und Gabe hatte seine Sache gut gemacht, der Pie schmeckte köstlich. Danach ging sie in Richtung Kochzelt, musste sich aber unterwegs noch mit diversen Beschwerden befassen. Als sie endlich ankam, war kein einziger Sitzplatz mehr frei. Jemand aus dem Team brachte sie beim Mischpult unter, von wo aus sie einen exzellenten Blick auf die Bühne hatte.

Sam spürte, wie ihr Herz schneller schlug. Konnte das wirklich wahr sein? Gabe trat bei ihrem Festival auf?

Es wurde still, und der Moderator forderte das Publikum auf, Gabriel Mathias zu begrüßen, »Fernseh-Starkoch und ein Junge aus Porthmellow, der es ganz nach oben geschafft hat«. Danach dröhnte »The Boys Are Back In Town« aus den Lautsprechern, und begeisterter Applaus brandete auf, als Gabe die Bühne betrat.

36

»Hallooo, Porthmellow!«

Gabe marschierte schwungvoll auf die Bühne und ging dort auf und ab. Er hatte sein Profilächeln aufgesetzt, fühlte sich aber ziemlich seltsam. Solche Auftritte bei Festivals oder auch live im Fernsehen waren eigentlich Routine für ihn. Doch jetzt befand er sich in Porthmellow, dem Ort, der für ihn mit so vielen Erinnerungen verknüpft war.

Er entdeckte Sam beim Mischpult, schaute aber schnell weg, um nicht abgelenkt zu werden. Diverse Techniker und Bühnenarbeiter standen hinter der Bühne bereit, doch ansonsten war Gabe in der nächsten Stunde auf sich alleine gestellt.

»Ich freue mich sehr, wieder an meinem Heimatort zu sein«, fuhr er fort.

»Hat ja lange genug gedauert!«, schrie einer aus dem Publikum, ein Typ in Gabes Alter, der ihm vage bekannt vorkam. Dessen Sitznachbar brachte ihn jetzt zum Schweigen.

Gabe beschloss, sich nicht beirren zu lassen, und setzte seine Show fort, lachte, scherzte und erzählte im Plauderton von den Gerichten, die er gleich kreieren wollte und die auch in seinem neuen Kochbuch erscheinen würden.

Dieser Teil der Show war immer am schwersten. Es ging darum, Atmosphäre und Stimmung des Publikums zu erspüren. Mittags um diese Uhrzeit hatten die Leute meist schon das eine oder andere Glas Wein oder Bier intus und waren etwas gelöster. Es gab ein paar humorvolle Zwischenrufe, die er aufgreifen und in seine Show einbauen konnte.

»Na, dann wollen wir mal was kochen«, sagte er schließlich, trat hinter die Arbeitstheke und legte los. Sofort war er in seinem Element und bereitete das Gericht mit Seehecht vor, für das er sich entschieden hatte. Er hatte das Rezept so angelegt, dass man es leicht nachkochen konnte und dass es beim Publikum dieser Region gut ankommen würde.

Gabe gab Butter in die erhitzte Bratpfanne und legte dann zwei in Kräutermehl gewendete Hechtfilets hinein. Während die brieten, schnitt er Frühlingszwiebeln und Möhren klein. Der Hecht begann köstlich zu duften, wahrscheinlich lief den Zuschauern in der ersten Reihe schon das Wasser im Mund zusammen. Während er blitzschnell das Gemüse zubereitete, sprach Gabe fortwährend weiter. Als er nach der nächsten Frühlingszwiebel griff und sie zu schneiden begann, entdeckte er plötzlich Ryan im Publikum.

»Mist!«

Sein Herz pochte, und das Publikum keuchte erschrocken. Blut tropfte auf das Schneidebrett. Schnitte kamen immer mal vor und sahen meist schlimmer aus, als sie waren. Aber für die Zuschauer wirkte das sicher furchtbar dramatisch.

Gabe legte das Messer beiseite. »Ich bitte um Entschuldigung für das Fluchen. Mein Geheimtipp für dieses Gericht: Nicht den Finger abhacken«, sagte er, um das Publikum wieder zu erheitern. Dabei hielt er nach Ryan Ausschau. Womöglich hatte Sam ihn auch entdeckt.

Unruhiges Raunen machte sich breit, und Gabe drückte ein Stück Küchenkrepp auf den Daumen. Sicher nur ein flacher Schnitt, aber er konnte nicht weitermachen, ohne ihn vorher behandeln zu lassen. Ryan war nirgendwo mehr zu entdecken, was aber nicht hieß, dass er nicht noch da war. Und Gabe hatte nicht den geringsten Zweifel, dass er Sams Bruder gesehen hatte.

Die Sanitäter warteten schon am Bühnenrand, und Gabe zwang sich zu einem Lächeln. »Berufsrisiko. Tut mir leid, Leute, ich muss mich kurz verarzten lassen, dann geht's gleich weiter. Wenn jemand hier ein bisschen Ordnung machen möchte, bin ich dankbar.«

Sekunden später betrat Sam lächelnd die Bühne. Sie hatte Ryan offenbar nicht bemerkt, aber wie lange mochte das noch gut gehen? Er musste ja hier irgendwo sein.

»Wusste ich's doch, dass auf dich kein Verlass ist. Lass mal die Profis ran«, sagte Sam, was ihr einige Lacher einbrachte.

Gabe nahm sein Mikro ab, und Sam murmelte »Bist du okay?«, als sie ihn hinter die Bühne begleitete. Die Zuschauer begannen sich zu unterhalten.

»Alles gut, nur ein kleiner Schnitt am Daumen. Kommt vor.« Gabe war enorm nervös. Was dachte sich Ryan dabei, einfach beim Festival aufzutauchen?

»Lass dich hier behandeln«, sagte Sam. »Ich räume inzwischen die Arbeitsfläche auf und lege die nächsten Zutaten bereit.«

»Aber du hast doch bestimmt alle Hände voll zu tun, du musst nicht …«

Sam lächelte ihn an und schüttelte gespielt frustriert den

Kopf, aber aus ihren Augen sprach etwas ganz anderes. »Still sein und versorgen lassen, Mr Mathias. Befehl von der Festivalleitung.«

Gabe salutierte mit der unverletzten Hand und ergab sich den Sanitätern, während Sam mit einem Helfer die Arbeitsfläche säuberte.

Die Wunde wurde gereinigt und hörte auf zu bluten. Gabe sah, dass im Publikum ein paar Lücken entstanden waren. Auch Ryan blieb verschwunden. Warum war dieser Idiot nur ausgerechnet in diesem Moment aufgetaucht?

»Muss, glaub ich, nicht genäht werden«, sagte die Sanitäterin und beäugte den Daumen.

»Dafür hab ich ohnehin keine Zeit«, erwiderte Gabe.

Die Frau schnalzte mit der Zunge. »Wäre der Schnitt tiefer, bliebe Ihnen aber gar keine andere Wahl. Ich werd den Finger bandagieren. Achten Sie darauf, dass Sie keine Entzündung reinkriegen.«

Sie legte einen Verband an, den Gabe völlig überdimensional fand. Damit würde er nicht weiterarbeiten können.

Sam trat zu ihm. »Und, wie ist die Lage?«

»Nichts Schlimmes, aber ich wurde bandagiert wie eine Mumie.« Er hob die Hand.

Sam rümpfte die Nase. »Tut's sehr weh?«

»Nee, da hatte ich schon viel Übleres. Aber so kann ich nicht weitermachen. Außerdem will ja niemand sehen, wie ein Chefkoch mit Verband Essen zubereitet.«

»Ich kann dir helfen«, bot Sam an.

Gabe zögerte. Unter anderen Umständen hätte er das wunderbar gefunden. Aber mit Ryan im Publikum … Gabe musste erst einmal herausfinden, wieso er plötzlich hier auftauchte, bevor Sam ihn zu Gesicht bekam.

Sein Zögern deutete sie offenbar als Zweifel an ihren Fähigkeiten. »Die Show kann ich natürlich nicht so durchziehen wie du. Aber ich kann das Gericht kochen, du hast mir ja vorher das Rezept erklärt.«

Gabe holte tief Luft. Sie hatte recht, das war eigentlich die perfekte Lösung.

»Traust du dir das wirklich zu?«, fragte er.

»Klar, sonst hätte ich es nicht angeboten. Könntest du jetzt vielleicht über dein riesiges Starkoch-Ego hinwegsehen und endlich wieder auf diese Bühne gehen?«

»Deutliche Worte.« Er warf ihr ein Lächeln zu. »Okay, dann lass uns mal rocken.«

Er gab Sam ein Speed-Briefing, man stattete sie mit einem Mikro aus, dann traten sie gemeinsam auf die Bühne und wurden mit begeistertem Applaus begrüßt. Gabe überflog hastig die Reihen, sah Ryan aber nirgendwo.

»Vielen Dank für Ihre Geduld, meine Damen und Herren. Das großartige Sanitäterteam aus St John hat mich verarztet, und ich bin noch im Besitz sämtlicher Finger.«

Stöhnen und Lachen im Publikum.

»Mit bandagierter Hand zu kochen ist allerdings ein wenig schwierig, deshalb ist mir die Spitzenköchin von Stargazey Pie zu Hilfe geeilt und wird für mich einspringen. Bitte heißen Sie mit einem großen Applaus willkommen meine rettende Assistentin in dieser Show, Samphire Lovell aus Porthmellow!«

Jetzt war der Beifall lauter und frenetischer als bei Gabe

selbst. Es gab ein paar Zwischenrufe, aber das Publikum schien gespannt zu sein auf den Doppelauftritt.

Sam verbeugte sich und griff zum Messer. »Vielen Dank, Gabe, aber eines möchte ich noch klarstellen.« Sie hielt das Messer hoch. »Da du ja offenbar hiermit nicht umgehen kannst, halte ich es für besser, wenn du *mein* Assistent bist.«

Das Publikum johlte vor Lachen.

»Dem habe ich gerade nichts entgegenzusetzen.« Gabe deutete eine Verbeugung an. »Was soll ich also tun, Chefin?«

Während er ihr Kräuter brachte, zwang Gabe sich zu lächeln, war aber enorm angespannt. Er fürchtete, dass Sam jeden Moment ihren Bruder irgendwo entdecken und von der Bühne laufen oder vor lauter Schreck in Ohnmacht fallen würde.

Gabe verfluchte Ryan und sich selbst, weil er nicht schon vor Jahren reinen Tisch gemacht hatte. Weil er sich hatte überreden lassen, Ryan zu helfen und Sam vor der Wahrheit zu schützen.

Sam hielt sich fantastisch und schien das Ganze sogar zu genießen. Sie hatte auch sichtlich Talent für solche Auftritte, und das Geplänkel zwischen ihnen kam beim Publikum bestens an. Gabe kam sich selbst viel unterhaltsamer vor als alleine. Es hätte ein herrliches Erlebnis sein können, wäre da nicht dieser Stress mit Ryan gewesen.

Nachdem das Gericht fertig zubereitet war, wurden zwei Zuschauer zum Probieren auf die Bühne gebeten, ließen sich nieder und bedienten sich. Der Moderator rief dazu auf, Gabe und Sam einen großen Applaus zu spenden, und es wurde heftig geklatscht und gejubelt.

Sie hatten es geschafft. Die Show war vorbei. Lebhaft plaudernd verließen einige Zuschauer das Zelt, andere blieben sitzen, um auf den nächsten Koch zu warten. Einen Moment lang packte Gabe die Panik, weil er glaubte, Ryan auf einer Bank zu sehen, aber es war nur ein Mann, der ihm ähnlich sah und durch sein Handy scrollte.

Gabe und Sam zogen sich in den Aufenthaltsbereich hinter der Bühne zurück. Ein Techniker reichte ihnen zwei Wasserflaschen, und Sam öffnete eine für Gabe und reichte sie ihm.

»Vielen Dank fürs Einspringen«, sagte er.

Sam wirkte vollkommen aufgekratzt. Gabe kannte diesen Zustand: Man war mit Adrenalin vollgepumpt und erleichtert, dass alles gut gelaufen war.

»Ich kann es selbst kaum glauben«, sagte Sam, »aber mir hat das richtig Spaß gemacht. Zu Anfang war mir furchtbar mulmig, aber dann fand ich es toll.«

»Du warst auch super.«

»Ach, nun übertreib nicht. Am Anfang hab ich total gestottert, und meine Hände zitterten auch fürchterlich. Ich hatte Angst, dass ich einen Topf fallen lasse, irgendwas in Brand stecke oder das Gericht verderbe.«

»Ich koche bei Shows nie Gerichte, die man leicht verderben kann«, erwiderte Gabe grinsend. »Und ich muss sagen: Mit dir hat der Auftritt viel mehr Spaß gemacht als sonst.«

Sam trank einen Schluck Wasser. Dann sah sie plötzlich sehr ernst aus. »In dem Moment, bevor du dich geschnitten hast, war ich ein bisschen beunruhigt. Du hast kurz ausgesehen, als … als hättest du einen Geist gesehen.«

Gabe schluckte. »Ja, ich hatte ... Lampenfieber. Das gehört dazu, und ich hab es immer ein bisschen, man braucht es sogar, um eine gute Show zu machen. Aber heute war ich aufgeregter, als ich selbst erwartet hatte. Plötzlich diese ganzen Leute von früher zu sehen, nach so langer Zeit wieder hier zu sein ... das hat mich irgendwie erwischt.«

»So was hatte ich mir schon gedacht, ist ja total verständlich.« Sam lächelte. »Und ich finde es auch gut. Daran merkt man, dass der berühmte Gabriel Mathias auch nur ein ganz normaler Mensch ist.«

»Oh ja, ich bin allerdings nur ein ganz normaler Mensch«, erwiderte Gabe mit bitterem Unterton. »Aber das wusstest du ja bereits.«

»Und das gilt für uns alle.« Sam drückte seine unverletzte Hand. »Jetzt ist alles gut. Du bist in Porthmellow öffentlich aufgetreten und von niemandem attackiert worden. Du hast es überlebt.« Sie warf einen Blick auf ihre Uhr. »Ach herrje. Ich muss ins Fischerhaus, hab einen Termin da. Wir sehen uns heute Nachmittag zum nächsten gemeinsamen Auftritt?«

Gabe stöhnte. »Oh Gott, ich hatte gerade gar nicht auf dem Schirm, dass ich heute noch eine Show hab.«

»Und morgen.«

»Aber du hast doch wohl kaum Zeit, bei allen dabei zu sein, oder?«

Sam grinste wie ein Honigkuchenpferd. »Was, nachdem ich gerade Ruhm gewittert habe, willst du mich wegschicken?«

»Und jetzt, ihr Lieben, spaziert mal zum Festzelt. Dort wird nämlich gleich der anbetungswürdige Gabriel Mathias sein neues Buch, Gabes mediterrane Odyssee, *signieren«,* ertönte wieder Evies

schmeichelnde Stimme aus den Lautsprechern. »*Ganz bestimmt wollt ihr euch nicht die Chance entgehen lassen, dem griechischen Gott der Spitzenküche persönlich in die Augen zu schauen, oder? Wie ich höre, hat der hinreißende Gabe sich die Hand verletzt und muss ein bisschen gehätschelt werden. Wenn ich hier nicht am Mikro sitzen müsste, würde ich das ja selbst übernehmen.*«

»Oh nein«, stöhnte Sam. »Jetzt übertreibt sie es aber wirklich!«

Sie eilte zum Fischerhaus, während Gabe von einem Helfer zum Festzelt begleitet wurde und inständig hoffte, dass Ryan sich nicht mehr hier blicken ließ.

Als Gabe schließlich abends nach Hause kam, wurde es schon dunkel. Das Festival war noch in vollem Gange, die Musik aus dem Festzelt hörte er sogar oben im Clifftop House.

Was für ein Tag. Gabe war vollkommen erledigt. Er hatte seit dem gemeinsamen Auftritt im Kochzelt nicht mehr in Ruhe mit Sam reden können. Am Nachmittag war sie dann doch verhindert gewesen, und einer der Köche aus der Region war für Gabes Show eingesprungen.

Zwar war Gabe Sam immer mal wieder über den Weg gelaufen, aber sie hatte alle Hände voll zu tun gehabt. Und Gabe hatte auf glühenden Kohlen gesessen, weil er fürchtete, dass Ryan urplötzlich wieder irgendwo auftauchen würde.

Die Situation war unerträglich, weshalb Gabe Ryan angerufen und ihn ins Clifftop House bestellt hatte. Er hatte ihm zur Sicherheit aufgetragen, den Küstenweg zu benutzen, damit er nicht Sam über den Weg liefe.

Jetzt klingelte es, und Gabe ging an die Sprechanlage.

»Hi, ich bin's, Ryan.«

»Komm rein.«

Sekunden später öffnete Gabe jenem Mann die Tür, der so viel Kummer und Sorgen verursacht hatte.

Seit einem Jahr hatte Gabe Ryan nicht mehr gesehen. Er war so schlank wie seine Schwester und hatte die gleichen haselnussbraunen Augen. In der Zwischenzeit hatte er sich einen Hipster-Bart zugelegt und sah so fit und gesund aus wie schon lange nicht mehr.

Gabe nahm sich fest vor, seine Wut im Zaum zu halten, wie diese Begegnung auch verlaufen mochte.

»Danke fürs Kommen«, sagte er.

Ryan schaute sich mit großen Augen um. »Oh Mann. Ich wollte immer schon wissen, wie's in dem alten Gemäuer aussieht. Hammer. Du hast es echt ganz nach oben geschafft.«

»Ich bin hier nur Mieter, eingerichtet hat es der Besitzer.« Gabe ging voraus ins Wohnzimmer, wo Ryan sofort ans offene Fenster trat und hinausschaute.

Gabe blieb stehen, die Arme vor der Brust verschränkt. »Wieso bist du hier aufgekreuzt, ohne mich vorzuwarnen?«

Ryan drehte sich um. »Kann ich nicht so genau erklären.«

»Bist du hergekommen, weil *ich* hier bin?«

»Vielleicht ein bisschen. Aber eigentlich war es Zufall.«

»Ich glaube nicht an Zufälle.«

Ryan nickte. »Ich weiß schon, ich hätte dich vorwarnen sollen. Also, es ist so: Meine Freundin und ich wollen sowieso in die Gegend ziehen. Ich hab dir doch erzählt, dass ich für so eine Organisation arbeite, die Beratung bei Spielsucht anbietet. Die eröffnen einen neuen Ableger in der Nähe von

Truro und brauchen einen Mitarbeiter. Hab mich da beworben und die Stelle gekriegt. Und Tilly kann hier im September als Schulbegleiterin anfangen.«

»Das heißt, du hast vor, auf Dauer hier in der Gegend zu leben?«

»Wäre denkbar. Wir haben ein Haus in Roche gemietet. Tilly gefällt es bisher total gut, ihren Kindern auch. Sie hat zwei tolle Jungs. Und ich hab Cornwall enorm vermisst.«

»Aber Sam hat keine Ahnung davon!«, wandte Gabe aufgebracht ein, obwohl er auch erleichtert war, dass Ryan sein Leben inzwischen offenbar im Griff hatte.

»Nein. Ich wollte mich erst mal wieder mit dem Ort vertraut machen.«

»Indem du beim Festival rumhängst? Herrgott, Ryan, was soll das? Sie hätte dich doch sehen können!«

»Ich war vorsichtig. Konnte ja nicht wissen, dass sie mit dir auf der Bühne sein würde. Und wir haben ja schon mal über alles gesprochen, Gabe. Ich hab damals ein schlimmes Chaos angerichtet und möchte mit Sam und Zennor reinen Tisch machen.« Ryan setzte sich auf die Couch. »Und zwar jetzt. Aber das geht natürlich nur, wenn du einverstanden bist. Wie ist das mit euch, läuft da wieder was?« Er grinste.

Gabe musste sich zwingen, ruhig zu bleiben. »Was du dir auch denkst – du irrst dich. Weil Sam mir nämlich immer noch nicht verziehen hat, dass ich dich der Polizei ausgeliefert habe. Sie kommt etwas besser damit zurecht, und wir … na ja, sagen wir mal, zwischen ihr und mir ist es gerade wie ganz am Anfang. Und ich möchte nicht, dass du das zerstörst.«

»Also soll ich ihr *nicht* sagen, dass ich wieder in Cornwall bin?«

Gabe stöhnte. »Doch, natürlich.« Er trat ans Fenster und sah hinaus. »Aber noch nicht heute oder morgen. Lass sie erst mal das Festival hinter sich bringen.«

»Sollen wir es ihr dann morgen Abend gemeinsam sagen?«

»Weiß nicht. Vielleicht. Ach, zum Teufel. Ja, okay.«

»Einen guten Zeitpunkt gibt's dafür eh nicht, wenn ich das mal so sagen darf. Anfang nächster Woche hab ich einen Termin in dem neuen Zentrum. Wenn wir eine Aussprache haben wollen, sollten wir's hinter uns bringen. Und dann müssen wir halt mit den Folgen leben.«

Gabe strich sich über die Stirn. »Kannst du mir noch mal in Erinnerung rufen, warum ich jemals eingewilligt habe, dein Geheimnis all die Jahre zu bewahren? Und warum ich dir überhaupt geholfen habe?«

Ryan zuckte die Achseln. »Keine Ahnung ... wahrscheinlich, weil du Sam liebst ...« Er zögerte. »Was meinst du, wie sie reagieren wird?«

»Ich weiß es nicht«, antwortete Gabe mit einem unbehaglichen Gefühl im Magen. »Aber angenehm wird es garantiert nicht.«

37

@PorthmellowGirl: Bestes Festival ever?

@CornwallMädel: Sehn uns heut Abend beim Konzert.

Und jetzt endlich – durchatmen.

Sam hielt das Gesicht in die wärmenden Strahlen der Abendsonne, während Drew und seine Band auf der Hafenbühne ihr Equipment aufbauten. Die Musiker stimmten ihre Instrumente, und Sam konnte endlich lockerlassen und ein bisschen feiern. Diesen entspannten Ausklang des Festivals liebte sie auch immer sehr – wenn alle Arbeit erledigt war und man mit den vielen Helfern das letzte Konzert genießen konnte.

Spätabends am Samstag war Sam komplett erschöpft ins Bett gefallen und hatte wie ein Stein geschlafen bis um sieben Uhr morgens, als sie von Zennor geweckt wurde. Die beiden Schwestern hatten kaum eine ruhige Minute zusammen verbracht an diesem Wochenende.

Am Sonntag hatte es noch ein paar kleinere Probleme gegeben, die Sam hatte lösen müssen. Doch alles in allem konnte das Festival als Riesenerfolg gelten. Sie hatte noch keine Zahlen gesehen, aber es hatte wohl einen Besucherrekord gegeben, und somit würde man auch genug Geld für das nächste Festival haben. Außerdem war der Vorschlag für ein Weihnachtsevent an sie herangetragen worden. Die Idee war gut, und Sam wollte sich damit befassen, sobald sie sich etwas erholt hatte.

Sie blickte in die fröhlichen entspannten Gesichter rundum. Chloe und ihre Familie waren auch unter den Zuschauern. Ein Mann in Hemd und Chinos hielt etwas nervös die zappelnde Ruby im Arm, vermutlich Chloes Ex-Mann Fraser. Chloe selbst wirkte strahlend und glücklich, und Hannah befreite jetzt lächelnd den gestressten Großvater von dem nörgelnden Kind.

Gabe war an die Bar gegangen, um Drinks zu holen, und Sam hielt Ausschau nach ihm. Er stand weit hinten in einer langen Schlange.

Die Band legte mit einem bekannten Folksong los, Drew spielte Gitarre. Das Repertoire bestand aus Oldies, einiges fand Sam etwas zu abgegriffen, aber ein paar Songs rissen sie mit. In der Menge entdeckte sie auch Zennor und Ben mit Freunden, die sichtlich Spaß hatten an dem Konzert.

Nach einer Weile schaute Sam wieder zur Bar hinüber. Gabe war jetzt recht weit vorne in der Schlange und unterhielt sich mit einem Mann, den Sam im Gegenlicht nicht genau erkennen konnte. Sie blinzelte und überschattete die Augen. Die Körperhaltung des Mannes erinnerte sie an ihren Bruder. Sie sah wohl schon Gespenster vor lauter Übermüdung.

Die Band spielte eine rockige Nummer, und jemand stieß Sam versehentlich an. Als sie wieder zur Bar schaute, bestellte Gabe gerade, und der Mann, der Ryan ähnelte, war verschwunden.

Sam schüttelte den Kopf. Bestimmt hatte sie sich geirrt, wie schon damals an dem Zebrastreifen in Marazion. Sie wandte sich wieder der Band zu und beschloss, das Konzert zu genießen, anstatt sich überflüssigen Gedanken hinzugeben.

Gabe tauchte mit den Drinks neben ihr auf. »Hallo, Liebchen«, sagte er mit dem Akzent der Region.

»Das kannst du gar nicht mehr richtig«, erwiderte Sam grinsend.

»Aber innerlich bin ich noch immer der Junge aus Porthmellow.«

Er hatte recht. Die Wunden der Vergangenheit heilten langsam ab, und heute Abend wollten sie sich in Ruhe unterhalten. Gabe hatte sie vorhin noch einmal daran erinnert und dabei ziemlich nervös und angespannt gewirkt. Das fand Sam ganz in Ordnung, sie wollte nicht, dass Gabe sich ihrer zu sicher war. Auch wenn sie bereits für sich beschlossen hatte, das Wagnis eines gemeinsamen Wegs einzugehen. Man würde dann sehen, wo er sie beide hinführte.

Jedenfalls fand Sam, dass sie zu viel Lebenszeit mit Bitterkeit und Reue verbracht hatte. Sie wollte einen Neuanfang mit Gabe und hatte auch beschlossen, sich wieder auf die Suche nach Ryan zu machen. Wenn sie sich schon wiederholt einbildete, ihren Bruder irgendwo zu sehen, konnte sie auch Nachforschungen anstellen. Allein die Vorstellung, ihren Frieden zu machen mit der Vergangenheit, war wohltuend.

Sie freute sich auf das Gespräch am Abend und auf alles, was darauf folgen mochte …

Während sie sich zur Musik bewegte, streifte Sam immer wieder wie zufällig Gabes Arm und genoss die verstohlene Berührung in vollen Zügen. Mit dem romantischen Sonnenuntergang vor Augen und der schönen Stimmung beim Konzert fühlte sie sich gelöst und glücklich. Sie war zum ersten Mal, seit sie von Gabes Rückkehr nach Porthmellow gehört hatte, vollkommen entspannt und blickte zuversichtlich in die Zukunft.

Die Band spielte jetzt »I Will Wait« von Mumford and Sons, und eine junge Frau, die sonst im Blumenladen arbeitete, brillierte am Banjo. Viele Leute sangen mit, einige tanzten zu zweit, und Sam ergriff Gabes Hand. »Komm, lass uns auch tanzen!«

Gabe zögerte. »Ich bin ein ganz mieser Tänzer.«

»Ach Quatsch, guckt doch eh keiner. Komm schon.«

Er nickte, und sie schwangen zum schnellen Rhythmus des Banjos das Tanzbein.

Plötzlich spürte Sam, wie jemand sie anstupste. »Sam!«

Sie drehte sich um und sah Troy, der ihr die Hand auf den Arm legte. Gabe ließ sie los und verzog enttäuscht das Gesicht, während die Leute rundum so wild umhersprangen, dass Sam gegen Troy geschleudert wurde.

»Hoppla, 'tschuldigung, Troy!« Sam lachte, doch jetzt fiel ihr auf, dass der alte Bursche ziemlich ernst aussah. »Was ist los?«

»Du solltest mitkommen ins Hafenbüro.«

»Was, jetzt? Hat das nicht noch ein bisschen Zeit?«, schrie Sam über die Musik hinweg.

»Nein, geht nicht.«

»Was ist denn?«, fragte Gabe.

Troy blickte so grimmig, dass Sam ein kalter Schauer über den Rücken lief und ihre Hochstimmung sich sofort verflüchtigte. »Okay, ich komme. Aber sagst du mir jetzt bitte, was los ist?«

»Es ist Geld verschwunden, das die Fischermission für ihre Grillgerichte eingenommen hat. Sie hatten das im Hafenbüro aufbewahrt, aber jemand hatte die Tür nicht abgeschlossen, und jetzt ist es verschwunden.«

Sam entspannte sich wieder. Das war zwar ärgerlich, aber nicht so dramatisch, wie sie befürchtet hatte. »Das ist doch eher was für die Polizei, oder nicht?«

»Der Hafenmeister wollte sie anrufen, aber ich hab ihn davon abgehalten.«

»Ich finde das aber auch richtig«, sagte Sam und griff nach ihrem Handy.

Troy legte ihr die Hand auf den Arm. »Nein, mach das nicht, Mädchen.«

»Warum nicht?«

»Weil … wir müssen erst mal weg von dem Lärm hier.«

»Ich komme mit«, sagte Gabe.

»Okay …«

Mit zunehmendem Unbehagen folgte Sam Troy, bis sie sprechen konnten, ohne sich gegenseitig in die Ohren zu brüllen.

»Was ist los, Troy? Warum wurde die Polizei nicht gerufen?«

»Es gibt keinen guten Weg, dir das zu sagen, Sam … aber bevor das Geld verschwunden ist, hab ich deinen Bruder im Büro der Hafenleitung gesehen.«

»Was?« Sam lachte lauthals. Troy musste sich auch etwas eingebildet haben. Oder er hatte zu viel Cider intus.

»Mädchen, ich seh nicht mehr so gut wie früher, aber so schlecht nun auch wieder nicht. Es *war* Ryan, und wenn du mir nicht glaubst, dann frag Evie. Sie hat ihn auch gesehen.«

Sam hörte auf zu lachen und musste gegen aufkommenden Zorn ankämpfen. Wie konnte Troy annehmen, dass jeder Diebstahl in Porthmellow auf das Konto ihres Bruders ging, wenn der sich nicht mal in Cornwall aufhielt?

»Nein, ausgeschlossen«, sagte sie entschieden. »Ryan kann nichts damit zu tun haben, nicht wahr, Gabe?«

Er zögerte so lange mit der Antwort, dass Sam schlagartig alarmiert war.

»Ich hab ihn aber gesehen!«, widersprach Troy entrüstet.

Gabe klopfte ihm auf den Rücken. »Das glaub ich dir ja. Behauptet niemand, dass es nicht so ist.«

»Was, dass Ryan das Geld gestohlen hat oder dass er in Porthmellow ist?«, verlangte Sam zu wissen.

»Bevor wir voreilige Rückschlüsse ziehen, sollten wir erst mal ins Büro gehen und mehr in Erfahrung bringen«, schlug Gabe vor.

»Sag ich doch die ganze Zeit«, murrte Troy.

Sam marschierte los. »Gut, bringen wir das schnell hinter uns, damit wir den Rest des Abends genießen können.«

Dennoch hatte sie ein beklommenes Gefühl. Aber Troy und Evie mussten sich eindeutig geirrt haben. Sie waren nun mal schon recht alt und hatten vermutlich diesen Doppelgänger von Ryan gesehen, der ihr selbst auch schon zweimal aufgefallen war.

Als sie im Büro ankamen, unterhielt sich der Hafenmeister gerade mit einem Fischer von der Wohltätigkeitsorganisation. Beide sahen den Umständen entsprechend sehr ernst aus.

»Hallo zusammen«, begann Sam. »Troy sagt, es sei Geld verschwunden.«

»Ja, wir hatten die Kasse hier reingestellt und dachten, das Gebäude sei nicht zugänglich«, antwortete der Leiter. »Aber einer von den Helfern war auf der Toilette und hat danach vergessen, wieder abzuschließen. Und als ich vor einer halben Stunde wiederkam, war die Kasse verschwunden.«

»Das tut mir sehr leid«, erwiderte Sam. »Kann das vielleicht ein Missverständnis sein, und jemand hat das Geld mit nach Hause genommen?«

»Ich habe bereits mit der einzigen anderen Person gesprochen, die wusste, dass es hier war, und die hat es nicht.«

»Als Trevor die Kasse ins Büro gestellt hat, wimmelte es hier rundum noch von Menschen«, gab Troy zu bedenken. »Jeder könnte ihn beobachtet und sich später Zutritt verschafft haben.«

»Und trotzdem glaubst du, es sei Ryan gewesen?«, fragte Sam.

»Das habe ich doch gar nicht behauptet!«, antwortete Troy gekränkt.

Sam hatte Mühe, nicht aus der Haut zu fahren. »Ryan ist nicht mal in Cornwall.«

»Weißt du denn, wo er ist?«, entgegnete Troy. »Du hast mir doch oft genug erzählt, dass du keine Ahnung hast, wo er steckt.«

»Ja, aber …«

»Ryan würde nicht die Kasse einer Wohltätigkeitsorganisation stehlen«, warf Gabe entschieden ein.

»Er hat aber Diebstähle begangen«, wandte der Hafenmeister ein. »Das weiß doch keiner besser als ihr beide, Gabe. Tut mir leid, das erwähnen zu müssen.«

»Aber das war vor vielen Jahren!« Sam klang so hilflos und verzweifelt, wie sie sich fühlte. »Ich weiß zwar wirklich nicht, wo Ryan sich zurzeit aufhält, aber er hat mir geschrieben, dass er sein Leben ändern will. Und ihr alle beschuldigt ihn, nur weil ihr glaubt, ihn hier gesehen zu haben, und weil er vor mehr als zehn Jahren einen Diebstahl geplant hat? Das finde ich ungeheuerlich.«

»Aber kannst du sicher sein, dass es nicht so ist?«, erwiderte Troy.

»Tut mir leid, Sam, aber wir müssen die Polizei informieren«, fügte der Hafenmeister hinzu.

»Nein!« Gabe schrie beinahe. »Bitte nicht. Ich bin mir ganz sicher, dass Ryan so etwas niemals tun würde.«

»Warum? Weil Sie glauben, er war nicht hier?«, sagte der Fischer. »Dann ist er doch ohnehin unschuldig und kann das jederzeit beweisen. Und es schadet auch nichts, die Polizei zu rufen.«

»Nein. Nein ... Ryan war hier.«

»Was?«, keuchte Sam.

»Ryan war hier. Jedenfalls ist er in Porthmellow. Ich bin heute Abend nach dem Konzert mit ihm verabredet ... und mit dir, Sam. Es ist also durchaus möglich, dass er auch am Hafen war.«

»Wusste ich's doch!«, rief Troy triumphierend aus.

»Ich rufe jetzt die Polizei«, erklärte der Hafenmeister.

»Nein, warten Sie bitte«, sagte Gabe erneut. »Ryan ist ein vollkommen anderer Mensch als damals. Er hat sich von Grund auf verändert und wird nie mehr kriminell werden.«

Sams Knie gaben nach, und sie musste sich an einer Stuhllehne festhalten. Die Worte schienen ihr um den Kopf zu fliegen, und ihr war regelrecht übel. Gabe wusste, dass Ryan in Porthmellow war, und hatte es ihr nicht gesagt? Dann hatte er sie ja erneut angelogen.

»Aufhören!«, schrie sie. »Ihr redet hier über meinen Bruder! Was soll das heißen, Gabe? Ryan ist hier? *Gabe*?« Sie umklammerte seinen Arm.

»Es tut mir leid. Ich hätte es dir sagen sollen … gestern. Und überhaupt alles Mögliche schon vor langer Zeit. Aber ich konnte nicht.«

Alle starrten ihn an, und Sam ließ ruckartig seinen Arm los.

Dann wandte sie sich ab und ging hinaus. Es war ihr einerlei, was die alle redeten. Aber wenn Ryan tatsächlich in Porthmellow war, musste sie ihn finden und dazu zwingen, ihr die Wahrheit zu sagen.

38

Sam marschierte am Kai entlang und musterte sämtliche Leute, die ihr entgegenkamen. Die Stände waren schon abgebaut, und die meisten Besucher hielten sich beim Konzert auf. Sie hörte die mitreißende Musik, Jubel und Applaus, war aber am Boden zerstört.

Kurz darauf kam Gabe angerannt, blieb keuchend neben ihr stehen und legte ihr den Arm um die Schultern.

»Du zitterst ja«, sagte er.

Sam rückte von ihm ab. »Gabe … was wird hier vor mir verborgen? Woher weißt du, dass Ryan hier ist? Und seit wann?« Ihr Blick fiel auf Gabes Hand, wo jetzt nur noch ein Pflaster klebte, und plötzlich wurde ihr alles klar. Der Mann neben Gabe in der Schlange an der Bar. Gabes erschütterter Blick in der Kochshow, dann sein plötzliches Missgeschick …

»Du hast ihn während deiner Show entdeckt. Deshalb warst du abgelenkt und hast dich geschnitten.«

»Sam.«

Sie wich noch weiter zurück. Musste ihre Fragen selbst beantworten, weil er zu verlogen war, um ihr die Wahrheit zu sagen.

»Du hast mich angelogen.«

»Nein, das hab ich nicht getan.«

»Doch, das hast du. Oh mein Gott. Als ich in Marazion geglaubt habe, Ryan auf dem Zebrastreifen zu sehen … dann war er das wirklich! Und du hast versucht, mich abzuwiegeln!«

»Das stimmt doch gar nicht. Ich habe dir angeboten, mit dir nach ihm zu suchen. Ich weiß nicht, ob das Ryan war.«

»Aber gestern war er hier. Wie lange ist er schon in Cornwall? Was wird hier gespielt?«

»Dass er in Porthmellow ist, habe ich selbst erst gestern erfahren, das schwöre ich dir.«

»Nein, das will ich nicht mehr hören. Es ist ohnehin nur die halbe Wahrheit. Da ist noch viel mehr, oder? Viel mehr, was du mir nicht erzählt hast. Ich will jetzt aber *alles* wissen. Darauf habe ich verdammt noch mal ein Recht, und Zennor auch. Aber erst mal muss ich Ryan finden.«

Sam wollte loslaufen, doch Gabe hielt sie am Arm fest. »Du musst ihn nicht suchen. Ich kann ihn anrufen.«

»Du hast seine *Nummer*?« Sie fuhr sich mit beiden Händen durchs Haar. »Großer Gott, Gabe. Was hast du mir noch alles vorenthalten?«

Da hörte sie hinter sich jemanden rufen. »Sam!«

Sie fuhr herum. Diese Stimme hatte sie seit so vielen Jahren nicht mehr gehört.

Er sah verändert aus. Schlanker, muskulöser, breitschultriger. Trug einen Bart. Er war kein Junge mehr. Aber eindeutig ihr Bruder.

»Ryan?«, krächzte Sam.

Er trat zu ihr. Liebe und Hass zugleich brandeten in Sam auf, und sie zitterte am ganzen Körper. Sie fiel ihrem Bruder um den Hals und brach in Tränen aus, und es war ihr ganz einerlei, wer sie dabei beobachtete. Ryan hielt sie in den Armen, bis sie sich einigermaßen gefasst hatte und sich daran erinnerte, dass sie eigentlich furchtbar wütend auf ihn war. Und dass er schon wieder Ärger am Hals hatte.

»D-die s-suchen nach dir«, stammelte sie.

»Ich weiß. Einer der Fischer, die ich von früher kenne, hat mich angerufen. Ich war gerade auf dem Weg zum Hafenbüro.«

»Warum bist du in Porthmellow? Was ist los?«, fragte sie flehentlich.

»Es tut mir wirklich leid, Sam, dass du so von meiner Rückkehr erfahren hast. Ich wollte es dir selbst sagen, das hatte ich Gabe versprochen.«

Sam ließ ihren Bruder los. Die nächsten Fragen brachen über sie herein. »Du hast es *Gabe* versprochen?«

»Ja. Bitte sei nicht böse auf ihn. Er kann nichts dafür.«

Ryan und Gabe wechselten einen Blick, und Sams Magen zog sich zusammen.

»Wir wollten dir heute Abend alles erzählen«, fuhr Ryan fort. »Das tun wir auch, aber ich muss erst diese Sache hier klären. Mach Gabe bitte keine Vorwürfe. Er hat sich um mich gekümmert. Es tut mir so wahnsinnig leid, dass ich mich nicht früher gemeldet habe. Ich habe mich einfach zu sehr geschämt. Aber jetzt bin ich wieder in der Spur und nicht mehr so eine Schande für meine Familie. Ich möchte auch nach Hause kommen. Natürlich kann ich nicht alles wiedergutmachen, was ich Zen und dir angetan habe, aber ich will es zumindest versuchen.«

»Aber du hast das Geld nicht genommen, oder?«, platzte Sam heraus. »Sag denen, dass du es nicht warst.«

Oh Gott, wo hatte sie diese Sätze schon mal gehört? Es war fast der gleiche Wortlaut wie damals auf dem Polizeirevier, nach dem Einbruch im Spielsalon. Ryans schuldbewusste Miene an jenem Abend hatte zwar Bände gesprochen, aber Sam hatte es einfach nicht glauben wollen. Die Geschichte konnte sich doch nicht dermaßen wiederholen.

»Natürlich nicht. Und diesmal kannst du mir wirklich glauben«, antwortete Ryan entschieden.

Das wiederholte er mit der gleichen Überzeugung vor Troy, dem Fischer und dem Hafenmeister, die über sein Erscheinen ausgesprochen verblüfft waren.

»Warum sollte ich wieder hierherkommen, wenn ich das Geld gestohlen hätte?«, sagte Ryan. »Ich habe gehört, dass nach mir gesucht wird, und hier bin ich. Verhält man sich so, wenn man schuldig ist?«

»Klingt einleuchtend«, gab Troy widerstrebend zu und verschränkte die Arme vor der Brust.

»Um welche Uhrzeit wurde das Geld als verschwunden gemeldet?«, fragte Gabe.

»Zwischen acht und zwanzig nach acht«, antwortete der Fischer, der Ryan nicht aus den Augen ließ.

»Warst du zu der Zeit hier?«, fragte der Hafenmeister Ryan.

»Ja. Ich bin hier durchgegangen, aber nur zur Toilette. Ich habe hier nichts gestohlen.«

»Also bitte«, warf Gabe ein. »Wenn Ryan das sagt, dann ist es auch so. Woher sollte er außerdem wissen, dass hier Geld aufbewahrt wird?«

Sam sank erschöpft auf einen Stuhl. Die Erinnerungen suchten sie mit voller Wucht heim. Damals war sie sogar trotz Beweisen noch bereit gewesen, ihren Bruder zu verteidigen … Aber diesmal war auch Gabe von Ryans Unschuld überzeugt. Es gab so vieles, das sie erfahren musste. Doch jetzt musste sie ihren Bruder erst einmal schützen.

»Ich will mit meinem Bruder alleine sprechen«, sagte sie. »Ich nehme ihn jetzt mit zu mir nach Hause.«

»Sam, das ist nicht möglich«, wandte der Hafenmeister ein. »Erst muss Ryan seine Unschuld beweisen können. Er hat schließlich schon wegen Diebstahl gesessen.«

»Und trotzdem gilt auch für ihn die Unschuldsvermutung. Wir gehen jetzt.«

»Sam …« Gabe berührte sie am Arm. »Warte. Lass mich doch helfen.«

»Hier ist ja wohl schon genug geholfen worden. Ich will, dass ihr beide mir zu Hause erklärt, was passiert ist.«

Sam war wild entschlossen, ihren Bruder aus dem Büro zu zerren, aber in diesem Augenblick kam Bryony herein, in Begleitung von Sascha, der außergewöhnlich friedlich wirkte.

Oh Gott, dachte Sam. Die fehlt uns gerade noch.

Bryony marschierte direkt auf Ryan zu. »Ryan Lovell. Du bist ja wirklich hier.«

»Hi, Bryony«, sagte er so munter, als sei man sich gerade im Postamt begegnet.

»Ungünstiger Zeitpunkt, Bryony …«, begann Troy.

»Nee, nee«, widersprach Bryony. »Genau richtiger Zeitpunkt. Ich hab gehört, ihr sucht nach einem Dieb und habt

Ryan im Verdacht. Er hat das Geld aber nicht genommen. Das war ich.«

»Was?«, sagten Sam, Gabe und Troy wie aus einem Munde, und Ryan entfuhr ein erleichterter Seufzer.

»Harry Seddon hatte mich gebeten, es mit nach Hause zu nehmen, damit es in Sicherheit ist. Es liegt in meinem Safe im Hundesalon.«

»Harry? Wieso hat der Kerl mir nichts davon gesagt?«, rief der Fischer aus. »Und wieso hat er es ausgerechnet dir gegeben?«

Bryony hob trotzig das Kinn. »Weil wir gut befreundet sind.«

Der Fischer stieß einen Pfiff aus. »Gut befreundet … du meinst, ihr seid … na, du weißt schon?« Er zwinkerte.

»Das geht dich gar nichts an«, entgegnete Bryony, und ausnahmsweise war Sam einer Meinung mit ihr. »Und da jetzt alles geklärt ist, gehen wir nach Hause, Sascha braucht sein Abendessen«, erklärte Bryony und stapfte mit dem Rottweiler davon, als sei nichts gewesen.

»Damit wäre das erledigt.« Sam warf noch einen erbosten Blick in die Runde und sagte dann zu Ryan und Gabe: »Dann können wir ja auch nach Hause gehen.«

»Ende gut, alles gut«, bemerkte Troy.

Sam empfand einen heftigen Anflug von Schuldgefühlen, weil sie Troy und Evie nicht hatte glauben wollen, dass sie Ryan gesehen hatten.

»Tut mir leid, dass ich eure Wahrnehmung angezweifelt habe«, sagte sie zu Troy. »Und danke, dass du nicht die Polizei einbezogen hast.«

Troy tätschelte ihr den Arm. »Kein Problem, Mädchen. Geht ihr mal nach Hause. Ihr habt euch sicher einiges zu erzählen.«

Sam umarmte Troy und raunte ein »Danke« in sein Ohr, dann folgte sie Gabe und Ryan nach draußen. Doch als sie Bryony vor ihrem Hundesalon sah, wo sie Sascha gerade Wasser in eine Schale goss, sagte sie zu den beiden Männern: »Wartet einen Moment auf mich, ja? Nicht weggehen! Bin gleich wieder da.«

Gabe nickte, und Sam eilte hinüber zum Hundesalon. »Bryony! Kann ich kurz mit dir sprechen?«

Bryony blickte auf. Sascha schlabberte ungerührt sein Wasser, doch als Sam zu ihnen trat, ließ er sich unvermittelt auf das Kopfsteinpflaster plumpsen, als wolle er gestreichelt werden. Sam kraulte ihm den Kopf, und das Ungetüm leckte ihr behutsam die Finger ab. Lächelnd dachte Sam, dass er wirklich ein lieber Hund war, solange er sich nicht in der Nähe des Stargazey-Wagens befand …

»Sascha sieht so erschöpft aus, wie ich mich fühle«, sagte sie vorsichtig.

»Ja. Langer, heißer Tag, und er ist 'n großer Hund. Braucht jetzt sein Futter und muss sich ausruhen.« Bryony betrachtete ihn voller Liebe.

Sam lächelte. »Das kann man verstehen. Wir wollen alle nach Hause. Ich wollte mich nur dafür bedanken, dass du gekommen bist, um Ryan zu entlasten.«

Bryony schnaubte. »Bin gleich hergekommen, als ich gehört hab, dass man nach ihm sucht. Hab dir ja schon mal gesagt, dass ich immer ziemlich gradheraus bin.« Sie sah Sam forschend an. »Hast du inzwischen erfahren, wer deinen Wagen vandalisiert hat?«

»Nein. Das wird man wahrscheinlich nie herausfinden.«

»Hmm«, machte Bryony. Sascha stieß einen tiefen Seufzer aus und legte den Kopf aufs Pflaster. »Wir gehen dann mal. Du hast sicher 'ne Menge zu bereden mit den beiden da.« Sie wies mit dem Daumen auf Gabe und Ryan, die ins Gespräch vertieft waren.

»Das kann man wohl sagen.«

Bryony zögerte einen Moment, dann fügte sie hinzu: »Ryan ist kein übler Kerl. Früher jedenfalls nicht. Wir waren ja in derselben Klasse. Die anderen haben mich schikaniert, weil ich Metal-Fan war und meine Eltern den Hundesalon hatten. Haben gesagt, ich stinke und seh aus wie ein Hund.«

»Das ist echt gemein. So was sollte sich niemand anhören müssen.«

»Ryan kriegte das eines Tages mit und hat einen von den Typen ins Hafenbecken geschubst.« Bryony gestattete sich ein zufriedenes Grinsen. »Das hab ich Ryan nie vergessen. Tut mir leid, dass er auf die schiefe Bahn geraten ist.«

Sam dachte bedrückt, dass Ryan seine Vergangenheit wohl nie loswerden würde.

»Das Glücksspiel bringt einen in Teufelsküche«, fuhr Bryony fort. »Mein Großvater hat bei Pferdewetten noch den letzten Penny verspielt, und meine Oma und meine Mum waren völlig mittellos. Mein Großvater ist dann am Hell's Mouth von der Klippe gesprungen, aber das war vor meiner Geburt.«

Sam starrte Bryony erschrocken an. »Oh Gott, das tut mir leid. Das wusste ich gar nicht.«

»Du weißt sowieso nicht viel über mich …« Bryony hielt inne und fügte dann schroff hinzu: »Niemand weiß viel über mich, und ich behalt meine Gefühle auch lieber für mich. Bin lieber mit meinem Hund als mit Menschen zusammen. Menschen können so grausam sein, aber mein Sascha wird mich immer lieben.« Sie kraulte ihm die Ohren. »Ich bin eben schrullig, und das ist mir auch recht so, nicht wahr, Schätzchen?«

Sascha erhob sich etwas unwillig. »Geh jetzt mal lieber zu deinem Bruder zurück«, sagte Bryony. »Und zu deinem Freund.«

»Wir sind kein Paar, wenn du das meinst.«

Bryony schnaubte. »Das hast du schon in der Schulzeit behauptet, obwohl ein Blinder sehen konnte, wie verknallt ihr ineinander wart. Weil du das Festival leitest, das für Porthmellow so wichtig ist, bildest du dir ein, du wüsstest alles, was sich hier abspielt. Dabei übersiehst du Sachen, die direkt vor deiner Nase sind.«

»Was meinst du damit?«

»Das kannst du deinen Bruder fragen.«

39

Als Sam, Ryan und Gabe im Clifftop House ankamen, begann es bereits zu dämmern. Durchs Wohnzimmerfenster sah man den letzten Lichtschein am Horizont.

»Starken Drink für euch beide?«, fragte Gabe. »Ich brauch jetzt einen.«

»Nein, danke«, antwortete Sam und setzte sich aufs Sofa. Sie war noch immer völlig durcheinander.

Ryan schüttelte den Kopf. »Für mich nur Wasser. Ich muss ja noch heimfahren.«

»Heimfahren?«, wiederholte Sam. »Wohin denn?«

»Nach Roche. Wir – meine Partnerin und ich –, wir haben da ein Haus gemietet.«

Sam atmete tief ein und aus. »Seit wann bist du wieder in Cornwall?«

»Seit ein paar Wochen.«

»Ach so?«, murmelte Sam. Das musste sie erst mal verdauen.

Kurz darauf kehrte Gabe mit Wasser und einem Glas Whisky zurück und setzte sich auf die Couch Sam gegenüber. Ryan ließ sich neben ihm nieder, was sich für Sam anfühlte, als wollten die beiden sich gegen sie verbünden. Sie musterte die zwei Männer. Gabe hielt ihrem Blick stand, Ryan betrachtete eingehend seine Schuhe. Sam hatte ein furchtbar flaues Gefühl im Magen.

»Okay«, sagte sie. »Wer fängt an?«

Ryan trank einen Schluck Wasser, dann begann er. »Am besten wohl ich ... Ich muss ganz von vorne anfangen, noch vor dem Einbruch im Spielsalon. Du weißt wahrscheinlich, dass ich nach Mums Tod, als ich anfing im Salon zu arbeiten, jede Menge Spielschulden hatte. Hab Poker gespielt und an den Automaten und mir dann von sogenannten ›Freunden‹ Geld geliehen.« Er schnaubte. »Einer hat dann gesagt, ich könne meine Schulden bei ihm abbezahlen, wenn ich gewisse Aufträge für ihn erledige.« Ryan betrachtete seine Hände. »Ich schäme mich deshalb, aber ich kann es nicht mehr ändern.«

»Was für Aufträge?«, fragte Sam und versuchte sich innerlich zu wappnen. Ihr graute davor, was jetzt kam. Aber die ganze Wahrheit musste endlich auf den Tisch. Zum Glück war Zennor nicht dabei.

Ryan hustete, trank einen großen Schluck Wasser und sah Gabe an, als solle der ihm helfen. Was Sams Unbehagen noch steigerte.

Gabe erwiderte den Blick, und Ryan sagte: »Wäre besser, du machst jetzt weiter.«

»Ich habe zu der Zeit noch im Imbiss gearbeitet«, setzte Gabe den Bericht fort. »Da kriegt man jede Menge Klatsch mit. Vieles war nur Prahlerei, aber manches stimmte eben auch. Und manche Leute – entschuldige, Ryan – benehmen sich auch ziemlich dumm.«

»Da hast du leider recht. Ich war so ein Idiot.« Ryan grinste reumütig. Trotz der unangenehmen Lage hatte er sich wohl einen Rest seines Humors von früher bewahrt.

Gabe dagegen sah extrem bedrückt aus, was Sam in helle Panik versetzte. »Das meiste von dem Gerede hab ich nicht ernst genommen. Aber dann habe ich etwas gehört, was ich ernst nehmen *musste*. Weil es dich, Sam und Zennor betraf.«

Sam wurde eiskalt. *Sie und Zennor?* Ryan starrte wieder zu Boden, aber Gabes Stimme wurde jetzt entschlossener. Er schien seinen ganzen Mut zusammenzunehmen, um das alles hinter sich zu bringen.

»Als ich eines Tages hinter dem Imbiss den Müll ausleerte«, fuhr er fort, »hörte ich Ryan und diese sogenannten Freunde von ihm über den geplanten Einbruch im Spielsalon reden. Ich wusste erst mal gar nicht, was ich tun sollte. Natürlich wollte ich verhindern, dass Ryan sich in irgendwas reinritt.«

Sam hatte es die Sprache verschlagen, und ihr Mund fühlte sich trocken an.

»Gabe hat sich wirklich bemüht«, warf Ryan ein. »Eines Abends hat er mich im Pub beiseitegenommen und mir ordentlich die Leviten gelesen. Sagte, ich solle bloß keine Dummheiten machen. Ich hab ihm dann versichert, dass ich mich raushalte, aber das war gelogen. Ich steckte schon viel zu tief in allem drin. Ich war spielsüchtig und hoch verschuldet. Es war alles viel schlimmer, als du mitbekommen hast, Sam. Mit Zinsen hab ich diesen Typen damals über fünfzigtausend geschuldet.«

»*Fünfzigtausend*?«, kreischte Sam entsetzt. »Oh Gott, wie konnte es mir passieren, dass ich nicht mitgekriegt habe, was in meiner eigenen Familie vor sich geht?«

»Du hast so tief in deiner Trauer um Mum gesteckt«, antwortete Ryan. »Ich natürlich auch, aber das ist keine Ausrede. Außerdem hast du versucht, Stargazey aufzubauen und uns alle über Wasser zu halten. Ich schäme mich so sehr, dass ich dich mit der ganzen Verantwortung allein gelassen habe. Ich wollte dir einfach nicht noch mehr Sorgen machen und hab mir eingebildet, ich könnte den Karren wieder aus dem Dreck fahren. Du hast eben auch keine übermenschlichen Kräfte, Sam, selbst wenn du das vielleicht manchmal glaubst.«

»Nein, das glaube ich nicht. Ich habe damals einfach nur alles gegeben, damit wir überleben. Und … dabei offenbar übersehen, wie schlecht es dir ging.«

»Du musst jetzt endlich alles erfahren«, sprach Gabe entschlossen weiter. »Ich behielt trotz seines Versprechens weiter ein Auge auf Ryan, und als er eines Abends mit seinen Pommes aus dem Imbiss ging, ließ er sein Handy liegen. Ich gebe zu, ich habe es kontrolliert, ich traute dem Frieden nicht ganz. Und da sah ich eine Nachricht, aus der hervorging, dass abends ein Coup geplant war.«

»Der Einbruch im Spielsalon?«, fragte Sam.

»Nicht nur dort«, antwortete Gabe.

»Was?« Entsetzt sah Sam Ryan an.

»Ich hab mich dann mit Ryan getroffen und ihm gesagt, dass ich ihn nicht an die Polizei verraten würde, wenn er Porthmellow verlassen und anderswo einen Neuanfang machen würde. Er hat geschworen, dass er das tun würde, aber wieder gelogen, nicht wahr?«

Ryan strich sich übers Gesicht. Diese nervöse Geste kannte Sam nur allzu gut von ihm. »*Ryan*?«

»Ich habe Gabe etwas versprochen, was ich von vornherein gar nicht halten konnte. Er wusste nicht, was meine Komplizen noch alles geplant hatten. Ich wollte aussteigen, aber die sagten, ich sei eine Gefahr für sie und müsse jetzt beweisen, dass ich sie nicht verpfeifen würde, indem ich bei weiteren Einbrüchen mitmache. Sie haben mir eine Liste der geplanten Orte gezeigt. Da war der Hundesalon der Cronks dabei und …« Er stützte den Kopf in die Hände. »Es tut mir so leid, Sam.«

»Was? Was war da noch?«

»Der Imbiss von Gabes Familie und … Stargazey Pie.«

»Aber … aber … ich hab im Gebäude doch immer nur ein bisschen Wechselgeld, keine großen Summen …«

»Ich wusste aber, dass du die Einnahmen vom Samstag im Aktenschrank aufbewahrst, um sie am Montag zur Bank zu bringen. Und ich wusste, dass du die Schlüssel zum Gebäude und zu diesem Schrank in deinem Schlafzimmer liegen hattest und an diesem Abend mit Freunden ins Pub gehen wolltest.«

»Soll das heißen, du hattest vor, meine Schlüssel aus meinem Zimmer zu stehlen?«

Er ließ reumütig den Kopf hängen. »Hm. Aber ich hatte gehofft, sie so rechtzeitig wieder zurücklegen zu können, dass du es nicht merken würdest.«

Sam fühlte sich hundeelend. »Aber dann hätte ich doch am Montag gemerkt, dass die Einnahmen verschwunden sind! Herr im Himmel, Ryan, ich kann einfach nicht glauben, dass du das wirklich machen wolltest!«

»Ich war absolut fertig und wusste nicht mehr weiter. Die sagten, das sei ein Test, und danach würden sie mich in Ruhe lassen. Und wenn ich es nicht machen würde, dann würden sie eben bei Stargazey einbrechen und sich das Geld selbst holen. Und es wäre ihnen auch egal, wenn du zufällig im Gebäude wärst, dann würden sie schon mit dir fertigwerden … Die wären vor nichts zurückgeschreckt, deshalb dachte ich, es sei besser, das Geld selbst zu stehlen. Aber dazu kam es dann nicht, weil Gabe eingeschritten ist.«

Sam stieß einen Schrei aus, lief hinaus und schloss sich auf der Toilette ein. Dort musste sie sich am Waschbecken festhalten, weil sie so heftig zitterte. Ihr war auch so übel, als müsste sie sich gleich übergeben. Ein bleiches tränenüberströmtes Gesicht mit verwischtem Mascara starrte ihr aus dem Spiegel entgegen.

»Sam!«, rief Gabe von draußen.

Sie klatschte sich kaltes Wasser ins Gesicht und öffnete die Tür.

»Alles okay mit dir?«, fragte Gabe besorgt.

Sam lachte bitter. »Wie denn bitte, wenn ich gerade erfahre, dass mein eigener Bruder vorhatte, mich auszurauben?«

»Das ist übel, ich weiß«, erwiderte Gabe. »Aber er hat es ja nicht getan. Und auf sehr verdrehte Weise hat er eigentlich nur versucht, dich zu beschützen.«

»Er hat es nur nicht getan, weil du ihn der Polizei ausgeliefert hast.«

»Das war wirklich das Einzige, was ich tun konnte, um Schlimmeres zu verhindern. Komm zurück ins Wohnzimmer, Sam. Wir reden über alles.«

Er nahm sie sacht beim Arm und führte sie zurück. Sam setzte sich diesmal zu Ryan auf die Couch. Der ergriff vorsichtig ihre Hand und sagte: »Es tut mir so leid, Sam. Glaub mir, ich würde alles ungeschehen machen, wenn ich könnte.«

Sie nahm ihn in den Arm und hielt ihn lange fest.

Als Ryan sich von ihr löste, sagte er: »So oft ich mich auch für all das entschuldige, es wird nie genug sein. Ich bin froh, dass Gabe damals zur Polizei gegangen ist. Habe ihn zwar danach eine Weile gehasst, aber nicht so sehr wie mich selbst. Nachdem ich aus dem Knast entlassen wurde, hab ich ein paar Jahre auf der Straße gelebt, ich wusste nichts mit mir anzufangen.«

»Du hättest doch zu uns kommen können«, sagte Sam. »Ich hatte angeboten, dir zu helfen. Dass du den Kontakt zu uns abgebrochen hast, hat alles noch viel schlimmer gemacht.«

»Ja, ich weiß. Aber ich habe mich zu sehr geschämt, um mich an dich zu wenden. Und hatte zu viel Angst, du könntest doch noch herausfinden, was wir damals vorhatten. Ich war absolut am Ende, als Gabe mich irgendwie aufspürte, mich unterstützte und meinen Entzug finanzierte. Ich musste ja die Spielsucht loswerden, um wirklich wieder auf die Füße zu kommen.«

Sam starrte Gabe an.

»*Du* hast Ryans Entzug bezahlt?«

»Ich habe gut verdient und konnte es mir leisten zu helfen, also habe ich es getan«, antwortete Gabe ruhig.

»Ja, okay, aber … *Wieso* hast du ihm geholfen?«

»Weil jeder Mensch eine zweite Chance verdient«, erklärte Gabe fest. »Weil ich wusste, dass du deinen Bruder liebst. Und weil … ich dich liebe.«

Sam war hin- und hergerissen zwischen Wut, weil Gabe ihr alles Mögliche verschwiegen hatte, und Dankbarkeit für seine Hilfe. Ryans Leben wäre vermutlich vollkommen zerstört gewesen, wenn Gabe ihn nicht zuerst vor sich selbst bewahrt und ihm später wieder auf die Beine geholfen hätte.

»Schau, Sam, du solltest Gabe nichts vorwerfen, ich verdanke ihm letztlich alles«, sagte Ryan. »Mit seiner Hilfe ist mir ein Neuanfang gelungen. Ich bin jetzt seit geraumer Zeit Mitarbeiter einer Beratungsstelle für Spielsucht. Die Organisation eröffnet einen Ableger in Truro, bei dem ich arbeiten werde. Das habe ich als Zeichen dafür gesehen, den nächsten Schritt zu tun. Die Versöhnung zu suchen mit den Menschen, denen ich Leid angetan habe, ist ein wichtiger Teil meiner Reha. Ich wollte nur abwarten, bis das Festival hinter dir liegt. Tut mir leid, dass ich den Fehler begangen habe, vor der Zeit hier aufzukreuzen. Aber irgendwie wollte ich dich und Zennor zumindest schon mal aus der Ferne sehen, bevor ich mit dieser krassen Geschichte über euch hereinbreche.«

Gabe legte Sam eine Hand auf die Schulter, während Ryan weitersprach. »Ich würde mich sehr freuen, wenn wir uns langsam wieder kennenlernen und austauschen könnten. Ich erwarte nicht, dass ihr mir vergebt oder mich mit offenen Armen empfangt. Aber es war mir wichtig, dass ihr endlich Bescheid wisst. Als ich gehört habe, dass Gabe hier sein würde, habe ich das als Zeichen – oder als Fügung – betrachtet, um nach Porthmellow zurückzukehren.«

Sam seufzte tief. »Ich habe keine Ahnung, wie ich das alles Zennor erklären soll. Ich weiß gar nicht, ob sie das verkraftet.«

»Es ist nicht deine Aufgabe, ihr das zu erklären, sondern

meine. Ich werde jetzt zu ihr rübergehen. Sie wird damit klarkommen. Zennor ist erwachsen, wie wir alle.« Er lächelte wehmütig. »Sogar ich.«

Ryan verließ das Haus. Gabe und Sam saßen eine Weile schweigend da. Sam hatte es nach all den Dingen, die sie gerade gehört hatte, die Sprache verschlagen. Würde sie Ryan jemals verzeihen können? Lug und Betrug, über viele Jahre, aber aus guten Gründen.

Er war den Tränen nahe gewesen, als er ihr die scheußliche Wahrheit offenbart hatte. War diese Reue aufrichtig? Er habe einen Neuanfang gemacht, sagte er. Konnte sie ihm wirklich vertrauen? Und Gabe hatte all diese Jahre die Geheimnisse bewahrt.

Sam wusste nicht, ob es ihr gelingen konnte, diesen beiden Männern zu verzeihen, so sehr sie es auch wollte – und so sehr sie beide liebte. Vielleicht würde sie den Rest ihres Lebens mit dieser Aufgabe ringen.

Sie wischte sich erneut die Augen.

Nach einer Weile begann Gabe zu sprechen. »Nach unserer Trennung habe ich in einem Zwiespalt gelebt. Ich hatte getan, was ich für richtig hielt, aber es gab Leute aus dem Ort, die mich dafür hassten. Ein Typ hat mir vor dem Gerichtsgebäude sogar ins Gesicht gespuckt.«

Sam sah ihn an. »Das ist scheußlich.«

»Nach dem Prozess habe ich in London in einem Hotel geschuftet und versucht, Porthmellow, Ryan und dich zu vergessen. Ja, ich habe Karriere gemacht, aber die Bitterkeit und Verletztheit von damals wurde ich nicht los. Habe mich wahnsinnig danach gesehnt, dir alles zu erzählen, aber ich wollte nicht, dass du die Wahrheit über Ryan erfährst. Deshalb habe ich das Geheimnis all die Jahre bewahrt, wenn es mir auch schwerfiel. Ich hatte absolut nicht vor, dir wieder nahezukommen. Aber dass dieses Vorhaben illusorisch war, habe ich schon an diesem ersten Abend im Pub gemerkt.«

»Und dann hast du Ryan informiert, dass du wieder hier bist?«

»Nein, ich wusste nicht, dass er in Cornwall ist.«

»Ich … ich bin froh, dass Ryan auf einem guten Weg ist, und bin dir dankbar für deine Hilfe«, sagte Sam mit erstickter Stimme. »Aber ich muss dir diese Frage trotzdem stellen. Wie soll ich sicher sein, dass du nicht wieder Dinge vor mir verheimlichst? Und mich anlügst, weil du glaubst, es sei besser für mich?«

»Ich werde das niemals mehr tun. Das war ein Fehler, der uns viel zu lange entzweit hat. Ich liebe dich, und ich möchte mit dir zusammen sein.«

Sam wusste auch, dass sie Gabe liebte – aber reichte das aus, um alles andere zu vergessen? Und selbst wenn ja – würde Gabe denn in Porthmellow leben wollen? Im gemächlichen Alltag dieses Fischerdörfchens? Der Kult um ihn beim Festival hatte Sam noch mehr verdeutlicht, wie sehr sich Gabes Leben von ihrem unterschied.

»Ich … Gabe, ich bin ganz verwirrt, das ist so viel auf einmal«, sagte sie. »Ich muss jetzt zu Zennor und Ryan. Gib mir Zeit, alles zu verarbeiten. Bitte.«

Als sie aus dem Haus trat, blickte Sam zum Himmel auf und hielt Ausschau nach dem strahlendsten Stern. Nach irgendeinem Zeichen, das ihr bei diesen schwierigen Entscheidungen die Richtung weisen konnte. »Mum, ich hab keine Ahnung, ob du mich hören kannst. Aber falls ja, bitte lass mich wissen, was ich tun soll. Vergeben? Vergessen? Beides?«

Dann eilte Sam zum Wavecrest Cottage, schloss die Tür auf und trat in den Flur. Ein Tumult aus Schluchzen, Kreischen und Meerschweinquieken empfing sie. Die Lovells waren endlich wieder vereint.

40

Nachdem Chloe ihr Haar hochgesteckt hatte, ging sie ins Wohnzimmer, wo Hannah gerade Rubys Sachen für den Ausflug einpackte. Die Kleine stolperte in ihrer Latzhose zwischen den Möbeln umher. Wie viele Dinge so ein kleiner Mensch ständig brauchte, hatte Chloe gar nicht mehr in Erinnerung gehabt.

Es war Dienstagnachmittag, und Hannah wollte mit Ruby zum Strand gehen. Fraser war am Montagmorgen nach Surrey zurückgefahren. Zelte und Bühnen waren abgebaut, die Stände verschwunden, die Straßen aufgeräumt. Porthmellow kehrte zum Normalzustand zurück.

Nachdem Hannah und Ruby aufgebrochen waren, empfand Chloe die Wohnung als sonderbar still. Die beiden würden hier wohnen, bis sie sich ein wenig erholt hatten, aber Hannah wollte sich so bald wie möglich einen Job suchen.

Sie hatte Jordan über ihren Aufenthaltsort informiert und sich mit ihm für ein baldiges Gespräch verabredet, er war schließlich Rubys Vater. Er wollte seine Tochter natürlich sehen und musste außerdem Unterhalt für sie und Hannah zahlen, die versuchen wollte, ihn so weit wie möglich in ihr Leben zu integrieren. Wie sich das alles entwickeln würde, blieb abzuwarten.

Aber heute stand zunächst etwas ganz anderes für Chloe an.

Es war ein heißer Julimorgen. Sie schlüpfte in ein Strandkleid, das sie einige Jahre nicht getragen hatte, und bequeme Sandalen und trat auf die Terrasse.

Ein eigenartiges Gefährt segelte gerade in den Hafen. Montagfrüh war Drew mit seiner Crew nach Brixham gefahren, um die *Caitlin* nach Porthmellow zu überführen.

Chloe spazierte zum Kai, wo das historische Segelboot gerade anlegte. Der Hafenmeister, Troy, Evie und einige Fischer bestaunten die *Caitlin* bereits, und Chloe setzte sich mit einem Eiskaffee vors Hafencafé. Sie wollte Drew nicht stören, beobachtete aber ebenso fasziniert wie etliche Touristen das geschäftige Treiben auf dem Boot.

Doch binnen Kurzem hatte Drew Chloe erspäht, winkte ihr, und sie schlenderte zu ihm. »Willkommen zu Hause!«

»Danke.« Drew strahlte. »Möchtest du vielleicht an Bord kommen?«

Chloe war noch nie auf einem so großen Segelboot gewesen und freute sich über die Einladung. »Sehr gern.« Sie spazierte über die Gangway und betrachtete dann staunend das glänzende Holz und die eindrucksvolle Takelage. »Sie ist wirklich wunderschön.«

»Ja, nicht wahr«, sagte Drew stolz. »Wir können jetzt doppelt so viele Törns anbieten. Müssen wir auch, um die Ausgaben für sie wieder reinzuholen.« Drew trat neben sie. »Ich wollte, dass du sie als Erste kennenlernst.«

»Wow, was für eine Ehre.«

»Kommst du mal mit auf einen Törn?«, fragte Drew so erwartungsvoll wie ein aufgeregtes Hündchen.

Chloe hatte keine Ahnung vom Segeln, aber es war wohl in jeder Hinsicht Zeit für Neuanfänge. »Liebend gerne. Solange ich nicht in den Masten rumklettern muss.«

»Keine Sorge, das müssen Neulinge bei uns nicht machen. Nicht beim ersten Mal jedenfalls.« Drew zwinkerte ihr zu.

Chloe blickte zum leuchtend blauen Himmel auf. War es wahrhaftig möglich, glücklicher zu sein, als man es verdient hatte?

»Ich hab gestern in Brixham Katya und Connor getroffen«, sagte Drew unvermittelt.

Forschend sah Chloe ihn an. »Und, wie war's?«

Er strahlte übers ganze Gesicht. »Sie ziehen doch nicht nach Polen. Katya hat eine Beförderung angeboten bekommen und sagt auch, sie wolle Connor nicht seiner Wurzeln berauben. Und nicht der Nähe zu mir. Ich werde meinen Sohn also nicht verlieren.«

»Ach, Drew, ich freu mich ja so für dich.« Chloe fiel ihm spontan um den Hals, und sie hielten sich in den Armen. Dann merkte Chloe, dass sie von Evie, Troy und der ganzen Truppe beobachtet wurden, und ließ Drew hastig los. »Ach herrje, jetzt sind wir aufgeflogen.«

Drew grinste und nickte den Carmans zu. »Mir macht das nichts aus«, verkündete er, nahm Chloe bei der Hand und führte sie zur anderen Seite des Boots, wo sie nicht gesehen werden konnten. »Der Altersunterschied ist mir völlig egal«, fuhr er fort. »Ich mag dich sehr. Du bist mutig und klug und wunderschön, und ganz ehrlich: Ich steh total auf dich.«

»Oh, mein Gott, du machst mich völlig verlegen«, erwiderte Chloe. Und dann flüsterte sie ihm ins Ohr: »Ich steh auch auf dich.« Das klang albern jugendlich, aber zu sagen *Ich finde dich wahnsinnig sexy und attraktiv, und du bringst alles Mögliche in Wallung, was ich ewig nicht gespürt habe,* wäre auch keine brauchbare Alternative gewesen.

Drew schüttelte den Kopf. »Glaub mir, ich wollte dich so sehr an diesem Abend, als du mir von Hannah erzählt hast. Ich musste mich furchtbar zusammenreißen, um dich nicht direkt in mein Bett zu zerren ...«

Chloe kicherte. »In dein Bett zu *zerren*?«

Er grinste schief. »Na ja ... nicht so ganz mein Stil, aber ich hoffe, du verstehst, was ich meine ...«

Sie lachte glücklich. »Ich bin froh, dass du das damals nicht getan hast. Obwohl ich wirklich nicht betrunken war, sondern nur am liebsten vor Scham im Erdboden versunken wäre.« Sie zog den Kopf ein. »Na ja, ein bisschen durcheinander war ich wohl.«

»Außerdem wollte ich nicht, dass du nur Trostsex mit mir hast.«

»Drew!«

»Entschuldige, aber ich kann mich nun mal nicht so toll ausdrücken. Ich wollte eben nicht, dass du irgendwas bereust und dich dann zurückziehst.«

»Tja, wer weiß, was passiert wäre. Auf jeden Fall ist es schön, dass wir jetzt hier sind, und ich mag dich auch total gern und möchte, dass wir uns näher kennenlernen. Durchaus sehr viel näher ...« Au weia. Es war tatsächlich auch noch mit fünfzig möglich, rot anzulaufen.

Drew zog eine Augenbraue hoch. »Ich spüre da ein ›Aber‹ und kann mir auch vorstellen, worum es geht. Familie?«

»Ja. Ich brauche noch ein bisschen Zeit, um Hannah und Ruby besser kennenzulernen und mich selbst zu sortieren. Ich muss erst wieder richtig zu mir finden.«

Drew strich ihr sanft eine Haarsträhne aus dem Gesicht. »Alle Zeit der Welt, Chloe.«

»Und dann möchte ich auch, dass du meine Familie kennenlernst. Nicht Fraser natürlich.« Sie lachte.

»Ja, das wäre vielleicht nicht so eine prima Idee.«

»Na ja, irgendwann schon. Frasers Meinung ist mir, ehrlich gesagt, völlig egal. Ähm, ich hab mir übrigens überlegt, ob wir zusammen mit Connor mal ein Picknick machen sollen, wenn er nichts gegen Kleinkinder hat?«

»Das würde ihm bestimmt Spaß machen. Er kann gut mit kleineren Kindern umgehen, und ich habe dich ihm und Katya gegenüber auch schon erwähnt.«

»Echt?«

Drew grinste. »Katya mischt sich nicht in mein Leben ein. Mir ist nur wichtig, dass sie hierbleibt. Aber jetzt Themenwechsel! Da wir beide uns ja nun näher kennenlernen wollen – ganz freundschaftlich natürlich –, wie wär's mit einer Führung? Inklusive der Kapitänskajüte?«

»Da unten?« Chloe deutete auf eine Luke.

»Jawohl. Aber Vorsicht auf der Leiter. Bitte rückwärts runtergehen.«

Drew war im Nu unten, Chloe brauchte etwas länger. Sie landeten im Salon, wo sich die Mannschaft versammeln konnte. Der holzgetäfelte Raum war schlicht, aber tadellos sauber und behaglich.

In der winzigen Kapitänskajüte nahm Chloe einen leicht

zitronigen Duft wahr, als sei sie gerade geputzt worden. Auf einem schmalen Regalbrett stand ein Foto von Drew und Connor, in einer Ecke sah Chloe einen Seesack, der wahrscheinlich Drews Kleidung enthielt. Auf der schmalen Pritsche lagen eine dünne Matratze und ein Schlafsack. Trotz seiner Schlichtheit empfand Chloe den Raum als romantisch und stimmungsvoll.

Wie sein Besitzer, dachte sie und warf einen verstohlenen Blick auf ihren tollen Segler, der im Türrahmen lehnte und sie nicht aus den Augen ließ.

»Es ist eben sehr aufs Notwendige reduziert«, sagte Drew, offenbar beunruhigt, dass es ihr nicht gefallen könnte. »Das ist auf alten Segelbooten immer so.«

»Ja, ist schon ein bisschen spartanisch …«, begann Chloe, biss sich dann aber auf die Lippe. »Aber ich finde es sehr schön hier, und weißt du was? Ich bin mir gerade gar nicht sicher, ob wir alles so langsam angehen sollen … ich glaube, ich hab doch keine Lust, so lange zu warten …«

»Aha.« Drew wirkte recht ernsthaft, als er die Tür zumachte. »Dir ist aber schon klar, dass es ein Riesengetratsche geben wird, wenn wir länger nicht an Deck auftauchen? Troy stoppt wahrscheinlich die Zeit, und bis zum Abend wird halb Porthmellow über uns Bescheid wissen.«

»Ich würde eher vermuten, bis zur Teezeit *ganz* Porthmellow. Aber das macht mir nichts aus.« Chloe streckte Drew die Hand hin. »Wenn es dich auch nicht stört …«

»Könnte mir gar nicht gleichgültiger sein.«

Sie lachten beide, dann küsste Drew Chloe und löste ihr Haar, das auf ihre bloßen Schultern fiel. Die Sonne schien durch das kleine Bullauge, und das Boot schwankte sachte auf den Wellen. Wenn jemand vorbeisegelte und hineinspähte … Was würden Fraser und die ganzen Bekannten aus Surrey wohl denken, wenn sie wüssten, dass Chloe mit einem sehr viel jüngeren kornischen Segler Sex in dessen Kajüte hatte?

Ganz ehrlich, dachte sich Chloe, während sie sich den lustvollsten Gefühlen hingab, die sie seit einer gefühlten Ewigkeit erlebt hatte – das war ihr so was von einerlei.

41

Im Wavecrest Cottage wurde geweint und geschrien und bis in die Nacht hinein geredet, und schließlich lag man sich in den Armen, und Sam und Zennor versöhnten sich mit ihrem Bruder. Sam war am Ende überzeugt davon, dass Ryan aufrichtige Reue empfand und sich geändert hatte.

Auf Ryans Wunsch hin gingen alle drei am Dienstagmorgen gemeinsam zum Grab ihrer Mutter auf dem Friedhof hoch oben über Porthmellow. Sam kämpfte mit den Tränen, als sie an das Begräbnis zurückdachte, bei dem die drei Geschwister sich verzweifelt schluchzend aneinandergeklammert hatten.

»Mum würde wollen, dass wir zusammenhalten, nicht, dass wir uns Vorwürfe machen«, sagte Zennor. »Es ist jetzt wirklich an der Zeit für einen Neuanfang.«

Sam nickte nur, zu überwältigt von ihren Gefühlen, und überließ die Initiative ausnahmsweise ihren Geschwistern.

Während Zennor einen Blumenstrauß in einer Vase auf dem Grab arrangierte, traten Ryan und Sam ein Stück beiseite, und sie sagte: »Ich habe immer noch das Gefühl, ich hätte mich mehr bemühen müssen, dich zu finden.«

»Ich wollte aber nicht gefunden werden«, erwiderte Ryan. »Ich sah keinerlei Ausweg mehr und weiß wirklich nicht, was aus mir geworden wäre, wenn Gabe mich nicht aus dem Sumpf geholt hätte.«

»Ich hätte dir doch geholfen. Dass du am Leben warst, wusste ich zumindest. Aber ich stand ständig unter Anspannung, hab jederzeit mit einem Anruf von der Polizei gerechnet.«

Ryan verzog bekümmert das Gesicht. »Das tut mir schrecklich leid. Aber ich wollte Zennor und dir nicht mehr unter die Augen treten. Ich schämte mich so entsetzlich. Damals war ich nicht imstande, euch alles zu erzählen. Deshalb dachte ich, eindeutige Trennung sei weniger schmerzhaft.«

»Das ist eben nicht so, und ich weiß, wovon ich rede … es hat dich sicher Überwindung gekostet, Gabes Angebot anzunehmen, oder?«

»Ja, aber für ihn war es sicher noch viel mühsamer, mir immer und immer wieder Hilfe anzubieten … bis ich schließlich verstand, dass er meine Rettungsleine war. Keine Ahnung, wo ich jetzt wäre, wenn er nicht meinen Entzug bezahlt hätte. Es fällt mir noch immer schwer, an Spielsalons vorbeizugehen und auch online jedes Glücksspiel zu meiden, aber ich schaffe es.« Ryan umarmte Sam. »Es ist so furchtbar, was ich euch angetan habe.«

»Ab jetzt gibt es aber nur noch einen Weg – nach vorne«, erwiderte Sam und drückte ihn fest.

Ryan räusperte sich. »Dein Liebesleben geht mich natürlich nichts an«, sagte er dann vorsichtig, »aber wenn du Gabe dafür verurteilst, dass er mein Geheimnis bewahrt hat, dann könnte ich mir das nie verzeihen.«

»Ich brauche einfach noch ein Weilchen Zeit, um das alles zu verdauen und wieder zu mir zu finden.«

»Du hast doch nur Angst, ihn zu bitten, in Porthmellow zu bleiben, oder? Weil du befürchtest, das sei nicht das richtige Ambiente für ihn, und er würde wieder verschwinden.«

Und schon musste Sam sich mit der nächsten Wahrheit konfrontieren. Sie öffnete den Mund, um zu widersprechen, wusste aber, dass Ryan recht hatte. »Ich weiß einfach, dass er weggehen wird. Ich habe seit Sonntagabend nichts mehr von ihm gehört.«

»Wieso denn?«

»Weil ich ihn gebeten habe, mir Zeit und Raum zu geben.«

Ryan starrte sie an. »Ja, was erwartest du denn? Jetzt macht er genau das, was du verlangt hast, und du bist immer noch nicht zufrieden?«

Sam lächelte zerknirscht.

»Aber er eröffnet doch das Restaurant hier, oder nicht?«

»Das heißt ja nicht, dass er deshalb hier wohnen will. Wie soll er denn in Porthmellow glücklich werden nach dem Leben, das er in London geführt hat? Ich werde mich nicht auf eine Beziehung mit ihm einlassen, wenn er ohnehin wieder weggeht.«

»Hör zu, Sam. Eines haben wir ja wohl gelernt: Wenn Gabe eine Entscheidung trifft, dann zieht er sie auch durch. Und wenn er angedeutet hat, dass er hier leben will, dann gib ihm eine Chance. Wenn dir das bei mir gelingt, solltest du das bei Gabe doch auch hinkriegen.«

Aber das war genau der wunde Punkt. Gabe hatte gesagt, er würde *wegen ihr* hierbleiben wollen. Wenn er nun merkte, dass ihm das nicht genügte? Mit der hundsgewöhnlichen Sam in einem hundsgewöhnlichen Fischerdörfchen in Cornwall zu leben, in dem das Aufregendste das alljährliche Streetfood-Festival war? Aber sie könnte natürlich auch zu ihm nach London ziehen … Könnte sie das? Zennor verlassen? Ihre geliebte Heimat?

»Und«, sagte Ryan leise, »Mum würde garantiert wollen, dass du dich mit Gabe versöhnst. Sie würde sich wünschen, dass du lächelst und tanzt und mit einem Mann glücklich bist, den du liebst.«

Sam kamen wieder die Tränen. »Ja, das stimmt.«

Doch nach einem Blick auf Zennor, die sich am Grab die Augen wischte, und den gerade erst wiedergefundenen Ryan, traf Sam eine Entscheidung. Ihre Geschwister und ihr Heimatdorf zu verlassen kam nicht infrage, trotz aller Liebe für Gabe.

Nachts lag Sam wach und dachte darüber nach, was Ryan über ihre Mutter und Gabe gesagt hatte. Ihr Bruder war zu einem Termin an seiner neuen Arbeitsstelle gefahren, aber vorher hatten sie noch ein Treffen mit seiner Freundin Tilly und deren Kindern am nächsten Wochenende verabredet. Sam wurde klar, dass sie bald eine neue Familie im Wavecrest Cottage empfangen würde.

Als Ryan aufgebrochen war, hatte Sam ihn zu seinem Auto gebracht. »Ich wollte dich noch etwas fragen, was mir keine Ruhe lässt. Es hat mit Bryony zu tun.«

»Bryony Cronk?«

»Ja. Nachdem sie dich bei der Hafenleitung entlastet hatte, hat sie mir erzählt, dass du in der Schule immer so nett zu ihr warst. Sie ist ja wohl ziemlich mies behandelt worden. Und sie hat auch erzählt, dass du einen Typen ins Hafenbecken geworfen hast, der sie schikaniert hatte.« Bryonys spielsüchtigen Großvater und seinen Selbstmord erwähnte Sam wohlweislich nicht.

Ryan lachte. »Ja, stimmt, ich erinnere mich. Das war ein fieser Idiot, der hatte es nicht besser verdient. War es das, was du wissen wolltest?«

Sam lächelte. »Nein, noch was anderes. Bryony hat angedeutet, dass ich irgendetwas Wichtiges nicht wisse … Und neulich hat sie Gabe mal so übel angemacht, als würde sie ihn regelrecht hassen. Außerdem hat sie vor dem Festival Plakate abgerissen. Vielleicht, weil sein Name draufstand, denke ich inzwischen.«

»Das kann sein. Bryony war damals wahnsinnig in Gabe verliebt. Wusstest du das nicht?«

»*Was?* Nein, davon hatte ich keine Ahnung.«

»Das hat sie mir damals gestanden, nachdem ich den Typen in den Hafen geschmissen hatte. Hat sich darüber ausgelassen, wie schlecht es ihr geht, und dass sie ganz Porthmellow hasst und dass Gabe sie keines Blickes würdigt.«

»Ach herrje. Dann war sie deshalb immer so pampig zu mir! Du hast es Gabe aber nicht gesagt, oder?«

»Um Himmels willen, nein. Sie hat es ja inzwischen wohl hoffentlich überwunden. Und jemanden für sich gefunden, auch wenn es nur Harry Seddon ist.« Ryan verzog das Gesicht.

»Und du meinst, Gabe hat das tatsächlich nie mitbekommen?«

»Glaube ich nicht. Das wusste sonst niemand. War Bryonys Geheimnis.«

Sam seufzte. »Okay, dann rühr ich daran auch nicht mehr.

Manche Geheimnisse sollte man wirklich lieber für sich behalten.«

Ryan küsste sie auf die Wange. »Ja, konzentrier dich lieber auf dein eigenes Leben. Und bitte verzeih, dass ich euch so viel Kummer gemacht habe. Wir sehen uns nächstes Wochenende. Ich hab dich sehr lieb, Sam.«

»Ab mit dir zu deiner Arbeit.« Sam schubste ihn liebevoll. »Und ich hab dich auch lieb!«, rief sie ihm nach, als er zu seinem Auto ging.

Am Mittwoch herrschte am Hafen fast gespenstische Stille. Alle waren überfeiert und brauchten nach dem Festival dringend eine Pause, und auch Stargazey hatte geschlossen.

Am Spätnachmittag hängte Sam die letzten Plakate am Hafen ab und klappte die Leiter zusammen, um sie zum Fischerhaus zurückzubringen, das jetzt nicht mehr glamouröse Festivalzentrale, sondern wieder ganz gewöhnlicher Gemeindetreff war.

Porthmellow kehrte zum Alltag zurück, doch Sam hatte sich von den aufregenden Ereignissen noch überhaupt nicht erholt. Im Gegenteil: Die Gedanken an Gabe wogten durch ihren Kopf wie wilde Wellen und ließen ihr keine Ruhe.

Die Leiter war schwer, und Sam blieb vor dem Net Loft stehen, um sie kurz abzusetzen. Hier hatte sich nichts geändert. Das alte Schild hing noch, von Renovierungsarbeiten keine Spur. Es hatte beinahe den Anschein, als warte Gabe auf etwas.

Sam kam plötzlich der Gedanke, dass er mit den gleichen quälenden Unklarheiten kämpfte wie sie selbst.

Ryan hatte recht. Sie musste endlich wieder anfangen, jemandem zu vertrauen. Und niemand hatte je solche Gefühle in ihr ausgelöst wie Gabe. Er war der Richtige.

»Hallo, mein Liebes!« Evie trat aus dem Reisebüro, gefolgt von Troy, der seine Armschlinge endlich losgeworden war. »Wie geht's dir? Du musst doch völlig erledigt sein. Troy hat jedenfalls heute bis zehn geschlafen.«

»Ich hab furchtbar viel gearbeitet!«, verkündete Troy entrüstet.

»Ihr beide«, sagte Sam. »Danke für euren fantastischen Einsatz.« Sie bemerkte einen Stapel Prospekte in Evies Rollator. »Wollt ihr verreisen?«

»Nach Kreta, im Herbst«, antwortete Evie. »Ich bekomme einen Spezialtransport zum Flughafen, ist schon alles arrangiert.«

»VIP-Service für meine Evie«, fügte Troy hinzu und küsste seine Frau auf die Wange.

»Das ist ja toll!«, sagte Sam lächelnd. »Freut mich sehr für euch.«

»Du solltest auch mal verreisen«, schlug Evie vor.

»Nach London vielleicht …«, meinte Troy und zwinkerte. »Hab gehört, dass Gabe seine Siebensachen packt. Sind auf dem Weg hierher dem Umzugswagen begegnet.«

»Was?«, entfuhr es Sam.

»Ja, Troy musste zurücksetzen, um ihn durchzulassen«, antwortete Evie. »Wir haben noch mit dem Fahrer gesprochen. Er sagte, er wolle zum Clifftop House, und hat gefragt, ob er wohl unter diesem Erkerfenster durchkommt.«

Troy gluckste. »Ich hab gesehen, dass es geht, hab dem

Knaben aber spaßeshalber erzählt, er solle bloß die Bude nicht zu Klump fahren.«

Der Schock machte Sam sprachlos. Gabe zog wieder weg, ohne es ihr gesagt zu haben? Hatte er sie also aufgegeben? Sam kam es plötzlich vor, als fiele ihr der Himmel auf den Kopf.

»Wusstest du denn nicht, dass Gabe seine Sachen packt?«, fragte Evie Sam.

»Ich – äh – ich hatte mir so was gedacht«, sagte sie. »Danke, dass ihr es mir gesagt habt. Ähm … tut mir leid, ich muss schnell weg, könntet ihr bitte organisieren, dass jemand die Leiter ins Fischerhaus bringt?«

Und damit ließ sie die verblüfften Carmans stehen und raste, von einem unheilvollen Gefühl verfolgt, so schnell wie möglich zum Clifftop House.

Als sie dort ankam, war sie völlig außer Atem. Der Umzugswagen stand tatsächlich auf der Zufahrt.

Sam stürzte zur Fahrerkabine und spähte hinein. Darin saß der gleiche Mann wie damals und erbleichte bei ihrem Anblick.

»Sie schon wieder! Ihnen geb ich die Schlüssel nicht noch mal! Schauen Sie, diesmal hab ich einen kleineren Wagen!«

»So oder so, Sie rühren sich nicht von der Stelle«, rief Sam.

»Wie bitte?«

Doch sie war schon durch die offene Tür ins Haus gerannt. Sie musste unbedingt mit Gabe sprechen. Die Vorstellung, ihn wieder zu verlieren, hatte ihr inneres Wirrwarr schlagartig geklärt. Er hatte sie zwar verletzt und jahrelang im Unklaren gelassen – aber alles nur aus Liebe zu ihr. Gabe hatte ihrem Bruder geholfen und sie so beide vor Schlimmerem bewahrt.

Ryan hatte wirklich recht. Ihre Mutter hätte ihr geraten, sich eine solche Liebe niemals entgehen zu lassen. Und doch sah es nun so aus, als hätte Sam genau das getan.

»Gabe!«, schrie sie in der Eingangshalle. Keine Antwort. Dann hörte sie oben Schritte und sprintete die Treppe hinauf zu seinem Schlafzimmer.

Es gab ebenso wenig Zweifel an Sams Liebe zu Gabe wie an ihrer Liebe zu ihrem Bruder.

Und beide Männer hatten eine zweite Chance verdient. Aber würde Gabe bereit sein, auch Sam eine zweite Chance zu geben?

42

Gabe starrte auf die atemlose Frau in seinem Schlafzimmer. Ihr Gesicht war scharlachrot, und sie keuchte wie verrückt, aber er fand sie wunderbar.

Sam blickte panisch auf den Stapel Hemden, den Gabe in Händen hielt. »W-was machst du da? Du willst doch wohl nicht wegziehen, ohne mir auch nur ein Wort zu sagen?«

»Ich möchte sehr gerne bleiben, Sam«, sagte er. »Aber nicht ohne dich.« Sein Herz pochte heftig.

»Aber ich will, dass du hierbleibst!«, rief Sam aus. »Mehr als alles andere auf der Welt! Ich weiß bloß nicht, wie du hier glücklich sein kannst …«

»Ganz einfach, indem ich mit dir zusammen bin«, sagte er und legte die Hemden so behutsam aufs Bett, als seien es rohe Eier.

»Aber … der Umzugswagen …«

»Hat mir noch ein paar Sachen aus London gebracht. Ich packe *aus*, Sam, nicht ein. Ich bleibe.«

Sie schaute sich um und sah dann ihn an, mit diesem leidenschaftlichen Leuchten in den Augen, das er immer schon so an ihr geliebt hatte. »Oh, du Halunke, Gabe Mathias. Ich hab den Wagen gesehen und … du hast mich in dem Glauben gelassen, dass du wegziehst.«

»Ich habe aber nicht gelogen.« Gabe lächelte und hoffte, dass diese kleine Täuschung kein großer Fehler gewesen war. Sam trat zu ihm, und er konnte kaum an sich halten. Zärtlich strich er ihr über die weiche Wange, dachte an Sams Verletzlichkeit unter der Stärke. Dunkle Schatten lagen unter ihren Augen, sie hatte anstrengende Tage und elf enorm anstrengende Jahre gehabt – ein Leben, dessen Härten sie ebenso getrotzt hatte wie den Stürmen von Porthmellow.

»Du hast mich gebeten, nichts mehr zu verheimlichen«, sagte Gabe. »Dann erfährst du jetzt die Wahrheit: Ich liebe dich und habe dich immer geliebt.«

»Ich dich auch.«

»Sam.« Er zog sie an sich, ließ seine Hände leicht auf ihrer Taille ruhen. »Du bist hier.« Das kam ihm immer noch wie ein Wunder vor.

»Sieht so aus.« Sam schaute ihm in die Augen. »Es tut mir leid. Ich war so wütend und verbittert, nachdem Ryan verschwunden war, und habe mich dir gegenüber falsch verhalten. Und mich geweigert, *dein* Verhalten zu verstehen.«

»Wir sollten die Vergangenheit jetzt begraben. Oder sie zumindest einfrieren.«

Sam nickte. »Zennor und ich haben uns mit Ryan versöhnt. Wir sind uns auch einig, dass unsere Mutter uns raten würde, die Vergangenheit hinter uns zu lassen. Deshalb treffen wir am nächsten Wochenende Ryans neue Partnerin Tilly und deren Kinder. Sie kommen zu Besuch.«

»Das ist ja toll. Freut mich sehr für euch alle.« Gabe legte seine Stirn an Sams Stirn. »Zieh doch zu mir. Dieses Haus ist viel zu groß für mich alleine.«

»Hast du Angst vor Gespenstern?«, fragte Sam grinsend.

»Jetzt, wo du da bist, nicht mehr.«

»Ich kann Zennor vorerst nicht verlassen. Aber wir sind ja ganz in der Nähe, und ich werde sicher viel Zeit – sehr viel Zeit – hier verbringen.« Sam küsste ihn, und er schloss die Augen, gab sich dem Genuss ihrer weichen verlangenden Lippen hin. Sie mussten nicht mehr sprechen, alles Wichtige war gesagt. Die beiden sanken auf das Himmelbett, und während das tiefblaue Zwielicht nach und nach Porthmellow umhüllte, begann Gabe zu glauben, dass er endlich dort angekommen war, wo er sich zu Hause fühlte.

Epilog

Sam öffnete alle Fenster im Sitzungsraum des Fischerhauses. Es war zwar schon Abend, doch die Sonne war noch heiß und die Luft stickig. Die letzte Juliwoche hatte eine Hitzewelle gebracht, und im Hafen und am Strand wimmelte es von Familien, die ihre erste Ferienwoche genossen.

Bis auf Troy, der hartnäckig bei Tee blieb, tranken alle Komiteemitglieder Evies selbstgemachte Limonade, die Sam ohnehin viel leckerer fand als Troys furchtbar starkes Gebräu. Alle ließen sich am Tisch nieder.

»Ihr Lieben, zunächst möchte ich unser neues Komiteemitglied begrüßen«, begann Sam. »Ihr kennt ihn ja alle, deshalb mache ich nicht viele Worte. Willkommen, Gabe.«

Troy gab eine Art Grunzen von sich, alle anderen lachten. Gabe verbeugte sich in die Runde, und Evie fächelte sich lächelnd mit ihrem japanischen Fächer Luft zu.

»Und ich habe auch gleich gute Nachrichten«, fuhr Sam fort, etwas unsicher, wie die Reaktion ausfallen würde. »Falls alle einverstanden sind, wird unser Hauptsponsor für das Festival im nächsten Jahr das Net Loft.«

»Fantastisch!«, rief Chloe strahlend aus.

»Klasse, Mann.« Drew stand auf, um Gabe die Hand zu schütteln.

»Kann er sich doch leisten«, bemerkte Troy trocken. »Oder musstest du ihn bearbeiten, Sam?«

»Troy!« Evie haute ihn mit ihrem Fächer.

»Es ist mir eine große Freude«, erklärte Gabe. »Und ich musste für die Entscheidung in keinster Weise ›bearbeitet‹ werden.«

Nachdem Gabes Angebot einstimmig angenommen war, ging Sam zur Tagesordnung über.

»Ich habe noch eine Neuigkeit, die sicher alle erleichtern wird. Die Polizei hat herausgefunden, wer den Wagen von Stargazey vandalisiert hat.«

»Oh mein Gott, wer?«, rief Chloe aus.

»Ein Typ, der selbst Pies in einem Foodtruck verkauft. Wir hatten mal bei einem Festival Streit, weil er behauptete, ich hätte ihm die Kundschaft abspenstig gemacht. Ich wusste nicht, dass der dort auch die Leitung und einige Helfer drangsaliert hatte. Daraufhin hatte man ihn vom Gelände verwiesen und fürs nächste Jahr nicht mehr angenommen. Der Kerl hat ein Interview mit mir in einer Zeitschrift gesehen und daraufhin in seiner Wut beschlossen, meinen Wagen zu ruinieren.«

»Was für ein Drecksack«, sagte Drew. »Zum Glück wurde er erwischt.«

»Widerwärtige Kreatur«, schnaubte Evie. »Wenn ich den in die Finger kriege ...«

Troy gab sein Gackerlachen von sich. »Dann ist sein Leben keinen Pfifferling mehr wert!«

»Wie hat die Polizei den gefunden?«, erkundigte sich Drew.

»Tja, es hat sich rausgestellt, dass er auch hinter einigen der Troll-Posts in den Social Media steckt. Ben und Zennor gebührt großer Dank, weil sie sich als Cyber-Detektive betätigt haben, um den Kerl aufzuspüren. Dann haben wir den Namen der Polizei gemeldet. Und stellt euch mal vor, der Typ war so dumm, sich auch noch auf seiner Facebook-Seite mit der Tat zu brüsten! Auf seinem Handy hat man sogar ein Foto von dem beschmierten Stargazey-Wagen gefunden.«

»Ben ist ein Genie«, erklärte Zennor stolz.

Ben betrachtete die Tischplatte. »War nicht so schwer, als ich nach dem Festival genug Zeit für die Suche hatte.«

»Es wird immer Leute geben, die etwas gegen das Festival haben«, sagte Sam. »Aber es tut gut zu wissen, dass es dank Ben jetzt eine Person weniger ist, die uns Ärger machen wird.«

Zennor lächelte. »Wir haben auch Neuigkeiten«, verkündete sie und sah Ben an.

Dann umfasste sie seine Hand und legte sie auf den Tisch. Die Komiteemitglieder warfen sich verblüffte Blicke zu und beäugten dann den Silberring mit Meerglasstein, der in der Abendsonne an Zennors Finger schimmerte.

»Wir sind verlobt«, sagte Ben so leise, dass er kaum zu verstehen war.

»Wie, was?«, fragte Troy.

»Wir wollen heiraten!«, sagte Ben jetzt übertrieben laut.

Troy verschluckte sich an einem Schluck Tee.

Evie klopfte dem hustenden Troy auf den Rücken. »Oh, ihr Schlingel, das habt ihr aber gut geheim gehalten. Herzlichen Glückwunsch, ihr Süßen!«

»Hat ja gedauert«, sagte Troy, als er wieder sprechen konnte, »aber ich freu mich für euch. Gibt's dann 'ne vegane Hochzeit?«

Ben lächelte, doch die Aufmerksamkeit war jetzt eindeutig zu viel für den extrem schüchternen jungen Mann.

»Vielleicht«, murmelte er und umklammerte die Hand seiner Liebsten so fest, dass seine Knöchel weiß wurden.

Zennors Augen funkelten vor Freude. »Ihr seid natürlich alle eingeladen, wenn es so weit ist. Aber erst mal müssen wir eine Bleibe finden. Bens Häuschen ist zu klein für uns beide.«

Sam hatte auch das Gefühl, vor Glück gleich zu platzen. Sie hatte als Erste von den Plänen der beiden erfahren und nichts ausplaudern dürfen. Doch sie war nicht allzu erstaunt gewesen, da Ben meist im Wavecrest Cottage übernachtet hatte, wenn Sam bei Gabe gewesen war. Offenbar hatte Ben das schon länger im Sinn gehabt, aber Zennor hatte Sam nicht im Stich lassen wollen.

»Darauf sollten wir doch mal unsere Gläser heben, auch wenn nur Limo drin ist«, schlug Chloe vor.

Sam hatte bemerkt, dass Drew und sie zusammen gekommen waren und sich sehr nah zu sein schienen.

Drew lachte. »Na ja, ist ja trotzdem von Herzen. Auf Zennor und Ben! Glückwünsche!«

Troy hob seinen Teebecher. »Ich will doch hoffen, dass noch mit anständigen Getränken angestoßen wird, wenn wir hier fertig sind.«

»Auf jeden Fall«, sagte Gabe. »Die erste Runde geht dann auf mich.«

Er legte Sam leicht die Hand in den Nacken. Sie genoss das Gefühl und hatte so eine seltsame Vorahnung, dass Gabe von nun an immer an ihrer Seite sein würde.

Sam räusperte sich. »Okay, bevor wir gleich alle feiern gehen, müssen wir aber noch den Hauptpunkt der Tagesordnung besprechen: unser neues Projekt, das Porthmellow Wintersonnwend-Festival im Dezember. Bis dahin ist nicht mehr viel Zeit, wer hat schon zündende Ideen?«

Danksagung

Wenn der Verzehr von köstlichen Spezialitäten und Getränken und der Besuch von Streetfood-Festivals zum Beruf gehören, kann man sich glücklich schätzen.

Die Idee zu diesem Buch kam mir bei einem solchen Fest in einer Hafenstadt in Cornwall, ich möchte aber ausdrücklich betonen, dass alle Figuren und Ereignisse frei erfunden sind!

Riesengroßen Dank an etliche wunderbare Menschen in Porthleven, darunter Julia Schofield, die Ko-Gründerin des fantastischen Porthleven Food Festivals, und Chris, den Chefkoch und Besitzer des Sea Drift Restaurants, für ihre Tipps zur Organisation eines solchen Events. Herzlichen Dank auch an die namhafte kornische Fotografin Carla Regler, deren berühmte Sturmfotos mich zu Elementen dieses Romans inspirierten.

Die Informationen übers Pie-Backen verdanke ich dem Chefkoch und den Angestellten des Buzzard Valley Vineyard Restaurant bei Tamworth, und ich kann versichern, dass die Pies dort absolut köstlich schmecken. Nikki, die ich beim Lichfield Food Festival kennenlernte und die Marvellous Mixes betreibt (www.marvellousmixes.co.uk), hat mir geschildert, was für Aussteller eines Food Festivals wichtig ist. Meine kornische Freundin und Leserin Elisa Leah hat mir anschauliches Lokalkolorit geliefert.

Die Idee für Evies kreolisches Gericht stammt von meinen amerikanischen Freundinnen Leah Larson und Shyra Latiolais. Wis, eine Freundin meiner Tochter, hat das chinesische Gericht vorgeschlagen, das Chloe für die Party zubereitet. Vielen Dank auch meinen Schriftstellerfreundinnen Liz Hanbury und Nell Dixon und der Buchhändlerin Janice Hume.

Rachel Faulkner-Willcocks hat als Lektorin wieder ihre spezielle Magie zum Einsatz gebracht und mich dabei unterstützt, den ersten Entwurf in den fertigen Roman zu verwandeln, der Ihnen jetzt hoffentlich Freude bereitet hat. Ungemein dankbar bin ich auch dem gesamten Avon-Team, besonders Jo Gledhill, Sabah, Elke, Katie, Molly und Dom, die immer lieb und freundlich sind und voller Ideen stecken. Und ich habe das große Glück, die beste Literaturagentin überhaupt zu haben, Broo Doherty, die meine Laufbahn mit gestaltet und mein Schreiben seit nunmehr vierzehn Jahren fördert.

Und zuletzt möchte ich meiner großartigen Familie danken, die mich anfeuert und mit mir leidet, seit ich mit dem Schreiben begonnen habe. Es ist wunderbar, immer mehr Projekte mitsamt all ihren Höhen und Tiefen mit euch teilen zu können. Ich werde euch immer lieben: John, Charlotte, James, Mum, Dad und Charles.

So geht's weiter in Porthmellow ...

ca. 464 Seiten / Auch als eBook

Kaminfeuer flackern, der Schnee rieselt, Plätzchenduft zieht durch die Straßen: Es ist Winter in Porthmellow. Doch Scarlett und ihre Schwester Ellie sind alles andere als in festlicher Stimmung. In ihrer Familie kriselt es und auch in Sachen Liebe stehen ihre Gefühle Kopf ...